Moonlight Warrior 月光武士

虹影 / 著
Hong Ying

花城出版社
中国·广州

图书在版编目（CIP）数据

月光武士 /（英）虹影著. — 广州：花城出版社，2021.7（2023.11重印）

ISBN 978-7-5360-9433-8

Ⅰ．①月… Ⅱ．①虹… Ⅲ．①长篇小说－英国－现代 Ⅳ．①I561.45

中国版本图书馆CIP数据核字（2021）第104861号

Copyright by Xiang Jing Studio.

本书封面为艺术家向京作品《追鱼》（2014—2016）局部，图片版权归向京工作室独家所有。

出 版 人：张　懿
项目统筹：许泽红
责任编辑：许泽红　安　然
技术编辑：凌春梅
装帧设计：介　桑
封面供图：向　京
内文供图：瑟　珀（Sybil Williams）

书　　名	月光武士 YUEGUANG WUSHI
出版发行	花城出版社 （广州市环市东路水荫路11号）
经　　销	全国新华书店
印　　刷	深圳市福圣印刷有限公司 （深圳市龙华区龙华街道龙苑大道联华工业区）
开　　本	880毫米×1230毫米　32开
印　　张	12.75　2插页
字　　数	300,000字
版　　次	2021年7月第1版　2023年11月第6次印刷
定　　价	59.80元

如发现印装质量问题，请直接与印刷厂联系调换。
购书热线：020-37604658　37602954
花城出版社网站：http://www.fcph.com.cn

我的声音里有你的声音

我的遗忘里有你的遗忘——《九月六日》

给表姨

目 录

总序

女子善怀，亦各有行 / 林宋瑜　　*1*

上部

第一章	相遇	*3*
第二章	在医院	*15*
第三章	老妈小面馆	*26*
第四章	江边	*34*
第五章	第一次出手	*49*
第六章	妈妈讲的故事	*59*
第七章	算账	*69*
第八章	出大事了	*77*
第九章	母与子	*88*
第十章	保证书	*96*
第十一章	国际挂号信	*108*
第十二章	罗小胖与仓库	*122*
第十三章	命中注定	*136*
第十四章	告别	*146*
第十五章	江水流淌	*159*

第十六章　夕阳沉落　　　　　　170

第十七章　意外之痛　　　　　　183

下部

第一章　白驹过隙　　　　　　　193

第二章　顺江而下　　　　　　　210

第三章　小三峡　　　　　　　　224

第四章　生活　　　　　　　　　238

第五章　嫉妒　　　　　　　　　252

第六章　莲花山上　　　　　　　271

第七章　紧张关系　　　　　　　278

第八章　老妈火锅店　　　　　　283

第九章　不平静的夜晚　　　　　293

第十章　长江水从不倒流　　　　308

第十一章　母亲的心　　　　　　322

第十二章　钢哥　　　　　　　　333

第十三章　今年与以往不同　　　344

第十四章　春来江水绿如蓝　　　359

后记　几瓣元素，一个核心　　　375

总 序

女子善怀,亦各有行
——虹影创作的 N 面

林宋瑜

纳博科夫在他的《说吧,记忆》前言中写道:"对俄国记忆的一次英语重述的一次俄语复归的这一英语的再现,首先被证明是一项恶魔般的工作,但是给予我某种安慰的是想到这样一种为蝴蝶所熟知的多次蜕变,以前还从没有任何人尝试过。"①这里有几个关键词让我记忆犹新,一是语言,涉及母语及客语;二是重述与复归,涉及文化与经验;还有,就是"多次蜕变"。在我读到这个中文版本的《说吧,记忆》时,我差不多也与虹影的创作相遇了。当时的虹影,客居英国伦敦,她用中文写作,追述中国往事,重构记忆中的中国。

2021年3月,大部分地区正是春寒料峭,广州却已经一片姹

---

① 纳博科夫:《说吧,记忆》,杨青译,花城出版社:1992年,第4页。

紫嫣红。在生机盎然的气象中,我收到虹影发来的最新长篇小说《月光武士》的电子稿,文件名显示是3月8日修订的。3月8日这一天,是国际妇女节。《月光武士》书名很"异文化",有玄幻小说的色彩。书名来自作为小说隐线的一则日本民谣故事:一身红衣的小小武士,骑着枣红色骏马闯荡四方。路见不平,拔刀相助,替天行道。他救了一个落难小姑娘,小姑娘不想活,小武士带她看月光下盛开的花,月色中长流的江水,人间美景皆是活泼的生命。小姑娘因此得到活下去的鼓励和力量……多么诗意和富有童话色彩!每个女孩心底都有一个"月光武士",都有一种被呵护、被珍惜的渴望。虹影将这个情结置于残酷叙述之间,并让我们看见"月光武士"化身在人间,非常巧妙地化解了现实层面的悲惨、戾气、压抑和绝望的状态,让人有活下去的勇气。这种叙述方式,在虹影以往的长篇小说中是罕见的。

整个小说所呈现的生命情状,与广州这个季节的气息相呼应,是非常饱满、不断流动变化的生命方式。尘世的欲望与激情,色彩驳杂而灿烂;回首故乡的那种悲伤、审察和谅解的复杂心路,是对来路的回溯或追寻,潜蕴着对所爱之人刻骨铭心的依恋与怀念。小说通过真实与虚构的场景与人性解读,构造出一个强大的精神气场,生机盎然。而书名虽为"武士",但我知道虹影的小说,主角必有奇女子。

这个一闪而过的猜想,大概来自对虹影数十年创作的理解。虹影在中国发表的第一篇小说,标题我还记得:《岔路上消失的女人》(《花城》杂志1993年第5期),距今将近30年。虹影是多产的,长篇、中篇、短篇小说,以及诗歌和散文,甚至童话作品,其创作迄今运用了多种不同体裁，当然最重要的体裁是小说。她的叙事风格、她藏在作品里的思想情感，也一直在微妙地变化着，然后渐渐形成了她丰富而独特的文学世界。"岔路上消失的女人"似乎成为一个隐喻，或者一个预言。虹影的作品，总会让我想起女人，她们的性格、命运、生活的道路……女人的面孔是在雾中的，但身影的轮廓清晰，风一样的女人，不走直路，不在主流路线上。她随时可能拐进前方的岔路，探出自己小径分岔的莫名远方，消失又出现，或者转身是另一个神秘女子……

读《月光武士》，在阅读中升起感慨。30年的创作，对于一个作家，意味着什么？《说吧，记忆》就是在这个时候浮现出来的。我从书柜里把泛黄的书找出来，重温纳博科夫的话。如果说，虹影创作的基石，也即叙事的出发点，来自她出生以来所遭遇的伤害、苦难及困扰，来自她昏天暗地的生活记忆，那么，这种记忆究竟发生多少次蜕变，才成就当下的言说？

我读《月光武士》，走进一个少年的青春期故事里。"成长"，是虹影小说最重要的元素之一。这一次的成长，是一个少年的形象，那个愣头青小子窦小明，他的成长过程同样充满艰难曲折、迷失与回归。在他身上，既可以看见虹影的影子，也可以看见虹影的梦想。通过窦小明，她再次讲述了记忆中生活的粗鄙、凉薄与悲情，却也书写了一种刻骨铭心的、无法完成的爱情，心灵的热切追求，如梦如幻，义无反顾，至善至爱。因此让小说的底色突破灰暗岁月，很自然地呈现出一种明亮和纯粹，让阅读获得一种怦然心动和飞翔之感。

叛逆、自由、勇敢、好奇、侠气、专情……窦小明这个人物承载着理想和纯真,自带光芒,熠熠闪亮。他的生活背景是烟火气浓重的重庆市民社会。隔着纸页,我都闻得到二十世纪七八十年代"老妈小面馆"的麻辣香气,听得到江边码头汉子们粗野的吆喝。这也是一个重情有义的世界。所有的人,难以分好坏和正邪,他们是凡夫俗子,世俗的欲望与烦恼,不比你、我、他多,或者少。爱中有恨,恨里有爱,纠缠与分离,告别与重逢,剪不断的恩怨情仇,犹如那滔滔不绝的嘉陵江水,抽刀断水水更流。

当"大粉子秦佳惠"出现时,"整个身影罩着一层光,跟做梦似的",让少年窦小明的"心飞快地跳动"。不是女主角会是谁?我还是不懂"粉子"的确切意思。专门查了一下词语解释:"粉子,形容漂亮女性。'粉'就是漂亮的意思。对漂亮女人的赞美依次可以为:粉子、很粉、巨粉。在成都,大凡有点文化的人,把可能成为性对象的女人,都称为'粉子',算是对女性的一种尊称。""粉子"是川方言。川方言在《月光武士》里并不少见,比如"哈巴""水打棒",诸如此类,非常醒目。对于我这个在另一种方言中长大的岭南人来讲,这种阅读获得奇妙的陌生化效果。

秦佳惠是一位中日混血儿,她就是少年窦小明心中的女神。她美丽、温柔、神秘,有特殊的感染力;她身上没有虹影早期小说那些女性的凌厉、剑拔弩张,没有如《康乃馨俱乐部》那种深怀大恨绝处反击颠覆反攻的复仇心态。秦佳惠是温婉的、隐忍的、顺从的,甚至低到尘埃的,同样也是情深义重的。因为秦佳惠,《月光武士》有一种柔韧绵美的力量。秦佳惠是小说人物关系的联结点,她的父亲、落难的大学教授秦源,黑社会混混头子、出于报恩所嫁的丈夫钢哥,曾经生活在中国的日本女子、母亲千惠子,粗野泼辣而又顽强的窦小明母亲……这些人物着墨并不太多，却个性传神，留下很多想象的空间。虹影的写作，到了现在，已经张弛有度，不煽情，不文艺腔。爱恨情仇，分寸拿捏得恰到好处。叙事时间跨越几十年的一部作品，故事经历了时代天翻地覆的变化，但叙述节奏把握得很稳。物事、场景和人物关系随着情节一层层展开，读到最后，让人有一种"过尽千帆皆不是，斜晖脉脉水悠悠"的唏嘘怅然，却也可以波澜不惊气定神闲了。

结尾写道："人只有忘掉旧痛，才可重新开始，但旧痛仍在，噬人骨髓，他将如何重新开始？"这一段是写窦小明的，也是虹影的独白。

无论是救苏滟，还是救秦佳惠，"英雄救美"都只是故事的外壳，是引子。《月光武士》的核心，有关一座城的精神变迁史，一个人的精神成长史。这种精神成长，不仅仅是窦小明的，也是虹影自己的，更是属于经历大时代动荡转折的一代人。所以，这部小说，尽管题材与《饥饿的女儿》《好儿女花》的自传色彩有很明显的不同，但究其内核，却有一脉相传的联系。因其呈现出新的叙事角度和价值取向，以及对前两部自传体小说的呼应与突破，《月光武士》应该是虹影创作的重要节点，甚至可以视之为虹影新的精神自传。

窦小明是具有双重视角的角色。一个是显性的视角，虚构的小说人物、当事者少年窦小明、男性窦小明；另一个是隐性的视角，言说者虹影、目击者虹影、旁观者虹影、女性主义者虹影。

多线叙事和双重视角，使《月光武士》具有一种复调效果和变奏曲般的音乐感。小说人物繁多，内部有着多声部对话，不同人物有各自的立场与表述。欢乐与苦痛，都在对话里或暗藏或显现。

也正是这种显隐结合的叙事方式,让我们读到了扎根于虹影心中最有生命的东西,即是她关于世界及复杂人性的解读中那种真实有力的心理现实。这部小说,从个人写到群体,从家庭写到社会,横跨大半个世纪,是最普通的山城重庆百姓在历史滚滚洪流中命运沉浮、悲欢离合的深情记录和歌哭,包含她的痛与爱。这是一种叙述的转向,虹影不再执着于追寻真相与辨认某种界定。甚至,作为叙述者的女性主体、女性视角是隐蔽的,历史与记忆,虚构与想象,基于她当下的情感形态和心理认同,她从而呈现了超越性别的写作方式。

只有回顾虹影的创作历程,才能明了她当下的言说。

童年时代插入胸膛的那根刺,还在那里。拔出来,伤口还在。虹影通过她的写作,一次次晾晒内心的伤痛,那些不堪回首的往事、那些歇斯底里的喊叫,暴力的场面、践踏尊严的羞辱,都让读者产生压抑、揪心的感受。

在心理学精神分析疗法中,有一项"修通"技术。就是通过打破强迫性重复,实现满足现实需要,最终发展出满足自己愿望的能力。而一个人的现实需要一旦得到满足,强迫性重复就会被终止。更进一步,一个人能发展出满足自己愿望的能力,能做自己喜欢的、自己追求的事,愿望达成,他的身心就会放松、自如,内外世界和谐。这就是创伤记忆与心理修通的关系。这个过程,有点类似禅宗的"悟",而且是渐悟的过程。渐悟就是多重创伤愈合的过程,它是漫长而且曲折的修炼。虹影正是通过她一次次坦率大胆,甚至冒犯的书写,她的私人性故事与公众化表达,她看见了自己，接纳了自己，最终修通自己，活出自己缺少且一直追寻的那一部分。

这个最重要的蜕变契机，是女儿的诞生。"写完自传小说，是和过去的自己真实对视，在有了女儿后，才真正和过去的生活做了和解。"①虹影如是说。

成为母亲与书写母亲，是虹影最重要的生命经历。生命因母亲而来，18岁前在山城重庆南岸长大，也因此成为虹影生命的基阶。从《饥饿的女儿》到《好儿女花》，读者与虹影一起经历着边缘女性沉重的生存危机（底层的）、身份危机（私生女）、性别危机（受侮辱并损害的女性），以及自我审视、挣扎的艰难过程。这个因创伤记忆造成的巨大心灵黑洞，需要一生的时间去不停填充。那是一种多么巨大的饥饿！虹影曾经谈及心灵的伤痛："我的内心一直住着一个困兽，我无法倾诉，我无法寻求救赎，我濒临窒息。我想一个女人为什么活着，男人、欲望、金钱和名誉？不，都不是，而是基本的生存中，那最寻常的安宁之乐，父母双全，一家人在一起相守。而现实总不会给我们。"

残缺之痛，被社会压到最低的弱者之痛，边缘性地位饱受偏见与侮辱之痛，被虹影赋予到小说女性命运遭遇中。女性，成为虹影无法回避也不回避的话题，"她是谁？""她从何而来？往何处去？"成为她无法停歇的追问。虹影写了多少部小说，就有多少个处境不同、形象各异、生命既复杂又丰富、或纯粹或妖娆的女性形象。她更多地书写了女性的受难与抗争，比如母亲，比如六六。她

---

① 《虹影：不再饥饿的女儿》，《三联生活周刊》2019年，第41期。

们好像萧红笔下的女性，卑微、隐忍、抗命。虹影也写了一些以男性为主角的作品，比如《鹤止步》，还有最新完成的《月光武士》。但是她写男性，是试图以跨性别视角理解男性世界、审察性别关系。是站在"她"的立场发声。

评论家陈晓明曾经在《女性白日梦与历史寓言——虹影的小说叙事》一文中剖析虹影的小说《康乃馨俱乐部：女子有行三部曲》，将其称为"文化幻想小说"。所谓文化是指被漠视的文化冲突、文明冲突等问题，比如关于性与欲、财与权、肤色与信仰这些我们必须面临的现实处境中的危机与矛盾冲突，虹影通过带着芒刺和尖锐棱角的叙事话语，大胆质疑勇敢挑衅。而幻想，则是《康乃馨俱乐部：女子有行三部曲》的三个独立篇章，由一个中国女子贯串起来，在未来时间里，在三个世界著名城市——上海、纽约、布拉格的奇特经历。事实上，《康乃馨俱乐部：女子有行三部曲》从体裁来看，也可以视为科幻文化小说，或者称之未来小说。关于《康乃馨俱乐部：女子有行三部曲》中这位中国女子的名字"蝃蝀"，虹影在自序中诠释，典出《诗经·鄘风》"蝃蝀"篇。从诗中得解，包含这样复杂的意义：女人是水，水汽升发得虹，女人成精；女人是祸，色彩艳丽更是祸。于是"不敢指"，可能有些人"莫敢视"也。这个时期的女主角，是为爱而生，也为爱敢恨的，富有破坏力、反叛力和抗争性。这也是虹影当时写作的内心经验、情感经验。而当第76届威尼斯国际电影节上，娄烨的新片《兰心大剧院》入选主竞赛单元时，作为该电影原著小说《上海之死》作者的虹影，接受采访解读自己创作的女性人物时，她说："我认为原谅、宽容以及自我审判才是文学更强大的力量，这种力量是女儿唤醒了我,只不过转换了一种方式去书写,我依然是一个女战士,在文本中书写女性的反叛。"①

《上海之死》是虹影一系列历史虚构小说之一。虹影已经陆续创作了不少历史虚构小说,如《K:英国情人》《阿难:走出印度》、上海三部曲(《上海王》《上海之死》《上海花开落》),都是借历史的碎片,抒写奇女子的命运故事及情感关系,其中包含着虹影强烈的女性观和生命观。虹影是一个很会讲故事的作家,但她如果停留在讲故事的层面,她会容易被指认为通俗作家。虹影说过:"关于小说创作,我以为只有一条规则,'好故事,说得妙'。"②这个"妙",包含了创作的各种玄机。一部作品,故事不是作为经验的表达,它还包括了精神的探索,生命意义的呼喊。它包括并呈现了人性的复杂、心灵的复杂,还有灵与肉的冲突、搏斗、交融。所以,真正的小说创作,我们称之为叙事艺术,因为它通过叙事话语所体现的故事,其境界是一般讲故事所不可比拟的。这就是小说的人文价值、审美价值,也是创作的玄机所在。

关于女性的话题,《好儿女花》可以说是一条分界线。在此之前,尤其是《康乃馨俱乐部:女子有行三部曲》(《上海:康乃馨俱乐部》《纽约:逃出纽约》《布拉格:城市的陷落》),在二十世纪九十年代后期,世界女性主义理论登陆中国,各种相关概念、术语为理论界所热烈讨论、广泛使用,虹影的作品被视为最激进、张狂的女权主义文本。她笔下的女性,抗争的方式往往是对抗的、

---

① 《虹影:不再饥饿的女儿》,《三联生活周刊》,2019年,第41期。

② 虹影公众号,虹影:《我为爱写作》,2020年2月14日。

造反的、运动式的、有破坏力的。"女权主义"这个标签，贴在虹影的作品上久矣。不仅是《康乃馨俱乐部：女子有行三部曲》，还有上海三部曲——《上海王》《上海之死》《上海花开落》，虹影以她的方式演绎并塑造了筱月桂——一个小女孩变成一个黑帮女王的过程，也虚构创造一个女明星同时也是情报人员，如何面对爱恨生死的人生大问题……我认为，中国当代女作家中，没有谁比虹影更熟悉世界女权主义的理论及发生的现实演变，她也曾经很认可这样的标签。

《好儿女花》，是我初读时很震惊的小说。小说中涉及的暗黑而沉重的家族历史、怪诞而挑战人伦禁忌的婚姻生活，极端的、超常规的，都是我的想象力所不逮的世界。我与虹影，是在不同文化传统和家庭环境中长大的两类人。我自以为很了解现实生活中的虹影，但我还是无法判断小说里有多少成分是来自真实的原型真实的生活，有多少是虚构。而且面对这部作品，阅读也是需要勇气的。这部小说的动因，来自母亲的去世和破碎了的婚姻。同时，这部小说的扉页，写明"给我的女儿SYBIL"。虹影站在人生的重要转折点，一道门关上了，另一道门已打开。她追述、追寻半生的母亲走了，她自己成为母亲，女儿SYBIL诞生了。命运的改变，人生轨道的改弦易辙，同时成为虹影重建自我、确认自我的新起点。在《好儿女花》的首页《写在前面》，虹影写了一段话："我没有想到，也未敢想，有一天我会再写一本关于母亲和自己的书，但我知道，只有写完这书，才不再迷失自己，并找到答案，即使部分答案也好。"

那么,《好儿女花》之后,虹影还是女权主义者吗?

2016年9月在广州的1200书店,虹影与评论家谢有顺、龙扬志和我的一场对话讨论中,"女权主义"是其中一个重要的话题。虹影认为她已经不是一个女权主义者了。谢有顺当时说了这么一段话:"我认为最伟大的女性主义者绝不仅仅是反叛男性,或者对男性勇敢地抗议,我觉得这还不是伟大的女性主义者。最伟大的女性主义者肯定是包含了对男性的爱,其实最终还是希望改变两性对立的关系,而不是说要把男性从女性的世界摘除出去。恨不能改变一个人,也许爱才能改变。"①以此为标准,可以确定,虹影迄今依然是一个女性主义者,而且是当代中国女性作家中最彻底的女性主义者。"女权主义"与"女性主义"均是英文Feminism的不同译法,但我认为"女性主义"更为确切。"女权主义"让我们联想到的是"妇女的权利"(Women's rights),联想到西方曾经轰轰烈烈的女权运动。以此区分,《好儿女花》之前,虹影是女权主义者,《好儿女化》之后,甚至可以说,自始至今,虹影就是一个彻底的女性主义者。这个定义,来自她全部作品最热切的关注,最热情的抒写,是关于女性生命成长的各种可能,关于女人的苦难、忍辱负重、反抗与努力,关于女人的蜕变与重生,关于女人与男人的爱恨、宽容与和解。而她的性别视角、女性主义观念,在创作过程中,是不断演变的。

我重读《好儿女花》,再次走进这部争议不休的小说里。外婆与母亲之间的恩怨,成为理解这部小说叙述转向的切入点。从起源

---

① 花城出版社公众号,《虹影〈康乃馨俱乐部〉与中国女性书写蜕变》,2016年9月14日。

处重新审视自己的人生，以母亲为镜，看见自己尚未充分呈现的另一部分人格，给自己整合、重塑、新生的机会，我以为，这是《好儿女花》的书写意义之所在。"外婆的心眼儿诚，她种小桃红，朝夕祝福。母女之间长年存有的芥蒂之坝冲垮，母亲的心彻底向外婆投降。母亲泪水流个不断，悔呀恨呀，可是也没用，外婆不能死里复生……"[①]这是一部多线叙事的作品。除了母亲去世这条引线，还有婚姻崩溃这条线，还有"我"与兄弟姐妹之间的亲情关系这条线……每条线既清晰又相交叉纠缠，是一团越扯越紧的人间乱麻。更重要的是，在这貌似纪实、裸露、传记体的显性叙述中，却有一种小说氛围被精心营造出来，把读者引进内在隐秘、紧张、险象环生的中心。越过了相互关联的人与事，穿过整个关系蛛网，我看见虹影在描叙"小姐姐"的小唐，又换一套笔墨在讲述"我"的丈夫。然后"小唐"与"丈夫"合二为一，那些伤害、屈辱、压抑、恐惧、危机感……与对母亲的追述交织在一起，五味杂陈，伤痕累累。"我"和母亲作为典型的女性边缘人物，一生贯串着被嫌弃、被嘲笑、被误读、被羞辱的命运，但也以不同的方式相似的勇敢顽强，忍受着来自世界的恶意，经历跨越创伤、自我疗愈、忏悔、和解、包容并重建的艰难过程。

而对于这部小说中"我"与小唐、小姐姐的三人行关系，我曾经目瞪口呆，找不到如何评述的词。但这次重读，我清楚地看见虹影笔下一个PUA（Pick-up Artist）高手形象。"丈夫"形象可作如是观。我不知道虹影在写《好儿女花》时是否意识到这一点，但至

[①] 虹影：《好儿女花》，江苏人民出版社：2009年9月版，第25页。

少,她大概知道心理学中的"煤气灯效应",即认知否定,一种通过"扭曲"受害者眼中的真实,而进行的心理操控和精神洗脑。创作《好儿女花》时的虹影,以强烈的女性身体意识和直觉在书写创伤,小说中大量的短句子,那种紧迫节奏,像是沉重的喘气,给人一种窒息感。压抑的痛苦、深藏的悲伤和耻辱感,构成文本的隐性层面。其基底,有心碎、怨怒、依恋与矛盾的爱。虹影带着武器和盔甲。也就是说,她一手握矛,一手持盾,她的攻击与防护都是有爆发力的。《好儿女花》的开头写着:"温柔而暴烈,是女子远行之必要。"这可作为解读这部小说所有扭结不清的情感及复杂人性表现的钥匙。母亲葬礼结束不久,女儿诞生了,新的生命开启了新的未来,意味着各种可能。外婆—母亲—我—女儿,虹影循序抒写了女人的命运、身份蜕变与重生。它既意味着生命的轮回,同时构成一个极有张力的生命之环。无私的母爱,是其中触及灵魂的救赎力量。

而关于母亲的叙事,从《饥饿的女儿》开始,就执拗地贯串在虹影大多数的小说中,这是她难以释怀的心结。这部为虹影带来极大创作声誉的自传体小说,同时也是饱受争议和误读的作品。因为身世之谜及身份危机所带来的困扰,虹影闯进兵荒马乱之年母亲的爱情与婚姻历史之中。"我是谁?""生命从何而来?""什么是爱?""母爱是什么?"这些看似终极追问的困惑,在敞开裸露的家族历史追寻中,一步步逼近真相,难以直面。这让一个18岁少女的情感变得复杂、矛盾而纠结,几近崩溃。而它所引发的争议,恰恰是这种言说的方式触及当时作为叙事禁区的身体伦理与情感越轨。今天重新读《饥饿的女儿》,会发现,这种看起来极其胆大妄为的叙述,其实是老实坦白的手法。迫不及待地直白倾诉,甚至滔滔不绝,让虹影顾不上修饰、隐匿、曲笔、善巧。正如汉学家葛浩文的评价:"许多此类书,我看有个共同点,就是想要宽恕自身劣行,或呼喊受冤,或自我标榜,或有意卖弄……《饥饿的女儿》贯串的特点是坦率诚挚,不隐不瞒,它就是为什么连续三天时间我一直在读这本相当长的书稿。"①

写女性的命运道路,写两性关系,脱离不了性爱描写。而性描写,也是虹影小说被议论纷纷的一个方面。但不得不承认,虹影是描写情色的高手。性爱几乎是她小说的贯串性旋律,1999年写成的长篇小说《K:英国情人》,是其性爱主题的登峰造极。也因其惊世骇俗、颠覆传统引发更激烈的争论,甚至惹来官司。这部小说的内容,通过东方知识女性闵与西方登徒子、青年教授裘利安的性爱传奇,将女性的主动性、自主性、自由精神写得淋漓尽致,无法无天。这显然是对男性中心主义的挑战。中国没有哪一个女作家敢如此写,也没有哪一个男作家会这样写。而最新完成的《月光武士》,荷尔蒙气息和肾上腺素同样弥漫纸页之间,写得血脉偾张。细节,非常考验创作功力,它是小说坚实而永恒的支点。正是通过细腻而奇妙的性爱细节,画面感极强、激情洋溢、狂野浪漫,使虹影小说中的性爱描写场面,被关注,也被读者津津乐道、褒贬不一。虹影写性,不是欲望化叙事,也不在于猎艳、宣泄。"性"是其风月宝鉴,以此照见人性与人心,照见性别文化的历史与演变。也是从写"性"的态度上,虹影小说显示出极大的文化张力:性别

---

① 葛浩文:《〈饥饿的女儿〉——一个使人难以安枕的故事》,《饥饿的女儿》,知识出版社:2003年,第234页。

文化、中西文化、传统与现代的文化碰撞……

好小说除了好故事，还应该在其话语方式中包括作家对世界、对生命、对生存的看法和态度，以及价值取向。创作技巧是融入作家的洞察力、评判力和思想观念的。

很难说虹影的话语方式是传统写实还是后现代颠覆，是女性主义还是新历史主义，是海外流散文学还是乡土文学。似乎都包含了，界限不清。更准确地说，她的创作，从形式到内容，往往是跨界的。

创作达到成熟的阶段，跨界是自然而然的，体裁只是借来表述的工具。就好比武林高手，不按套路不拘拳法，该出手时就出手。萨尔曼·拉什迪给儿子写过《哈龙和故事海》，智利女作家、《幽灵之家》的作者伊莎贝尔·阿连德给自己的孩子写过少年探险奇幻三部曲《怪兽之城》《金龙王国》《矮人森林》，英国大作家吉普林写过《丛林里的故事》。而成为母亲的虹影，是否也会为她的孩子写书呢？

虹影果然写了《神奇少女米米朵拉系列》《神奇少年桑桑系列》九本小说。《米米朵拉》讲述了10岁主人公米米朵拉怎样在"丢失母亲"之后走遍世界的寻母冒险记，是一次对童话、神话、奇幻、民间故事等多体裁的混搭，讲未来世界人类会面对的种种困惑和危险。这是她对女儿爱的启迪与教育，她自己也在成长。成长是生命不断变化，从一种境遇走向另一种境遇的过程。小说所要表达的，正是这种变化着的生命哲学。她从对女性欲望叙事、两性关系探寻，到对母爱、友谊、亲情等普遍人性光辉的呈现，把自己生命中寻找到的重要意义表达出来。而这个核心，是关于女性身份与生命道路，关于女性命运的各种可能性，关于女性心灵的深刻体验。在这个意义上，虹影是真正的、彻底的女性主义者。

《好儿女花》之后，虹影关于性别关系及女性的生命观，有明显的转变。如果之前的女性形象面对男权中心世界的方式是呈现创伤、控诉呐喊、对峙复仇的，在《罗马》《月光武士》中，她赋予女性人物更鲜明的现代性，独立、自主、圆融洒脱。比如《罗马》里的燕燕和露露，以及《月光武士》里的苏漼，还有秦佳惠最后的人生抉择……她更多强调女性的自我意识、自我觉醒，女性必须成为一个吹笛者，才能得到拯救。

转变的力量来自虹影心灵上生长起来的爱。小说虽是虚构，但它的情感、表现出来的生命情状都是真实的，活生生的。所以说，小说也可以视为作家的个人史、心灵史。虹影的小说人物，总在反复提出这样的问题并试图去解答：什么是爱？什么是生命？你是谁？我是谁？什么是现实？什么是幻象？

神秘的幻象也是虹影小说中无法忽略的写作元素。她以此呈现另一类生命景象、另一种声音的存在。她看见不同的能量。《月光武士》中总在江边赤裸出没、不断被性诱怀孕的黑姑，她面貌丑陋、疯癫狂野，却也叛逆强悍、肆无忌惮。这个角色，在《饥饿的女儿》中曾以花痴的面目出现。无论是黑姑还是花痴，这个形象都给作品带来怪异的气氛，有一种冲击力。我设想，这个疯疯癫癫的女人是虹影的童年记忆之一，她的叛逆强悍是虹影在屈辱无助的年代内心渴望拥有的力量。如今她既是窦小明的性启蒙角色（有点类似《红楼梦》里贾宝玉梦遇秦可卿），也充当了秦佳惠形象的反衬，以一种非常态的出场，释放出被压抑的最原始的生命能量，挑衅强权的男性世界。这是虹影一以贯之的女性主义立场。

而出现在《月光武士》中的另一个神秘人物是黑衣黑帽的宾爷。来无影去无踪，神出鬼没，似在非在，似人非人，却牵着会算命的神鹅，"会算命，代写信"。他出没于窦小明走投无路之时，犹如路标或先知。宾爷与其说是一个人物，不如说是一个作者设置的隐喻性符号。宾爷让人想起写于1996年的《饥饿的女儿》中那个在"我"走过的路上若隐若现、一闪而过的神秘男子。究竟意味着什么？这是一个困扰"我"的问题，也意味着前方有未知的各种可能，让"我"好奇，也让读者好奇。他仿佛是灵魂的秘密，而"我"的身世之谜已揭开，这个秘密却没有答案。20多年后，《月光武士》里的宾爷与之呼应，宾爷特立独行，走过混乱嘈杂的俗世，走过方向不明的暗夜，他是魂，是秘响，是叫醒的力量，他照见尚不为人知的精神内面。

这就是虹影的无界书写，也是她创作的N面。也借用《诗经》的诗句"女子善怀，亦各有行"，典出《诗经·鄘风》"载驰"篇。这里的"女子"是诗中咏叹的远嫁许国的卫国女子许穆夫人。所谓"女子善怀，亦各有行"，指的是许穆夫人要回卫国吊唁卫侯失国，却遭许穆公等人阻拦，夫人被迫折回，路上抒发自己的不满情绪。身为女子，虽多愁善感，但亦有她的做人准则……这大概是中国最早的女权思想表达了，许穆夫人道出了多少善怀女子的共同心声。虹影的叙事风格，已经发生很大的变化，在《月光武士》中，我读到平静淡定与开阔，她的写作进入一种新的境界。而且她的跨界写作已经很自如，不仅是历史与虚构融为一体，私人话语与公共表达也熔为一炉。诗意和散文化，也作为动人的抒情碎片镶嵌其中。而最根本的内核，悲伤之中对生命微光与暖意的珍惜，绝望中的信心与心怀希望，越来越彰显。

　　归去来兮，永远的长江水。从18岁知道"私生女"身世出走山城，到走遍世界之后，认定自己的灵感源泉依然在长江两岸。重庆，成为虹影写作的原点，流动的长江上游至中下游（武汉、上海），成为她最根本的文学地理。每个人心中，都有回不去的欢愉或伤痛的过去，生命一直在流动中变化。说吧，记忆。重新发现，重新看待，重新获得新的视角与领悟，这是精神与心灵的转世重生。这个过程充满内在的艰难，却意味着脱胎换骨，意味着无限想象的各种可能。

2021年5月26日

Moonlight Warrior 月光武士

上部

第一章 相遇

窦小明第一次见到秦佳惠,是在1976年,当时他十二岁。

如果不是那天早上,窦小明选择走二井口巷子绕道去学校,一切都还是原样。

山城重庆一号桥地区,吊脚楼临嘉陵江顺山势延续,灰暗的屋顶层层叠叠,窗子窄小昏暗,人像缩在火柴盒里,动弹不了。一号桥仅是一座桥时,冬天枯水期,孩子们在礁石和沙滩上奔来跑去;春来江水绿绿的,江边蹲着泼辣的洗衣妇,骂着脏话;夏天江水暴涨,浊黄中露出半个桥墩,停靠着一些货船;秋天水由黄转绿,屋前屋后悬挂着衣物,很是壮观。

窦小明的家不在桥下棚户的那几条街,比住那儿的人幸运得多。家里就他和母亲两个人,除上学、睡觉、帮母亲做家务事外,他也关心其他更多的事情。这个地区并不大,谁是大粉子,谁的脸盘子亮堂,谁腿长、腰细、胸大,一个男孩长大了就全知道。不管天下有多少女人，相比大粉子秦佳惠，轮得上叫粉子的，外来的，本地的，都只是小粉子。传闻秦佳惠下巴那儿有颗小小的美人痣。她是如毒药一般的大粉，勾魂夺魄，路经之处皆有一股浓郁的黄葛兰香。

窦小明从未闻过那香气，越发对她着迷。

他吃过母亲做的小面，背着书包，往学校走，一头乱糟糟的头发，配有打补丁短几寸的衣裤，人显得瘦瘦小小。

许久没下雨，地面干燥得厉害，鞋子会泛起土，溅起灰来。

一号桥小学离校门较远的一段老院墙，墙根野花蔫蔫的，墙上坐着四个少年。他们斜挎书包，双腿骑墙玩着。高个少年看江上风景，发现有大船行驶，就叫了起来。其他三个少年站起来看大船，边看边朝墙下青石块小路撒尿，比谁抛得远。空气里有股浓烈的尿臊味，青石块路被淋得湿湿的。"哇，我最远！"小矮个高兴地大叫。这时一个扎着双辫瘦瘦的女孩，背着书包，手拿半张饼，边吃边沿着陡峭的石阶走上来。

墙上的少年发现了这猎物，纷纷跳下地，吓得路边树上的麻雀飞起来。高个少年飞奔过去，一把抢过女孩的饼，咬了一口，白糖的馅，黏黏的，满嘴香甜。他兴奋地叫了起来："白糖！"

这句话等于发布号令，好几只手同时来抢。高个少年连忙把饼放在自己的嘴里，飞快地吃着。

他们眼睁睁地看着，馋得直吞口水。

不到一分钟，饼在高个少年的牙齿间消失不见。其他三个少年把气出在女孩的身上，将她书包的带子拉着，打开她的书包，往外扔书本。小矮个拿着本书看，发现女孩的名字："苏滟！"另一个少年拉着带子，带子勒着女孩的脖颈："苏滟，学癞蛤蟆叫！"

苏滟痛得叫唤，用手抓着带子，但是力气没那少年大。他瞅着她痛苦的脸笑。

高个少年舔手指上的白糖，然后擦在衣服上，指着苏滟说："臭妹崽，他笑，你也要笑才行！"苏滟恨了他一眼。他命令她："跪下！"小矮个马上将她推倒在地上，抓着她的耳朵："叫！"另一个少年来摸她的脸蛋。

苏滟吓得双手紧紧抱着自己。因为她的害怕，他们一下子亢奋起来，竟拉起手，围着她转圈，伸出脚来踢她。

窦小明出了巷子，就听到石阶上端的动静，急忙奔上来，朝他们大吼一声："欺负人做啥？"

那帮少年吓了一跳，但马上反应过来。"哎，这不是三班的窦小明吗？还真凶呢！很有架势，我们很怕。"小矮个的声音怪腔怪调，其他三个少年哄的一下，笑了起来。

窦小明当没有听见，弯身拉起地上的苏滟，对她说："快跑！"

苏滟抓起书包和书本，往坡下跑。高个少年喊："打猎时间到！"带头追。窦小明跑得比他快，伸手拦着路。

"臭杂碎，龟儿子，让开！"高个少年对着他喊，拳头加脚一起来。

窦小明不让路，像一座雕塑。

"日你仙人哟！看你硬！"矮个子臭骂道，拿起半块废砖头，扔过来。

窦小明来不及躲避，顿时感到头一阵麻，几秒后，血流了下来。他伸手摸，是鲜红的血，头便扎针似的痛。"我跟你们拼了！"整个人不顾一切地扑过去。

苏滟并没跑远，周身打着寒战，躲藏在坡边一棵黄葛树后。这时她跑出来，喊道："流血了，出人命了！"

窦小明抓那个矮个子的脸和脖子，把他按在墙上。另外两个少年冲上去了，拉他的手臂，踢他的腿。苏滟跳起来，挥着手，尖叫。

高个少年受不了，塞着自己的耳朵："傻麻花，不准喊。"

苏滟听了，叫得更大声："王八蛋，我偏要喊，不得了，出人命了！有人吗，有人吗？！快来抓王八蛋！"

两个路人听到，满脸惊异地从石阶下端跑上来。三个少年见状，慌了神，帮矮个子撇开窦小明，统统朝坡上溜走。窦小明没追过去，站在那儿愣了一下，马上朝坡下跑去。经过苏滟身旁，他朝她看了一眼，却没有停。她跟在他的身后跑。其中一个路人对他们叫："小娃儿，赶快去医院，去医院！"

两人一前一后奔下了坡，拐入小巷，爬上一大坡石阶，到顶就是马路。喧嚣声迎面扑来，车水马龙，人非常多，车子行驶得并不快。窦小明瞅着空当，飞奔而过，奔向区医院大玻璃门。

门口好多人，有救护车停下。一个年轻男人被几个医护人员用担架抬着下车来，他紧捂着肚子，缠在那儿的绷带沁出血。

窦小明跟着担架走。担架进了大厅右侧，停在长排椅前。那儿也有几个急诊的人在等着大夫。年轻男人呻吟着，咒骂道："医生你快点！痛死老子了！我要见阎王了，日你妈哟，快点呀！"

骂得好，那个男人马上被抬走。

没人管窦小明，他正要学那人开骂，就被按在一个房间里的一张凳子上。一个声音命令道："等着！"

窦小明头昏眼花，伤口加剧疼痛。这时闪电划破天空，乌云聚集,雷稍慢半拍炸响,闷声闷气。接着又炸响第二个、第三个,窗框、地板、墙壁都在剧烈地抖动。终于要下雨了。他发现那个跟在身后的女孩不在,四周也没她的身影。他起身,离开凳子,窗玻璃上反着闪电的蓝光,衬托着乌云,他看到自己乱乱的头发,小小的个子,被晒得黑黑的瘦削的脸,双眸闪亮。血从头发上滴到脸上、衣服上,他用手抹了抹,全是血,他的眼睛被恐惧占据,一屁股坐在凳子上,整张脸惨白如纸。

莫非我要死了!他的额头直冒汗,喉咙里冒烟,似乎一点就燃。这时,三个穿白衣的人沉着脸走进来,门关上后,外面的嘈杂声马上被隔开了。

他求救一般地看着他们,戴眼镜的高个中年男人是大夫,另两个年轻女子是护士,一个稍高,一个稍矮。高个护士微微弯下身,看着他的眼睛轻声说:"小家伙,不要怕!"

这句话让他安心了一些。

他们给他检查,大夫认为他的骨头没裂口,不过,要缝针。

窦小明咬着嘴唇。那个高个护士朝他眨了下眼睛,他明白,那是个让他放心的信号。一阵铁器碰撞盘子的响声,他们给窦小明剃掉后脑勺伤口周边的头发。

"小汪,尽量轻点。"高个护士对矮一点的护士说。

"伤口不大,不打麻药,年龄太小,忍一下就过去了。"大夫说。

"是什么东西伤的?"高个护士问。

"砖头。"

"砖头砸脑袋?"高个护士好奇心来了,"为啥子动手呢?"

"他们欺负一个小女孩,我看不惯,才动手的。"

"哦,这么小就打抱不平。"大夫皱眉说,"我再看看,不要有脑震荡。"他查看伤口,又拿出挂在胸前的听诊器,放在窦小明的前胸,机器冰冷地移动。

他吓得想起身,此时一只柔软的手握着他的手。抬眼看,这个站在面前的高个护士身上散发出淡淡的花香,口罩将大半张脸遮住,只有一双眼睛格外关切地看着他。她是谁?他想问,可是好痛,他咬紧牙,坐在那儿。

治疗室位于一层,窗对着街,雨点夹着冰雹下来,斜打玻璃上的污垢,流着混浊的水。他们给窦小明的伤口消毒后,让他不要动。大夫开始缝线。第一针穿进皮肉里,痛得他想叫,但他咬牙忍着,一动不动。"一会儿就过去了。"高个护士轻声说。

第二针不是太痛,他仍是没叫。为转移注意力,他盯着窗外。外面不时响起脚步声,有几个人正在逃窜;有独自一人举着伞走得不紧不慢;有一家老少躲在屋檐下慢慢走着,老婆婆头上顶着塑料袋,塑料袋被风吹得飞起来,她的手紧紧压着。

这时,高个护士松了一口气,说:"结束了。"她把他的头仔细地缠上纱布。

"小朋友很勇敢。"大夫称赞窦小明,对他的表现很满意。高个护士给他量体温。大夫叮嘱道:"留下观察两天。"

窦小明被带到观察室,她们让他脱鞋,上床躺着。房间不大,三张床,一面窗,有浓烈的消毒药水味,可能刚做过清洁。

看着那个叫小汪的护士离开房间,窦小明皱着眉头说:"我想回家。"他讨厌自己在医院。

"大夫是为你好,安全起见,放心吧,应该没事的。"高个护士安慰道。

她发现他的双手有血污，脏脏的，指甲很长，藏有污垢。她走出去，没一会儿，端来一盆水，手里握着两张小方块纱布。

窦小明急忙把双手交叉在脑后，挑战似的看着她。

高个护士轻声说："听话！小家伙。"她温柔的声音里有一种不容置疑的权威。

窦小明慢慢地将手伸出来。他是一根筋，对着大人反着劲扭来扭去，现在怎么这样听话？不可思议。他开口说话，居然告诉她：他叫窦小明，十二岁，家住华一岗那条街，在读小学五年级；9月5日生日，离开学差四天满七岁，只能延后一年上学；班主任是陈天英，她不怎么喜欢他；他没有父亲，父亲病死了，家里就他和母亲两个人，母亲叫崔素珍；他最喜欢吃花卷，放了花椒粉和碱的那种，咬进嘴里，满口香。说着吃的，他的肚子饿了。

高个护士听着，把盆子放在床边，给他洗手。一张小方块纱布已抹有肥皂，泡沫黑黑红红的。双手放进温水中，好舒服，被她握着时，他心中有种感动，生出种奇怪的感觉。她用干纱布擦手。移开盆子后，她从衣袋里掏出一把带锉刀的指甲刀来，轻轻翻开，握着他的左手剪起来，动作轻巧仔细。这跟母亲不同，母亲在他小时每次都像是猫抓老鼠一样逮着他，一边骂一边粗暴地剪，弄得他很紧张，有一次剪到指甲根，痛得他哇哇大叫。面前这位护士姐姐，安静而温柔，整个心思放在他的手指头上，生怕剪伤他，眼睛一直盯在手指上，头也没有抬，换手指时，稍微动了一下。

雨过天晴，好些亮光透过窗玻璃，照着两个人的脸。她的眼睛清澈深邃，闪烁着光，他的心暖暖的，真希望时间停止。

偏偏这一刻，高个护士松开他的手，把指甲刀用纱布擦净后放回衣袋。她起身来，伸了伸手臂，说："给你收拾干净了。好好躺着，窦小明。"

窦小明一惊：她记住了他的名字。她看了一眼窗外，阴霾弥漫天空，轻轻说："可能还要下雨。"

窦小明不由得也看窗外，天上的乌云压得很低，堆积着，像一头大怪物在使劲往外挣脱。

高个护士端着盆离开。

她人走了，可气息还在，是新鲜花朵的香味，与病房刺鼻的双氧水消毒液不一样。他的指甲被剪得圆润，磨得光滑，手指上也有她的气味，他闻了一下，放在嘴里，跟小时吮吸手指的感觉不同，有股兴奋，有股血液往上冲。

他想沉到冷冷的江水里，深深地往下沉，全身放松，忽然整个身体往上一跃，像火箭一样跃出水面，溅起大片水花。来劲！伤好后就这么做，江水越冷越刺激。

如果母亲知道儿子躺在医院，那会是什么反应？

门猛地一下被人重重推开，人还没进来，声音就到了："火炮，你看看你……你在给老娘找麻烦，不争气，居然住到医院里来！看我怎么收拾你，我要打断你的腿！"

一个四十多岁的女人气冲冲地走进来。相对重庆女人的小巧玲珑，她的个头有点壮，齐耳短发，喘着气，明显是走得太快，脸上都是汗，灰色上衣干干净净，袖口撸起，脚上是一双黑布鞋，整个人显得利索能干。

窦小明吓得一愣，马上起身，但随即躺下，他害怕的终于来了。母亲不喜欢别人叫她崔素珍，叫她火炮妈、窦妈妈、崔孃孃，她都高兴。他不喜欢"火炮"这小名，他不要母亲当着人叫，她就是不听。

母亲盯着他头上的白绷带，骂道："火炮，听说你缝了五针，五针呀！你这背时、砍脑壳的！你没足月就被街上放火炮吓出来了，以为你是个虾爬崽崽，结果是个惹祸包包！不成器，你自作自受，天棒！你看我的肺都被你气炸了！你爸要是在，以他的臭脾气，绝对饶不了你。哼，比起他，你妈的脾气是好的！"

窦小明听到母亲提父亲，就把脸扭过去，不看母亲，心想：没自知之明？不料，嘴里咕哝出来。

"火炮，你有狗胆大声说。"

母亲逼他说，他索性不管不顾，照直说："爸爸是臭脾气，因为你的好脾气，爸爸才到丰都鬼城去了。"

母亲没想到窦小明竟然这样说她，一耳光打过来，窦小明痛得捂着脸。

"瘟丧，我没气死他！有你这样乱说话的吗？你这个不肖子！你龟儿子的脾气，和你妈和你爸一个模子，一点就燃，叫你火炮，天经地义！"她来第二下时，那位给他剪指甲的高个护士站在母子之间，手里端着一个搪瓷盘，她戴着口罩，眼睛直视母亲，冷静地说：

"大人不能打孩子！"

母亲看着对方，垂下手，居然什么话都没说就走了出去。

高个护士看到他紧锁眉头，问："痛吗？"

窦小明点点头。

"妈妈都是刀子嘴豆腐心，对不对？要是她晓得你今天受伤是为了打抱不平，她是不会骂你的。"

窦小明没说话，心里非常难过。

"我给你吃半颗止痛药，这样你会好受一点。"她把盘子放在柜子上，取盘里的小纸袋打开，取出半颗止痛药，又端了一搪瓷杯子水给他。

窦小明吞掉药片，喝水。

"躺下休息！"她轻声说，一绺头发从护士帽里露出。

他照她的话做，躺在床上，看她收拾盘子。窗外响着闷雷，半边天奇亮，透过窗帘的空隙照在她脸上、头发上，整个身影罩着一层光，跟做梦似的。他着迷地看着，恰好在这时，她转过脸来。他鼓起勇气直视她的眼睛，心飞快地跳动。

"护士姐姐——"他的声音停了一下，"可不可以，取了口罩？我想看你的脸，可以吗？"

她没想到他会这么说，抬了一下头，掉转身子，朝房门走去。

他想她生气了。可是她在门前停下，转过身，揭掉口罩，露出一张白皙秀气的瓜子脸来。她的鼻子有棱有角，嘴唇微微往上，含着几分神秘意味，在左下巴那儿有颗小小的美人痣，她的眼睛略带几分忧愁地看着他。

"原来是秦佳惠大粉子！对不起，佳惠姐姐，我们小孩子都知道你，你是绝对，绝对，最最好看的人！"

他其实并不知道她就是秦佳惠，只是这么好看又有美人痣的人，还会是谁？他凭本能说出来了。

秦佳惠有些害羞地一笑，她抚了抚额前的发丝，戴上口罩。

"佳惠姐姐，你看我脸上也有颗痣。"他高兴地指着自己右鼻翼边的痣。

秦佳惠看着他，点点头，拉开房门离开。

母亲嘲笑窦小明，说他脸上这颗痣是好吃痣，说要找走街串户的郎中，涂上药膏，把这痣洗掉，他就不会偷吃家里的白糖、猪油渣和酱油。这话八竿子打不着边，嘴的周围有痣才是好吃，他的痣不在那儿。从发现佳惠姐姐有痣，他开始喜欢它了。

窦小明这独根孩子，母亲虽严厉，但还是放任他生长。他的性格很闷,不太合群,很多想法,都压在心里,故意跟母亲对着干。头被打破,值了,不然佳惠姐姐哪会给他剪指甲。他把手放到鼻子边闻,味道有点像栀子花,有点像青菊,对了,是黄葛兰香。街上好看的姑娘都会花五分钱买一串来挂在衣服上,或插一朵到头发上,这是她的香气,能感觉到她的呼吸。

窦小明陶醉地闭上眼睛,但几分钟不到,整个身体都发烫,胸口气闷,头痛起来。有脚步声走进病房,他急切地对她说:"我好烫!头特别痛!"一只手重重地搭在他的额头,皮肤粗糙。

他明白不是秦佳惠,睁开眼一看,母亲正严肃地盯着他。刚才他的声音太柔和,有点撒娇的意味,这弄得母亲怪纳闷的。

他朝她眨了眨眼睛,有点不好意思。他心里喜欢秦佳惠,这是个秘密,可不想让母亲知道。

"吃了饭,头就不痛了,就会退烧。"母亲从一个网眼篓里拿出一个白搪瓷缸,里面有米饭,上面浇了泡豇豆炒肉丝。

他看见了,马上坐起来。

"这个月的肉票都用在你一个人身上了。火炮,等你好了,你得来面馆给妈当帮手。"

"我才不要去,面馆里的人净在说人坏话,连男的也是长舌妇。"

"你堵住耳朵不听就是了。说人长短,说的人听的人高兴。你跟你妈不一样,啥事都抠门。要你帮忙,你就小鸡肠小算盘!"

"啥子事都有源头,源头就是你崔素珍!"

"你吃豹子胆了!不准叫我名字!"母亲的手举起来。

窦小明看着她,两个人对视,仅仅几秒,他笑了,说:"那我猜得到,你出生时,街上肯定在放火炮。"

母亲垂下手,摇摇头,在床边坐下来,看着他吃饭,双眉皱着,像在想什么事。母亲做的饭菜太好吃了,如果能够放青辣椒丝,泡豇豆炒肉丝会更香。他吃完,用袖子抹嘴,然后告诉母亲。

"火炮,你嘴挑,跟你爸爸一样,天生知道哪些东西放在一起好吃。这方面妈差一节,我听你的,下次放泡菜。我要走了。"

母亲伸出手,放在他的额头说:"好多了。"

他摸额头,不烫了,也不痛了。母亲给他带了一套干净的内外衣服,让他换了,脏衣服要带回家去。一定是上次来时看到他的衣服上有血迹。窦小明让母亲转过身去,她照做了。他觉得母亲是个变色龙,是个纸老虎,你强,她就弱;你弱,她就强。

第二章 在医院

当天傍晚，母亲让邻居给窦小明端了面条来，说是他有伤，吃辣椒不好，没放辣椒。面条上扣了一个荷包蛋，放了空心菜，还额外加了好多颗油酥黄豆。他接过面条，稀里哗啦吃起来，完全停不下，几分钟不到通通扫荡完，连面汤都喝掉。

病房里住进的一个麻脸男人，眼馋，不快地说："这么好吃的面，搞两碗来多好。"

窦小明没说话。没过一会儿，麻脸男人的女人送饭来，是酸菜泡饭。女人是个哑巴，给男人打手势，看到男人点头，就一屁股坐在床上。

窦小明看着对方吃，肚子又饿了。

有人敲门，接着，一个四十多岁的民警走进来，到窦小明的床边，问过名字和何时进医院后，说是有人报案。民警手里有本子和笔。

窦小明没想到,一脸惊异。

"窦小明同学,今天上学路上是哪个人打伤你的?"民警问。

窦小明虽不知那个动手的矮个子叫什么名字,但很容易找到,同年级就四个班,一查便知。民警等着他回答,他却摇了摇头。

民警看了看他,问:"不是一个学校的?"

"不认识。"他不想告诉民警打人的是谁,这个人是否会被处分或是记过,他不关心,他只知道这是自己和他们之间的事。

"好吧,记起来后,来派出所报告。"

民警是块老姜,一眼把他看穿,手握本子和笔,然后离开。

窦小明不管。他心里想:谁报的案?苏滟,还是母亲?也可能是哪个多事的邻居,或路人。

有脚步声近了,秦佳惠推门进来,塞给他两个花卷,说:"这是你最喜欢的花卷。我马上下班,有事你叫值班护士。今天晚上好好睡觉,明天检查后没事,你就可以回家了。"

窦小明好高兴,他埋头咬了一口花卷,花卷放了碱和花椒粉,也有盐,比他吃过的花卷好吃,满口香。

"佳惠姐姐,真好吃,谢谢你。"他抬头发现她不在房间里,已经离开了。

吃完花卷,用袖子擦完嘴,他想,母亲该认识佳惠姐姐,但她戴口罩,不认识也对。他困,却睡不着,眼睛还是亮亮的。第一次在医院这样的地方过夜不习惯,他想家里的窄床,屋子里有母亲对他不满的唠叨,它们能让他睡着。翻了一个身,正巧,值班护士查房,他找护士要了笔和纸,趴在床上画画,并答应她,十分钟后肯定熄灯睡觉。

房间里涌进来好多男男女女,是来看那个麻脸男人的。其中一个女人大嗓门去找护士,在走廊里吵闹,要出院。

护士让他们安静。但他们不听,没办法,护士让女人签字,让他们把麻脸男人带走。

房间突然清静了,窦小明画了一号桥桥墩,桥墩下面的船,还有一江水。有一艘船,船上坐着一个小男孩。男孩一个人在木船上,随波浪摇晃,天空在摇晃,江水也在摇晃。他的心在摇晃,这个世界,也慢慢摇晃起来,他会长大,一夜成人。

半夜刮起大风,没多久下起大雨,不过窦小明不知道,他睡得太沉了。第二天上午秦佳惠拎着一个书包,重重地放在窦小明的面前。响声弄醒了他。他睁开眼睛,窗外是一个罕见的大晴天。

"昨夜雨下得好大!今天天气太好了!"秦佳惠说,她一身白衣,虽然戴着口罩,但可以看出她在对他微笑。

窦小明坐起来,吃惊地看着床边柜上的书包:边角都磨毛了,扣子周围有些脏,边上用圆珠笔画过。从上小学一年级开始用,先是带子长了,母亲折了一个褶,用针线缝住,说他上三年级就可放下来,结果上五年级他才放下来,不过相比同年龄男孩,他不算矮,也不算高。

生平头回在医院过夜,窦小明虽不习惯,但可以不上学了。

"我去你家了。可惜不能上学,在这儿自习吧!"

"你怎么找到的?"

"你昨天不是啥都告诉我了吗,包括你妈的名字?"她给他量体温,把温度计放在他腋下,"你妈人很好,以后不要和她调皮了。"

他点点头。

"身体好点了吧?"

"昨晚我发烧了。"

秦佳惠看了他一眼，将温度计取出："36.5℃，正常了！"她低头在本子上写。

"我今天可以出院了吗？"

"等大夫看过才晓得。"

窦小明不想出院，因为在这儿，可以见到她。他一抬头，发现她的脖子上有瘀斑，还有手指印，不由得想：这是怎么一回事？

飞机驶来的声音，引起他的注意。秦佳惠走到窗前，飞机从阴霾的东边朝西边飞，它靠近，轰隆声就大了一些。她说："我从小到大喜欢看飞机。"

"我也是！"窦小明望着，由衷地说。

飞机钻入云层之中，瞬间消失殆尽。

秦佳惠掉转脸来，看到床头柜上放着一张纸，上面画了一个桥下的小男孩，江上荡漾着一艘船，铅笔轻轻勾勒，便问他："是你画的？"

窦小明点点头，拿过书包，打开来，掏出课本。

"画得不错，加油！不懂的地方问我。学习好了，长大了，才有本事做自己想做的事。"

"你比我的老师好！"

"她严厉吧，严厉才好。"

"我不反对严厉。但是，佳惠姐姐，你比她懂得多，你比她对我好，连你的声音也比她好听。"

"小精灵，嘴吃糖了。"

这天上午一个大嗓门的女人被抬进病房，她的颈子和脑部受伤，整个头裹了纱布。她吵闹着要吃止痛片，护士看了她，没有给药。她吵累了，闭眼睡着，打起呼噜，整个病房像有一列行驶的火车，轰隆声不停。

佳惠姐姐在意学习，那我要好好用功。窦小明看了一眼对面病床上的女人，静下心来做作业。结果作业很快做完。这时一个护士端着盘子进房间。

窦小明抬起头来，看到她，失望地垂下眼睛。

"窦小明，是不是不想看到小汪姐姐？"护士逗趣地笑了。她的声音清脆，眉毛和眼睛长得很秀气。

窦小明想见到的是佳惠姐姐，这个小汪护士这么点中他的心思，他有点不高兴，却不想搭理她。

小汪让窦小明坐好，取下纱布，给他换药。"现在你的伤口长得不错，不必缠头。"她边说边剪短纱布，叠了三层，贴上胶布，"你看上去利索多了。窦小明同学，听着，大夫说了，你下午可以出院了。"

窦小明不太高兴，无精打采地问："真的？"

"注意伤口，不要沾水！"小汪想起什么，说，"你妈妈托人传话来，要你自己回去。"

穷人家的孩子，老天照顾。母亲说过，领老天的情，老天还会对他好；不领情，老天就不管他，让他成为一个可怜鬼。

他最好领情。

人真是怪，之前他讨厌住医院，现在呢，不想出院，因为可以天天看到佳惠姐姐。窦小明穿上鞋，背上书包，往外走。

这个下午，门诊那边传来嘈杂声，是因为有人敞开连接处的大门。走廊内弥漫着消毒药水味，墙上有些红字标语被油漆刷掉，还有主席像边上的另一个画像被取掉，有个空框，画像不在了，框里框外颜色不一样，里面白，外面白色变灰。

大白墙上有护士们的照片，不管是男是女，每张照片都拍得清清楚楚，小小的。他的眼光搜索着，看到今天给他换药的小汪护士，全名叫汪英，她的脸看上去活泼可爱，年纪很轻。在小汪的边上是一个略显忧伤、眼睛亮亮的姑娘的照片，照片下写着"秦佳惠"。照片拍得不好，光太强，没本人好看。

他见没人注意，迅速取下照片，放入裤袋。

窦小明心里惶惶不安，快速走出医院，走出好一段，才放慢脚步。

一号桥一带虽属于城中心，但并不繁华，住户大多是平民百姓，相比解放碑、朝天门、千厮门、重庆饭店周围那些老银行高层建筑，即使有水泥大楼，也没有超过十层。这儿吊脚楼依山坡而建，随便哪个角度都可看到若瑟堂的哥特式钟楼，尤其是那尖顶的十字架。老辈人说，以前里面每个周末传出歌声，人听了，心旷神怡。现在没歌声，但门开了，人又可以去祈祷，哪怕是小孩子进去，也会变得安安静静。

中心街不像别的街巷污水横流，宽阔的石阶清扫干净，孩子爬在石阶上玩，一级级往下挪。地上如果有一个烂菜叶子和一团脏纸，会被人捡起。为什么呢？这儿是大家的脸，重庆话里连说高兴事也带脏字，可是重庆人爱光面子。中心街就是大家必经之地，好多人眼睛盯着。山坡下，嘉陵江静静地流着，在朝天门融入长江往东，经过三峡到武汉，在上海吴淞口流入东海，到太平洋。

街上船员叔叔说，父亲走船不走海洋，只走长江。

窦小明对父亲的印象不是他走船，不是他一米八的身高，而是他的暴脾气，跟母亲在家里几句话不对付，两个人就会砸锅砸碗。两个人好的时候，会喝酒划拳，一起唱歌，也会把他扛在肩膀上，趴下让他骑。他想父亲，喜欢回到那个有父亲存在过的家。夏天涨水时木船驳船隐在一号桥下，他和别的孩子想方设法从这船头跳到那船尾。船主气得拿着竹竿子追赶他们。没用，他们跑得比泥鳅还快，蹦入江水里。父亲不走船时，经常陪他去江边，会和他一起跳进江里。

现在是初秋，桥下泊着的大大小小的船差不多都离开了，全是风缠着桥墩，发出怪叫。

他站在高处，想念他的父亲！他的眼睛红了，不行，不能当街哭鼻子，想想，应回家，就沿着马路往回走。

转身跨入中心街，走了几步，就发现石阶右端，一个头发花白、一身黑衫、六七十岁的老头，吊着二郎腿坐在一个石坎上，双目紧闭，嘴里流着口水，戴着一顶裤腿做的黑帽子，一个大白鹅蹲在他的边上。他的面前摊了一张发黄的纸，搁了砚台、墨棒、毛笔和劣质宣纸，上面写着"知天命、代写信"。

那是神秘兮兮的宾爷。这片地区，有一半居民不是土生土长的本地人，他们有的来自江浙，有的来自广西，有的来自陕西、宁夏，有的来自湖北，比如胖妈，口音里有湖北腔，精明能干也像天上的九头鸟，只有宾爷来路不明。他在五台山待过，也去过乐山、阿坝，甚至也能说宁波一带的话。有时你能看到他，一天几乎三四次；有时几个月他都没影，不知躲到哪里去了，居无定所。没想到出院遇到的头一个熟人就是宾爷。窦小明感觉宾爷的眼睛微微睁开，盯着他。他心里一惊，一看，宾爷仍是闭着眼。

窦小明一甩手走了过去。不远处，一号桥桥边飘荡着一只红气球。他盯着看，一阵风吹来，它居然不是飞高，而是坠下桥墩，转眼没影。

华一岗正街在中心街下方一条有不少吊脚楼的小巷里,看着不远,但要经过一段上坡下石坎才能到达。这儿每幢房子都是低矮的小木窗,嵌了木柱,一些房子有旧旧的木阳台,变成灰黑色的栏杆,挂着篓、扫帚和洗过的衣服,它们摇摆在风中。他的家位于巷子尾端,同时也是另一个小街的头,正面看不到江,吊脚楼改建为半木质半砖房,屋外搭了一间小小的砖墙简易厨房,有个土灶。正屋里有一个丁字形房间,里面用布帘隔出个小空间来,放他的单人床。大的空间除了母亲的稍大一点的床外,还有一张吃饭的桌子、四个凳子;靠床放着简陋的五屉柜,上面放着一面圆镜、牛角梳子和毛主席瓷像;墙上挂着一个镜框,镶着一家三口的照片,窦小明只有四五岁的样子,在中间位置,他的父亲瘦瘦的,抱着他,母亲站在父亲身边;房门边是洗脸架和毛巾,重叠放着两个盆子,地上是两个热水瓶。

窦小明推门,推不开,才发现门上挂了一把锁。

他从厨房小碗柜里取钥匙,打开门。家里收拾得干净,桌子上有一大碗稀饭和一碟咸菜。他饿坏了,取了筷子,坐在桌前把稀饭吃完,这才掀开布帘到里面,倒在小床上,取出秦佳惠的照片来看。传说她是大粉子,一点不差,五官周正,额头饱满。其实重庆话里没有"粉子",这"粉子"两字是从成都那儿传过来的,重庆人喜欢,就这么讲了。他左看右看照片,她的眉眼有点清冷,但她那么关心自己,这点让他意外,不管如何,这个姐姐他认定了。

重庆以往哪年也没像1976年秋天天光奇短,这天,夜幕像块大抹布扔过来,一轮雾蒙蒙的月亮照着两江三岸,高高低低的房子依山坡错落有致,周围邻居家传出大人训斥孩子、夫妇婆媳争嘴吵闹、孩子互相追逐的声音,也有做饭和吃饭的嘈杂闹腾。不过昨天下过雨后，空气格外清朗。

母亲回来了，在洗脸盆里洗了好一阵手，用毛巾擦干后，烧水做泡酸萝卜面条。两个人的饭简单，做饭人动作又麻利，一眨眼，桌上就有了两碗面。

屋子里光线暗暗的，两个人吃完，没说一句话。

通常母亲会问窦小明几点回的，今天她不问，也没问他的伤口如何。

他去拿碗，准备去厨房洗。母亲摆了摆手，喝着瓶子里的老鹰茶水，然后身子掉转方向，望着屋外的空地。风把半敞开的房门弄得嘎吱响，她也没走过去关上。

屋子里太暗了，黑不溜秋的，窦小明进了布帘里自己的空间，拉亮灯，折纸飞机。

母亲开腔了："电费太贵，开得太早了，天没黑尽。"

窦小明走回来，看母亲一眼，母亲还是喝着她的老鹰茶水。

整个房间里有泡酸萝卜的味道，这个小小的家，他有种久违的感觉。他回到自己的小空间，折纸飞机，折好后，到小木窗前，用力一扔。纸飞机蹿出窗柱，到窗外夜色中，像一只白鸟扑腾了几下，就被一阵风卷入一摊水里。他出房门，脏水把纸飞机弄得丑陋不堪。他索性把它扔进厨房的垃圾桶里，悻悻地回到房里，关上房门。

母亲借着窗外的路灯光，坐在床边补衣服，边穿针引线，边说："不要沾水哟，不然伤口长不好。妈妈给你说的话，是为你好。我昨天在门口没走，听到那个秦佳惠说你闯祸是替人抱不平。下次，你得给我躲着祸走，不要让我担心，听到没有？"

"听到了。"他答应。难怪回家母亲没骂他。她怎么知道佳惠姐姐的名字？对了，她不是来取他的书包吗？当然就认识了。

"不要吃辣椒和酱油,不然伤口长不好,还要留疤痕;不要和妈妈拗着劲对着干,不然伤口长不好。小东西,晓得吗?"母亲说。

他笑出声。这跟伤口有什么关系?走入里间,他把母亲说的这句话写到墙上,写上时间。手一松,笔掉在床档头,他去捡,却弄翻木凳子。母亲咬掉衣服上的线头,拉亮外面的灯,整个屋里光线亮多了。她掀起布帘,看见他扶起凳子,倒立在墙上,生气地说:"你看,我的话都打水漂了,你不听,居然又在翻筋倒怪!"

倒立在地上看母亲,她的身子显得比平常长。他问她:"你有没有到一个什么人也不认识的地方?"

"做啥子?"

"闯世界。"

"妈妈当年就是这样从石宝寨农村跑来重庆的。"

母亲偷了家里的蚊帐卖了坐船,为了和父亲在一起。母亲因为嫁给父亲,与外婆关系紧张了好些年。后来外婆原谅了母亲,经常到重庆来。外婆是在重庆离开人世的。母亲讲过这些事,他记得。

"没有钱,能活吗?"

"能活,越穷的人,越顺风长。"

"自己能长?"

"绝对。"母亲走到柜前梳头,"很久都没去看外婆了,她走前说,一定要葬回老家,遂了她的心愿,可是上坟不方便了。"

窦小明没搭腔,仍然倒立。有母亲的声音,这个家才像家。墙上有好多他的涂鸦:吊脚楼、星星和彩虹、弯来拐去的一号桥、黄葛树,还有脑子发热写的话。母亲倒也不管。可能他画画的兴趣就是来自这小房间的这面墙。

隔壁邻居马叔叔家的小石头一直在哭,他的哥哥一直在骂人,边骂边摔东西,他的姐姐在骂他的哥哥,边骂边哭,马叔叔在骂哥哥和姐姐,取了竹块,要将三个孩子一起揍:"站好,站成一排!"

"我明天会给你煮点绿豆稀饭!火炮,关灯,睡觉!"母亲在床上叫。

"崔素珍,你先睡。"

"不准你叫我的名字。"

"除非你不那样叫我。"窦小明说着,双脚离开墙。他拉灭灯,躺在床上。

可是睡不着。他拿出秦佳惠的照片来,借着窗外的月光,发现照片被压皱了边,于是伸手抚平。母亲翻身起床,像是要走进来,他把那照片放在枕头下面。他把头埋在枕头上睡,还是睡不安稳。他的手伸入枕头下取出照片来,佳惠姐姐的眼睫毛很长,脖颈线条光滑,如果做雕像,这个地方要注意。她的头发很黑,如果散开,整个人会更好看。一不小心,对上她的眼睛,她看到他的心,微微一笑,他的脸一下子红了,连忙将照片放在床板下面。那儿有好几张《大众电影》杂志女影星封面,都是20世纪五六十年代的,他趁废品收购店老头不注意,偷偷撕下来的。他把那些美人折起来,以前他的下面急了,就看这些画片,他会把小床弄得有节奏地叽叽直响。现在给自己分了一个区域,有一个专门的区域,供着佳惠姐姐,跟以前的她们不同,他心里得修一个高高的龛,敬着,因为她是他的女神。

他小心地将她的照片夹入其中,然后躺在枕头上,长长地出了一口气。

第三章 老妈小面馆

去过中心街的人都知道,这儿的石阶在整个重庆,并不比较场口十八梯逊色。十八梯连接上半城下半城,有七街六巷,以前是重庆人必去的繁华之地。在那儿看风景打望,有花市、鸟市、茶馆文化;那儿也是重庆屠宰场,也批发火锅原料,辣椒、花椒和毛肚、血旺;当然,旧时黑帮也在那儿出没,那儿显山显水。相比之下,在中心街黑帮就隐得多,不公开招惹人。中心街有七大段,每一段有二十四级石阶,相隔五级大平步,很宽敞,两侧要么是住家,要么是小店铺,街顶头就是马路,离医院不远。这儿是当地人的一个小舞台,每出戏都在这儿上演,观众也是演员,人人都是导演,一出戏接一出戏,过得活色生香,自成一个小世界。母亲的"老妈小面馆"在中心街最下面,还要走一百来米,有一块平地。平地下面是三条岔路,连接不同的巷子。

小面馆在平地上,门口摆了一口大灶,放着一口大锅,正翻滚着煮面水。还有口小灶,灶上,铁锅叠着一格格蒸笼,里面是白发糕,冒着热气。室内有五六张桌子,门外有几张小木桌,里外都有客人在吃面。门前一桌四个人在专心地打长条纸牌。母亲穿了一件灰底衬衣,黑布鞋,体态匀称的身材,精干利索,围着围腰在煮小面。小面作料有辣椒、花椒粉、蒜、葱、咸菜、酱油、盐、味精和醋,小面是带碱的湿面,洗净的空心菜切成小段。

窦小明走进面馆。今天是礼拜日,他一般会赖在床上,哪有这么早起床的,甚至到面馆来,她的儿子何时这么乖了?

母亲惊异地看着窦小明,他脑袋后面的纱布不见了。这孩子!不过伤口处还贴着创可贴和胶布,像"井"字一样牢牢保护着。她稍宽了心,说:"太阳从西边升起,火炮居然来视察老妈小面馆。"

窦小明不理母亲的讽刺,说:"你不是夸我打的作料好吃吗?我帮你吧!"他将各式调料放在碗里,不时抬头看医院那边的石阶。

没有,都没有佳惠姐姐的身影。

哪能他坐在这儿,她就经过?笑话。

窦小明专心了,给母亲打下手,跑前跑后的,洗了一大堆碗。母亲抬头看外面,神情很专注,他也跟着看过去。

一个二十岁左右的年轻女人出现在石阶上,穿了一件短袖蓝花衬衣,下边是一条蓝裙,带扣的黑布鞋,头发披在肩后,别了一枚白花卡子。她一步一步下石阶,风吹乱她的头发,甚至遮住眼睛,她也不用手拂开,心事重重地走着。一双眼睛清澈含水,那脸庞有些苍白,那身姿高挑动人,胸丰腰窄。街上的人、吃小面的人、坐在门前桌旁打长条纸牌的人,纷纷抬眼看。她在人们的目光中走来,美得不可方物。不对,那就是佳惠姐姐,没有穿护士服、戴口罩的佳惠姐姐！她对直走到小面馆门口，递上一个带把的大搪瓷缸，说："崔孃孃，三两小面，放辣点，带走。"

母亲也在看着秦佳惠，听到她说话，才回过神来，朝她点点头。

秦佳惠朝桌边的窦小明点点头。他比母亲动作快，拿过搪瓷缸，往里放调料，多放了一大勺辣椒油。

母亲轻声叫了起来："太多了。"她凑近他的耳朵："这油辣子很贵，多一勺多五分钱。"母亲往锅里下面下青叶菜，没一会儿，挑了面。

母亲担心自己的话被听见，对秦佳惠露出笑脸："我们开张没多久，常来。"

秦佳惠递钱给母亲，母亲不收，说："谢谢你在医院照顾火炮。"

秦佳惠放下钱就走。

门前那桌打长条纸牌的四个男女，眼睛还是盯着秦佳惠的身影，轻声议论起来：

"混血妹儿就是生得乖！"

"时间过得太快了！"

"这秦佳惠很少出来，当护士呀，我搬来中心街好几年，才第二回碰到她。"

坐在门口桌子边吃面的胖妈，眼睛眯着，她在中心街开杂货酱油铺子，每天早上开店前都到这儿来吃小面。她用手帕擦嘴，放下筷子，对身边一个年轻姑娘说："我记得就在这条街上，我眼睁睁看到惠子一家人分开，日本妈妈在前面走，爸爸和女儿在后面追。宾爷当时说：瓜强扭着的，会破；瓜自然长出的，隔不破，牢得很。老秦不容易！算是把女儿养大成人了！"

年轻姑娘惊奇地听着,问:"啥时的事?"

"快二十年了吧?"

"20世纪50年代末发生的事?"

"是的。我记得宾爷说的话。我是大老粗,听不明白,即使这事久得埋进了心里,都长成一棵树了,也懂不了。"胖妈皱着眉头说。

"说久也很久了,一个小女孩长大,当了护士,结了婚,难以置信。"打长条纸牌的男人感叹道。

"不过,那一切就像昨天呀!老秦是一条汉子!"胖妈说,端起碗来,把里面剩下的一点作料汤喝完,"吃面就是要吃汤,这是会吃面的人。今天胸口压着不舒服,算了,隔哈不吃中午饭了,窦妈妈,你的面好吃惨了,再来一碗嘛。"

母亲嘴里答应,心思却在儿子的身上。

窦小明盯着秦佳惠的背影看。老秦,就是中心街摆鞋摊的秦伯伯,同一个秦,同一个脸模子,肯定是佳惠姐姐的爸爸。母亲肯定知道,但不知那天在医院拦着不让打人的护士就是秦佳惠。如果告诉母亲,她会唠叨:"火炮,你看秦佳惠多有出息,方方面面都是人尖尖,哪像你,这么不争气,跟妈对着干,哼,养儿防老,我养你啥也图不了。"

"火炮!走啥子神?"母亲叫他。

母亲这声叫,反倒提醒了窦小明,他追了出去。

秦佳惠端着盛面的搪瓷缸,走在石阶上如履平地。窦小明悄无声息地跟在她后面。上午阴沉沉的天,湿气好重,脸上像蒙着一层雾。这条小街在主街边上,没有路人。

秦佳惠向上走了一小坡石阶,猛地一回头,看到窦小明,也没吃惊，反倒平静地说："小不点，别跟了。"

"我走得很轻，佳惠姐姐，你居然听到了，怎么晓得是我？"

她露出一丝笑容，换了一只手端搪瓷缸："唉，你怎么把外层纱布弄掉了？"

"哎呀，掉了就掉了，佳惠姐姐，反正我不痛了。"他的手摸上去确实已结痂了，边上头发已生出小楂儿，刺刺的。

她摇摇头，看了看他："记住，伤好了再上学，不然撞了会有麻烦。"

窦小明点点头，然后说："今天是礼拜天。"

"今天是礼拜天，轮到我上夜班。"从她的声音听出来，她情绪低落。

他摘了路边一枝蓝色野花，两步并作一步，上石阶，与她并行，递给她："佳惠姐姐，你盯住这朵花，你笑，花也会笑。"

秦佳惠接过花来看，仅仅两秒，她嘴角露出一丝笑意："真的呢。"

"我妈妈说，人笑的话，天公都不敢下雨。"

秦佳惠一愣，看他："你有一颗善良美丽的心！"

窦小明听了这话，很意外，心里很开心。

秦佳惠把花朵随手插在头发上，他看到她的手臂上有青块，整个脸都凝固了，伸手想去摸，她却轻轻让开。

"痛吗？"他问。

"不要紧的。"秦佳惠小心地端着搪瓷缸，害怕面汤溢出。她的眼睛扫到他的手，干干净净。他发现她在看他的手，两个人停下步子，目光移到对方的眼睛，脸色舒缓，由衷地高兴。前面还有一段石阶，她转身对他说："回吧。"

窦小明点点头，往石阶下走。

石阶底端，是一个街道工厂灰扑扑的院墙，墙上写着"深挖洞广积粮"的标语。他走着走着，突然停下，一只蜻蜓对直飞来。他本能地侧过脸，那透明的翅膀掠过鼻尖，痒痒的，如一道光影，迅速向上，越过墙，停在空中，一动不动，小眼睛怪异地盯着他，像是在说"快走快走"。他呆在那儿，猛地转身往石阶上跑去。

石阶顶端的石板路上立着几幢小平房，往右拐入一条宽巷子，拐上几级石阶，有墙围起来的小院子，属于船舶公司宿舍，一共三家砖式平房和一幢五层楼，靠楼房进门处摆着好几盆茉莉花和小葱蒜苗。窦小明只是凭着感觉走，他的头贴在宿舍小院墙边，往里探看。

这时候，一个女人的惨叫声响起。

一只黑猫在一层右边窗台跳下来，受了惊吓，在院里东窜西奔。好多人头从自家房里伸出来，楼上和院子里的人，看一层右边第一户。

屋里传来一个男人生气的声音："出去这么久，还插朵野花！在外面打望野男人，是不是？"话音未落，响起一记耳光。"面腻不得，腻了，难吃死了！明明晓得老子不吃这种面！"

"我重新给你下碗面。"一个熟悉的女人的声音轻轻说。

"下个锤子，心情全被你这个烂人破坏了！"像是杯子砸碎在地上的声音，一个搪瓷缸从窗里被扔出来，哐当一声响，眼看面和辣椒将流淌在小院空地上，一个六岁左右的男孩，居然飞跃向前，接着了，里面的筷子插得好好的。

男孩握着筷子，干脆坐在地上，狼吞虎咽，边吃边说："好吃！老妈小面太好吃了！"

一股特有的辣椒、花椒、咸菜、小葱混合的香味在院子里散开，让人馋得流口水。吱嘎一声，门开了，紧接着一个男人穿着一双白球鞋，吹着口哨，从楼道走到院子里。他的嘴里吹着口哨，小曲有节奏、有气势，好听好耳熟。但窦小明想不起这曲子来自何处。

这男人身材高大，五官生得周正。头发用火钳烫过，吹得高高的，上了发胶那种，穿着黑色短袖衬衣，下身是一件工装裤。他的左手抓着一件军上衣，搭在左肩上，右手插在裤袋里。

窦小明赶紧蹲在墙边，黑猫跑到他的边上，也学样，望着里面。

吃面的男孩敬畏地望着那男人说："钢哥，这缸缸和筷子，我会还给你的。"

钢哥对这个孩子做了一个赞许的手势。

那些偷窥的人，马上把头缩回自家房里去了。原来这个人就是佳惠姐姐的男人。窦小明没想到，她结婚了，男人居然是一号桥鼎鼎大名操社会的混混头子杨钢邦，外号"钢哥"！

钢哥目不斜视地从窦小明身旁往外走，嘴里吹着口哨，下石阶。

石阶下是巷子口，四个小青年早就守在那儿，他们一见钢哥走出，忙谄媚地点头哈腰，递烟的递烟，打火的打火。程四对钢哥低语："钢哥，收到电报，那批货已在路上，到时接货，再通知。地点嘛，我选在嘉陵江上，安全一些。"

钢哥吸了一口烟，满意地点点头。

窦小明站起身来，不敢到巷子口。他认识程四，程四长得很粗壮，一张国字脸，住在学校背后那条小街，父母都是一根扁担两根绳子的"棒棒"，在江边接活，靠体力挣钱，有时也去建筑工地挑沙子；廖六中等身材，头发长长的，戴个烂边草帽，经常在街上遇到。王小五的脸没有笑容，斜挎一个军用书包，站在程四的身后；袁七瘦瘦的，手里拿着一个棍子，他就住在下街上。

那个男孩很快将一缸小面狼吞虎咽了一半。佳惠姐姐在回家路上与自己多说了几句话，误了一点儿时间，面变腻了，软了点，穷讲究的钢哥就抽了她耳光、砸了东西。这个吃大粪的歪人！砍脑袋的臭蛋！火葬场的瘟丧！窦小明心里骂着，脸气得红红的，很想去安慰她，但是他不敢打扰她。

你臭皮蛋钢哥，你不是人，这个仇我记下了。他在心里骂着，握紧拳头。

他的肚子饿得直叫唤，母亲昨晚说给他专门做了绿豆稀饭，是回小面馆还是回家？回面馆，母亲会下面给他吃。算了，回家吧，那儿有绿豆稀饭，没有母亲盯着他的一双眼睛，更重要的是有佳惠姐姐的照片，他在心里对她说："佳惠姐姐，你等着，我会给你报仇的。"

第四章 江边

窦小明想要给佳惠姐姐报仇,这是排在他心里最重要的一件事。礼拜一,母亲叮着他上学,说男孩子得粗养,一点小伤,不碍着去学校。他待在家里无聊,就背着书包进了教室。老师、同学倒是关心他,在同学的心里,他敢打抱不平,俨然是英雄。他的伤不重,身体素质好,没几天,伤口结痂掉了,头发楂儿也长长了。他出奇地乖,没逃一节课。这段时间他几乎没与母亲对着干,她让他做什么,他都听。

每天上学前,他都会去小面馆,明着是帮母亲搭个手,暗地里想见到秦佳惠。不过这几天她都没来打面,在路上也没遇到。他也去医院门口等,也没有等到。快快不快之中,看见穿着白球鞋的钢哥从街上经过。他有了新目标,远远尾随。

钢哥的身边永远跟着一批小青年,个个臂粗腰壮,手里提着棍棒,在街上耀武扬威。有时小兄弟被外面来的混混打,钢哥会替小兄弟打回来。那些小混混见着钢哥拔腿便跑。窦小明跟着钢哥,心乱如麻,没任何主意,渐渐生出一些想法,但马上抹掉。要报复这个臭流氓,没那么容易。钢哥高高在上,洋气十足地用火钳烫着鬈鬈头,走路吹着口哨,嘴里叼着山城牌香烟,鼻孔朝天看,眼里哪瞧得上他这种小崽儿。

他心里窝气,直到在江边看死尸这一天来临。

那天傍晚,母亲回家较平日早。

她的床底有两个宝贝:一个是家里的那个帆布箱子,里面装着什么,他不知道,因为她上了锁,每次悄悄打开,不让他看到;另一个是木盆,说是父亲做的。父亲离开三年了,他很想念父亲,有时就把木盆从床底拖出来,在里面蹦跳。母亲见了,会生气,说是你爸爸做的,不要弄坏了。

家里洗澡,或是大扫除时,用这个木盆。家里洗澡,因为水和煤金贵,所以只是烧一盆滚烫的开水,再放冷水,这样水位在木盆底一根手指那么高的地方。

母亲说这样洗澡,已很奢侈了,好多人家孩子多,只能洗冷水澡,或直接到江边去解决问题。我们家你是独根葱,妈妈挣钱少,但经济条件算好的,一礼拜有一次热水澡可洗。平常擦个澡就行了。每次母亲都会感慨,去七星岗上面扬州人开的澡堂子花一角钱洗个淋浴。她说父亲带她去过,那是他们结婚那天,作为一个特殊日子,两个人进澡堂子。男女分开。女的一边,是分格,每格上端挂着一个水箱,水用完了,就得加钱。男人有澡堂子,就是大水池,都在里面泡澡,身上的老垢泡后,一搓就掉,再冲一下,人便清清爽爽。

母亲讲这些时,眼睛放着光,跟说吃红烧肉一样。生了他后,父母从未去公共澡堂洗澡,父亲走了,那母亲更是不会花一角钱去那里。街上的澡堂子当然对母亲是一种特殊的记忆。

母亲不去澡堂子。那在家里，母亲怎么洗澡他不知道，通常她把他赶出门。他洗澡，喜欢坐在盆里，双脚放在盆外，洗完身体，双脚进入，洗脚。木盆每年都会打一次清油。那气味不是太好闻，但母亲不管，木盆被她照顾得好。

两个人吃过晚饭后，母亲烧热水，准备给他洗澡用。这时，好几个男孩子从房前奔跑而过，边跑边叫："快去江边看水打棒！"

窦小明马上往门口走去，母亲伸手抓他，没抓着。他像射出的子弹一样，听到身后母亲的骂声，心里一阵兴奋。那些男孩跑在前面，他跑在后面，没几分钟，他跑过他们，奔下山坡，心想要是水打棒是钢哥，就好了！

到达江边时，那儿已聚了不少人，男男女女、老老少少，站了一大块地。浮在礁石边的尸体像一条又长又胖的丝瓜，随水波一荡一荡的，并不是钢哥。走近一看，是一个光身子的女婴，身上拖着一段脐带，白红白红的，四肢缩成一块，很怪异。窦小明心里难过：这么小点点就死了。

一串快乐的笑声传来，脆脆的，有点像银铃，引起人们的注意，好多人围过去。窦小明顺着笑声看，原来山坡上站着一个三十来岁的女人，下身是一条男人的七分裤，上身没穿衣服，脏兮兮、黑乎乎的，像一层贴身衣。不过她的脸干净，小小的个子，扁扁的乳房，大大的屁股，一头短发剪得乱糟糟，看着下面大笑，边笑边说：

"你们看我的闺女，几天不见，她就长大了，又白又胖。"

那女人是黑姑，窦小明认识她，打他生下来，这黑姑便在江边游荡了。母亲说，这女人是美人胎，爱错男人了，脑子不正常，经常在江边打望,每天至少去一次轮渡口,想遇到抛弃她的人。好多男人打她的主意,睡她。她怀上孩子,生下来,就送人,或扔进江里。公安觉得问题大,但又不能抓她。传闻曾抓她去监牢,她每天弄事,被犯人联名告发:有神经病的人不该关在这儿,应去疯人院。但送到疯人院,医生、护士认为她是一个大麻烦——没多久就怀孕。结果绕了一圈,她还是回到这江边来,成了这儿的一道风景。黑姑偶尔身体不黑乎乎,甚至也会披一件衣服,可她不乞讨,别人给她馊了的饭菜,她不要,也不捡垃圾,她说她喝江水,喝江水就饱了。

"疯婆娘,那是你的娃儿?"

"跟哪个野汉生的?快说!"

"脏成这样,像猪,太臭了。"

围观的人对黑姑说。

"让一哈,让一哈!"一个穿白制服的公安对人群叫道,还有两个公安跟在他的身后。

人群闪开一条路,黑姑笑着走过来,说:"来,来,我给你们带路!"

公安不理她,她不管,走在前面。他们走到死婴搁浅的江边。黑姑蹲下身子,看着他们拍照、记录,之后用一个塑料袋将婴儿装入,哪怕他们投来怪异的眼光,她也没说话。

两个公安往坡上走,其中一个公安对人们挥手说:"散了吧。"

看热闹的人也就散了,回水滩水流平缓,是游泳的好地方。不过这季节,游泳的人几乎没有,水凉,身体底子弱的人会感冒。

黑姑没走,她坐在沙滩上,双腿伸入江水里,哼着谁都听不懂的小曲。

汽笛声响起，一艘拖轮往货轮趸船靠，停好后，舵手程四那被太阳晒得发黑的脸从驾驶窗伸出来，朝山坡上叫："明天晚上，仓库见！"

黑姑答应："哥，我会去的，到时你用大力气呀。"

"烂人，闭嘴，下回让我碰到，看我不撕烂你。"程四说。

"我要去，哥不要生气。"黑姑认真地说。

"还要搭讪，臭婆娘。"

坡上有个晒得黑黑的青年回答他："弟娃，不要搭理她。我晓得了！"

那是程四的亲哥哥程三，也是国字脸。两兄弟相比之下，弟弟显得成熟，个子高出哥哥一头，一米八一，像是哥哥。重庆男人少有这个头。程四忠心跟着钢哥，脑瓜灵活，深得信任。在一号桥地区，程四与钢哥站在一起，气宇轩昂，呼风唤雨，深得混混们敬仰。

他们要聚集的那个仓库，就在江边礁石群后面。最近一段时间，那个仓库一到晚上，就动静大，有音乐，聚集了不少年轻人，有时闹腾得厉害，街上好多小孩子都去。窦小明没去，因为母亲不让他晚上出门。

但是明天他得想办法去看看。

第二天窦小明上学，觉得这一天太难打发了，下午最后一节课是算术。算术老师发作业本，特别表扬了窦小明，说他进步不小，作业全对。

全对？他惊奇，班上同学向他投来怪异的眼光，以前他算术全班倒着数，最多第五名。

放学回家，窦小明飞快地做完作业，找出床底下的铁环。骑了好久，在石板路上玩，他的技术可溜上好多步石阶，绝对不会掉环，玩得额头全是汗。街上的小毛叫他去江边，他装乖，没去，听到母亲叫他回家，马上回了。

晚上母亲炒了土豆丝、青椒丝。他和母亲抢着吃。这土豆丝不加酱油，就不好吃，母亲保守，加得少。他嫌不够，悄悄加在饭里，拌了拌，狼吞虎咽，一会儿就吃完了。

搁了碗筷，趁母亲不注意，他窜出门。

他顺着江岸往水运修理厂仓库走。对岸的房屋变得模糊，这一段江岸有好多礁石，有的是深灰色鹅卵石，有的一人高，有的两人高，有的很大，需要几个孩子环抱。向左五百米开外，是运载货物的缆车。

那儿有几个工人，扛货船上的麻袋，往缆车板上放。铃声响了，缆车朝上爬去。

窦小明想偷偷跳上那缆车，想了想，还是往礁石堆走去。一个年轻女人穿着少见的红毛衣倚靠着鹅卵石，朝他看。他从没见过她，心里觉得奇怪。女人拂了拂头发，拉了拉衣服，对他招手。

他停下，女人往后退到两个大礁石之间。忽然，她"哎呀"一声，跌在地上。他吓了一跳，赶紧跑过去，女人一把拉着他的手。

"你呀，我不装摔了，你就不会来。"

她说话的样子，像跟他很熟一样。她站了起来，脱掉身上的红毛衣，肥硕的乳房露在外面，但腰下面还是有衣服，她抓着他的手，放在饱满的乳房上，拉着他的手臂在上面移动。他害怕，手指颤抖，心急剧跳动。突然，她双手抱着他，身体往后一仰，顺势靠在一块岩石上，他倒在她的身上，裤子被顶得难受。

如此近，她比看上去年龄大一些，一张脸不陌生，还用朱砂涂了红嘴唇。她的头发浓黑，眼睛好大好亮。她露出牙齿笑，一下子抱着他，滚到边上的沙滩上，跃到他的身上。

窦小明一下子清醒了，竭力推开身上的女人。年轻女人站起来，嘴里咕哝："嫩鸡公，不好耍！"她扯掉自己的裤子，露出整个下半身来，她的手插入两腿间，眼睛往上一挑。"我自己做。"她翻过身去，屁股对着他，那地方暴露无遗。

他吓得用手遮着眼睛。

女人浪声浪气地叫起来，马上进入高潮，她的手指深陷在两腿间。他忍不住偷看过去。她张开嘴唇，眼睛闭着一副陶醉的样子，整个身体扭曲如蛇一样摆动。他一下子感觉下面冲出一股液体，吓坏了，慌张地从地上爬起来，往坡上跑。

这个疯婆娘！他跑出一段，脚步放慢。那个女人居然也跟了上来。他走几步，她跟几步。快到坡上了，他回过头，发现跟着自己的女人模样突然变成黑姑，她跟着远处那个人哼唱那首歌，什么事也没有地走过。怎么会是黑姑？就是因为她不知从哪里弄了一件旧红毛衣穿上，嘴唇红红的，他就不认识了？这个女人胸太大，不会是黑姑。都说黑姑脑子有问题，问题出在她身体那个地方不正常。街上的男人说，江边的婊子，比家里婆娘那方面的能力强，和江边泊船的水手干，五角钱都同意，站着蹲着什么样的姿势都干。他们说的是黑姑？她找不到水手，就找他这愣青小毛头？她可没提钱的事，只是想把他压在身下。

好奇怪的晚上！是不是自己想到会有事发生，精神紧张，吓出幻觉了？他回头，黑暗之中，那个红毛衣女人还在，眼睛发亮，像只狐狸瞅着他。

他加快脚步，往江岸上有灯光聚集的地方走，那地方应该就是水运修理厂仓库。

昨天程四说仓库,之前还对钢哥说"接货"?没记错吧,他敲敲脑袋,是在第一次去秦佳惠家时,听到他们的对话。

没走多久,就到达目的地了,一座庞大的旧仓库亮着灯光,年久未修,木板与铁板加上砖墙盖的。面前有条水泥大道,沿着山坡而下,一直通到水里。这儿属于水运修理厂。以前远远看到,这个晚上,窦小明是第一次来。

音乐声从里面传来,好几个小孩子凑近板墙间的缝隙,像一只只大爬壁虎贴着。窦小明也凑过去,找到一个缝隙瞧。这大仓库,屋顶极高,除了柱子,显得空旷,左边堆了一些干油漆桶和很重的水泥块,右边堆了好多集装木箱,有张桌子和几个简易椅子,有好多男男女女或站或坐,乱糟糟一片。有的人在喝啤酒,有的人在吃花生米和红薯条,有的人在玩棋和打牌。一盏白炽光灯照着一个空地,成了一个中心区。一个穿格子衫衣的青年拍拍手:"好了,我们来一遍。注意跟着音乐。"

他们纷纷站到中心区,这青年和一个身材高挑相貌漂亮的年轻姑娘站在前面,身后站着十个青年男女,做了一个双手抬起朝后的造型,仿佛那儿有毛主席的画像。边上坐着一个穿绿军衣的青年,拉着手风琴伴奏。

《北京的金山上》过门一响,他们动了,挥动着手臂,转动着身体,踩着音乐的节奏舞蹈。

门口出现钢哥,上身是花衬衣,下身是一件红色喇叭裤,套了一件黑色薄毛衣,戴了顶帽子,整个人精神十足。他的身后跟着好几个小跟班。

那领舞的姑娘看到钢哥,眼睛不经意地一闪烁,跳得更起劲了。

　　领舞的男的，对身边的姑娘很在意，跳完一遍后，手一招，有人跑上来，递上一支用毛巾裹着的冰糕，大概是怕解冻了。他接过来，解开毛巾，扔给对方，殷勤地递给领舞的姑娘："芳芳，辛苦了！市里会演，我们水运修理厂得争取得奖！"

　　芳芳接过冰糕，吃起来。"吴队长，我可是从小就练跳舞的，我们绝对得奖！"她边说边朝门口看，钢哥也在看她。

　　吴队长也看到了，皱眉说："奏《啊，朋友，再见！》吧！"

　　手风琴奏起南斯拉夫电影《桥》插曲过门。钢哥听到这充满激情、节奏强的曲子，激动地打了一个榧子。他从身上摸出一根笛子，吹起来，朝芳芳走过去。

　　几个小青年唱起来：

　　　　那一天早晨，从梦中醒来，啊，朋友，再见吧，再见吧！
　　　　一天早晨，从梦中醒来，侵略者闯进我家乡；啊，游击队呀，快带我走吧，啊，朋友，再见吧，再见吧，再见吧！

　　吴队长和芳芳对跳，自由发挥，双手在胸前，像握着枪。吴队长正眼也没瞧钢哥一眼。钢哥把笛子扔给小兄弟，跳了起来，配合芳芳，芳芳一脸惊奇。吴队长一下子愣住了，双手抓了抓自己的裤子，仅仅隔了几秒，又继续跳，他跳得很抓人，步子、节奏都好极了，一看就是科班出身。

　　钢哥的动作虽然不专业，但跳得热烈而有乐感，仿佛音乐跟着他动，他瞄准，他射击，跳起来旋转，身上燃烧着一团火，本来看吴队长的眼球，统统移到钢哥的身上。钢哥与芳芳一点也不像第一次搭档，不管是左右移步，向前或是退后，如同练过一般协调，没出一个错，引来一片叫好声，他们发出尖叫，吹着口哨。

三人舞蹈中，吴队长明显成了一个多余者，他勉强跳了两分钟，终于爆发了，生气地对拉手风琴的家伙做了一个停止的动作。没了音乐，大仓库一下子安静了，吴队长指着钢哥骂道："龟儿子搅屎棒，我好歹是宣传队队长。"

钢哥笑了，霸道地说："什么狗屁队长?！在这儿，是个人都得听我钢哥的。我今天来，是你挤着我的几个兄弟，他们要参加这会演，你握着屁点儿权力不让。告诉你，不仅他们，还有我，都得参加。"

"听你的？你拿江水当镜子照过吗？你看你，穿喇叭裤，街上人怎么说，只有二流子才穿。"吴队长说。

周边的人盯着吴队长，轰的一下笑起来，钢哥的几个手下发出怪叫，像看球赛。

"连走船的人都晓得，这是国外的新潮流！老子专门请裁缝订制的，老子走在你们这种人的前面。你龟儿子是乡巴佬进城，笑死城里人！"

吴队长挽着衣袖冲过来，一脚踢倒一把木凳子，整个人怒火冲天。

钢哥后退几步，装出很害怕的样子。程四扶起那把木凳子，放好。钢哥突然举手，只听哐当一声响，面前结实的木凳子成了两半。全场静音，停顿几秒后，掌声和喝彩声响起。

吴队长的脸色苍白，他看了看面前的对手，自知不能抗争，要拖芳芳走。芳芳不走，说："队长，让他们几个参加。"

他气得拿起小桌上一瓶五加皮酒，猛地喝了好大一口，放在钢哥的面前。

"有这么好的事？比酒！"钢哥说完，拿起瓶来连喝几大口，像喝白水。只见瓶子里的酒少了好多。钢哥把酒瓶放在桌上，看着吴队长。吴队长伸手拿瓶子，却被芳芳抢过来，她也像喝水一样，周围的人都看傻了。她把手伸给钢哥，两个人的手相握。

吴队长的脸因为酒和愤怒变得红红的，本以为自己酒量很大，可争个面子，没想到遇到比自己还厉害的角色，甚至芳芳的酒量突然也大得吓人，她偏向那个才认识的男人。钢哥双眼着迷地看着芳芳，她呢，仰脸看他，笑开了花。

"怎么样，吴队长？是不是正式邀请我们参加宣传队？"

钢哥问他，带来的几个手下也盯着他，其他人也盯着他，他们都在意钢哥，没一个帮他这个队长说话的。这口气咽不下，也只能咽。吴队长注视他俩半响，钢哥此刻这么说，只是再次扫他面子而已，他没办法，只得点了下头。

那伙人高兴地大笑。吴队长嘴里哼了一声，转身离开。

秦佳惠在门外恰好看到这一切。她进来时，吴队长正好出去，两人擦肩而过。她往里面走，梳着一条过肩的辫子，穿着绿色薄毛衣和黑裙，显出高挑的身材优美的曲线，配上姣好的脸庞，立即引起众人注目。钢哥也朝她看，不由自主地放开了芳芳的手。

程三走上前，满脸是笑："嫂子怎么有雅兴来？！"

秦佳惠微微点了下头。眼前的状态，应抽身走掉，但自己的脚却固执地往里走。她本不想来，钢哥傍晚出门前，问了她，要不要晚上一起去看排练？她没点头。从那天吃面他动手打了她，每天他都在对她道歉、献殷勤。走前，他没吃饭，而是把她压在床上，和她做那事，他激情澎湃，对她也很体贴周到，两个人一起到了高潮。他出门后，她整理床，看到桌上他做的饭菜，她原谅了他。她觉得应看他排练，便来了，不巧，遇到这情况，怎么办？

秦佳惠的目光从钢哥身上移到芳芳身上，对方也在打量她。两个女人隔空注视着，空气压抑，似乎都踩着地雷。秦佳惠的喉咙很干，心怦怦加快跳动，她慢慢朝前走，像是要走近芳芳。一束灯光打下来，照着她苍白的脸。她突然停下脚步。小桌上搁着一瓶还剩底的白酒，她伸手拿起来，一仰头，哗啦啦全喝掉了，伸手抹去嘴唇上的酒滴。众人惊呆了，她似乎没注意，反而落落大方地说：

"这酒真好喝！大家晚上好，我给你们唱一曲，凑热闹。"她的脸泛着淡淡的红晕，好看极了。

"好啊，嫂子。"程三知趣地拍手。

有人递给她一个话筒。

秦佳惠手握话筒往木板临时搭的台子走去，话筒的线拖在地上，她小心地迈过。站好了，她对着众人解释了一下自己要唱的歌："是妈妈教我的一首歌。从前有一个穿红鞋的小女孩，母亲穷，没办法养她，就把她送给洋人传教士，请他把女儿带到国外去。每回母亲看到穿红鞋子的女孩，都会想到自己的女儿，以为她过上了幸福的生活。没想到女孩没能去国外，而是生病死了。"

"《红鞋子》？"拉风琴的青年说，"幼儿园的《红鞋子》？嫂子，我听过。我给你伴奏。"

秦佳惠朝他点点头，看了一眼钢哥。钢哥没有任何表情，这让她有些紧张，胸脯一起一伏。

手风琴响起过门，她专心听着，主曲响起，她用日语唱道：

赤い靴　はいてた　女の子　異人さんに　つれられて　いっちゃった

よこはまの　はとばから　ふねにのって　異人さんに　つれられて　いっちゃった

（小女孩，穿红鞋，洋人带走她，横滨码头，大轮船，洋人带走她——)"

秦佳惠唱完最后一句时,眼睛红了,她忍着不流出。钢哥是这群人的中心人物,他带头鼓掌,芳芳也鼓掌,其他人也跟着鼓掌。

秦佳惠垂下头来,鞠躬,又朝拉手风琴的人点头致谢。

钢哥霸道地拉着芳芳的手,来到秦佳惠跟前,高兴地对她说:"惠子,这歌天底下的人,只有你唱得好,今天你唱得比在家里还好,改天你可以教芳芳唱这首歌吗?"

"我最喜欢唱歌了,钢哥!"芳芳带着撒娇的口吻说。

秦佳惠看着钢哥一脸高兴样,内心翻开了锅。芳芳发现秦佳惠看过来时,故意目光忽视她,而妩媚地朝钢哥一笑,故意挑衅她。秦佳惠什么也没说,顺从地向钢哥点点头,他哪是要她教人唱歌,而是要她明白那人的存在而已。

钢哥似乎很满意,松开芳芳的手,他拉着秦佳惠头往边上一侧,两个人走到人少的地方。他脱下黑毛衣,塞给她,指着毛衣,她看到右边一只袖子线掉了。

"惠子,这儿都是我们练舞的人!"

"你不是要我来吗?"

"你今天上班累了,回家等我。"

"我回家也没事。"她平常不这样,几乎从不跟着他。有她跟着,他会特别高兴,这个晚上要她走,是因为芳芳。那个女人眼睛一直火辣辣地跟着钢哥,不时直勾勾盯着她,这让她生气,她不想离开。

钢哥笑了笑,附在她耳边,笑着说:"惠子,听话,回家吧,给我补毛衣的袖子,明天我要穿。"

"我想看排练。"秦佳惠说。芳芳不断地看她这个方向,她很想扔掉毛衣。

钢哥拍了拍秦佳惠的肩膀,从裤袋里掏出一盒香烟,抽出一根,含在嘴里。

芳芳几步上前,启开打火机,给他点上。这时钢哥吸了一口,把烟递给芳芳,她吸了一口,把香烟递还钢哥。两个人协调的样,像是认识多年。芳芳嘴角轻蔑地一笑,这刺痛了秦佳惠。

钢哥专注地抽着烟,遇到秦佳惠的目光时,他脸上的笑意没有了。

秦佳惠马上变得惶恐不安。

他转身朝右走,芳芳紧跟上。两人一前一后往堆得高高的木料里端走。

台子上跳上去一个青年,拿着一本油印的诗册,大声说:"我是二厂的万一扬,现在我朗诵一首《河流》。'我们活在河流的边缘,每个夜晚都有一把伤心的故事,撒进江里,一个故事也没发芽……而我爱你湿润的嘴唇,你丰满的乳房,没有理由……不需要理由!'"

秦佳惠听着诗歌,看着钢哥和芳芳的身影消失在黑暗之中,脑子一片空白。她抱着黑毛衣,心里充满委屈。昏暗的灯光打在她的脸上,一半在阴影里。有人拿着酒瓶经过,撞着她,那人向她道歉,她回过神来,这才朝门口走去。

仓库外几个小孩子往缝隙里看热闹。窦小明这才发现邻居大毛一家三个孩子都在,胆大的,进到里面,捡到烟屁股,不引人注意地退出来,放在嘴边接着抽。烟头递到窦小明的手中,他吸了一口,烟屁股马上烧着手,他赶紧扔了。大毛将亮着火星的烟踩灭,当宝似的捡起来,放在一个铁盒里。存多了烟屁股,就可以卷一根像模像样的纸烟。一个男孩眼馋,一把将大毛的铁盒抢去,二毛马上对他挥出一拳头。另一个男孩扑上来,几个孩子扭打成一团。

窦小明的注意力在仓库里面,他朝边上走,找了一个缝隙更大的地方看。他很吃惊秦佳惠来,钢哥对她软打整,那个妖里妖气的芳芳,王大姐,坏女人,对她不客气,他差点要冲进去了。好多天没见秦佳惠,她的脸瘦了一圈。看着她伤心地走出仓库,他马上跟了过去。

从沙滩走上小街,秦佳惠都没发现身后有人。忽然她停下了,站在那儿,望着前面黑暗的街道发呆。他很想走上前去安慰她,但他的手碰着裤子湿了的地方,顿时不安起来。从来没有过的经验,他小时尿床,母亲会埋怨他,现在他不是尿床,却是跟两腿间的东西有关,那儿热得厉害,跟在礁石前被那女人压着时有点像,又有点不像,因为他整个人心慌意乱,喉咙着火,嘴唇发烫,想吸吮另一个人的嘴唇。他不知该如何办。这么一恍惚,前面的秦佳惠没影了。

一只灰猫从他面前蹿过,往身后的沙滩跑去。有路人挑着担子,走得艰难。远处有灯光在闪烁,一亮一灭的,像是在打信号,那儿是轮船调度室,一座在朝天门石阶上像堡垒的房子。江上的船回应着,射出一束束光,接着喇叭响了,调度室的人在喊:"停二号,龟儿子二号,乱靠啥子麻花,不要打鬼灯,晃啥子,到唐家沱去晃!"

唐家沱是长江里有名的回水沱,江里淹死的人大都在那儿浮起来,被浪冲上岸。这个调度员心狠嘴毒,不过说话声音怎么听,都有点像钢哥。母亲说过,你恨一个人,这个人在你心里就扎下根来,像和他一起生活,这不好。这坏蛋钢哥在他心里,至于好与不好,他不管,刚才在旧仓库,这歹人当众欺负佳惠姐姐,之前在家里还打她。钢哥,你这招惹阎王的坏鸭蛋,背时砍脑壳的,不得好死!窦小明诅咒道。

就是这一刻,他心里有了主意,这想法冒出,弄得他的心怦怦直跳。

第五章 第一次出手

1976年的那天晚上,天蔚蓝阴暗,没飘雨点,空气却湿得吓人,若是放一块干毛巾,没一会儿,摸上去都湿出水。可能临近江边,水分太足。时值午夜,肉眼能看到天上好多星星,微风阵阵吹来,还有人在山坡上吹口琴,是阿尔巴尼亚电影《宁死不屈》中的插曲。

排练的一帮人手里握着酒瓶在江边走着,跟着口琴唱:"赶快上山吧,勇士们!我们在春天加入游击队。"

钢哥和芳芳唱得起劲。程三觉得喝得不够爽,肚子饿了,咕咕叫。钢哥说,那我们消夜。他们又去了响水桥后街一个熟人开的小酒馆,叫了一大瓶五加皮,几个手下谢钢哥帮他们进入厂里宣传队。钢哥说,不要谢,因为我也想参加宣传队去会演。大家喝到小酒馆只剩下一个店员再三催他们,这一帮人才离开。

天高风轻,所有的人都喝高了。

钢哥搂着娇滴滴的芳芳走在前面，几个小兄弟跟在他身后，从国外的《喀秋莎》唱到《洪湖水浪打浪》，再唱回《红梅赞》：红岩上，红梅开。千里冰霜脚下踩，三九严寒何所惧，一片丹心向阳开……

到岔路口，他们分道而行，给付账的钢哥道再见："谢谢老大请客，喝得好巴适！"

钢哥和芳芳也给他们挥手道别，剩下两个人相互望着。

"你跟我走！"芳芳拉着钢哥的手说，"你不是一见我，就想跟我睡觉，不，叫一见我，就钟情我？"

"你跟我走！你不是早就暗许了我一片芳心？听他们说，上一次排练，你就找我参加，不如今晚成就良辰美景？你很合我的胃口。"他抓起她的手，按在裤裆上，"你看，和你在一起，我这个地方一直硬的。"

"我要看看多硬多大。"

"好，我们办实事。"

"就在江边，天地做证。"

"在沙滩上，乌龟石做证。"

"要不得，我们去床上，你我的心做证。"

"不对，我们回到酒馆，在桌子上，筷子和碗做证。"

"我等不及了，就在这儿，人家天地做证，我的眼睛比天地更牢靠，我的眼睛和嘴巴做证，亲一个。"

他们亲上了，左右脸都亲，响响的声音。两人倚墙就要宽衣解带，江边的船突然鸣叫，很大声。两个人听见了，互相看着对方，钢哥说："这是哪里，船叫啥？惠子，你不要着急！我马上就日你！"

"你叫错人了，我不高兴。"芳芳推他一把。

"对不起，对不起，你是我的新婆娘。"他笑了起来，搂着芳芳的腰，继续往前走，拐过一个巷子，"下面就是我家，"钢哥陶醉地对芳芳说，"等一会到我家，你就睡在我和惠子的边上。"

"我睡你的床，睡你的女人，你睡地上。"

"你睡你的，我睡我的。"钢哥甩掉芳芳的手，往石阶下走，"这是天上人间，我日着日着胜过当神仙。"他说着，手舞足蹈，故意两步并作一步下石阶，下着梯坎，突然右脚绊在一根细细的尼龙线上，整个身体失去平衡，从石阶上摔了下来。他想站稳，却用错了力，连连翻了好几个筋斗，像条死鱼一样跌到石阶底，痛得大喊一声，便一动不动。

芳芳奔下石阶，来到钢哥的身边躺下，用手肘碰他，感慨地说："哇，想不到，钢哥还会在石阶上翻筋斗，好好看，教教我。"

钢哥拍拍她的胳膊："没问题，教你。我很会摔筋斗。"他伸胳膊，因为痛，叫了一声，"乖婆娘，赶快起来，叫人，叫人。日一个人，怎么这么痛！"他摸额头，擦破皮，沁出血了，"日他妈哟，是血，不是尿水！"

黑夜深不见边，无风无雨，有婴儿哭啼，瓦片上的灰猫迈着稳健的步子。四下太寂静了，它没叫一声，只是慢慢地，举步若轻，美似仙子，留下有节奏的声响。窦小明一夜都听到这声响，第二天早上，这声响消失，他猛地醒来，发现家里空空的，母亲已去小面馆了。

窦小明赶快穿衣洗脸刷牙，背上书包。他站在屋檐下，拉了一下书包带子。没一会儿就来到老妈小面馆。

小面馆右墙上贴着毛主席拿着红雨伞去安源的油画印刷品和一

张父母欢天喜地送儿女下乡当知青的画,一般客人来,都喜欢坐在画下。窦小明走进来,发现这些位子都有人,他在靠门口的位子坐下,伸了个懒腰,嚷道:

"饿死了!今天多给我下点面!"

母亲马上往滚开的大锅里扔了面条,注意到他的头发乱糟糟,但洗过脸。她往煮面的大锅里又倒了些冷水,坐在一张桌子旁清理空心菜的老根和黄叶。面好后,母亲给他端过来,说:"快点吃,吃了给我送碗面。"

窦小明用筷子搅拌面,吃起来。

两个小青年走进小面馆来,灰衣黑裤,一个穿球鞋,一个脚上趿了塑料拖鞋,手里提着两只黑猫。猫脖子扭断,浸有血块。"老板,要不要买猫肉,五块钱,都拿去?"穿拖鞋的青年说。

母亲摇摇头。

"猫肉整起红烧,放点咸菜,多放大蒜瓣,下饭好吃得要命。你也可以做猫肉小面。"

母亲当没听见,脸上没表示要或是不要。他们在桌前紧挨着坐下,穿球鞋的低着头叫:"两碗,三两,快点。"

母亲连忙答应。她抬起头来,发现雨停了,太阳出来了。室内一张桌前坐着三个客人,在议论:"听说昨天晚上,钢哥有事。"

"快说,不要绕弯子。"

"钢哥走路摔了一跤,扭伤了,今天请了个人去正他的筋骨。"

"钢哥的爸爸会拳脚,不是正筋骨的好手吗?"

"唉,你又不是不晓得这爷俩的关系。"

"他们早闹翻了!水火不容,钢哥啥人都不怕,就怕他的老汉。"

说话人突然停了，视线里出现钢哥的老婆秦佳惠，看着她走进小面馆，就用手臂碰边上的人，边上的人碰边上的人。他们的目光停在她的身上。她穿着一件黑点白花的衬衣和裤子，把搪瓷缸放在打作料的桌子上。阳光打在她的脸庞上，整个人沐浴着一轮淡淡的光环，美得像画片。四下静寂得不正常，有人喉咙里咽口水都听得见。她轻声说："崔孃孃，三两粗的，硬点。"

母亲回过神来，朝秦佳惠点点头。盯着，窦小明放下筷子，腾的一下站起来，太惊奇了，头天晚上见到，今天又见到。秦佳惠的头发耷下来，遮住了额头。他踮起脚去看，她掉过身，他也掉过身，看到她的右侧额头红肿，边缘有瘀青。

窦小明生气地问："是他？"

秦佳惠摇摇头，背过身，不理他。

"火炮，水沸了。"母亲叫。

窦小明回头一看，果然大锅水沸了，热气腾腾。他往锅里扔了多于三两的宽面条和一大把空心菜。

母亲皱眉看了一眼，往搪瓷缸里打调料，一边说："火炮呀，记住，先下菜，挑起菜后才下面，面才好吃。"

"我晓得。"窦小明看了一下桌上的调料，对母亲说，"我们有泡菜，泡豇豆，加在作料里，肯定好吃。"

母亲惊奇地睁大眼睛："我有泡菜，是切来准备我俩吃稀饭的。"她俯下身子，从一个有盖的搪瓷缸里，盛出一勺切碎的酸泡豇豆，放入秦佳惠的面里。

"我也要。"那穿拖鞋的青年说。

母亲朝他举了举手，意思是没问题。趁着这空当，窦小明往缸里加了一勺油辣椒。

母亲眼尖，看到了，打了一下他的手。

"这样好吃。"

"辣椒太多了，会影响味道。"

他们说话间，门口又来了一个戴着眼镜的中年女客，瘦瘦的，眼睛瞟着秦佳惠，嗓门奇高："二两面，加一个荷包蛋。"

"表姑唉，我们只卖面。"

"多赚钱的事，哈巴才不做。"表姑手指调料桌上的宜宾芽菜，"多放一点。"

"我就是哈巴。"母亲说，往那人的碗里加了一勺。

"你是，我就是。"

"那我也是。"另一个客人打趣说。

母亲把盛好的面条挑到搪瓷缸里，递给秦佳惠。

秦佳惠放下钱就走，脚下生风，走得飞快。窦小明转身想跟着去，被母亲一把拉着，低声说："瘟丧，她家钢哥那个凶神是我们惹不起的！"

"他可以随便打人?!"

母亲愣了一下。

"我不要学他。"

"你不要把你妈当傻子，昨天晚上你做了啥子，我猜得到！你吃了豹子胆，你会惹火烧身，晓不晓得？"

他看母亲："乱说。"

"乱说？"母亲冷笑，"我晓得你几点回来的！"

"那你忍到现在才说？"

"我是你妈，昨天不跟你算账，今天也不跟你算账，改天一起算。"母亲突然住嘴了，下意识地看了一眼面馆里的两个青年，掉转话题，"哼，火炮，你做作业了吗？"

"崔素珍，不要当着这么多人叫火炮。讨厌。"窦小明拿出书包里的作业本来，朝她挥了挥，"哼，我全做了。"

母亲一脸惊奇。她递过来一碗面，对他说："火炮。"她的头往街上偏了偏，"送完就上学去！"

窦小明恨了母亲一眼，又叫这名字。他端起面，朝外走。

母亲是个人精，能猜到。窦小明心里亮堂，会有事来临，他不必怕，先前那份压力也轻了。他小心地端着面，上石阶。面馆只有两个土碗。母亲每次让他端面，都会拿这碗，不仅厚，不烫，还比别的碗大，可以装四两面。

中心街有七大段，每段石阶多，每段中间还隔着一些大平步。小面馆在最下段一段路上。这儿行人来往匆忙，大都是上班上学的人，也有"棒棒"和小贩。不过杂货酱油铺的胖妈倒是清闲，扯了一把长凳，在铺子门口坐着。

窦小明走上一段又一段石阶。左边房子和石阶间的角落，支起一个顶篷。他走入顶篷下，面前是一位五十多岁、五官端正、气质儒雅的男人，坐在一个可折叠的矮凳子上，戴了一副近视眼镜，穿得干干净净，胸前围了一块围布，头发花白，正专心地削一只黄皮凉鞋的边。他的右侧搁着一个木箱子，靠箱立着一块小木板，写着四个漂亮遒劲的毛笔字："秦源鞋坊"。

有个供客人坐的木凳子，窦小明把面碗小心地放在上面，轻声叫道："秦伯伯，请吃面！"

秦源看见了，朝他点点头。

窦小明蹲下身子，看着秦伯伯做鞋。看到他用铅笔画线，窦小明便马上给他递上剪刀。秦伯伯把这个角落叫坊，不叫店，有意思。这一带人，修鞋找他，改鞋找他，做鞋找他，跟鞋有关的，都找他。之前没见过佳惠姐姐，没比较，现在发现她与秦伯伯的鼻子、眼睛是一个模子倒出来的。秦佳惠不来父亲的鞋坊，她到小面馆是从中心街边上支路过来，不必经过这鞋坊。

窦小明不是第一次送面，之前母亲没接小面馆，也给秦伯伯做面，让他送。母亲对秦伯伯很是照顾，这照顾有点过分，她对他说过，秦伯伯是近邻，得关心。虽然秦伯伯住得离他家有好几条街远，但他的鞋坊在这条街上，与老妈小面馆也算得上近邻。

母亲没准是喜欢秦伯伯，这想法冒出他的脑子，便听到了母亲的脚步声。他侧过身看母亲，心想：你要来，你自己送面就好了。母亲看着他，那样子明显是不放心儿子做事，或者担心儿子逃课。他本想再待一会儿去学校，便站起身来，往石阶上走。

母亲满意地看着窦小明的背影，然后把一壶小酒放在秦源的身边，皱眉问："老秦，快点吃面呀，面软了不好吃。脏衣服带来了吗？"

秦源手上的活儿停了一下，摇摇头，继续修鞋。

母亲没办法，双手叉在腰上，想说什么，又止住嘴。

对面杂货酱油铺的胖妈打趣地说："火炮他妈，你腰痛吗？"

母亲一下子愣着了，她没看对方，而是看秦源，他的心思在手里的皮鞋上。她一本正经地对胖妈说："胖妈，你说对了。"

胖妈笑了，仍盯着她看。

"我有啥子好看的？"母亲跺了一下脚，有些惆怅地走开。

胖妈笑得更厉害了，她的大嗓门，似乎整条街都能听到："崔素珍，你年轻时好好看，我记得呀，你家那口子围着你转。当时你在斜对门江北嘴上班，他天天到轮渡口等你。现在你也不差呀，反正比我好看。"

窦小明背着书包，往学校方向走，他爬上最后一段石阶，听到母亲与胖妈对话，第一次发现母亲很可爱，明明心里对秦伯伯有情有义，却没办法承认。如果两家人能成为一家人，那秦佳惠就成了名副其实的姐姐。这是多么牛逼的事！但他摇摇头，这是不可能的事。母亲说秦伯伯喝过墨水，跟这一街的人不一样，喝过墨水的人，胸中拥有另外一个世界。秦伯伯是一只山中老虎，只不过老虎落平阳，才遭犬欺。

秦伯伯对窦小明一直不错，每隔一段时间他去秦伯伯的鞋坊，蹲在一边，学习做鞋、修鞋，秦伯伯也悉心教他，偶尔也教他说几句日语。

窦小明忘记告诉秦伯伯，在医院认识了他的女儿，下回得告诉。他肯定会惊讶。

奇怪这天他在课堂上，听任何一个字，都扎根似的记得，一丝儿也没有走神。有一双美丽的眼睛盯着他，那是佳惠姐姐。

江边悬崖，一群少年在攀岩，为了一张小小的旧上海月份牌明信片争抢起来，一个穿露肚脐泳衣的香烟广告美女！那美女一头波浪鬈发，系着花绸带，丰乳肥臀加上小蛮腰，健康而性感。不仅他们，包括他们的父母都少见这样的宝贝，一见眼红。这宝贝的主人是响水桥后街的罗小胖，他与窦小明同年级不同班，本名叫罗施庞，小名罗小胖，他爸爸是走船的船员，这宝贝肯定是从哪个客人手里得到的。罗小胖手里举着画片，说："你们敢爬这崖石吗？谁抢到谁得。"他说完，转身朝鹰头攀去。

几分钟不到，大毛家三兄弟比窦小明的速度快，跟上罗小胖，大毛伸手想抢那画片。

罗小胖看看左右都有人，他本是拿画片来炫耀的，并不想给人，但现在没办法了，说出的话，收不回，恨得他将画片往外一抛，画片旋转着掉下岩石。

男孩们纷纷从岩石上往下爬。窦小明爬得快,胆子大,离地面还有一段距离,他闭眼跳下。他的同学吴元也跟着跳下,两个就地打滚,窦小明猛地向前一扑,抢了画片,飞快地放入裤袋。吴元跟在他的屁股后面,大叫:"小明捡到了!"

窦小明不管别人是什么反应,回家才安全。就是这时,他感觉有人在看自己,目光扫过去,竟然是秦佳惠站在几米外的一块礁石上。

"大粉子,快看!"吴元激动地碰他的手臂说。

所有的孩子都停下脚步,不管在岩上,或是刚跳到沙滩上的,眼睛全盯着她。

窦小明朝秦佳惠走过去,大毛和吴元跟着他。他转过头来恶狠狠地说:"不要跟。"

大毛和吴元一脸诧异,只能停下。

第六章
妈妈讲的故事

窦小明永远记得这个下午秦佳惠忧虑的眼神，她盯着走近的他仅仅几秒，便不客气地质问："老实告诉我，昨夜钢哥从石阶上摔下来，是不是你做的？"

要来的挡不住，他最担心的事，不怕钢哥知道，而是怕秦佳惠知道，她会不高兴，没料到她会不高兴到这种程度，直接来找他。她穿了一件白衬衣，长发洗了，还没有干，披在肩后，散发着皂角油的香味，与身上那自然的鲜花香味，混合出一种奇异好闻的味道。

"你回答我！"一个温柔的人生气，更具有力量。

窦小明没说话。

"昨夜他很晚回来，酒醒了，气得不行，说若不是会些功夫，身子骨跟平常人不同，这回肯定会摔断骨头。他在家里摔东西。以为是宣传队吴队长干的事，说要去收拾他。那个吴队长今天没找着,下午就有人报告,说是在小面馆听到是你这个小崽儿做的。不亲耳听见你承认,我还是不信,你胆子居然这么大!"

秦佳惠抬起头来,伸手把额前的头发拂开,但马上将那束头发拂在额前,并下意识地看了一下窦小明。这不自然的动作,他看得清楚。没错,她的额头比早上更红更肿。

窦小明咬了咬牙,生气地说:"这个王八蛋!"他飞快地朝坡上走。

"跑啥,听我说。"秦佳惠跟了上去,"为啥子要惹钢哥?"

窦小明脆生生地回答:"我偏要惹他,谁叫他欺负你?!我看到不止一次了!他不仅动手打你,还当众找别的女人!人该平等。我得教训他。"

她很震惊,不由自主地后退了一步。坡上芦苇被风吹得沙沙直响,同时从左侧幼儿园高高的院墙里传出孩子们充满稚气的歌声:"红星闪闪放光彩,红星灿灿暖胸怀。"

"你是小孩,你不是他的对手。"

"我不管。"

"你不怕他?"

窦小明坚定地摇摇头。她看着他没有吭声。天上有一群燕子尖叫着飞过幼儿园高高的院墙,他的眼睛盯在院墙上:"我妈打我,我就爬到上面玩,我最喜欢那些小孩子唱你昨晚唱的歌。"

"我妈妈以前在里面当过老师。"秦佳惠上了一步石阶,"爸爸和我想她,就站在这儿,听院墙里面的孩子唱歌。"

里面的歌曲忽然变了,是手风琴拉的《红鞋子》的曲子,跟仓库的手风琴伴奏不同,更娴熟,更有节奏。

秦佳惠陷入回忆:母亲穿着家常和服,走在石阶上,那时她还不到五岁,她害怕地爬着石阶,叫妈妈。父亲赶来,抱起她,追石阶上的母亲,心急又悲伤,一下子跌倒在地,她吓得哇的一声哭起来。父亲爬起来,抱起她,又上石阶。两个民警将母亲带走,遣送她回日本,没有等他们,那辆车就开走了。

"我很想妈妈,从小到大,和爸爸一起吃饭,我们都会多摆一双筷子,希望在日本的妈妈能感觉到。我妈妈走的时候,我太小,可是我都记得。我爸爸原先在大学教日本文学,不肯和我的日本妈妈在法律上有一纸离婚书,被单位开除,一直找不到工作,就在街上修鞋,养活我。爸爸经常都不和我说话,在我背书包上学后,他再也不肯说话了,就像个哑巴。"她的样子很从容,可是声音听起来,不仅慢,还有点儿颤抖。

"我认识你爸爸。我喜欢他。他跟别人也很少说话,几乎没有话。"

"但他说话。"

"他跟我说过。"窦小明回想道,"他告诉我,做鞋和写字是一样的,得用心,不是用手。"

秦佳惠的眼睛看周围,说:"这儿每个人都认识他。"

"我妈妈认识他几十年了。"

秦佳惠掉转脸来,看着他,点点头。隔了几秒她才说:"他不跟我说话。我很想听到他的声音。"

"那你可以到中心街的鞋坊来呀。"

秦佳惠摇摇头。

"不可以?"

"你还是一个孩子。"

"我当然是孩子,可我妈妈把我当成一个大男人,做家里的体力活。"

一个小女孩从坡下朝他们走来,女孩看着陡峭的坡,不愿走,使劲哭起来。父母很有默契，一手握着女孩的一只胳膊，把她吊起来上石阶。女孩高兴地笑起来，父母也笑起来。

秦佳惠羡慕地看着那一家子，窦小明也是，心里五味杂陈。好多麻雀飞过树枝，发出声响。他拉秦佳惠的手，说："我们赛跑吧，看谁先跑到那边的礁石群。"

两个人跑在江边上，秦佳惠喘气声大，快一些，到达礁石群。窦小明喘气声小，落下几步，大声说："佳惠姐姐你赢了。"

"我比你多吃这么多年饭，你没输。"

秦佳惠笑了："跑一下，真是痛快。"

这一带江岸离渡轮较远，很安静，不少岩石连在一起，高低起伏，偶尔也泊有货船。窦小明捡起几个石块，打水漂。江面一艘大轮船驶过，拉着汽笛，烟囱冒着白烟。

秦佳惠朝前走，江水涌来打湿鞋，她回过身来说："我真想乘船离开。"

"我也想，我希望我们可以一起坐船离开。"

"人应该属于远方。"

他认真地说："我舍不得我的妈妈。"

"我舍不得爸爸，还有钢哥。"

"钢哥？他是一个……"窦小明想说他"是一个坏人"，但忍着了。

"钢哥是我生命里很重要的人，他是我丈夫！"

他没吭声。

"相信我。"秦佳惠在岩石上坐下来，看着面前的江水，叹了一口气说，"最近，钢哥看我一无是处，我真是这样吗？"

"你十全十美。"

"钢哥心里想离婚，他昨天就暗示我两次。"她不情愿地说，

"他心里有了别人。"

窦小明听了,很高兴,那个坏蛋离开了,就不能动手打她。

"你很高兴。"秦佳惠叹了口气,说,"我不怪你。"她的双手捧着脸,一副痛苦的样子。

他在她边上坐下。

"他有时特别好。"秦佳惠认真地说,"他并不像你看到的那样,遇见他的那一天,我的生活才变了,才有了意义。"

这话从她的嘴里说出来,他吓了一跳。钢哥就是一个十足的混混头子,黑道上的人,在这儿方圆几十里的地方,所有混混都听他的。钢哥对她,就是个流氓、王八蛋,佳惠姐姐该恨钢哥才是。

看到窦小明满脸疑惑,秦佳惠便讲起自己当初怎么遇见钢哥的事来。

十八岁的秦佳惠,梳着两条长辫子,脸红润白净,五官精致,高挑苗条的个子,惹人注目,一从医院大门出来,便有不三不四的男人候在那儿,要跟她交朋友,令她非常苦恼。这天她下班走出大门,一个流里流气的高个男人伸手来搂她胳膊,她侧开身。他上前一步,摸她的脸蛋:"真是水蜜桃!"顺势双臂环抱她的腰,说:"做我叶兵的女朋友,包你一生吃香喝辣、穿金戴银!跟做梦差不多!"

她想撇开叶兵的手,但是不成。医院大门口那些男人只看着,不敢出来阻拦。叶兵得意地说:"大粉子,叫我一声叶哥哥!"

她大叫:"放开,不然我叫人了!"

钢哥骑着一辆旧旧的摩托经过,撞见这一幕,直接停在他们面前,让那个男人放开她。

"虾螃,敢跟我叫嚣?"叶兵骂钢哥。

钢哥轻蔑地一笑。

叶兵告诉钢哥，他是龙哥手下的人。他用九龙坡赫赫有名的混混头子龙哥来威胁钢哥。

"龙哥？苏晓龙？"钢哥对他说，"就算是他本人来了，也得给我敬礼！松开！"

"吹哈牛。"

对方笑话钢哥，突然松开秦佳惠，把她扔在地上，一拳朝钢哥的脸打去，钢哥立刻身体往边上一侧。对方打空了，迅速又是一拳，钢哥倒地，就势猛地回脚，踢中对方胯下，对方双手按着胯下的位置惨叫。

钢哥把手伸给秦佳惠，把她拉起来，护送她回到家。

从那之后，每天下班，钢哥都骑着旧旧的摩托在医院大门口等候，她在众人注视下，上了钢哥的摩托，抱着他的腰，他很骄傲地在男人们嫉妒的目光中驶离。

窦小明听入迷了："结果，你们就……结婚了？"

秦佳惠点点头，又摇摇头，说，没窦小明想得这么容易。她带钢哥去见父亲，父亲没有反对。但是，钢哥的父母反对这门婚事。钢哥的父亲是大轮船的大副，他块头粗壮，头发有些灰白，教育儿子说，你根正苗红，已经当上了车间副主任，可以往这条正路上走，应该写入党申请书，隔几年，当个厂长，也不是不可能。可你不争气，跟一帮不务正业的小混混整天胡闹，在街上横行霸道，越走越歪！你要娶秦佳惠，只会毁了光明前程，也会毁了姐姐哥哥的前程，赶快和她断绝关系。

钢哥不听，说他和她都定了。父亲问，见了她爸爸？钢哥点点头。父亲说，你得对她好！她的爸爸是个喝墨水饭的人，这几条街，他唯一服的人。钢哥的母亲坐在床上，本来哭得很厉害，听到这儿，用袖子擦拭脸上的泪痕，冷静地拖过一个旧旧的背篓，将钢哥的衣物装在里面,放在门口。她对钢哥说,记住,跟秦佳惠走,就不能再跨进这个门!钢哥的哥和嫂子站在屋里暗处,盯着他。

钢哥默默地拿起门口的背篓,跨出门。两个人结婚后,单位按车间副主任的职位,给他分了一个宿舍。钢哥与家里没有任何往来。有一回,秦佳惠与钢哥在路上迎面遇上钢哥的母亲,她手里挎着一个很沉的菜篮子,走得吃力。钢哥叫:"妈!"秦佳惠也叫:"妈!"他想帮她。母亲不让,艰难地走开。钢哥一气之下踢翻了路边一户人家门前的板凳。

秦佳惠看了看窦小明,说:"真的,钢哥脾气暴,一惹着就发火,除了这一点外,他其实对我很好,家里粗活他抢着做,在外能保护我,没人敢欺负我。我不要离婚,除了爸爸,我只有他这么一个亲人。"

"好吧,我试着原谅他这个浑蛋,除非他不打你。"

"可能不是他的问题,问题在于我。"她叹了一口气,看着流淌的江水。

"不会是你。当然是他。记住,你还有一个亲人,就是我。"窦小明认真地说,"佳惠姐姐,你是我的姐姐,我能保护你!我发誓,一百年不变,一百年后我就老死了。"

秦佳惠扑哧一声笑了,说:"你这么小,你还需要人保护呢。"

"我能做到,佳惠姐姐!相信我!"

秦佳惠收住笑,点点头,感动地看着他。她的手放在胸口,仿佛那儿是一团冰:"你的话好温暖!"

窦小明把手放在自己的胸口,说:"我这儿也好暖和!"

秦佳惠摇摇头,不敢相信地看着他,自言自语说:"月光武士,就像月光武士!"

"月光武士？佳惠姐姐，是啥子？"

"他呀，小小年纪，却侠义勇敢，黑夜里，月光之下，一身红衣，骑着枣红马，闯荡世界，见不平事，就拔剑相助。有一次月光武士救了一个误入魔穴的小姑娘。可是小姑娘不想活下去，月光武士带小姑娘去看月光下的江水，月光下的山峦，月光下开放的花朵，大自然美丽依旧，让小姑娘改变了心意。"

"我喜欢月光武士。"

"这是我小时候，妈妈讲给我的故事，妈妈走了，爸爸继续给我讲，我记在心里。"秦佳惠拉起窦小明的手握着，"小精灵，答应我，不要管我的事。大人的事很复杂，你长大了就晓得了。"

窦小明仰头看秦佳惠，她对他十分信任，他心情马上变好。她盯着他，他只好点点头。他起身，掏出书包里的作业本，问不懂的算术题。风把秦佳惠额前的头发吹乱了，她拂去发丝，朝他微微一笑，伸出手来。

窦小明马上把一支铅笔递给她。她便在纸上教他。她教得有耐心，仔细，如果她是他的算术老师，他敢保证，这门最差的课，会得高分。

秦佳惠离开后，窦小明把她教的算术题又做了一遍，这才往家里走。天色偏西，坡上房子里传来辣椒炒菜的气味。该吃晚饭了，奇怪这次母亲没叫他。

他推开房门，把书包挂在门后的钉子上。母亲从里间掀开布帘冲出来，对着他吼叫："几点了，还晓得回家？冲啥鬼地方去了？"

"天又没黑，你叫啥呀，我饿坏了。"桌上碗里有几个小馒头，他抓了一个吃在嘴里。

"败家子，惹祸包！"母亲劈面一巴掌打来。

窦小明摸着火辣辣的左脸说："大人打孩子有罪。你是人，说话就行了，动手做啥子？"

母亲正要打第二巴掌，听到这话惊异地看了他一眼，挥着的手悬在半空，嘴里还是说："我是你妈，我打得。黄金棍下出好人。"

"你老了，我也打你，是不是？"他肚子饿坏了，狼吞虎咽地把手里余下的馒头吃完。

母亲看着他，不作声，心里火冒三丈。她一把扯过门后面的搓衣板，扔在地上，让他跪下。他不听。两个人在屋里猫捉老鼠似的追着，因为房间太小，只能围着一张吃饭桌转圈。屋外围了好多邻居看热闹，大毛的母亲说："都是火炮惹的，钢哥砸了面馆呢，凶得要命！"

窦小明马上停下，打量母亲的周身有无受伤的地方。

母亲也停下来，吼道："看啥子看，他们砸面馆的时候，我在上茅坑。"

窦小明放心了。

母亲用手指着他吼道："火炮，快去赔礼道歉。"

"不去。"

母亲拎着他的耳朵，往外走："去，就进这家门。"

窦小明抓着桌子，不肯走，说："我是好人。"

母亲松开他，跳起来，抓着桌上的碗，又舍不得摔，拿起凳子，同样的原因放下，气得直喘气说："好人哪能跟歪人讲理。"

"你终于说出了真理。"

母亲哭笑不得，皱着眉头。窦小明看着母亲那副样子，不想与她争执了，垂下了头，肚子饿得咕咕叫，他端起桌上的碗来，抓起一个小馒头。母亲却把碗挪过去,把他推出门,说:"去,赶快去。"一把将房门关上。

看热闹的邻居纷纷散开,这个点只能看各家吵架骂架,没什么乐趣。

窦小明站在门外,把手里的小馒头吃完,对门里吼:"我不要去,你是个坏妈。"他踢门,"那个坏蛋,他欺负人,你居然站在坏人一边。"

门里的母亲对他吼:"我不管你的理由。今天不去,就给老娘滚得远远的!"

母亲这回是真的气着了。他来到厨房,转几圈,拿了一把扁担,往外冲,却被邻居马叔叔拦下,拿下扁担,放在墙边。他胖胖的身体像水桶,脸上也有双下巴,对窦小明传授着人生经验:

"那根扁担,要十块钱一根,老竹子做的,打断了,你妈会心疼。小崽儿,你等着。"马叔叔回自家屋子里去了,没一会儿,拿着几根短短的竹扦子递给窦小明,"这个我白送你,打架嘛,用的是……"他指着自己的头,问窦小明,"晓得了吗?"

窦小明点点头。

"记住。"

"我不做猪脑。"

马叔叔笑起来,拍拍他的肩膀,夸道:"小崽儿,我不会看错你。去吧!"

第七章 算账

窦小明拿着几根竹扦子，急急地走在小街上。天边的火烧云，辉映得房屋和街道都有红光，也辉映在他瘦瘦弱弱的身上，风把他的头发吹得乱乱的。很多人经过，和他打招呼："小明，做啥子去？"

"小明，吃饭了吗？"

"走这么快，急啥子？"

他脸上没表情，头有点微垂，眼睛专注地盯着前方。

流水沟边的小石坝好些人围着，中间是一条眼镜蛇，蓝得透明，蛇伸直身体，比一个大人高，吐出芯子，发出怪叫。那些人后退。"这蛇，别打。"有人叫。那蛇居然马上朝这人转了个圈，点头。众人一下子愣住了。

"看到了吗？这眼镜蛇灵得很，放它走。"

"不行，好不容易有这么粗的蛇，老子要打牙祭！"有一个人手握粗大的棍子，不高兴地说。

窦小明没有停留，上石阶，坡边有垃圾，臭气熏天。他加快速度，下了一坡，岩石内立着一尊石佛。他敬畏地注视，突然看到一群人在另一个坡上往下走，中间一个人就是钢哥。他马上朝那边跑了过去。

江边废弃的船坞，有生锈的趸船和几艘烂船，距离上回水运修理厂的仓库有几百米距离，是一个浅滩，堆了好些施工用的沙子，一人高，堆成城堡，十几个城堡不成规矩地立在江边。

两江三岸的灯光亮起来，倒映在江水上，江边废弃的船坞前，钢哥在一帮人中，他戴了顶帽子，芳芳站在他的左边，手里夹了一根香烟。篝火燃着，几个小青年蹲在那儿捣弄，几根钢钎上搁着几条从江里钓的鱼，发出诱人的香味。火光映着他们年轻的脸，他们看着江面，一艘运货船驶入画面，靠岸，将绳抛在废弃的趸船铁墩上，系上绳。

钢哥给边上程四递个眼色，程四马上走上去，与船上的黑衣人低语："泸州的二哥？"

黑衣人点头。程四跳上船，翻开货袋，是煤。他回一下头，朝钢哥伸出右手，钢哥点点头。程四掏出钱来递给黑衣人，黑衣人仔细地数起钞票。

窦小明就是在这个时候出现的，他一个人走在沙滩上，人小，投下的影子也短。之前钢哥他们说的收货，可能就是收煤炭。收煤炭为什么偷偷摸摸？因为买煤要煤票，很紧俏？他弄不明白。

他挺起腰，深一脚浅一脚地走着，速度不变，心里开始不安地打起鼓来，整张脸绷得紧紧的。

芳芳傍着钢哥的肩，看着窦小明走来，故意说："哟，钢哥，看哪个哈巴娃儿来了？"

钢哥早看到窦小明了，嘴角一笑，没说话。

"我妈叫我来道歉，我来了。"他直呼对方的姓名，"杨钢邦，给你讲，给你讲吧，好汉不做暗事，昨晚上的事，是我做的。"窦小明边说边走，走到钢哥跟前，站着，"为什么要做呢？是因为你昨晚当众欺负佳惠姐，你是个大坏蛋！而且，你不该砸我妈的面馆！"

钢哥拿过芳芳手里的香烟，吸了一口，吐出烟圈："有种呀，敢直呼老子大名！说得理直气壮。原来你这臭崽儿不是来道歉的。你看看你留在我脸上的杰作。"

钢哥右侧额头有肿块，擦了红药水，整张脸看起来很邪乎。"你活该！"窦小明说。

钢哥冷笑，上下打量窦小明："就你这个虾蟆，没棍没刀，敢和我钢哥叫板？"

窦小明将手里本来紧紧握着的竹扦子扔在沙滩上，上前一步："我当然带了东西。"

"啥？"

"我带了——我的尊严。"他指着钢哥的脸，用充满稚气的声音说，"我看不起你。杨钢邦，你以为你是谁？别人听你的，我偏不听。"

所有的人听了，都大笑。钢哥笑得伸手摸自己的右侧额头，大概是笑得那个地方发痛。芳芳笑得前仰后倾，按着肚子说："这小崽儿太好耍了。"

窦小明被笑蒙了，手脚都不知放在哪里，突然他也笑了起来。

钢哥停住笑："你笑啥子？"

"笑你……"窦小明指着钢哥的鞋，他的白球鞋左右脚穿反了。

钢哥看自己的鞋，笑得更厉害了，边换鞋边说："小哈巴，你这是在找死！"他穿好鞋，抬眼看他。"让我笑成这样，饶你。快回去，找你佳惠姐姐吃奶去！"

岸上的人，甚至船上的人笑得更厉害了。

窦小明一下子火冒三丈，钢哥让他回去找佳惠姐姐吃奶，是骚棒！是流氓！下流坯！他的拳头握起来，往前跑，突然，廖六从后面飞奔而来，一下把他撞倒。廖六跑到钢哥的面前，喘着气嚷道：

"九龙坡的龙哥来了！比我们人多！"

"他龟儿苏晓龙一个小毛头要闹事！哎呀，我们吃不成烤鱼了。"钢哥的鼻子里哼了一声，看过去，江岸上二十多个年轻人拿着棍棒和菜刀跑过来。龙哥提着一把砍柴刀，一身短打扮，留着大胡子，走在最前面，看上去二十多岁，身后是一帮人，那个高个子叶兵走在其中。钢哥狠狠地扫了一眼，自己这边才十个人！他朝那艘货船挥挥手。船上的程四点点头。

"芳芳快走！"钢哥抄起在篝火上烤鱼的钢钎，已烤得半熟的鱼，通通掉在火里，钢钎尖头被烧得通红。他大声命令道："兄弟们，给我拦着，让船走！"

芳芳往坡上奔跑。

程四让货船开动马达，离岸。他抽出身上的一把尖刀，站在船舷上。

窦小明摔在沙滩上，小腿被一块石头割破了皮，他忍痛爬起来，赶紧躲在一块岩石边。

龙哥的人往货船冲来，想截船，与拦着的人打起来，刀刃对刀刃，拳头对拳头，叫喊着，每个人都热血沸腾。钢哥的手下王小五，个子虽小，却是个练家子，手握匕首，身体一转动便撂倒两个人,他们抱着腿蜷曲在礁石边流血呻吟。叶兵带着几个人冲过来,但完全不是王小五的对手,他一匕首刺去,又一个人受伤了。往上冲的人太多了,廖六急忙站在王小五身后,程三也加入,三个人背对背,形成一个三角,来一个打倒一个。龙哥的砍柴刀狠狠逼上来,钢哥挥动尖头钢钎,打过去。龙哥身子偏向右,却击向钢哥的左臂。钢哥退后两步,挥钎过去,龙哥的肩被击中,痛得眼睛直眨,整个身体弹起,挥刀砍中冲过来的袁七,袁七当即惨叫,他的手臂鲜血淋淋。钢哥一钎打倒龙哥身边的叶兵,叶兵握着铁棍爬起来,冲向钢哥。廖六一步挡在前,替钢哥挨了一棍,倒在地上。这时钢哥听到王小五叫:"钢哥,他们人太多,啷个办?"

如此打下去,双方都在消耗,受伤人数增加。钢哥与龙哥喘着气,钢哥的手臂被刀划伤,沁着血线,龙哥的脸上被木棒打中,左眼肿了,像一个紫灯泡。他们边打边移到一块礁石上,看着对方,钢哥故作轻松地说:"小龙崽儿,我们今天散了吧,你看船都跑了。"

可不,那运货的船往下游方向走得快没影了。龙哥居然点了点头。几乎同时,两个头头朝自己的人大声喊:"停!"

一下子沙滩从斗殴的喧闹中静了下来。

"你抢了我生意。"龙哥说。

"你抢在先。"钢哥丢了丢额前头发,冷冷地说,"泸州那边是我的人,不是你的。你胆大包天,连我的东西都敢抢。"

"这趟货是我订的,你硬截了货,我当然要抢。晓不晓得,钢哥,强者为大?"

"你一个九龙坡的小虾皮小鱼仔,一个在水泥沙坝建筑工地的小头目,居然敢跟我市中区的爷们闹?贱呀,看我不灭你?"

"我爷爷的爷爷都是吃笔杆杆饭的,你呢,外公的外公都是下力的,钢哥,英雄不问出处,这点理你都不懂,那下辈子还是个下力的,你贱,今天该被我灭。"

"谁灭谁?今天不是谁吹的牛皮大谁就大。"钢哥问,"怎么样,要不要又开打?拼个你死我活!"

"四六开。"龙哥说。

"煤卖到乡下,路上辛苦,还有风险,挣不到几个屁钱,二八开。"

钢哥话音刚完,只听一声响,他本能地偏了一下,额头当即肿了一个青包。他马上蹲下,捡起地上的东西一看,是一颗圆圆的小鹅卵石,朝龙哥大吼:"停都停了,你龟孙子搞暗的。"一拳挥出,龙哥后退一步,握着他的手臂。

正在这时,又一颗鹅卵石飞来,正中钢哥的膝盖,痛得他当即跪地。

龙哥趁机按住他,还未说话,又飞过一颗鹅卵石。钢哥惊得心乱跳,对龙哥吼道:"日你妈哟,有完没完?"

这时传来一个充满稚气的声音,脆生生地说:"是我。"

两个大男人同时抬起头来,往说话声响起的方向看,窦小明站在一块岩石上,手握树枝做的弹弓,一只眼瞄准,另一只眼眯着,正要弹出第四颗鹅卵石。

一只手从窦小明身后伸出,紧紧地抓着他的手臂,他回头一看,居然是秦佳惠。她生气地说:"我数三下,你滚开。"

窦小明看着她,她的样子不容商量,而且开始数:"一——二——"

他没有办法,只能垂下双手,跳下岩石走上山坡。

龙哥松开钢哥,拍拍手,看着秦佳惠说:"嫂子果然是大粉子!重庆城里第一!"

钢哥的眉头向上挑了挑,"哦?"了一声,惊异对方这么认为。

"钢哥有福气！兄弟我羡慕！"龙哥说。

钢哥高兴地点点头，说："你要我为这几句好听的话付多大的代价？"

"所有话出自我的真心。"龙哥双手抱拳道，"请钢哥考虑一下小弟的提议！"

钢哥当没听到，一挥手，他的兄弟伙马上跟随，扶着受伤的人往医院去。龙哥朝身后打了个榧子，手下人马上处理受伤的人。

钢哥朝秦佳惠走去，看到她正打量着龙哥，龙哥嘴角露出一丝匪夷所思的笑意，居然向她微微躬身致意。钢哥打量着这两个人，目光落在龙哥的脸上，停留良久，这才自豪地伸手给秦佳惠，她挽着他的手臂，两个人朝前迈着步子，朝江边走。

龙哥清了清喉咙，唱了起来："九九那个艳阳天来哟，十八岁的哥哥坐在河边，东风呀吹得那个风车转哪，蚕豆花儿香呀麦苗儿鲜……"

钢哥一下子笑了，回过头来说："原来你苏晓龙歌唱得这么好，三七开如何？"

龙哥点头。他的手在腿上打着拍子，继续唱："风车呀跟着那个东风转哪，哥哥惦记着呀小英莲……"

山坡上走下牵着鹅的黑衣黑帽人宾爷，在黑暗的路上，左右摇晃着，他左手拿着一壶五加皮白酒，盯着钢哥和秦佳惠的身影，又盯着沙滩上的龙哥："九龙九龙，江里窝，行到半生猛回头！老汉我就差这一壶美酒，最纯朴的五加皮！最烧心的五加皮哟！"

宾爷像念咒一般，来回唱。

龙哥听到了，冷笑一声说："一号桥尽出人才，久闻宾爷大名，道理深奥无比！明天我派人送十壶酒给你。"他转身，看了一眼身边的叶兵。叶兵点点头。

宾爷听而不闻,颤颤巍巍地下了几步石阶。他喝了一口酒,抬头望天空。

窦小明走进家门,母亲已睡了,不过屋里点着灯。他蹑手蹑脚掀起房间里的布帘,钻进自己的小空间里,躺在床上。突然想起什么,伸手掏出裤袋里的画片来,是旧上海月份牌穿泳衣的女子,被弄皱了。他小心地用手抚平它,把它夹在书本中间。床底下,杂志里压了一张秦佳惠的照片,他不想把这穿泳衣的画片与之放在一起。佳惠姐姐今天对他生气透顶,他心里一时乱了套。他没有走远,看到钢哥与她一起上坡,一派好丈夫的样子。这个臭屁眼虫是装的,他不信钢哥。

窦小明闭上眼睛,脑子里走马灯,什么人都有,戴着黑帽的宾爷牵着鹅在江边快步流星,黑姑站在一块大礁石上,手里挥舞着一条大裤子,她下面一丝不挂。船上的水手在朝她招手。宾爷朝那船挥手,那船蒙有一层雾气。黑姑身上也雾气环绕。宾爷躺在那儿,脸色苍白,脸上全是汗。他向人要了一把铁钉,像吃干胡豆一样,全吃下肚子,马上站起来。一个人影走上坡来,是黑姑,衣衫不全,嘴唇红红的,挺着扁平的乳房,扭着腰肢走。她把衣衫撕成一条条缠在腰上头上,从江边缆车道狂奔而下,大声叫:"我的孩子们,你们长大了,从江里出来吧,出来吧!"她迎着江风挥舞布条。

好多孩子在跑,他也在跑。面前一道人影,把他拉入一片光里,是一个女人美丽的脸庞,一双温柔带着花香的手,放在他的额头,顿时他什么都不知道,睡着了。

第八章 出大事了

现在想起那年那段日子,像是洗牌似的快,一天接一天转瞬即逝。那个秋天比以往都少下雨,老天恐怕把以往的晴天都先挪用了,一周有四天晴,甚至五天,而且早上有朝霞,晚上有火烧云,映得山城美不胜收。这天是礼拜天,窦小明坐在小面馆门口第一张桌子旁做作业。这儿看人容易,希望秦佳惠路过。她那晚对他生气,是对他好,不然,钢哥会下黑心害他。

母亲低头擀面,在面里放了碱。虽然辛苦,但自己擀面,可切大宽条,喜欢的客人多,比机器做面便宜得多。"火炮呀,多亏你向那钢哥道歉,快一个礼拜了,都没人来找我们的麻烦。"

她说着递给窦小明一碗面,叮嘱道:"给秦伯伯送去!"

窦小明起身,端着面离开。

街道主任一步迈进小面馆,她胖胖的,短发,四十岁左右,戴了近视眼镜,一身灰衣裤。她坐在凳子上,手里拿着本子,上下打量着面馆，厉声说："崔素珍，砸坏多少桌子？椅子？"

母亲正在清理作料桌上的残渣污渍，听见声音，急忙回头说："哎呀，是主任亲自来了呀！一张桌子，桌子也不是全破，三个凳子，都断腿了，还有十几个碗，破了。"

"报警了吗？"街道主任的目光落在母亲脸上。

母亲对她说："主任，报你了呀。"

"我昨天报警了。派出所登记了吧？"

母亲点头。

"这面馆是我们街委会的，损失得从你的收入里扣。原因嘛，"街道主任看着窦小明上台阶的背影，"都说是他惹事。"

母亲自知理亏，不说话。

窦小明送完面，返回时，这个街道主任还在，她面前有一个面碗，连着面汤都吃得一干二净。她掏出手绢，擦嘴上的辣椒："崔素珍，记着了，下不为例，不然，就换人做面馆。记着了？"

母亲规矩地向她行礼，说："记着了，主任。"

窦小明气得咬着嘴唇。

街道主任经过他身边，瞪了他一眼，轻蔑地一笑："改邪归正，为时不晚。"母亲在她身后，对他双手作揖，求儿子不要节外生枝。他忍下气，站在边上。

街道主任离开后，母亲走过来，一把拉着他的胳膊："火炮是妈的乖乖儿，今天奖励你一个荷包蛋。"

临近十点，天光亮堂多了，客人一个接一个来，小面馆的生意出奇地好，热闹非凡。下街的几个邻居也来了，说老妈小面馆的作料自己在家打不出。母亲看了看儿子，他出的主意，在已有的酱油、醋、姜蒜、辣椒、花椒粉和咸菜的作料里，再放一点酸酸的泡豇豆末，小面入口，便增加了特殊的口感，这泡豇豆的酸，与醋的酸层次不同，使辣椒有回旋，让花椒的麻恰到好处。家家有泡菜，窦家的泡菜酸中带脆，还留有一丝甜，是因为她放了五加皮酒，加了半勺白砂糖，勤换泡菜坛沿水，泡菜自然比别家的好吃。

点了小面，他们坐下等着。

那些吃面的人，瞧着白糕熟了，眼馋，一人抢了一份。

因为是周日，小面馆门前加了一桌打长条纸牌的人，那桌前一个头发灰白的男人感慨道："不该有的事，不该有的事！"

"不要卖关子。"边上一个老头子说。

"你们要不要听？"

同桌的一个胖胖的女人，不屑地说："你要说的事，我最清楚，是秦家的事。钢哥问秦佳惠，给龙哥扔了几次秋波，我打你，你给你爸爸讲没讲？钢哥在心里对老秦这个岳父本能地惧几分。"

另一个半老徐娘说："钢哥从小被他爸爸打，晓得动手的威力。"

胖女人接过话头来，笑了一下，说："是这样的：秦佳惠说你啥都好，就是脾气差。钢哥当场推倒她，用脚踢她。隔哈儿又道歉，说不该动手，要她惩罚他。他家的床像打雷一样闹腾，闹腾完了，一对鸳鸯和好如初。"

边上一个吃面的中年女人说："徐妈妈，今天不是这样的。我听说是钢哥对佳惠动手了，甩门走了，他是癞蛤蟆吃天鹅，自知配不上佳惠。"

胖女人说："肯定是那个跳舞的王大姐，哦，我记起来了，叫芳芳，听说她男朋友一大把，这回看中钢哥，要他离婚。钢哥对惠子说，我跟你过腻了，我要离婚！连吼三声。"

那个头发灰白的男人看手里的牌，不高兴地说："哎呀，你们都说了过日事,听着,我现在说的事才是最新消息,秦佳惠在今天早上吃了药!"

"你再说一遍!吃药?"

"没出人命吧?"

"她的房门没关,被我家二娃子发现,我们几个邻居把她送到了医院。"

他打出一张牌,叮嘱道:"你们不要让老秦晓得了。又管不了钢哥这砍脑壳的,他会更伤心。哎呀,我的腰病又犯了。火炮,你来帮我揉揉。"

窦小明站在他们的身后,脑子像灌了水一样,整个人傻掉。钢哥,你这臭咸菜,我就知道你是假装的,你欺负佳惠姐姐,我不会放过你。他看了看面馆里的母亲,掉头跑走。

"秦佳惠吃药自杀!"整个区医院都传遍了这一消息。医院本来不大,门诊、住院部一共四幢楼,有的三层楼,有的六层楼。她被四个邻居用滑竿抬来,马上被推入急诊室抢救——洗肠。幸亏她喝的药量不大,发现得早。谢大夫说,再过半个小时来,就没办法了。

秦佳惠虚弱无比,好看的脸,像死人一样苍白。她说不了话,连睁眼都费力。当她被推入病房后,谢大夫再次检查她的体温和血压。秦佳惠工作努力,看上去家庭也幸福,没想到她走绝路。他摇头,走出病房。

小汪跟着出来,他叮嘱道:"佳惠体温、血压正常,刚洗了肠,人很虚弱,让她好好睡一觉。任何人不得进。"

小汪点点头。

护士小汪端着一个盘进来,盘子里面有杯水和两颗止痛药片。

秦佳惠躺在床上，手臂吊着盐水瓶，手上、腿上都有伤痕，她的嘴肿了，额头有青块。

小汪坐在床边，对她说："惠子呀，想不通，也不能走这条路，幸亏现在你安全了。"

秦佳惠费力地睁开眼睛。

小汪连忙伸手将她眼睛合上，轻声说："谢大夫专门给你一个单间，刚才也给你吃了药，睡一觉。"

秦佳惠睁开眼睛，拉着小汪的手，伤心地流泪。

小汪给她擦泪："都过去了，惠子，往宽处想。"

"我好多了。"秦佳惠叮嘱小汪，"我要瞒着我爸爸，千万不要让他知道！"

小汪点点头。

这些护士平日里都要好。小汪到护士柜台，告诉几个护士，她要出去几分钟，让她们盯着秦佳惠的房间，不要让人进去。

她站在中心街顶端，看到石阶下秦伯伯正在专心地修鞋，没有人给他说话，即使是过路的熟人，知道他不爱说话，也不和他打招呼。把人往好处想，是应该的，邻居们要么没人尽皆知秦佳惠自杀之事，要么知道，并不嚼舌根，反正鸡蛋碰不过石头，钢哥谁敢惹？

小汪决定不叮嘱任何邻居，多一事不如少一事。只要秦佳惠出院了，一切正常，人们的流言蜚语自然就会结束。

小汪拉上门出来，发现一个瘦瘦的少年在柜台前激动地和一个护士说话。她记得少年的脸，前些日子在观察室待了一天一夜。

窦小明生气地离开柜台，在走廊上边走边敲病房门。小汪走过来，用手拦着："窦小明！你在做啥子？"

"小汪姐姐,我想看佳惠姐姐!"窦小明恳求道,"她没事吧?"

"谢大夫说了,任何人不得打扰她。"

"我不和她说话,我只是看一眼她。"

"不行,她很虚弱,得休息。"

"我保证。"他举起右手发誓:"求你啦,小汪姐姐!"

小汪看看他一脸哭相,可怜巴巴,便带他到一个房门,轻轻打开房门。窦小明轻手轻脚地走进去,顺手将房门关上。

房间里光线暗暗的,秦佳惠在床上睡得很熟,呼吸均匀。她的手臂插着针管,吊着药水,可以看到手臂青一块紫一块。

窦小明心疼得抓自己的头发,抱着头:这个水打棒钢哥,这个屁眼虫钢哥,这个万人恨的钢哥,我与你势不两立。他气得一下子坐在地上。

如果你想到谁,不想遇到他,那么你在大街上小巷里就会遇到这个人。同样的你恨谁,不想见谁,你马上就会见到这个人。房门响了,钢哥气宇轩昂地走进来,关心地看床上的秦佳惠。窦小明腾的一下站起来,愤怒地瞪着这个长得俊气的大块头男人,本要与他讲理,看了一眼躺着的秦佳惠,马上控制住自己。钢哥正要吼他,窦小明用手指放在嘴前,"嘘"了一声,要他不发声。

钢哥竟然听从了,轻手轻脚走过来,不由分说拉着窦小明的胳膊,碰开门,把他使劲一推。

窦小明直接倒在走廊上,屁股落地,痛得他想哇哇大叫,但他忍着,皱着眉头,从地上爬起来,招手。

钢哥走出来。窦小明盯着他,轻声说:"把门关上。"

钢哥合上病房门后,厉声吼道:

"噢，臭崽儿，我老婆出事了，你在这儿做啥子？"

"是你这个王八蛋害的她。"

"你这兔崽子，鸡巴还没长毛，这是我钢哥的家事，轮得到你在这儿指手画脚？给我马上滚开！"

"滚开？"窦小明举起双手，像是投降，他的目光里充满不屑，对钢哥挑衅地说，"我要当月光武士，我要和你决斗。"

"月光武士？决斗？"钢哥眉头一挑，警觉地重复道，随后大笑起来，"你龟儿子也配？"他四下看看，逗趣地说，"这儿没有月光，只有白炽灯光。"

窦小明后退一步，渐渐加速，看上去像是身体不协调地蹦跳着，往走廊尽处去。

钢哥往前走了几步，他戏弄窦小明，依样画葫芦，举起了双手。

窦小明没笑，钢哥也没笑，不少人朝他俩围拢过来。

长长的走廊上一大一小的两个人，一个是赫赫有名的黑帮头子，一个是稚气未脱、手无寸铁的少年。走廊上有护士也有病人，都不知道发生了什么，惊异地看着他们。钢哥的几个小跟班站在可能有人经过的地方，维持着决斗环境，程三、程四兴奋地在腰上叉着双手。

窦小明与钢哥相互看着，窦小明紧张，他发现钢哥个子那么大，像一只凶狠的大老虎，自己矮矮小小，像一只柔弱无力的小鸡。他已经退到了走廊末端，那儿是一个窗子，右侧是楼梯，如果他从楼梯跑掉，现在还来得及。不，一想到佳惠姐姐那副惨相，他心一横，不顾一切地奔跑起来，那速度之快，像箭一样对着钢哥，用头撞向他。钢哥愣了一下，便马上反应过来，双手去抓窦小明的身体，可窦小明像泥鳅一样滑过去。钢哥因为身体不平衡，打了两个踉跄，扶着墙，才没有跌倒，样子非常狼狈。

窦小明跑得太快，如脱缰之马，好不容易才稳住自己。

钢哥的嘴角露出一丝邪恶的笑意，转过身来，俯视窦小明。

两个人慢慢朝对方走近，只有两三米的距离时，突然停下，他们呼吸着，没说话。突然，窦小明奔上前，抓着钢哥的左手就咬。这完全出乎钢哥的意料，他痛得叫了一声，用脚踢窦小明，可窦小明忍着痛不放手，也不松开牙齿。

钢哥的几个跟班拥过来，钢哥摇了摇头，阻止他们，这时他的右手拍了一下窦小明的后背。

窦小明痛得即刻松手，随即一脚踢到钢哥的膝上，他的腿不由自主地屈了一下，窦小明另一只脚又踢着他，痛得他叫了起来。

"翻天了，小兔崽子。"钢哥看了看左手上的牙齿印，气不打一处来，他低头看到脚上的白球鞋擦上一道黑印，生气了，抓着窦小明的衣领，把他的头按在脏脏的白球鞋上。"臭人，舔干净。不然的话，老子去面馆见你妈。我相信你会自愿这么做的。"钢哥淡淡地说，脸上出现了笑容，松开了手。

窦小明抬起头来，看着钢哥说："你假笑，太难看。"

"别打岔。"

"我说的是实话。"

"舔，不然，我去面馆——"钢哥这下真笑了，是开心，因为他知道窦小明怕什么。

窦小明叹了口气，没辙了，只得低下头，伸出舌头，舔球鞋的黑污。

走廊里本来安静极了，这时一片喧嚷，护士小汪要挤过来，被程三、程四拦着，她愤怒地对钢哥说："杨钢邦，你还是人吗？"

这声音很大，钢哥听见了，也知道她与秦佳惠的关系，并不理会,更得意了,将右脚像打拍子似的抖动,使窦小明舔起球鞋来更难。窦小明把脏口水吐在地上。

钢哥敲了敲窦小明的头:"小崽儿,把口水吞了——"他拖着声音说,"不然——"

窦小明没办法,只能吞掉脏口水。

钢哥的左脚也打着拍子,伸出左脚来,这只白球鞋没有黑痕,但是沾了灰尘。他说:"还有这只!"

窦小明停下来:"你真是个坏蛋!你狠,你打死我吧!"

"我先收拾你的佳惠姐姐。"

窦小明一听这话,猛地站起来:"你答应我不碰她一根毫毛。"

钢哥看着窦小明,气得握住拳头,没说话。

"不然,我跟你没完。"

钢哥啪的一下,给窦小明一记耳光:"你鸡鸡都没成形,敢和我这样说话?"

窦小明跳起来,狠狠地回了钢哥一记耳光,却打偏了,打在鼻子上。

钢哥摸鼻子,鼻子还在,鼻血流出来,弄得他的手指都是。他吃惊地从衣袋里掏出草纸塞进鼻孔,伸手抓着窦小明的头发说:"好,你舔!我答应。"

"你发誓。"窦小明说。

"你小崽儿啷个事多?"

"你不敢?"

钢哥气得咬牙,突然看到窦小明嘴角的血滴在他的白球鞋上,吼道:"血洗不脱,你个龟儿给老子舔!"他将窦小明的头往鞋上按。

"你不答应,我就不干。"窦小明挣扎着喊道。

走廊里小汪在叫:"杨钢邦,你给我住手!"一个看热闹的病人在嚷:"大人欺负小孩子!可恶!""快叫保安!"可是钢哥只当听不见,按着窦小明的头。

这时,走廊那边病房门吱呀一声打开,秦佳惠穿着一身皱巴巴的衣服,头发乱乱的,走出来,边走边说:"钢哥,我来,我舔得比他干净。"

待秦佳惠走近,钢哥一把推开窦小明,盯着她的眼睛,一字一顿地说:"惠子,你回病房休息。"

"那你离开这儿。"

"我来看你,可是,这臭崽儿给我找乱子,我必须教训他。"

秦佳惠指着过道楼梯:"你走。"

"惠子,你今天要公开扫我的面子?"

"这是我上班的地方啊!你一点也不给我面子。"

钢哥低下头,突然双手像铁夹子,抓着她的双臂,抵着墙:"你配吗?你死赖着我,不离婚。"

"你忘了你当初的诺言?!"

"当初是当初,现在是现在。我现在眼里看见你就烦,"他凑近她的耳朵,"你跟芳芳比,在床上就是一根木头,不来事。"

"你喜新厌旧。"

"还敢自杀,以死威胁我,作践我的名字。"

"你,你不是一个男子汉大丈夫!"

"你敢给我讲理,哈婆娘!"他抓着她的衣领,用力一推,她整个人像团糨糊贴在墙上,痛得她大叫。他向前两步,手举起来。

窦小明已爬起来,大声说:"住手!好男不跟女斗,你打佳惠姐姐,你是一只臭老鼠!"他拍自己的胸膛,愤怒地咆哮,"你朝我来！"

钢哥握紧拳头，往窦小明那边冲去。

可是秦佳惠一把抱住他的双腿，不让他打窦小明，她绝望地说："我们离婚吧！"

钢哥没想到，脸上表情复杂，突然哈哈大笑："好耍！离婚老子可以说，你哈婆娘不可以。"他抓着秦佳惠的头发往墙上撞。

窦小明奔到他俩跟前，踮起脚去掐着钢哥的脖颈。钢哥难呼吸，松开手，秦佳惠倒在地上。窦小明急忙去扶她，这刻钢哥飞来一脚，窦小明倒在地上，嘴里流出鲜血来，但他不顾一切地拉着钢哥的脚。钢哥的拳头握紧，正要挥过去。

一个女人的尖叫声，带着呼呼喘气声近到眼前，举着擀面棒打过来。女人是窦小明的母亲，钢哥认得，这完全让他措手不及，嘴角不由得露出怪异的笑意。

窦小明松开手，钢哥后退一步，来不及躲闪，被母亲的擀面棒打在腰上，他"哎呀"一声，完全被她愤怒的气势镇住了，转身跑下楼梯。

母亲看了一眼儿子，提着擀面棒追下去，边追边骂："你这个龟儿子，黑心肝烂萝卜，砍脑壳的，天棒！你打我儿子，今天老娘和你拼了！"

母亲居然没骂他，居然站在他一边，来帮他来了，生平第一次，母亲是他心目中最好的母亲，他的眼睛一下子红了，之前所有的压力瞬间卸下，头一阵昏眩，他跌落在地上。

第九章 母与子

中心街顶端那条大马路，车来人往，一如以往的喧闹，马路斜对面是一个大花台，种了牡丹花、小松树和各色菊花。绕着花台是一个供车行驶的小道，里面就是医院大门。钢哥从楼梯跑下来，奔向大厅，朝大门冲去。他长到这么大，从没在大庭广众之下如此狼狈，被一个拿着擀面棒的疯狂婆娘追着打。

如果是一个男人，他早就收拾对方了，一个女流之辈，他内心有骄傲，而且是一个认识的邻居，不敢耍流氓习气，不然吹声口哨，让自己的小跟班们把这个不要命的女人给收拾了。没办法，他只能在前面跑。

她提着擀面棒在后面追。好多看热闹的人跟在后面看稀奇。"那是崔素珍，火炮的妈呀！""那前面跑的人是钢哥，操社会的混混头子。不得了，啥子事？"

她气坏了，路过面馆的人说她的儿子在医院里被人欺负，她周身的血往上冲,什么都不顾,扔下围裙,抓起面前的擀面棒,就奔上一坡又一坡石阶,往医院赶来。结果她亲眼看到钢哥打她的儿子。

她边追边骂:"告诉你这龟儿子杨钢邦,你以为你称王称霸惯了,告诉你这个丘八王大哥杨钢邦,在我崔素珍面前,你这鸡巴蛋就是个空壳,今天我打你,就是打祸害,打一条蛆!我家祖奶奶不怕你,我这祖孙子更不怕你!阎王会抽你的筋,剥你的皮,今天,我代阎王教训你这鸡毛臭屁股看,我变成灰也要灭了你!"

从医院到中心街看上去没多远,其实也得走七八分钟,钢哥与窦小明的母亲一前一后跑着,一抬眼傻了,自己怎么往这中心街跑?这是他最不愿来的地方,尤其这个时候。但人就怪,不该来,脚自己找路。他下了几步,突然停下了,俯视下面一大坡石阶,转过身来,双手叉在腰上,喘着气,盯着奔过马路来的泼辣女人,仿佛要下最后的决心,和她决一死战。

仅仅几秒,窦小明的母亲追近,骂声更厉害了:"我要打死你这阎干的龟孙子,千刀剐万刀砍……都说你爸爸做过人中豪杰范哈儿的保镖,我不管是真是假,但是,你爸爸拳好人好,是'东方红15号'大轮船的大副呀,多么人尖尖呀!我佩服他,他是好汉一条!啷个养出了你这个烂沙棒儿子,丢人现眼……早晚都要吃枪子呀,你有本事欺负一个小娃儿,跑啥?你有理走遍天下,跑啥?你狠,再狠我这当妈的呀,你跑啥?"她从高处举着棒子奔下来。

钢哥赶紧下了几级石阶,随手拎起街边的一张木凳,想扔过去,可是满街都是熟人,看着他。石阶下端,再隔几十步台阶,就是他的老丈人鞋匠秦源,他坐在那儿修鞋,并没有看上面,也不管人们在议论什么,连头都没抬一下。钢哥看着远处的秦源,犹豫了。派出所两个民警出现在他身边,他的双手被抓着,凳子掉在地上。他没反抗,却昂起头。

民警铐上钢哥的双手,把他带走了,走上中心街顶端。

窦小明的母亲喘着气说:"好吧,阎王让你跟民警走,是你的命!轮到他们管你了!有地方教训你这种不是人的东西!对不起,老娘不奉陪了,我得快点回馆子下面去。"说完,她垂下擀面棒,急匆匆下台阶。

经过秦源的鞋摊时,她停了一下,看到他抬起头来,看钢哥被押走的方向。她再看,发现自己看错了,秦源根本没抬头,正在专心专意地拿着一根鞋线,穿一根针。他铺了布的腿上,是一双孩子的皮鞋。

她往下走了好一段,听到杂货酱油铺的胖妈在说:"老秦,你啥都晓得,忍了?"

秦源没说话。

胖妈又说:"老秦你喝过墨水,比我们看得清。摊上这事,做啥子事,都是朝火上添油呀,老天长了个眼,只顾及知相心正的。"

秦源还是没说话,穿针走线缝皮鞋底。

在钢哥被窦小明的母亲追击时,秦佳惠被同事弄回病房,她要求出院。谢大夫和小汪劝她,再留一天,确保肠胃没问题,回家未必安全。她只好同意了。谢大夫检查了窦小明的身体,他的膝盖被擦伤,左手臂轻微骨折,被打上石膏,纱布套在脖子上。他担心母亲,往医院大门外跑。正巧看到双手被铐的钢哥走在前面,两个民警走在后面。

远处石墙前站着龙哥和两个小跟班,龙哥戴着墨镜,手中撑着一把黑雨伞。窦小明认得他,九龙坡的混混老大。那晚江边两个地区的混混一战,虽说袭击方有准备,但被袭击方非常勇敢,战斗激烈,双方流血无数,损失惨重,最后只能中止。两个地区的操哥头子,龙哥比钢哥的实力、资格及影响低得多,钢哥眼里没龙哥,很是瞧不起他。

龙哥也在看窦小明。不知为何,窦小明不怕钢哥,但惧龙哥。龙哥的眼光不凶,但有内容,让人猜不透。

窦小明决定先去老妈小面馆,走到中心街的石阶上,脑子里浮现龙哥的脸部表情,那嘴角在冷笑。龙哥撑了一把黑雨伞,他侧身向前专注地看,很有力量,很有范,像旧社会那些很大的人物,有很大的坏心眼。雨点稀稀落落洒下来,窦小明本不在意,但渐渐地,密起来,头发和衣服都湿了,他不得不跑起来。整个中心街冷清无比,秦伯伯不在,周边临时的摊位,那些江北南岸的一些菜农,会挑新鲜的当季蔬菜甚至橘子、花红来卖,这天没有。以往时不时有小贩,挑甜饼、弹棉花糖、卖红糖米花糖和醪糟小汤圆,他们在中心街晃来晃去,叫卖着,此时一个也没有。

老妈小面馆关门。他站在面馆门前,平常这儿最热闹,现在冷冷清清。母亲说这小面馆,是为吃早饭的人准备的,除了周末,平日下午四点多,母亲就关门了,她得去进货,买面粉、煤呀油呀等东西。奇怪,今天是周末,母亲提前关了门。

天上响起雷声,蛇状闪电随后便到。他没办法,快速往家里跑。跑到家门时,倾盆大雨下起来,像那天他在医院缝针,天公也是大架势下雨。那天他第一次见到秦佳惠。所有的事仿佛被命运安排着,他向她发过誓,要保护她,为此,他在所不惜。他静了静心,没有推房门,转身看厨房。母亲站在炉前,正在烙饼,她朝他露齿一笑,说:"我就晓得你这时回来,肯定饿坏了。"

窦小明心里一热。他走近母亲，站在她的边上，看她在铁锅里将饼翻面。

"你看，这次我放了鸡蛋，搅拌得好。把面糊也搅拌好，再把它们混在一起。"母亲往饼上撒葱花，"火候好，我放的油多，这饼就很争气，泡得很，肯定好吃。"

饼烙好，摊到竹箕上。他数了一下，一共五张。他把它们端上桌，抓起一张饼吃进嘴里，天哪，这饼真是好吃得如肉一样。窦小明饿狼一样停不下来。

"敞开肚子吃！"母亲看着他说。本来两个人吃饼，没什么菜，但重庆人吃饭，再没菜，也有咸菜、泡菜。母亲端上一小碟泡菜，在泡菜里加了两勺油辣椒和酱油。母亲炒了一个丝瓜，端来两碗稀饭，本来不大的桌子放得满满的。

"今天的饼打败以前所有的饼，太好吃了。"他赞道。

"过节也不过如此。"

"今天，我……"他支吾道。

"我早弄清楚了，妈觉得今天这事，你绝对占理。"

"我也有占理的时候？"

"你和我耍嘴皮子，看我不撕烂你的嘴。"

"你不凶，就不像你。"

窦小明看了母亲一眼，问："秦伯伯晓得——"

"晓得啥子？最好他永远做一个睁眼瞎。"母亲叹了一口气，"真是苦了他。"

"你想要他做我的爸爸？"

母亲举起手，一个巴掌要扔过来，但是她放下手，居然脸有点红："算了，儿子，今天你是我的宝，我饶了你。我得喝一杯五加皮。"她转过身，去床下一个竹篓里掏出五加皮酒瓶来，顺手就倒在喝水的搪瓷小杯里。她抿了一小口,深深地回味:"要是你爸在,该有多好呀!"她见窦小明眼睛红了,马上说:"你爸在我俩心里,他在天上看着我俩,放心,放心!"她的手拍着儿子的手。

他点点头。

窗外的雨水已经变小,却一直下着。窗子关着,雨水进不来,可是他想呼吸新鲜空气,就开了一个缝。屋子里家具不多,都不值钱,最讲究的是樟木五屉柜,是父亲的几个难兄难弟凑钱买的结婚礼物,母亲当成宝,从来在她心里,比他还重要。柜上有面圆镜,墙上挂了一张三人的合家欢照片。母子俩吃饭聊天,气氛和睦,很少见。母亲今天的声音比以往都低,平常说好事,也高八度,像在骂架。让重庆人说话温柔点,那是很难受的。其实母亲也是可以低着声音说话的,比高声好听。

窦小明便这样说了。

母亲鼻子里哼了一声,说:"你妈今天说话轻,是累了,把几年上坡下坡的劲都用了呀,我跑得像头生气的公牛,我气呀,力气就来了。"

窦小明走过去,看着母亲,对她说:"你不动,我去看看炊壶水烧开了没有。"他往房外的厨房走,边走边叮嘱,"今天我收拾碗筷,我一会儿就洗。"

"火炮,你只有一只手。"

"一只手也可以。"

昏黄的灯泡下,母亲坐在桌前木凳子上,由着儿子给她拿来洗脚小木盆,里面放了热水。她把双脚伸在里面,有点烫,她嘘了一下,然后再放入。

母亲盯着他投在地上的影子,声音突然提高好几倍:"火炮,你是不是变高了一点？"

"嘿嘿，那明明是影子，在地上。"

"那老娘我变啥了？"

"你变成我的月光武士。"

母亲一怔，问："啥意思？"她马上又说："嘿，不要讲，我懂。"

"你不懂装懂。"

两个人相视，突然大笑。窦小明递毛巾给母亲，她接过来，擦脚，穿着拖鞋到床上，仰头躺在床上，说："反正我懂。我是你的保护神，你妈不傻，若是生对了人家，受了教育，我是教授的料！"

窦小明听了，直摇头，他只能右手用力，拖着洗脚小木盆到门外的阴沟里倒水，回来时，母亲已睡得沉沉的，连个呼噜都没打。

这个晚上，程四在黑夜里，头顶一个斗笠，冒着雨，腰里别了一把刀，跟在打着雨伞的龙哥后面。龙哥和两个朋友在小餐馆里吃完饭，与朋友分手，一个人走在一条寂静窄小的巷子里。程四蒙了脸，故意吓人。龙哥不信邪，走得快，希望出了巷子，人多起来。

程四疾走如飞。

龙哥听见了，也加快速度，并掏出水果刀。

"你的打火机掉了。"程四对龙哥喊。

龙哥停下，看见对方手里拿着一个打火机，是他忘在餐馆的。程四将打火机递给对方，对方谢了一声，转过身。程四突然像一头不要命的豹，扑向一头有防备的狮子，快而准地下手。龙哥被砍了三刀，手臂和后背。

程四看着躺在血泊里的龙哥，拉下脸罩说："我是程四，今天不要你的命,若你继续与钢哥为敌,下次就取你的命。"

道上人说钢哥被公安局抓,是双罪:一是当众殴打人,影响治安;二是借轮船水运修理厂练舞之机,朗诵不健康的诗歌,毒害在场观看的未成年人。龙哥的手下举报,明的是杀钢哥的威风,暗地里是为了抢钢哥的煤炭生意。程四联想到龙哥在街角看钢哥的笑话,胸中的火点燃了,他决定教训九龙坡的混混头子。

程四走进派出所自首,进了笼子。

程三也不知道,直到派出所民警来家通知,让他们送衣物去拘留所,一家子蒙了。程家妈盯着程三半晌,喃喃地说:"你不晓得,是不是?"

程三摇摇头。

"你的脑袋长蛆了,该死。我晓得,早晚会这样了!"程家妈掀开蚊帐,在床上躺了下来,三天三夜不吃不喝。一家四个孩子,程四聪明绝顶,对她最好,她最疼程四。

第十章 保证书

　　一号桥一带,每户人家难藏着秘密,哪家生了孩子,孩子生麻疹,有对象了,老婆偷人养汉,公公扒儿媳的灰,打架闹离婚,闭了经,打了胎,来了客人,死了人,办丧事,哪家在农村当知青的孩子回城,一个人知道,就是每个人知道。

　　大家听到程四进鸡圈,也没觉得怪,因为不时有这类小混混进拘留所,蹲过半个月,就会出来。这回程四待在拘留所,会失掉拖轮舵手的工作,还会被判个一年两年,谁叫他得罪龙哥。龙哥能说会道,又会写,听说他写的报告书上万言,文采飞扬,公安看了,都觉得程四得重判。龙哥躺在医院里,趁钢哥被关押,用这件事大做文章,扫尽钢哥的脸,在市中区、大渡口区、沙坪坝区,甚至南岸,打开局面,人人都知道他这个九龙坡区黑操哥的大名。

　　全市轮船系统会演,水运修理厂宣传队虽然程四和钢哥没能参加,但芳芳和吴队长领舞的《北京的金山上》得了第三名。厂领导很高兴，也因此在轮船总公司里有了脸面，便给宣传队表扬，提拔吴队长到宣传科，还让他写入党申请书。宣传队并不解散，让他们到附近农村做表红心的慰问演出。

窦小明看到芳芳和吴队长在街上下馆子，有说有笑。看到窦小明，她像老熟人一样打了声招呼，继续与吴队长碰杯喝酒，毫不在乎。

好几天，天公都不高兴，下着雨。母亲站在桌前打小面的调料。

面馆门前搁了好多斗笠、草帽和塑料雨衣，雨伞怕人偷，都放在座位边上，随时提防着。打长条纸牌的人移进室内，边打牌边议论钢哥和龙哥，说这两个人还是钢哥厉害，龙哥是小打小闹，弄不成气候，用这种算计人的方式，不是真正的豪杰。没想到程四是好汉，他对老大忠诚，以后会成就大事。

窦小明的左手打着石膏，专心坐在面馆里面的一张桌旁做算术作业。外面的石阶，不可能出现秦佳惠了，她该在医院里。他书里夹有她的照片。那儿还有那张罗小胖的画片——旧上海月份牌上穿游泳衣的艳丽女子。如果佳惠姐姐穿游泳衣，会比旧画片上的女子丰满，这让他心潮澎湃。自己好幸运，认识了佳惠姐姐，她对他是真好，为他站出来，保护他，不怕钢哥，她本不想离婚，居然对钢哥说了离婚的话。他在秦佳惠的照片背后，用铅笔写：

佳惠姐姐，我要当你的月光武士。其实你是我的月光武士，让我感觉到了温暖。

写完，他飞快地合上书。她应该出院了，应该没事了。母亲盯得牢，不然他要去医院看看，想知道她的情况。

面馆里坐着五六个吃面的人,面馆门外有几张矮桌子,因为下雨,没有人。有客人带着收音机,正放着《世世代代铭记毛主席的恩情》:

谁给咱砸断锁链,谁把咱救出火坑,通往幸福的阳关道,谁给咱指明,天上的太阳,心中的明灯,毛主席呀共产党,锡伯人民的救星……

吃面的客人听着抹眼泪:"想毛主席,他老人家是我们的大救星,没他,不晓得我们有多遭罪。开追悼会那天,我听着哀乐,哭得要命。"

"我们全班都哭了。"有个少女说。

母亲的眼睛也红了,去收碗。窦小明到调料桌前,帮着打调料。打长条纸牌的大妈说:"钢哥捎话让老妈老爸去看管所。"

她对面的男人问:"去了吗?听说他跟父母关系很僵。"

大妈清清嗓子说:"老妈一个人去了,打了钢哥一个嘴巴子,骂他是天棒、瘟丧,扔下一包烟走了。老爸气得在家喝闷酒,老爸在家轮休呀,说是要提前回船上上班,离这个儿子远远的。"

看到母亲经过,男人说:"火炮的妈,你那天威风,想不出来,你这个婆娘可以跑那么快!你敢打钢哥,你不要命了?"

母亲不说话。边上一个吃面的女人答话:"儿要是被打死了,妈要命做啥?做妈的,都心疼自己身上掉下的肉。"

这天下午本来有体育课,窦小明的手打了石膏,不能上,就请了假。新来的教体育的罗老师二十多岁,个子高高的,身上练出大块肌肉,趁同学们在操场跑步,过来看他。他坐在操场边的台阶上。

"你没事吧?"罗老师问。

他点点头,手里拿着铅笔,画一个男同学奔跑的样子。

罗老师看了一眼说:"画得不错。放学后,到我办公室来。"

窦小明点点头,专注地画画,感觉没多久,就下课了。他到了体育老师办公室,里面收拾得很干净,靠窗放着一盆仙人掌。罗老师坐在桌前在写着什么,见他来了,从抽屉里取出一本书,递给他。他接过来一看,是普希金的一本诗集。

罗老师告诉他普希金是俄国一位伟大的诗人,伸手取过书,帮他翻,说:"你看这首《假如生活欺骗了你》最有名。可是,我更喜欢这首《致大海》。我向往大海,我向往自由。这两样东西,对一个人更重要,胜过财富和权力!"

"我也向往大海,我也向往自由!"窦小明接过书,发自内心地说。

《致大海》,你听听:再见吧,自由的大海!最后一次了,在我眼前,你蓝色的波浪翻滚起伏,你骄傲的美光灿夺目。仿佛友人忧郁的低语,仿佛他别离时的呼唤,最后一次了,我听着你的大声哭泣,你的沉郁的吐诉,你是我心灵的愿望之所在啊,大海!我时常沿着你的岸旁,一个人静悄悄地,茫然地徘徊,还因为那个隐秘的愿望而苦恼心伤——

罗老师背诵诗句,做着手势。窦小明对着诗集,一字不差,他好佩服罗老师。罗老师对他说:"这本诗集借给你一周,如果喜欢,下次我再找书给你。"

窦小明难以相信自己这么幸运,第一次遇到一个老师这么关心自己。

操场上还有不少学生在踢球,一片喧闹声。他背着书包走出学校大门,隐约听到打雷声,但是没有雨,干打雷的天气,每个角落都阴沉得可怕。他不想回家,罗老师说,大海、自由这两样东西最重要,我今天要自由。一刻钟后他进了医院大门。

窦小明来到医院。这儿的护士没人不认识窦小明,对他很热情,一查,打石膏十天,护士说:"小孩子长得快,可以拆了。"护士小汪听到窦小明的声音,从走廊那头走来:"窦小明,你来吧,今天惠子也在。"她说着把他带到一间虚掩着门的诊室。

小汪敲门,推开门探身对里面说:"惠子,窦小明的石膏可以拆了,我让他等在这儿。"

他惇惇不安地走进去。

秦佳惠戴着口罩,额头上的青块早没了。她招手让他坐在椅上。这个房间不大,有就诊的床、帘子和凳子,桌上有夹子、纱布、剪刀、镊子,还有酒精、碘伏、棉签、胶带,这一切都跟佳惠姐姐有关。窗外乌云堆积,她把窗帘拉开一些,屋子里光线好多了,隐隐传来雷声。

"窦小明,我正要去告诉你妈妈这两天拆石膏,你就来了。"她的声音听上去很温和,眼睛亮亮的,原有的忧伤减少了一些,整个人看上去很精神。

若是他不来,她会告诉他的母亲。他心里好高兴。

这时身后响起脚步声,小汪走在前面,后面跟着一个大夫。秦佳惠站起身来,大夫让窦小明靠近桌子,把他的左手臂放在桌上,秦佳惠递上剪刀,他把绷带剪掉,让窦小明把手伸直,一抖石膏,往下用力，石膏就取下来了。揭开上了药膏的纱布，检查后，说："恢复得不错。"

"他年纪小，属于青枝骨折，自身愈合能力比我们大人强。"小汪高兴地说。

大夫点点头，跟小汪一起往外走。

秦佳惠松了一口气，说："这下我放心了，之前我还是有点担心手臂没有长好。"

"没事的！"窦小明说，"我妈说，人粗着养才会长大。"

秦佳惠点头。

十天前她想结束生命，被送进医院，她不想离开钢哥，因为这少年的出现，她竟然说出要与他离婚的话。事情的发展超出预料，钢哥被抓进去，这婚姻到头了，只能各走各的路，虽然她心里很痛。她想和面前这少年交流，可他只有十二岁，难懂世事，于是她叹了一口气。

"叹一口气，就少一种福气。"

"谁说的？"

"街上的老年人都这样说。"

"那我今天不叹气，也不提过去。"

窦小明注视着秦佳惠口罩上方的一双美丽的眼睛。天上现出虹来，投在墙上。他叫起来："佳惠姐姐，天上有彩虹。"

"可能远处下了雨。"

窦小明从书包里掏出一页对折的纸，递给她说："我也画了彩虹。"

秦佳惠接过来，打开一看，纸上用红蜡笔画了一个穿红衣的武士，骑在一匹枣红马上，挥着长剑。天空有一道彩虹。

"月光武士！"她惊异地说。

"对呀,是你讲的武士救好人、打坏人的故事。我特别喜欢!"

"我喜欢彩虹。你居然把月光武士画出来了!"她感慨地说,"小家伙,你做啥子事,都是顶呱呱的。"

这席话让窦小明深受鼓舞,他高兴地笑了:"佳惠姐姐,我想画完,画完这个故事。"

秦佳惠把画还给他。她打开抽屉,从里面找到一盒七彩蜡笔:"这个,送给你。我等着你画完这个故事。"

窦小明高兴地收下,这是佳惠姐姐给的,就是珍贵的东西。他会省着用,不想多画一条无用的线。

一个中等个子胖男人生气地走进来,看了一眼桌上的石膏,指着腕上的手表抗议:"我等了十分钟,拆石膏花这么久时间?哼,护士小姐,快给我打针!"

窦小明连忙起身,离开房间,但是在门口停下了。

秦佳惠让那个胖男人脱裤子。他飞快地脱,也不拉帘子,故意把大半个肥肥的屁股露在外面,坐在凳子上。秦佳惠把他的衬衣拉下遮住一些,一针扎进屁股里,胖男人故意夸张地叫着,声音很下流。

窦小明听到了,不知怎么办。一抬眼看到程三和瘦猴样的袁七,穿着拖鞋一前一后大摇大摆走过来,手里拿着滴水的雨伞。看来远处真的下过雨。看到窦小明在门口,程三很亲热地打了一下他的肩膀说:

"窦家小崽儿,你在这儿做啥子?下次碰到,我要替钢哥好好教训你。"

"你?你狗仗人势!"窦小明不屑地说。

袁七说:"你再敢骂程哥,小心我放你的血。"

"人从来不怕猴。"窦小明说。

"鸭子死了,嘴壳子硬。今天老子有事,你最好早点滚开。"程三扔下这句话,与袁七走进诊室。

窦小明站在门前,不放心,他们来找佳惠姐姐,是什么事呢?

果然秦佳惠回头一看,见是这两个人站在那儿吊儿郎当,整个人紧张起来。她握紧手里的针,取下针头,递给对方一个药棉花球,让他按着针眼。

程三坐下,手握伞柄,对秦佳惠招手,要她过去。

她拿着上了药水的针筒,走过来。

程三的目光移动在秦佳惠曲线分明的身体上,虽然她戴着白口罩,他的眼睛火辣辣地盯着她的脖颈窝,那儿衣服敞开了一颗纽扣,想看进去,忍不住站起来,靠近她,一只手伸过去,轻轻地放在她握针筒的手上:"嫂子,都说你打针不痛,是因为你有一双灵巧动人的手。"他的脸也凑近她,几乎摩擦着她头上的白帽子。

"不怕钢哥宰了你?"她轻声说。

程三看了看秦佳惠,她的另一只手,拿起剪刀。他的手移开,清了清喉咙,认真地说:

"嫂子,逗你的,不要介意。和你商量个小事。"他身子一侧,正面对着秦佳惠,"你晓得,如果我家老四在,也轮不到我来办这事呢。我只是想表示,钢哥不在,你家里有重活,比如买个煤球、挑个水、跑个腿的事,需要我效劳的,请尽管吩咐!"他的眼睛色眯眯地盯着她丰满的胸部。

秦佳惠将桌上的石膏扔到垃圾桶里,说:"你家老四还好吧?"

"他是主动投案,在里面表现好,关不了多久就会出来了。"

"他待人接物跟其他人不一样,我对他印象很好。"

"嫂子,我晓得你喜欢他,不喜欢我。"程三叹了一口气说,"你绝对是市中区头号大粉子,老大吃错药了,找芳芳做啥子?"

秦佳惠当没听到,直接问:"说吧,啥子事?"

袁七走近那个赖着凳子不走的胖男人,一下子把他的裤子全扒下,那男人害怕地提着裤子奔出门。

小汪从楼梯走上来,窦小明朝她招手,指了指诊室的门,便走了。

隔了好久,窦小明才从小汪那儿知道他走后诊室发生的事。诊室门打开,程三和袁七走出来,一脸不高兴。程三手握雨伞,生气地说:"她不答应,这个死女人,太难打整!"他学秦佳惠的声音,细声细气,"我要想一想。"

"原封原味地回老大吧。"袁七说。

护士小汪与他们对撞过,她走进门,把门掩上,看到秦佳惠伫立在窗前,注视着窗外,便着急地问:"惠子,这些小混混来做啥子?"

秦佳惠手里拿着一张纸,递给她,说:"他们带来钢哥的保证书。"

小汪走过来,接过那张纸。

"佳惠,老婆大人,我后悔了,我说离婚的话都是在气头上,你不要在意,原谅我吧。没你,我钢哥活着的意义就没了。你知道我有恐慌心理症,我保证,火气再大,我只冲自己来,我打自己。求你原谅我,把我从拘留所里捞出来。这里面不是人过的。求你了。"小汪一口气读完,说:"实话实说,他的信写得不错。"

"他是第一次给我写保证书。"

小汪停住,抖着纸问:"你信他?"

"钢哥除了动手这一点，有时在外花一下，总的说来，对我很好：给我端洗脚水，夜里给我盖被子。我想吃泥鳅，他亲自去捉，一个人坐在厨房剥一碗大蒜，做大蒜烧泥鳅给我吃。我的生日他都记得，给我惊喜的礼物。他本质不坏，在里面肯定被那些真正的犯人欺负。听说龙哥的人在里面整他，想激怒他，让他重判。"她叹了一口气。

"听起来，你在心里已经原谅他了？"

"我想给他机会——"她不看小汪，眼睛空洞地看着前方，然后收回目光，整理针盒，"我想原谅他，原谅他，会使我的心不那么痛。"她的肩膀伤心地抖动。

小汪走近秦佳惠，说："好吧，做你想做的。不要难过了，要不，你回去和父亲谈谈，看看他的态度。"

"我爸爸不愿介入我和钢哥的生活。"

"他要保持自己的生活，可以理解，但他是你爸爸，吃的饭比你走的路多，给你出出主意也好呀。"

"我不要给他添乱，让他担心我。这场婚姻本来他就不看好，可是又没有比钢哥更好的人，他默许了。我心里一直不好受。他甚至都没和我俩一起吃过饭。"

"他晓得你自杀的事？"

"我不觉得。"秦佳惠低下头，停了一下说，"我昨天和他见面，他没说，我也没说。"

小汪眼红了，羡慕地说："你和秦伯伯，都为对方着想。不像我的爸爸，从来见我就说他的不顺，骂我不孝。人穷志不穷，我妈妈像后妈，每月等着发工资，让我交一半给她。有一回我忘记给她，她居然跑到医院来要钱。我自己有一个家，有孩子要养，我又没有奶，幸亏我婆婆一家对我们还好，幸亏我生的是儿子，如果生了女儿，婆婆肯定不会管。"她停止，叹了口气。

每家都有一本经。两个人发现，吐吐苦水，心里好受多了。

那天窦小明拆石膏经过医院大厅，往大门口走去，突然一只手抓着他的右手，很紧很用力，生怕他跑掉一样。

他一转身，发现是一个梳着辫子的女孩，正两眼发亮地看着他。

"窦小明，我是苏滟。"

"苏滟？"他有些蒙。

"不认识了？"女孩不满地哼了一声，"那天我就在马路那边，我不敢逃课，看到你进了医院，就去上课了。对不起。"

窦小明突然回过神来，对方是之前为他打抱不平的女孩。他反问她："你怎么在这儿？"

"今天看到你进医院大门，跟了进来，但是没有找到你，找了一圈，都没碰到，正准备走，结果遇上了。"

苏滟仍是没放开他的手。他看着她，她有点不好意思地松开了手："我给舅舅说了，想请你到家里吃饭。"

"舅舅？"

"我爸爸妈妈都不在，我住在舅舅家。"

见窦小明没答应，似乎不明白为什么要请他去家里吃饭，苏滟说："他们都晓得那天你是为了我才受伤的，想谢谢你。"

"不用了。"窦小明不想去一个陌生人的家。

"上次是不是你报告民警的？"窦小明突然想起民警来病房问他的事。

"我遇到一个民警。"这话就是说，是她做的。她说，"这个礼拜五放学，我在学校大门口等你。"

"真的不用了，你看我的伤都好了。"

"那你一定得选个时间上我家去吃饭，答应我，好不好？"她又抓着他的手。

"我想想吧。"

"你不想去，就直接说。反正我欠你一顿饭，欠你好多的，我都记在心里。"她认真说。

"那现在我可以走了吗？"

苏滟松开手，窦小明转身跑开。这个女孩真烦，最好是不要再遇到她。

第十一章 国际挂号信

回想1976年,一号桥一带的人四分之三的时间都过得不太顺心,先是几位国家领导人去世,大家都忧心忡忡,后有唐山大地震,死了那么多人,邻居们夜里睡不踏实,都在露天搭床扔张席子睡。9月快过完时,伟大领袖毛主席走了,街上、学校一片悲痛,到处是黑纱白花,窦小明在学校和同学哭,在家里跟着母亲哭。小面馆有两天没开门,在毛主席去安源的画像上挂了白花,门两边白纸写了黑字,沉痛哀悼。

9月底,天公总下雨打雷,雨下一阵就走了,彩虹出现好多回,接连好几天,傍晚的天空光灿夺目,爱好摄影的人都蹲在鹅岭和南岸一碗水山顶拍照片。国庆那天晚上,两江三岸升起一团又一团焰火,映得夜空异常美丽。大人小孩子都聚集在一号桥的或高处或江边观看,人们喜气洋洋。没过几天,王洪文、张春桥、江青、姚文元"四人帮"被打倒,人们走出家门,敲着锣鼓,甚至自家的锅盆,放火炮庆祝。这个地区在农村当知青的子女绝大多数都陆续回来了,在轮船公司当船员、在纱厂当女工或在建筑工地当工人,不是什么好工作,但回到城里,与家人在一起,就是天堂。每回来一个知青,家里的人会请人吃糖,有条件的,会请亲朋到家吃一顿或下馆子,如同结婚办喜事;也有人家,会放火炮庆祝团聚。

这天,下午放学后,窦小明背着书包走在街上,身后跟着五个少年,领头的是吴元和罗小胖。吴元到他跟前举起手来,一本正经地说:

"明哥,你敢和钢哥打架,我向你发誓,我从今以后跟着你,你叫我做啥,我就做啥。"

罗小胖递给窦小明一颗大白兔奶糖,接过话说:"我本来想找你要画片,我爸爸在家到处找,以为是他放失手了。可你是明哥,那画片,我真的就送给你了。我从今以后也跟定你,我就是你的人了!"

窦小明喜欢大白兔奶糖,只有上海才有。他急忙剥了糖纸,放入嘴里,对罗小胖说:"好吃,小胖。"

他们背对一家五金店而站。店里开着收音机,正在播新闻:"今天党和国家领导人华国锋与叶剑英在天安门城楼上,观看北京各界人民群众庆祝粉碎'四人帮'的游行。"

窦小明停下听,说:"哇,天安门城楼,我真希望我长大了,可以去亲眼看到。"

"我们跟你一起去。"

吴元想了想说:"要去,就现在坐船去。"

"坐火车,晓得吗?"

罗小胖马上纠正吴元。吴元想了想,点点头。

窦小明的脑子动得飞快:"现在去,没钱。"

"我们可以想办法。"吴元说。

"我们不做亏心事。长大以后去,是自己挣的钱。你们乖乖听收音机,了解国家大事,听完回家。"

窦小明说完,就走开了,不管身后男孩们的反应。

那五个少年很听话,在原地听收音机。有个二十岁上下的小青年戴了顶帽子,背着一个军书包从石阶上走下来。他的书包里不知是一台什么样的机器,放着歌曲《冰山上的雪莲》:"风暴不会永远不住,啊,什么时候啊才能看到你的笑脸——"音乐很伤感,配有热瓦普和笛子,和窦小明内心的孤独吻合。他加快步子,与这小青年迎面走,心里对那台机器充满了尊敬。等那人走远了,他继续下石阶,哼起那乐曲来,一抬头,发现自己来到小石桥上,望着水面那张单纯又迷茫的脸,他甩了甩一头乱发,手放在胸部前,如同怀抱热瓦普,拨动琴弦,忍不住放开喉咙大声唱起来:"你的友情像白云一样深远,你的关怀像透明的冰山,我是戈壁滩上的流沙,啊,任凭风暴啊把我带到地角天边。"

回声,居然有回声,在回应他的叫喊。

不对,是大轮船进了重庆港,拉着汽笛从长江驶入嘉陵江,要泊在千厮门码头。没有钢哥的一号桥,清静到窦小明会注意到这些细节。好人有好报,坏人遭天谴,希望钢哥在鸡圈里待一辈子,不要出来害佳惠姐姐。

清早母亲站在五屉柜前,边梳头,边给窦小明一个任务,让他去肉店买肉。平常这样的事还轮不上他,因为母亲说只有她才知道要买猪身上哪个地方的肉。颈肉、坐墩肉,或是猪脚,或是内脏,肉票都不一样,猪脚和内脏肉票减半,有时卖肉师傅会临时调整,比如猪肝,可能票要得少,那就买猪肝,做丝瓜猪肝汤,或是泡菜炒猪肝，一样打牙祭。肉票省着用，很重要。但这次为了锻炼儿子的能力，母亲让他决定，想买哪，就买哪。

他很兴奋，一路小跑来到肉店门前。已有几个人排着队，有的人挎着竹篮，有的人拿着塑料网兜。他排上队，手里拿着肉票和纸币。没站一会儿，后面已有好多人跟着。

突然，窦小明的肩膀被人拍两下，回头一看是芳芳，她的头发用火钳夹了大波浪，身上是一个花衬衣长袖，下身穿了一件男人的短裤，露出她修长匀称的美腿。她站到他身后："窦小明，告诉你一个好消息，钢哥今天出来！得给他打个牙祭，做回锅肉炒泡仔姜片。"

"你最好不要插队。"他心里很气。街上人都说，钢哥起码得关一到两年，怎么就出来了？

"窦小明，我们不打不相识，熟人帮个忙！"

"我不帮那混账王八蛋。"

后面有人吼了起来："臭屁眼虫出来！王大姐不要插轮子。""自觉点，自己出来。"

芳芳不理。一个穿拖鞋的中年女人拉着脸，走上前来，一把将她拉出。她没办法，只能站在那儿生闷气。

肉店售肉的几个窗口突然大敞开，柜头是用砖头砌的，面上敷了层水泥土，与窦小明肩膀打齐，他只能露出一个头。卖肉师傅挨着位置顺序来，马上轮到窦小明了，他手里握着肉票说："我要那最肥的肉。"

可是队伍一下子乱套了。那个拉芳芳的女人插进队来，芳芳不依，也插进队来，队伍一下子乱套了。窦小明被挤出队伍来，幸好他没有把肉票交出去。队里一个小女孩用力拉他，侧过身来，让他钻到她的前面，把肉票递给卖肉师傅。卖肉师傅没问他，便直接割了一块最肥的坐墩肉，收了他的钱，找钱给他："小娃儿，小心拿着！"

窦小明提着肥肥的肉，费力地钻出来。回过身来，看那些挤轮子购肉的人，他觉得刚才的女孩有点脸熟，可想不起来是谁。

他大声喊："加油，加油！"

"叫啥？"一只有力的手伸过来，拎着他的耳朵。

他回过头，发现是母亲。母亲看着他手上的肥肉，一张脸笑开了花："火炮，你会买肉了，肥肉好。你和我都馋坏了，我们好好打一顿牙祭，做泡姜豆腐干青辣椒回锅肉、煮肉汤炖萝卜青菜头，肥肉还可以留点，用咸菜做烧白。"

"那妈妈给我打下手，今天让我做？"

"没问题，火炮。"

那个让位子的女孩也挤出队伍来，手里提着两斤排骨。龙哥站在边上，叫她："苏滟，快点跟我走，我们都等着你吃油条豆浆。"

"大表哥，都说买肉就是挤肉，这回做了一次，来劲！"她把装肉的网兜交给他。

"一个女娃儿，有男娃儿性格。"龙哥伸出右手接着网兜。

"我喜欢这个样。"

龙哥左手握着她的手："你妈妈今天要从南岸回来。"

苏滟高兴得跳了起来。

"本来想给你惊喜，算了，还是先告诉你吧。你妈妈最喜欢吃粉蒸排骨，我亲自给她做。我爸爸这三个妹妹，她是在我小时对我最好的姑姑，陪我去江边石滩扳螃蟹，教我做算术，我算术好，就是你妈妈的功劳。"

苏滟听着，四处张望，终于看到已走出几米远的窦小明母子，母亲牵着儿子的手,脚下生风,走得飞快。

"你让他插队,老在看他那个方向。"龙哥掉转话题,问,"你喜欢那个小崽儿?"

苏滟马上脸红了。

礼拜天街上巷子里人很少,空气里有丁香的香气,偶尔一树开花开朵,方圆好几里都沾光。窦小明回头看,那长队已成半截,都是大人,没有那女孩。他问母亲:"你记得哪个女娃儿,把我拉进队前?"

"记不得。"

"她肯定是我们学校的。"

"不管她。"母亲突然笑了,"是不是你脑袋瓜开窍了,想耍女朋友?"

"才不是,你乱说。"

"哼,可以想,真交女朋友,得过十八岁,而且必须通过妈妈这一关。我一个人拉扯你长大,没有功劳,也有苦劳!妈妈喝的河水比你喝的自来水多几千桶,我是过来人,我给你把关,你才不犯错。老实讲,你有没有喜欢的女同学?"

窦小明摇了摇头。

"我谅你也没有。"

"我是我自己的。"窦小明生气地说。

"你是我的。"母亲的左手挥起来,准备打他。

这一次窦小明看着母亲,两个人对视,如果她动手,他就要反抗。

"你盯着我做啥子,你有本事,你给我滚。"

窦小明加快脚步走在前面。老妈小面馆已近在眼前,不行,他得给母亲面子，便什么也没说，像什么事也没发生一样。

每个周末，打长条纸牌的人自己坐在门前桌上开战。今天是个好天，桌上的一个大妈与母亲打招呼："崔素珍，这么快就回来了！我们第二盘了。"

"第二盘了？我马上下面。"母亲说。她走之前烧的第一锅下面水，从肉店回来，已翻滚了。

今天吃面的人也不少。第一锅面是打牌的四个人，加上窦小明。窦小明打作料，负责端面，递筷子。面吃到嘴里，获得他们一致的称赞：

"你家火炮会打作料，有出息。""成绩也好吧？崔孃孃，你以后有靠了。"

母亲也很满意，瞧着窦小明，嘴角露出笑。窦小明心里的气马上也消了。

没过半小时，中心街热闹起来，不时有小贩叫卖新鲜酱油和刚做的糍粑和咸菜，小贩挑着手工编的竹篮、筛子、簸箕、箩筐从上面走下来，也有弹棉花匠从下街往上走。大人拉出板凳，隔街缝衣或是站在街上聊天，男孩子们就在石阶上爬着换五颜六色的糖纸、打玻璃珠，女孩子们蹦上蹦下，在宽敞平坦一些的石阶那儿跳绳，在石阶上画的方格子往上扔沙包。

窦小明最喜欢礼拜天的气氛，人多得出奇。他羡慕别人家人多，孩子大人挤一桌，他家总是孤零零两个人。人一多，他的神经就兴奋。今天没有作业，一直在帮母亲洗碗、端面、打作料，不过还是希望有一个美丽的身影从中心街上面走下来，便不时看过去。

有年轻女人走下来，可不是秦佳惠。他伸了个懒腰，侧身望过去：一个穿绿衣的年轻邮差，头发剃得短短的，四处张望着，从石阶上走了下来。

窦小明心里有种奇怪的感觉,好像什么事会发生。他朝石阶那边走去。黑姑抱着一大束干树枝花朵,站在路中央叫卖:"一角钱一枝,干花哟,蜡梅花哟。要就快买,不要就走开哟!"

窦小明走近一看,那花朵用蜡点在枯枝上,点成梅花状,做得很漂亮。她似笑非笑地看着他,礼貌地说:"小同志,来一枝吧?一角钱,不贵的。"

"你自己做的花?"

"我帮人卖的,那个人很可怜,很可怜,没有钱吃饭,你可怜可怜她吧,小同志,买一枝吧!一角钱有点贵,是不是?"她说。她正常,就是不正常,她不正常,才是正常。窦小明摇摇头走开了。

邮差通常管一个地区,送了许多年,每家每户都熟悉。这个邮差明显是个新人,停在秦源鞋坊前犹疑不决。大顶篷下,秦伯伯戴着近视眼镜,坐在一个折叠的矮凳子上,专心地修一只皮鞋。

邮差从挎在肩上的绿帆布大包里,翻找了好一阵子,拿出一封挂号信。他到秦伯伯的面前,弯身递上一封信,并让他在一张纸上签字。

秦伯伯用一块布擦净手,才在那纸上签字。邮差收好纸,朝石阶下走。

秦伯伯看着信封上端的日语名字"ちえこ(千惠子)"和自己名字的字迹,一下子愣住,揉了揉眼睛,再看,双手发抖,激动地站起来,手里的皮鞋叭嗒一声掉在地上。他把信拆开,飞快地读完,小心地放入裤袋,用身上的围裙当抹布擦净手,脱掉身上的围裙,将折叠凳子合拢,把所有的东西装入木箱子,提了箱子,走下石阶。

对面杂货酱油铺的胖妈，忍不住问："日本来信了，老秦？"

秦伯伯点点头，加快脚下的步子，走到一大半台阶时，拐入边上的小道。

邮差还在朝石阶下走，有邻居订了《重庆日报》，问他："我们的老邮递员呢？"

"他今天有事，我代他。"

"老秦收的国际挂号信？"

邮差不否认，也不点头，他递给对方一份《重庆日报》。

胖妈双手举在胸上，像在祈祷，一抬头看见愣在石阶上的窦小明，对他说："火炮呀，但愿是好事，但愿是好事！"

窦小明回到面馆，石阶上发生的事，石阶下这些人议论开了，牌桌上的人说："日本来信，我猜是报丧，可能老秦的日本婆子出事了。"

另一个人说："肯定是日本婆子要来重庆了。中日建交四年，一切都理顺了，走上了正道。"

边上的人感叹："老秦一家再也不能出事了。"

母亲没有发言，她忧心忡忡，看看天色，对儿子低声说："天边有几朵乌云，管它下不下雨，今天我们早点关门，回家去做好吃的，给我火炮打牙祭，让他们再玩一盘牌回家。"

窦小明点点头。秦伯伯收到国际挂号信是件大事。他心里七上八下的，祈祷老天保佑秦伯伯和佳惠姐姐吧。佳惠姐姐，钢哥今天出来，你晓得吗？

接连两天，小面馆里的人都在猜，到底秦源收到的日本挂号信的内容是什么？邻居们去找邮差，邮差不说，弄得这事很神秘。有人认识邮局的，说秦源这些年每隔一段时间都要去邮局寄国际信件,这是头回收到国际信。更有意思的是,秦源鞋坊两天没开。不过秦佳惠照常上班,从她的脸上也看不出来是忧是喜。

下课铃声响了,窦小明背起书包,无精打采地出了教室。走到操场上,身后有人叫,他回头看,是同学吴元与罗小胖肩并肩走来。窦小明停步,又有三个男孩跟上,其中一个戴了顶灰帽子,是小三,住在中心街边上的巷子里,小三举手对着窦小明说:"报告明哥,绝密消息。"

"钢哥出来了。"吴元直接说出来。

"我晓得。"窦小明无精打采地回答。

"他在街上。"

"在哪里?"窦小明马上来精神了。小三没他高,踮起脚凑近他耳边轻声说了两个字。

"我们马上去!"窦小明说。

他们几个走出校门,往左边那一段老院墙走去。这时听到人在叫唤。窦小明一看,两个少年抓着一个男孩的胳膊,叫他趴在地上学狗叫,两个少年在边上吆喝鼓劲。

窦小明生气地说:"哼,又是你们在欺负人!放了他。"

"窦小明,哈哈,又来管闲事。"瘦高个说。

"上次民警问谁打破我的头,我要说了,你们会倒大霉。"

那几个少年愣着了。矮个少年笑起来:"你傻呀,不说。"

"我不说,是要亲自教训你们。"

"你配?"那矮个子对着窦小明就是一脚。窦小明早有提防,侧过身,他踢空了,被窦小明飞起一脚踢中,他一下子跌倒。另外三个少年扑过来。窦小明身后五个男孩一拥而上,扭着身体打起来,用拳头和脚,用书包,用石头。对方一向称王称霸,没想到会遇上劲敌,个个都凶猛无比。他们被打得鼻青脸肿,哇哇大叫。老师闻声来了，把他们弄到学校办公室。

班主任一开口就说要记过，让家长来。

窦小明理直气壮地说："他们欺负人。"

"先是他们错，你和他们打群架，你就错。"班主任是一个三十来岁的女人，戴着近视眼镜，拉着一张脸。

"我妈忙，没有时间来。"

"她必须来。"

"你可以重罚我。"

"窦小明，一码是一码，不能混为一谈，你受罚是你，你妈来，是要她明白儿子在学校的表现，懂了吗？"

窦小明摇头，转身就走。绝对不能让母亲来，她一定会惩罚他，让他在搓衣板上跪到天亮。她会诅咒他，会扯出所有他犯过的错，他恨她的语言，脏话不说，会把她自己的血压气高。

他站在办公室外走廊上，听老师训罗小胖，吴元也被他的老师弄到办公室。这时体育老师经过，问："窦小明，你站在这儿做啥子？好像很委屈的样子？"

窦小明不好意思了："罗老师，我打架了。"

"怎么回事？"

窦小明简单说了一下事情来由。

"不是你的错。"罗老师说。

"你真这么认为？"

罗老师点点头，窦小明像找到了主心骨。"我进去帮你们说说。"罗老师进去了。一会儿吴元、罗小胖和小三一帮孩子都从不同的办公室走出来，他们马上出了校门，赶路似的跑起来，生怕时间不够。

区医院大门口，身穿军上衣的钢哥手捧大束粉色玫瑰，吸引了好些围观的人。钢哥一脸不在乎,站在那儿,抽着香烟,皱着眉头,不时向大门里面张望。

一根香烟抽完,他把烟蒂按灭,扔在地上,开始抽第二根,背过身去点火,抽了一口,地上已有十几个烟头。这时秦佳惠穿着白衣走出医院大门,看见钢哥,问:"你出来了!你找我有什么事?"

钢哥扔了香烟,迎上去,将鲜花双手捧上:"惠子,抱好,这是你最喜欢的玫瑰。"不时有人进出,秦佳惠不想收,但怕他不快,闹起来,担心医院同事看到,便接过玫瑰。

钢哥很高兴,不管有多少眼睛注视,竟然跪下一条腿:

"惠子,我的好老婆,你肯定晓得我出来两天了。没有你找人,没有你的签字,我不会提前出来。我来,是感谢你!以前是我对不起你。"

秦佳惠抱着玫瑰,看着眼前这个人,他的话没有花言巧语,说得真诚,那双眼睛流露出来的情感不是装的,她不知该说什么。

"相信我,我会对你好,我在里面把自己的一生都想了一遍,我会改的,惠了,请你给我一次机会。"

秦佳惠心里很乱,看到他身边的摩托,蓝白两色,座位、轮子黑色,很耀眼,便问:"换了新摩托?"

"你晓得我骑的摩托都是人家不要的,我花时间修好的,涂了一层好看的颜色而已。"

花坛那边,窦小明、罗小胖等一伙孩子蹲着,虽然埋下头,但还是弄出了动静。钢哥笑了笑,转过脸来,对秦佳惠说:"原谅我了?"

"你起来吧,这儿太多人经过。"

钢哥站了起来,对她说:"那跟我回家。"

秦佳惠摇摇头。

"跟我走吧,求你了!"

"我得上班,今天病人多。"

"那我等你。"

"不,你回吧。给我一些时间想一想。"

"那明天可以见吗?"

秦佳惠没说话。钢哥等着,很是焦急地望着她,她点了一下头。

"那明天下班时间,我来接你。到时我们去看一场电影。"他高兴地说,转身骑着摩托离开。

躲在花坛边的这几个男孩子都抬起头来,窦小明对他们说:"你们都别动。"他一个人跳上花坛,注视钢哥的摩托消失,他跳下花坛,走到秦佳惠的身边说:"佳惠姐姐,你没跟钢哥走?"

"我晓得你在那里,小精灵。"她看着手里的玫瑰说,"我原谅他了。我爸爸说心宽的人有好报。"

一个小屁男孩踢了一个皮球过来,快到秦佳惠跟前,窦小明一脚踢回。

"我妈妈写信来了,要接我们去日本。"

"来面馆的人都在说,但他们不知道是这么好的事。"窦小明突然眼睛红了。

"唉,伤心了?"

"不是,是为你高兴。"

秦佳惠拍拍窦小明的肩膀,说:"真没想到,我妈妈还在,还记得我们。"

"她是你的妈妈,当然不会忘记。"

"我爸爸一直相信,妈妈会记得我们!他一直给妈妈写信,他说,只要两国通邮,只要她收到,她就会回信。爸爸的信经过好多周折,最后到了妈妈的手里。"

窦小明点点头,好奇地问:"钢哥去日本吗?"

秦佳惠的眼睛很迷茫。罗小胖他们几个人在街尾踢球,他们踢得倒是专心,不时发出叫喊。远处太阳正在徐徐降落,一片火烧云。有汽车驶近,驶走,刺耳的刹车声一直响着。

"万一他去了,对你不好呢?"

秦佳惠摇了摇头。窦小明不明白她的意思,是钢哥去日本,或是说钢哥对她好?她的样子不开心,也没说再见,就捧着鲜花进了医院大门。

窦小明对踢球的罗小胖招手,罗小胖跑到跟前说:"她绝对是重庆最大的粉子。"

"我们走吧。"窦小明说。

"我不想回家。我妈要晓得我打架了,会打断我的腿。"罗小胖突然想起什么来,神秘地说,"明哥,刚才我发现秦鞋匠在看你们。"

"秦伯伯?在哪里?"

"街那边。"

窦小明看过去,哪里有秦伯伯。他心里有种感觉,秦伯伯不是第一次站在远处观察他的女儿。作为父亲,他肯定知道她的情况。这让他心里不好受,他对罗小胖说:"我也不回家。"

"那今天我们一起玩吧。"吴元说。

罗小胖想了想,说:"你们可以到我家去,反正我爸走船不在,我妈在纱厂上夜班,五点就得走。"

"现在差不多五点了,我先回家,等她走了,我招呼你们进门。"

窦小明点头后,三个人拿着皮球走了,另外几个男孩便各自回家。

第十二章 罗小胖与仓库

罗小胖的家离学校不远，在华三岗一个小杂院里。罗小胖回家时，母亲已走了。他马上出院门来，招手。两个少年跟着他拐进一条阴暗的走廊，进到最后面。房间虽只有一间，但很大，窗子也还大，通风好，窦小明心情变好。罗小胖的两个哥哥当知青回来，一个安排了工作，在父亲的轮船分公司工作；另一个哥哥等着工作，就去了外婆家。家里就剩罗小胖和母亲，母亲不在，罗小胖终于有了当家做主的时候。

他说："欢迎哥们儿，随便坐！"

罗家的厨房在正房边上，还有个半人高围墙的小露台，有把竹凉躺椅和小木凳子，好几个旧瓦罐种了栀子花、指甲花和半枝莲，也有叶子变红变黄的爬山虎植物蹿了半墙。这露台，高过另一户人家的屋顶，下面有条溪沟。

他们的肚子饿了，讨论了一下，决定烙饼。

就在这时，隔壁房间传来动静，是那种人快死的声音。三个少年马上跟着声音绕到这家的窗户，从没拉严的窗帘往里看。一男一女光着身子抱在一起，女人被压在下面，两个人搏斗了好一阵子，男人起身，站在床下，从地上拿起一瓶酒，喝了一口，直接喷在女人的身上，趴在她身上舔起来，女人一叫，男人把她双腿扛起来，又干了起来。

他们吓了一跳，窦小明背过身去。那边动静持续了好一阵才结束。三个少年回过神来，没说话。窦小明问罗小胖他家的面粉在哪里。

罗小胖从柜子里拿出面粉，说："这男人没见过，肯定是野男人。"

窦小明在厨房里用盆子放面粉，放水放盐，做面糊。

"那家是啥子情况？"吴元问。

"三个女孩，妈在纸盒厂上班，爸爸是走船的。"

窦小明在烧热的铁锅上放油，油冒青烟后，他把面糊盛了一勺放下去，隔开一些位置放第二勺，一勺勺放在铁锅里，用铲子压平，翻转过来，一会儿就做好了。

一个搪瓷大盘里装着几张大饼。围着这饼，窦小明坐凉躺椅，罗小胖坐木凳，吴元蹲着，三个人在小露台吃饼吃到肚子撑，索性拉了大床上的草席到露台上躺着。

夜晚降临，窦小明看着天上遥远的星星，对母亲的不满渐渐换成不安，她肯定会到处找他。他可以回去。不，他就是要让母亲着急。母亲谁都认识，早知道了他在学校受到处分的事。为什么我得跪搓衣板，被打耳光，挨一顿臭骂？他决定不回去。

离家出走的兴奋让他精神焕发，他出主意："我们应当好好当一回大男人。"

罗小胖琢磨这句话，为讨好窦小明，他从抽屉里掏出一个边角生锈的小方铁盒子来："明哥，这是我爸爸私藏的宝贝。"窦小明和吴元马上围过来，看他打开盒盖，里面是一沓美女画片，全是旧月份牌女子，一共十一张。上海滩的女人穿着旗袍，涂着鲜艳的口红，婀娜多姿，漂亮妩媚极了，最后一张穿游泳衣的，跟窦小明床铺下藏着的差不多，不同的是两个美女打着一把伞。窦小明连连赞道："全是大粉子呀！"

"绝对的，以后我找老婆就照着找。"吴元说。

"秦佳惠跟她们比，是辣妹！我长大要照着她找老婆。"罗小胖说。

"佳惠姐姐跟这里面的粉子不一样！"窦小明不想将她与这些画片上的女子相提并论。

吴元听了，连连点头。

"她真不一样，我也说不出来哪儿不一样。"罗小胖说。

"她像莲花，出淤泥而不染，自带清高！"吴元说。

"不，不，她像牡丹，看见她，是个男人都会流清口水。"罗小胖说。

窦小明没说话。他们把画片摊了一桌，欣赏起来：有的女人非常丰满，可以看到乳沟；有的女人雪白的大腿，充满肉感。觉得不过瘾，罗小胖又拿了父亲的纸烟，说："烟太贵，我爸爸都做了记号，拿一根，他应该记不得。"

战战兢兢点火，抽上了。

一根烟在三个少年之间转来转去，不好抽，都咳嗽，咳得厉害。等到快抽到烟屁股时，他们发现了抽烟的乐趣，云里雾里一片，不仅不咳了，脑子反倒舒服。窦小明效果最明显，他狠狠地吸了一口，好多想不起来的事，都记起了：父亲让他尝过一口烟，他不喜欢。佳惠姐姐的胸部好高,停止,不可以想她的胸。母亲朝他走近,伸出手来拉他,火炮,跟我回家。母亲一瞬间转换成月份牌女子,波浪似的长发,大屁股,一扭头对他脉脉含情,又一个月份牌女子穿着旗袍从烟雾中朝他走来。"唉,我好想去上海。罗小胖,你爸爸的船是走上海?"窦小明说,伸手去掏了一根烟。

"最后一根。"罗小胖给他点上火。

窦小明点头,吸了一口。吴元看着他,等他传过烟来。

"明哥,我爸爸走上海。他说,上海是上海滩,是上海人、有钱人的码头,一般人去那儿行不通,上海人只认上海人,只认钱。"罗小胖向往地说,"不过,我才不管这些,因为上海有这些大粉子,我就认上海,你们是不是也跟我一样?"

"当然。"窦小明和吴元异口同声地说。

"那我们应去上海看真粉子。"罗小胖接过烟来,吸了一口,敲敲头,说,"这要算入我的伟大目标。"

吴元接过罗小胖传来的烟,抽了一口,装作老到的样子,问:"你们打手炮吧?"见两人不吭声,大笑起来,反引来他俩的笑。

"你们笑啥子?"

窦小明和罗小胖指着吴元的样子,笑个不停。

"你就像一个打手炮王。"罗小胖不客气地说,"你眼睛呆呆的,一看觉没睡好,就是成天在床上捉炮玩。"

吴元气得脱鞋子,一只鞋扔一个人。

"好了,不笑了。晓得吗?不抽烟怎么会说上这个?原来抽烟让我变了一个人。"罗小胖盯着吴元说,"猜,我爸爸走船回家第一件事做啥?"

两个少年摇摇头。

"就是把我妈妈拉上床,放下蚊帐办事。那个床发出难受的响声,像拉风箱,我听不惯,就跑到江边去扔石头打水漂。"

窦小明的生活里缺少这种事,母亲不办事,家里没有男人,活得不真实。

三个少年聊着聊着,墙上的钟已到十点,吴元起身说:"我不想留了,我要回家。"

另外两个人不高兴了,说好了一起过夜,又改了主意。吴元解释说,家里有个凶凶的父亲,在建筑公司开卡车,爱喝酒,希望现在他喝醉了,不然,他知道了,会把吴元往死里揍。

吴元离开后,罗小胖和窦小明还是不想睡觉。两个人挤着躺在一张单人床上,看小人书《西游记》。书上的孙悟空走马灯似的,来回跳着,窦小明的眼睛合上了。待他醒来已是第二天早上,他看到一个头发齐耳短、四十多岁的女人,正拿着一根一尺多长的竹棍,打罗小胖的手。

"我辛苦,我活该,上夜班回家,想睡个觉,睡不成。家里乌烟瘴气,草席居然在露台上,草席沾了湿气就毁了。败家子,贱皮子,你还抽烟,你敢摇头,以为我不晓得?没进屋都闻到了!你还看坏画片,你还弄个坏小子到家里,你气死我了。"罗母指着罗小胖,又指着床上的窦小明,走到桌前,看到碗里有半张饼,拍着桌子,"烙饼,放这么多油,胆子这么大,我都舍不得烙,我省吃俭用为了这个家有个屁用!"

"妈妈,没啥子大事,我马上收拾干净。"

"你收拾,说得好听!"

窦小明赶紧从床上爬起来,穿上鞋,背着书包,往外跑。

"你跑啥子,我晓得你妈,开小面馆的,对不对?我得找她,你这个二流子把我家小胖带坏了。"

罗母又是一竹棍打在罗小胖的右手掌,罗小胖"哎哟"一声叫了起来。

"我最讨厌打小孩的大人。"窦小明扔下一句,往外走。

罗母一愣,但马上还击:"你讨厌?小屁崽儿,你有讨厌的资格吗?"

窦小明当没听见,没停下脚步。罗小胖趁母亲没注意,抓起书包往外跑。他生怕母亲跑出来,拉着窦小明的手,跑出院子好远,连连说:"明哥,不要跟我妈一般见识,不要生她的气。"

"我们的妈像是同一个妈生出来的,龟儿子也像!"窦小明说。两个人笑了起来,但马上他们笑不出来了,因为罗母站在自家小露台上,看着不远处小街上的两个少年,高声叫儿子的名字:"罗小胖,你看着!"她手里拿着一个铁盒,一倾斜,铁盒里的画片飘舞起来,通通坠入溪沟里,顺着溪水往下流,流入江里。

罗小胖那个心疼,弯下身,紧紧抱着肚子。

罗母扯开喉咙骂:"都是你老子惯的,养出你这种下流的畜生!你以为我不晓得,都是这些脏东西害了你老子,走船,停在万县、宜昌码头就搞野婆娘——"

罗小胖捂着嘴,难以置信地望着母亲。

窦小明看到一个大妈走到小露台上劝罗母:"你气疯了,要不要我拿个大喇叭来给你,让几条街的人都晓得?真是的,家丑不可外扬!"

那个女人把罗母拉进屋子。

两个少年背着书包互相看着对方,朝学校走去。拐了几个弯,在学校门外的一坡石阶,走到一半,罗小胖一屁股坐在石阶上,扯面前的一丛野草,气恼地说:"算了,我不想上学。"

窦小明没作声,自从秦佳惠收到日本母亲的来信后,钢哥对她好了,一切风平浪静。仿佛自己的使命完成,也觉得生活一下子空了,空得他发慌发闷,无所适从。他也不想上学。

从未逃学的窦小明,这一天脑子非常兴奋。罗小胖说如果母亲打他,他就逃学。他补了一句:"我是为我妈活着的。"

"我呢,我是为谁?"窦小明问自己,当然是为佳惠姐姐。两个人先乘公共汽车去了鹅岭公园,这儿没什么好玩的,除了地势高,看整个重庆,不如站在学校院墙看两江清楚。他们乘公共汽车回到朝天门码头,说是轮船公司职工家属,免费坐轮渡去了南岸野猫溪,上了乌龟石,扳了几只螃蟹,又从弹子石坐船回到朝天门。

一个中年船员拿着喇叭喊:"去奉都鬼城和忠县、万县的,要开船了!"

两个少年听了蠢蠢欲动,窦小明说:"我外婆的家在忠县石宝寨,她不在了,我想去给她上坟。"

"那我们上船吧。"罗小胖说。

两个人往跳板上走,可是那个中年船员拦着他俩,要票。

他们拿不出来。轮船公司家属不收票。不管罗小胖说他父亲在"东方红"几号船,名叫罗大军都没用,那人就是不让两个小家伙上船。

"他看出我俩是离家出走,精得很!"窦小明说,声音放得很低。

那船员还是听见了,严厉地说:"早点回家去。我经常遇到半大小孩子这样做,你们不知父母心,他们有多着急。"

被当头淋了冷水,他俩什么也没说,打消了乘船离开重庆的念头,心里却没想回家。他们背着书包,顺着千厮门码头往一号桥方向走。沙滩上有好多挑担子的人,他俩吊儿郎当走在其中。窦小明突发奇想,决定去水运修理厂仓库看看。那个晚上没能进去,心里总有个坎,过不去。

罗小胖马上同意。

没一会儿就到了目的地,门上大锁开着,两个人互相看了一眼,推开一个缝隙,猫着身体进入。

里面好大,跟外面看完全不同,靠墙堆了货物,有好多空油漆筒和水泥钢筋板块。宣传队练舞的空地,包括木板搭的台子堆了一些烂盒子,还有缺腿的桌子、几把脏兮兮的木凳子,一个人也没有,非常安静。窦小明记得当时钢哥和芳芳在众目注视下往黑暗处走。那个地方勾着他的魂,他想去看。这时听到远处哐当一声响,他的手指放在嘴边,对身边的罗小胖做了个嘘声的手势。

罗小胖点头。

两个人往前轻轻走。走了十来步,罗小胖做了个停止的动作,头往右侧一偏,那儿有堆成山的集装箱。他们立刻走过去。这些装货的箱子是用木条简单钉成,面上积了好多灰。木箱比石头好爬,两个人没一会儿就爬到箱子顶上,轻轻往前挪,看到了下面有一男一女,一个是钢哥,一个是芳芳,还有几把椅子、一个破沙发。

钢哥抱着芳芳,手伸入她的衣服里:"快点脱掉,我的小妖精,我们抓紧时间。"

芳芳拿掉他的手,挑逗地看着他说:"钢哥呀,我为啥子要快点脱?"

钢哥一下子把她推倒在沙发上,解自己的皮带。

罗小胖缩回头。窦小明眯了下眼,吓了一跳,脸一下子红了。这比在罗小胖家看邻居办事刺激,是因为钢哥的身体健硕,那玩意儿特大。而芳芳拉下上衣,露出带红晕的乳头。他想起,在沙滩上,被那个红衣女人握着他的手摸乳房,生平第一次摸,滑滑的,软软的,奇奇怪怪的,血一下冲上头来,当时被她绊倒,差点成了她的食物,他两腿间那东西一下子顶上来,血脉偾张。天哪,现在,他又是这个状态。

芳芳的身子往沙发边上退,眼睛妩媚地看着钢哥,嘴唇张开。钢哥扑上来,把芳芳翻过身来,一下子掀起她的长裙,从后面进入。她叫了一声,接着说:"放开我,我不是你老婆。"

"不是老婆,才干得香,是不是?"

"你是这样干她的,你不能这样干我。"

"我想这样干,就这样干。你不是喜欢我这一口,我的大,又硬,是不是?"他猛烈地冲击,整个沙发在叫唤,芳芳叫唤起来,她的腿和屁股都露在外面,双手紧紧抓着沙发。钢哥加快动作,猛地把她翻过来,扯开她的衣服,抓着她丰硕的乳房,刺入她的下面。她整个身体像条鱼搁在菜板上,临死前那般绝望地蹦弹起来,一起一伏,呻吟起来。这使钢哥更来劲了,用力地抽动。窦小明心里数着数,一下两下三下四下五下,到二十一下时,钢哥大喊起来:"说呀,这是你要的。哎呀,小荡妇,还不要我日,你看,你快来了,我要来了,小荡妇,我日你,你,我来了!"他突然一下子趴在她的身上,整个人抽筋一样难受,喘着气。窦小明也很难受,但他不敢喘气。

芳芳抱着他不动,看着仓库顶的梁柱说:"别求惠子,别去日本,和我在一起!"

钢哥站起来,穿裤子,系皮带,说:"我想去,也想以后弄你过去。"

"我不稀罕日本。今天就是听你一句话,若你走,我们一刀两断。我不要等待,我不要做傻瓜。"她把长裙拉下,窦小明发现,这个女人压根就没有穿内裤。她站起来,盯着钢哥的眼睛:"回答我!"

"我不晓得惠子要不要我去,但我想重新开始。相信我,我们重庆有几个人能出国?我想有一天光宗耀祖、衣锦还乡。惠子的母亲家境不错,我们不必从头开始。"

芳芳冷笑:"这么说,你早就想好了。"

"我暂时和你不会见面。"

"你放心,你求我,我也不会见你。"

她一脚把面前的椅子踢翻,经过钢哥身边,从集装箱边上跑走。钢哥在沙发上坐下,突然站起来,摔椅子,边骂:"日你妈哟,女人,都不是东西,偏偏给这两个鬼女人勾上魂!日你妈哟,日本,日你妈哟,重庆,我恨死这一切,恨我就窝在这种鬼地方,翻不了身……"

躲在木箱顶上的两个少年趁机撤退,爬到一半时,像只鸟飞落地面。他们害怕被钢哥发现,朝门口跑去,如果被钢哥锁在这儿,那就糟了。

两个少年一阵风似的跑出仓库,外面没有芳芳的身影。他们走到离家最近那个有鹰头的悬崖,都没有说话。两个人脸色苍白,互相看了对方一眼,笑了,因为他们被黑灰弄得蓬头垢面,像只花猫,手也脏脏的。

"这个王八蛋,不得好死!"窦小明心里恨钢哥,钢哥和芳芳偷腥,弄得他心里不好受。

"算了,不提他们办事了。"罗小胖说,眼睛一眨,看江上,又看岩石说,"明哥,我教你攀岩。"

窦小明眼睛一亮,点点头。

"我爸爸教我的。"罗小胖往上爬,"就是身体紧贴岩壁,保持垂直,一下是一下,心不慌,眼睛不怕,脚踩稳,手抓牢,速度就快了。"

他在前面示范,窦小明看着,按照他说的,果然有用。平常攀岩时心里紧张,手脚并用,左看右看,害怕掉下去,反而阻碍了速度。他跟在罗小胖的身后,隔着一段距离,没一会儿就到了岩顶。

已过放学时间,孩子多起来,窦小明跟罗小胖一起练习下悬崖的水平,那些孩子跟在他们身后。

好多人在江边有石滩的地方洗衣洗菜。也有一些人坐在江边钓鱼。秦佳惠穿着一件白风衣从山坡上走下来。人们的眼光盯着她,洗衣的女人忘掉衣服被水冲走,男人的渔竿钓着鱼,也忘记了收线,抽烟的男人,烟头燃着手指,也不知痛,吞口水。江风吹动她的头发,她小心地用手拂开。

窦小明发现了秦佳惠,人逢喜事精神爽,晚霞中,她看上去是那样快乐和美丽。他爬下来,朝秦佳惠跑过去。

"鬼淘气!昨晚你妈妈来我家找你,她的脸一直挂着。你和她没事吧?"

"没事。"窦小明心里一热。母亲到佳惠姐姐那儿找他,这让他心里发毛,出冷汗。

这是第一次在外过夜,没告诉母亲,不敢想母亲会怎样惩罚自己。

"你妈妈很着急。"

"我一夜没回家,我逃学。我是一个坏孩子。你肯定看不起我!"

秦佳惠没想到窦小明这么直接告诉她,她的眼睛盯着他,他不敢看她的眼睛。

"我从照相馆回来,想到江边走走,结果看到你了。"她清了一下嗓音,接着说,"你很诚实,告诉我了。你是不是在心里对自己的行为后悔了?"

窦小明点点头,然后说:"我不敢回去。"

"一个人敢做就敢当!"

秦佳惠说完,叹了一口气,走到一块礁石前,站在沙丘上,从衣袋里掏出好几张照片来。

窦小明走过去。秦佳惠在看照片,递了一张给窦小明看:戴眼镜的秦伯伯,头发花白,脸上有皱纹,穿着深蓝色西服,像换了一个人,目光睿智,炯炯有神;秦佳惠穿了一件衬衣和裙子,两条辫子放在前胸。两个人都对着镜头微笑,眼里充满希望。

"我喜欢。"窦小明说,把照片还给她,发现它和另两张相同。

秦佳惠拿着一张发黄的旧照片递给他看,照片上的秦伯伯很年轻,最多三十岁出头,穿着深蓝色西服,脸上轮廓分明,眼里充满温柔的光;他边上是一个日本女子,穿着一件漂亮的和服,二十来岁,唇边有颗痣,貌美如花;两人共同抱着一个四五岁的女孩,唇边也有颗痣,穿着碎花连衣裙,头发扎着蝴蝶结,一家三口紧紧相依,快乐地微笑。

"我爸爸怕惹事,以前的照片都烧了,就这张落在书里。也怪,就是前几天,我去他那儿,无意之间翻到的。"

"你妈妈,跟我想的一样,是个大粉子!"他突然有点脸红,不好意思了,"佳惠姐姐,你肯定想她。"

"我很想她。"她停顿了一下,才说,"钢哥会和我们一起去日本。"

窦小明"哦"了一声,抬起眼睛,她一副快乐的样子。他看照片,照片上的人成了叠影,小女孩成了现在的秦佳惠。

秦佳惠将照片放入风衣左边口袋,说:"他天天来医院接我下班,他专门做我最爱的麻婆豆腐。"她站起来,让他看她的风衣,"这件衣服,我一直想要,他居然给我买了。"

这件风衣很配佳惠姐姐。窦小明很想告诉她今天在仓库里看到的一幕,但马上改变主意了,她若知道了,肯定不高兴。钢哥去日本,芳芳就跟他一刀两断。不知为什么,他有点喜欢芳芳的性格,不拖泥带水,有女汉子气概。他只是说:"钢哥会变,会变好!"

"对,对,他已经变了,他的眼睛现在看我有光!跟刚认识时一样了。有一天我去办手续,有人刁难我不办,打我的主意,当时他在楼外抽烟,后来他上来找我,把坏蛋当场教训了,坏蛋马上办了。他是我的月光武士!他陪我办理出国手续,细心又周到,都快办好了,我妈妈也给我们买好了机票,下周四就走。"

"下周四就走。"窦小明喃喃重复,"哇,去日本呀!外国呀。"

"其实,我的生活很被动,希望你不是,你要过你想过的生活。"

"我妈妈说,药店不卖后悔药,人想重新过,可以,江水倒流,不可以!"

秦佳惠听了,若有所思,低下头说:"我想去有妈妈的日本,可我又舍不得重庆,我在这儿长大——"

母亲站在山坡石阶上,手做喇叭状喊:"火炮,回家喽!"

窦小明周身一惊,却不想回头去看。现在母亲应放心了,这儿子没有失踪!他在她的视线里,他不会再离家出走了。

秦佳惠对他说:"你妈在叫你,快回去吧!"

窦小明弯腰捡了石块,打水漂,看着石块在江水上蹦跳。有一艘大轮船在缓慢行驶。秦佳惠也站了起来,看着大轮船,她的右鞋尖像铲子一样，在沙地上来回铲着，进了好多沙子，也没察觉。

"佳惠姐姐，我们许个愿吧。"

"好呀。"

礁石上一高一矮的两个人闭上眼睛许愿，窦小明嘴里说着什么，然后他的右手伸入秦佳惠的风衣左边口袋里，摸了摸，取了一张新照片，一脸调皮。

秦佳惠睁开眼睛，看到窦小明脸上古怪的神情，却没有点穿他。

"你许的是啥？"窦小明问，"如果你告诉我，我就告诉你。"

秦佳惠笑了起来，说："那还叫许愿吗？"

母亲忍不住，又开喊了："火炮，回家喽！"

窦小明转身朝坡上跑，好多芦苇随风摇动。他突然停住，回头说："佳惠姐姐，我特别高兴你去日本，因为你会幸福。"

"下周三晚上这个时候，在这儿见，我有件东西要送给你。"秦佳惠说。

窦小明高兴地点点头。

第十三章 命中注定

那段时间秦佳惠因为要出国，退公职，迁户口，跑街道派出所、医院和人事局，非常忙碌，两个人在江边遇上，不可能给他那么多时间。日后，窦小明想起来，认为在江边与她聊的内容，可能是他臆想的。母亲与他在坡上见着，关于秦佳惠，居然什么也没问，关于他打架受处分，一夜未归、逃课一天，居然也没说。母亲伸手，要接过窦小明的书包。

他摇摇头，她也作罢。

窦小明整个少年时代恍恍惚惚，用母亲的话说，就是身上有根筋生错地方，这个儿子一天比一天变得陌生。

他也看不懂自己。

那天他跟着母亲走到幼儿园高墙下，窦小明站着不动。

母亲的眉头紧锁，双手拍了一下。

这声音弄得一大群麻雀从树枝间飞出，很是壮观。隔了一会儿,从院墙里突然传出风琴声,拉着《我们都是神枪手》。窦小明少年老成地叹了一口气。

母亲看了看他,望了望那高墙,说:"我特别喜欢站在这儿听里面唱歌,《好一朵美丽的茉莉花》《北京的金山上》,还有《红鞋子》。"

窦小明吃了一惊,叫道:"妈妈!"

母亲双手放在儿子的肩膀上,惊奇地说:"你这几个月头回喊我妈妈。"

"你认识佳惠姐姐的妈妈?"

"千惠子呀,当然认识。她的皮肤很白,身材霸道,穿和服走在街上,那细碎步子,那低眉温柔的模样呀,是我们上半城、下半城最货真价实的美人胚子。佳惠跟她妈一张脸、一个身材。我听千惠子教佳惠唱《红鞋子》。佳惠的爸爸,秦源呀,新中国成立前是个翻译,大学的教书匠,都说他从日本带回富家女千惠子,两个人是真心相爱,一家人的感情好得不得了,没红过脸。他们一家原来住在下街临江的大房子里。我们这一带的女人都喜欢他,有才有貌,心疼老婆,也对邻居好。"

"难怪,你会让我送面给他。"

母亲自嘲地笑了,说:"火炮,你妈哪配得上他!我同情他,我敬佩他,我想给他多一些关心和爱。"

"他是一个好人。"

"他不仅仅是一个好人。"母亲停顿了一下,"他身上有好多东西,坚强,能忍,宽容,都让我心里服气。昨天有人到面馆来讲,说他们一家子要去日本,真是天大的好事。我还真不习惯,没有他的中心街,会空荡荡的,是不是呀?"

窦小明点头。

"是时候了，一家人该团圆！"

窦小明去拉母亲的手，轻声说："妈妈，你以后可以都像今天这样对我吗？"

母亲看了他一眼，没说话。

两个人到家了，母亲把门关上，桌上已摆好碗和菜，是烧白和咸菜。母亲看着窦小明，他知道风暴终于来了，母亲肯定不会就这么算了。他等着母亲的惩罚。母亲举起右手来，这次窦小明什么话也没说，也没有闪躲。母亲的手挥起来，却是朝她自己的脸打过去，脸上马上起了五根手指印。这完全出乎他的意料，他吓坏了，感觉自己的呼吸都快停止了。

"你去哪儿了，为啥子要在外过夜，我都不问。但是，你下次再走，不上课，必须告诉我，否则我就罚自己。我不是一个好妈，我可以做一个好妈，听懂了吗？"

窦小明点点头，看着母亲说："妈妈，我错了，对不起。我这次长记性！我绝不会再做了！"

"坐下，吃饭。"母亲说，"我明天得去学校开家长会。"

"是明天吗？"窦小明问。

母亲没说他打架的事，只是点了下头。她给他盛饭，夹了一块烧白到他碗里，看着他坐下，津津有味地吃起来。隔了好一阵子，她才给自己盛饭，再也没有就这个话题往下说。那个晚上，母子俩早早洗脸和脚，睡了。窦小明躺在自己的床上，开着灯，以为母亲会走过来关灯，但是她没有，从前那个母亲不见了，这个母亲令他敬畏。他关灯，闭上眼睛，家多好，我为什么要出走？比起罗小胖的窄床，一个人睡，简直太幸福了。他马上翻了一个跟斗，双脚打在墙壁上，伸出一只手去抽出床板与床垫间藏着的画片来看。秦佳惠的护士照片，大大方方，整个人安安静静，那时的她，跟现在的她不一样。他皱着眉头想，是眼睛不一样，那时眼睛全是不快乐，现在眼睛里有梦，美得绽出光彩。他小心地将照片插回。母亲那边打起呼噜，他听着听着，沉入梦乡，一步踏入大片的云层，发现自己到了一号桥的上空，一脚踩空，从空中掉下去，什么都不记得了。

重庆几乎一年有大半时间都是阴天，太阳躲在云里。这是个礼拜六，老妈小面馆门前多摆了几张桌子，一大早有两桌人在打长条纸牌，也有不少人在吃小面。母亲的眼睛有点肿，一看就是昨晚没睡好。她一早去肉店买了一斤颈子肉做了红烧肉烧鸡蛋，放了七个鸡蛋。她不停地对朝她打招呼的人点头。

一个四十多岁的男人说："窦妈妈，有啥好吃的？"他一脸络腮胡，穿得整齐，脚上是一双皮鞋。

"哎呀，是袁师傅，你走船回来了。巧得很，我今天做个新臊子，新味道，沾沾老秦家的喜气。"她的面前是切好的手擀面，混合面粉。

"我要一碗，巴适。"袁师傅望着铁锅里正冒着热气的红烧肉说，"老秦真的要离开重庆了，我心里很舍不得他呀。以后我的鞋坏了，没人修了。"

"我也舍不得呀。"胖妈在吃面，搭腔。

"唉，人家走是好事！"另一桌上的人说。

"对，对，是好事。"袁师傅说。

"窦妈妈，我也要新臊子。"有人高声叫。

袁师傅站着无事，就对胖妈说："听说日本老婆千惠子二十年没嫁，一直等着老秦！我一个大男人，不爱八卦，是关心老秦。我听我家老七讲的。"

"你家老七跟着钢哥混,说的事肯定是真的。"胖妈附和道。

打牌的一个中年女人听了,抹眼角的泪花。"太感人了!跟电影一样!"她羡慕地说,"我也想去日本,听说洗衣有机器,每家都有冰柜子,放剩菜剩饭呀,一个月都不坏,马路牙上可以捡到旧沙发,雨伞都是放在门外,下雨了,随便用。想起来,跟天堂一样。"

程家妈挎着一个布包,走过来。母亲对她说:"他们拉了你好多次来打牌,你都不得空,过来坐。"

大毛的母亲李妈妈站起来,让出位子:"程妈妈,太好了,你看我的腰坐痛了,你来帮我打几盘。我在边上看着。"她拉了一只凳子坐下,看了一眼对方,轻声问,"听说程四快出来了?"

"他减刑了,还有半年。"程家妈说。

"那就好。"李妈妈重捡之前的话题,"秦佳惠最好趁机扔了钢哥,去日本嫁个好男人。"她转过脸问母亲:"崔素珍,你说呢?"

母亲专心下面条,不说话。

那个中年女人打了一张牌,直言快语:"千惠子怎么没回来?"

有男人接她的话:"她该回来看一下我们重庆呀,这儿也算她的第二故乡——"

胖妈打断他说:"这个地方对她一家并不好,回来做啥子?他们过两天就走。是我的话,永远不回来!"

一个吃面的人插话:"日本呀,昨天做梦都去了,比走成都容易。跟老秦一家,说说笑笑,结果坠飞机了,把我给急得一下子就醒了。"

袁师傅接过话头说:"你们这些哈巴,到日本,又不是到解放碑,走走路就行了,办手续要花时间,佳惠得辞职呀,办护照签证订机票呀,不可能这么快就走得脱。"

"机票在哪儿买?"有人问。

"无知,就不要问了。"

"你走船的,世面见得多,告诉我们。"

"到民航局去问,不要问我。"

母亲用锅铲铲起几块红烧肉,抬头问站在面前的袁师傅:"几两?"

"三两,辣椒少点。"

母亲大声叫:"火炮,收钱!"她知道袁师傅是下江人,抗战时跑到重庆,在这儿学会吃辣椒,已很不错了。

窦小明坐在里面桌上,面前摊开语文课本,正在补逃的课。他走过来,收了袁师傅的钱,打作料,下面。

钢哥拿着一个搪瓷缸走过来,很尊敬地对母亲说:"崔孃孃好,之前多有得罪。你好人大气量,不跟我一般见识!二两,辣椒多点。"他递上搪瓷缸,看到红烧肉,一下子眼睛亮了,"给惠子来点肉,一个鸡蛋。"

母亲愣在那儿,盯着钢哥,以为他在耍花招。但是不像,他说话时,眼睛看着母亲,一派真诚。在场的人都盯在钢哥的身上,他朝他们坦然地点点头,像什么事也没有发生过一样。

母亲把小面盛好,放上红烧肉、鸡蛋,交给钢哥。钢哥给了四张二十元的人民币,说:"崔孃孃,不找了,赔那天弄坏的桌子和凳子。"

这下母亲的脑子停了,这不是她知道的钢哥。钢哥一向多横多凶,在这几条街,之前只要他走在路上,所有的人都得闪开,给他让道。现在的他,知分寸,谦虚,知礼,敢承担!钢哥在众人惊异的注视中，端着小面走了。

面馆里外的人，纷纷议论分析钢哥的行为，以为自己中了蛊。他们分为两派：一派是打长条纸牌的人，认为恐怕是秦佳惠让钢哥来打面，给他出一道难题，看他有没有胆量，当着乡亲近邻的面，解决问题，挽回面子；另一派是没打牌的人，认为钢哥是主动所为，自己觉悟了，反省了，也可能在鸡圈里关着被教育好了，他真的浪子回头，改邪归正了。

就在这时，大家住嘴了，更不可思议的事发生了，袁师傅轻声叫："快看，快看，谁来了？"

这嘀咕声很轻，另一个人接着说："他来做啥子？"

"怪了，怪了。"有人不相信自己的眼睛，边摇头，边说。

窦小明急忙往外看，发现秦伯伯提着修鞋的木箱朝小面馆走来。母亲一脸惊异，露出笑容，热情地招呼他："老秦，来，来，请坐。"她让一个熟人空出座位，把凳子双手搬在秦伯伯面前，请他坐下。

秦伯伯反请她坐下。

她一脸蒙样，坐下。

所有人的眼睛盯着秦伯伯打开箱子，摊开一块布，铺在地上，然后拿出一只手工黄猪皮凉鞋，是四带凉皮鞋，像一个"丰"字多一笔。他单腿跪下，给母亲脱了回力鞋，比了她的脚背的尺寸，用剪子剪带子，又用锤子钉好小铁钉。四周围了好多吃面的人，他视而不见，做好鞋，给母亲穿上。

母亲起身，走了几步，往衣袋里掏钱包，说："太舒服了！这是我这一生穿的最好看最舒服的鞋！真是太谢谢你了！老秦，多少钱？"

不少吃面人说:"老秦,给我搞一双!""老秦,我跟崔素珍一个码,这么好的鞋,我付双倍钱,要了!"

秦伯伯没说话,收拾箱子,折叠好布。他站起来,拉直衣服,挺直身体,对母亲行了一个礼:"一直受你照顾,举手之劳,不成谢意。"

他提着箱子,离开。

大家都没有回过神来,秦伯伯人就不见了。这下小面馆炸开锅了。窦小明没有说话,秦伯伯马上要去日本了,没想到的是,不光是母亲心里装着秦伯伯,秦伯伯心里也装着母亲。这让他心里暖暖的。

他去上学,一整天脑子里都是秦伯伯蹲在那儿给母亲试鞋的情景。下午放学后,母亲来了,和他一起去见班主任老师。这一次母亲听到他的所作所为,没有扇耳光过来,而是让他给老师写检查书,母亲给老师道对不起,她没提他一夜没归的事。母亲凶,他习惯;母亲不凶,他心里不好受。他交给老师一份检查书,回家又把一份保证书放到母亲的枕头上:

我窦小明,保证妈妈,以后不逃学,不离家出走。

妈妈讲道理,我比妈妈还讲道理,妈妈做一个好妈妈,我要做个好儿子。

窦小明蹲在房前空地上,将渗了水的煤灰捏成小球。黑暗的天空全是星星,一闪一闪的。

房前的地上,手捏的煤球摆成方阵,他蹲在那儿,像机器一样工作着。

闪电突然出现在天空,紧跟着雷声轰鸣,他抢救地上辛苦捏的煤球。雨下得很大，煤球被淋成一摊泥，黑水横流，急得他去抓，手和脸都黑成一道道。黑水朝坡下流，窦小明急得直叫："爸爸！"

雷声轰隆一声炸响，秦伯伯一手举着一把黑雨伞，一手提着修鞋木箱经过。看到窦小明的狼狈相，他从箱子里扔出一个塑料布，盖着煤球，眨眨眼睛说："这么简单。"便高高兴兴地走开。他走得很快，脚尖几乎不擦在石阶上。

窦小明醒了，他揉眼睛，原来是个梦。

窗外阳光扎眼，根本没有下雨。打开门，屋外是昨天捏的煤球，干干的。他走到母亲床前，被窝是空的，母亲起床了。五屉柜上面放着窦小明的保证书，在镜子下面压着。柜子上端墙上挂着一个全家福镜框。他望着照片，照片里的父亲朝他点一下头。父亲的模样与秦伯伯倒有几分像，只是没有戴眼镜而已。

这天上午，窦小明吃了稀饭和泡菜，想了想，就到门外，把墙边地上贴着的煤球统统装入箩筐。窦小明看了墙上日历，今天是礼拜天，他不必上学。洗脸时，他的左眼跳了两下。左眼跳岩，坏事；右眼跳财，发财，街上老辈子人说。不管它，跳就跳吧。

窦小明把两个箩筐挑在肩上，太重了，他搁下。如果取出一些煤球来，他得再跑一趟。算了，多歇些气，他挑起扁担，走走停停，隔了好久才挑到小面馆门口。

母亲脚上穿着黄色皮凉鞋，抬起头来，看了一眼他，手指着门口炉子边："一筐放外面，一筐放里面。"

窦小明放下挑子，弯身将一个筐子拖进面馆里面。他的左眼又跳了起来。

吃面的客人不少，这时杂货酱油铺的胖妈急匆匆地走下来，站在小面馆门前的空地上，喘着气，对母亲说："我的妹子呀，晓不晓得，昨天晚上，老秦走了呀？"

"绝不可能。"母亲盯着胖妈的眼睛，"开啥子玩笑，逗我玩？说，逗我的。"她低下头，看脚上的皮凉鞋，眼泪一下子涌出来，掉在上面，"莫不是他心里有感应，知道要走，才来告别？"

窦小明听见母亲的话，扔下手里的活，朝胖妈走去。

"是真的。"另一个吃面的人抬起头来说。

"这是命，是命！命中注定！"胖妈抹眼角的泪说，"宾老头子被请去了，他路过我那儿讲的。这不，我马上来给你递个信。"

"不是真的，不是真的。"窦小明说。

一个年轻姑娘走进面馆，对他说："肯定是真的，我刚才在派出所碰到秦佳惠了，她的眼睛是红的。"她举起手来，放在胸前，"不行，我得对我爸爸妈妈好，人是可以随时离开的。"

"胡说。"窦小明盯着那个姑娘，他的手指着她，却什么话都说不出。对方看着他愣着了。他的手无力地垂下。秦伯伯说没就没了，突然死了。他对我好！他是佳惠姐姐最爱的人，最亲的人，天哪，她会受不了。

窦小明想着，左眼又跳起来。他伸手捂着那儿，往坡下走，越走越快。走到江边，一艘白色大轮船从乌龟石那儿驶入千厮门码头来，身后跟着几艘中型的船，像排成队一样。从小长到大，少见这状况。天亮前他梦见秦伯伯，难道秦伯伯以那样的方式向自己告别？

那艘白色大轮船停在千厮门码头，突然拉响汽笛，发出凄厉的尖叫。后面那几艘中型的船也鸣叫起来，像是一个合唱，整个城市响着奇怪的吼叫。他放眼看去，江水是江水，江边岩石有一片黄花，混合着紫花，随风摇晃。

第十四章 告别

礼拜天的中心街比平常热闹，大人孩子都在这儿聚集，大人聊天，小孩在打陀螺，交换火柴盒，滚动铁环，大一些的孩子在滑板板车，丢绳子唱儿歌跳绳。宾爷算是一号桥一带人们认可的张罗丧事最厉害的人，他一身黑衫，可能一早喝了酒，脸发红光，抱着鹅，正三步并作两步下着石阶，整个人歪斜着，随时会摔倒，怪吓人的。

杂货酱油铺的胖妈从自家店铺伸出头来，问："宾爷，怎么啦？"

宾爷没停步，边下石阶边说，声音特大，像在吼："鹅给我算了一下，明早，出殡最吉利！会升天，后人的后人会做官！邻里乡亲会不缺柴火烧！好呀，好呀！大家要注意！"明显他要去告诉秦佳惠。这个人，平常行为怪异，这时倒显得正常起来。

胖妈搬了一只板凳坐在门口，遇到认识的人经过，她都说：

"唉,明早出殡。"

对方点点头。

来打酱油的小孩子,胖妈也说:"小兵,告诉你妈,明早出殡。"

一个戴草帽的女人牵着一个女孩从石阶走上来,胖妈和她打招呼:"唉,明早出殡呀。"

窦小明捧着从江边摘来的一束野黄花、野紫花和满天星走上来,胖妈对他说:"火炮,明早出殡。"

窦小明站在那儿,那个角落空空的,没有秦伯伯,虽然顶篷还在,怎么看那块地都太大了!奇怪前些日子秦伯伯并没有摆鞋摊,却没取顶篷。可能他有意留下的,这儿的楼都没骑楼,如果下雨天,有人经过可以在这儿躲雨。

胖妈打断他的思路,喊他:"火炮,呆痴痴站着做啥,记得回家告诉你妈。"

窦小明点点头。

他没有回家,而是直接走上中心街顶,从那儿下另一条街,拐了好几个巷子,心里琢磨位置。虽没去过秦伯伯的家,但大致知道在什么方位,但还是走岔了一条道,居高临下,远远看到对面街几幢平房尾有块三角地,茂密的黄葛树遮挡了那儿,不过杂乱的人声涌入空气中,尤其二胡、唢呐哀痛的乐声,远远可听到。

一阵小跑,十来分钟后,窦小明来到三角地。这儿一头靠一幢楼房背后,一头是另一个院子的墙壁,上面有伟大领袖毛主席的语录:"千万不要忘记阶级斗争!"日晒雨淋,那标语色彩暗淡,有的地方漆斑驳。三角地约有小操场那么大,斜斜歪歪的,中心有棵百年老黄葛树,像伞撑开在天空,位于两排平砖房右侧。树下放了好多凳子，一个临时搭的木架子上搁着棺材，四周有好些大大小小的纸花圈。棺材前有一个高桌子，立着遗像和鲜花，放着香炉。秦父的遗像，穿着西装，是秦佳惠给他看的照片上那套旧西服，对了，就是同样的照片。看得出来，秦伯伯曾经有多么英俊帅气，戴着眼镜的整张脸有种知性和儒雅，不同于这一带没受过好教育的街坊们。镜框上端搭着一条黑布，中间打个花结。

有一对五十多岁的夫妇，穿得整齐，站在香炉前，对着遗像作揖和烧香。

窦小明捧着野花，照着他们的样子，对着秦伯伯的照片作揖和烧香。他站起来，他们绕着棺材走，他跟着他们走。

秦佳惠的日本母亲这边，没有相关的朋友在中国，没人代表。她的父亲这边，有个远房亲戚的侄子，从长寿乡下赶来，帮着接待，倒老鹰茶水。钢哥站在一帮兄弟伙中间，上身黑衣，下身一条灰裤，袖上戴着青纱，脸色阴沉。袁七对他恭维地说："老大好运气，要到外国去了，老大过去，把我也弄去吧。"程三说："老大，还有我和程四。"连不说话的王小五也隔了好几米空中喊话："别忘了，还有我！"

钢哥笑了一下，爽快地回答："没问题，忘不了兄弟们。"

"敬钢哥和我们兄弟有福共享。"袁七鞠了一躬。

钢哥朝他点点头，一转身看到站在棺材前沉思的那对夫妇，急忙走上前去，朝他们问好。那对夫妇不理他，转身走到街口。

钢哥快步跟上，轻声说："我马上要去日本，爸爸妈妈，我会努力，让你们过上好日子。这回，我会让你们为我骄傲的，请稍等几年时间！"

父母互相对看一眼，当没听见钢哥的话一样，上石阶。

钢哥赶快走到他们面前。

父亲不屑地挥了挥手说:"去去,不要来烦老子。"说话间眼光瞥见儿子手腕上戴着一个上海牌手表,目光一愣。

"爸爸,你看我每天都戴着你给我的这只手表。"

"那是你当车间主任,我走船专门在大上海淮海路给你买的,以为你会成器。"

"爸爸,我晓得你的心。"钢哥突然停住,更靠近父亲一些,抓着父亲的手问,"你要我怎么做,才原谅我?求你了,爸爸!是不是无论我做啥,你们都看我不顺眼?!"

他的父亲冷笑,语气生硬地说:"你是你,我是我,陈年八辈子都给你讲清楚了,你人前是霸王,要远走高飞,现在、以后跟我有啥关系?"他说完,丢掉儿子的手。

母亲拉着丈夫的手臂,往前走。钢哥跟上几步,却停了下来,不敢多言。

他的额头冒汗,扶墙盯着父母的背影,想不通为什么他们眼里根本没有他这个儿子。父亲不看好这门婚事,认为秦佳惠的背景拖累了他们,却要他对她好,父亲认为他在外做混混魔王,进了鸡圈,丢尽面子。现在去日本,仍然不看好?

没办法,钢哥只能回去,加入兄弟伙的忙碌之中。这帮人全着灰黑二色。三角地边上放了一个临时借来的铁皮炉子,蒸着米饭,热气腾腾。钢哥看到炉子火不旺,用铁钎一捅,火焰马上变大。炉边有一张不知从哪里借来的大木桌,放着好几沓大小不一的碗,边上有一个柴火灶,搁着一口大铁锅。一个五十多岁的师傅系了块围腰在做红烧肉,肉里放了好多干笋和萝卜块。廖六和王小五在打帮手,用温水发干粉丝。几个邻居结伴而来,他们拿着纸花圈,也有邻居已经坐在桌前,剥着瓜子,默默喝着老鹰茶水,给秦源守灵。同街邻居把自家的桌子凳子搬出来,给他们用。

程三给每人递上一碗饭,揭开锅盖,浇上一勺干笋白萝卜烧红烧肉。米饭并不多,肉也只有两三块,五六块萝卜、笋子,但是接着碗的人直点头,捧着碗在凳子上坐下或是蹲下吃。他们吃着,眼睛红了。杂货酱油铺的胖妈吃了几口饭,搁下筷子说:

"哎呀,心里堵得难受!我得说说老秦的了不起,我晓得有好几个女人喜欢老秦,可是呢,他心里只有千惠子。"

几个女邻居纷纷插话:"我们娃儿多,经常修鞋,老秦一分钱也不收。""他喝了那么多墨水,修鞋也是我们整个重庆最好的。""我家闺女两周岁时,他居然做了一双软软的小皮鞋,送给我。"

她们说着眼泪就出来了,一人抹眼泪,另几个人也跟着哭。

不时有邻居来祭吊秦伯伯,有的直接蹲在地上烧香叩头。他们绕着棺材走一圈后,程四都给端上一碗饭。有走街串户的小贩挑着担子,叫唤:"弹棉花哟!弹棉花,半斤棉弹八两八哟,旧棉花弹成了新棉花哟,盖得舒舒服服,幸幸福福度一生哟!"小贩的声音洪亮,不像地道的重庆话,而是带点成都人的甜糯味,尤其是脚步缓慢,整个人走三步停一步,如同走舞台,很有仪式感,而且他对办丧事的人视而不见。

秦佳惠一身黑衣,不知从哪里钻出来。她的眼睛肿肿的,眼神空洞,和人机械地点头打招呼。窦小明跟上去。她一转身,走到另一张桌子旁。窦小明急忙追过去,把手里的野花递给她。

她接过花来,定睛看了花好一会儿,才抬起头来,看他,像是认出他是谁,点了一下头。她走到父亲的遗像前,把花放下。

钢哥好几次目光扫到窦小明,却当没看见一样,脸上仍是一派热情,忙着给人递香烟。

这儿有几个小孩子,他们跟着长辈来的,孩子们互相认识,但不敢吵闹,又不能在边上打陀螺、滚铁环,他们往三角地的院墙爬,一个男孩刚坐在院墙上,就被自家大人叫下来。窦小明也找不到事可帮忙,这时有人来送花圈,他感觉自己站在三角地挡路,有些碍事,就决定离开。刚走到石阶上,一个熟悉的声音叫住他:"小明,你跟我来一下。"

是秦佳惠,他没想到,转身跟着她走。

两个人离开三角地,往另一头两排平砖房狭窄的甬道走去。这是20世纪50年代初盖的房子,几家公用大厨房,公用厕所,一直走到里端,秦佳惠推开一扇房门跨入。

窦小明跟了进去,顺手把房门合上。这是一个二十平方米左右的房间,两个窗子,一个对着悬边,光线不好;一个在门边,窗台上有一盆开得正好的太阳花,有好多种颜色,还有一盆小葱,长得绿绿的,都是没上釉的土罐子。秦佳惠拉了下灯线,一盏昏黄的灯亮了,可以看到屋里的陈设:里面收拾得干净,一张吃饭的小木桌,边上是两把木椅子,靠墙是一张双人木床。床上叠着衣服,是四个卷成卷的黑袜子,四套内衣裤,两件旧毛衣,墙卜钉了一排铁挂钩,挂着一件雨衣、一件深蓝色棉袄,边可能破了,另包了黑布,修补得整齐。墙上还挂了一个款式讲究、发亮的手杖,是他见过最特别的,杖把镶了纯银雕刻,看上去有年代了,杖身的色泽非常油润。床上靠墙那头还放着三件衬衣、单裤,床底下有一双布鞋、一双皮鞋和一双雨靴;靠门右侧是修鞋用的木箱,边上搁着写了"秦源鞋坊"锋利的毛笔字的木块,箱子上面折叠着一块厚帆布做的围裙;屋子里到处堆着书;墙上糊了好多层报纸,遮着破损失修的墙,报纸在屋里墙上一年盖一年,日期重复日期,大标题压着大事件,豆腐块的地方还有诗歌。窦小明想过秦伯伯的家有大书桌和毛笔、墨盘,有几个书柜,放得整齐明亮。置身此地,别说一张大书桌,一张小书桌也没有,书都直接堆成砖墙似的,除了那个手杖看上去别致,整个家的陈设无比简陋,出乎他的意料,秦伯伯应该住得比这儿要好一些,过得比这个要好一些才对呀。

秦佳惠弯身把床下一个装满书的纸箱拉出来,打开。他一看,全是旧旧的书,还有日汉词典、日语小说,什么书都有。

"我爸爸前几天交代,要我把这些书送给你。"她把纸箱盖上,盖子上面是用毛笔字写的"请转小明收"五个字,笔力挺劲。

窦小明蹲下,激动地抚摸纸箱子说:"秦伯伯记得我。"他回过头去,指着门口的修鞋木箱,"佳惠姐姐,那个箱子,可以送给我吗?"他知道里面是做鞋修鞋的各式锥子、刀子、皮锤、桃胡钳、胶水、钩子、针线和尺子、木头鞋模。

秦佳惠一脸惊异,盯着窦小明,慢慢说:"怪,我爸爸昨天说,这箱子不需要了,要是小明想要,就给他。"

这么巧,窦小明眼睛红了。

"你住院时,我来看爸爸,我告诉他。他在纸上写下:窦家孩子总蹲在我旁边,看我补鞋做鞋,提各种问题,是个好孩子。"

窦小明打开纸箱子,拿起上面一本小说《悲惨世界》,译成中文的,曾经他和秦伯伯的对话里,秦伯伯说到这本书。他抱在怀里,心里难过极了。因为缺失父亲,他在心里一直把秦伯伯当父亲。

"那天爸爸收到妈妈的信,跑到医院找我。"秦佳惠轻轻地说,"二十年了,他终于开口和我说话。在之前,他用纸和我交流二十年。"她伸手打开床边另一个纸箱子,里面全是纸条,各式各样。她顺手拿起来几张纸,递给窦小明。

窦小明难以置信这父女俩是如此交流的,二十年啊,差不多两个他这么大!他接过来看,纸上写着:"惠子,我已吃过饭了。你好吗?""我的孩子,希望我是你的月光武士!不管遇到什么,记着我讲给你的故事!""请让我保持沉默。""对不起,我希望有一天我能说话。"

秦佳惠的鼻子塞着:"我懂他在说什么,我懂!"

窦小明点点头,把纸条还给她。

秦佳惠把纸条放回箱子。"我会带到日本去。"她哭起来,悲伤地说,"昨晚我们唯一一次下了馆子,叫了回锅肉和豆花,喝了小瓶竹叶青酒。爸爸说,这酒口味像日本辛口清酒,这些都是妈妈爱吃的。吃完饭,我们回到这儿,爸爸又喝剩下的酒,打开收音机,正在放一首华尔兹舞曲。爸爸拉着我跳舞。我好高兴,没想到,没想到他突然就倒了,倒在我面前呀。我完全没有思想准备。他,怎么就走了呢!"她像个孩子那样,蹲在地上哭起来,紧紧抱着装满纸条的纸箱子:"昨天下午,爸爸和我还专门去了幼儿园的院墙下,听里面的孩子唱歌,跟我小时一样。我想问他,这二十年,不和我说话,是不是因为妈妈不在,害怕我提妈妈……我忍住了,没有问他……爸爸,爸爸看着我,知道我在想什么,爸爸说,他一说话,心就痛,他怕还等不到我长大,他就走了。他说他不能,他一定要坚持到把我交给妈妈。我们盯着高高的院墙,当时好多麻雀在飞,树枝在晃动,跟小时一模一样。"

窦小明被她的话带入其中,仿佛他也站在那高高的院墙下面,注视着父女俩。小小的他脸上是泪水,他用短袖擦泪水。

屋外有人放着鞭炮,震耳响,把屋内的人唤回现实。

秦佳惠慢慢站起来,望着小窗,那儿有两盆植物。

窦小明看见洗脸盆边有毛巾,就取下来,给秦佳惠擦脸上的泪水,她接过毛巾来,一屁股坐在床上,呜咽道:"是爸爸的味道。"她把毛巾紧紧握在手里,脸贴在上面,哭得更厉害了,双肩抖动,"那天我俩拍合照时,给妈妈寄去。他要单独拍,要放大,还要镜框,他早就想到了有这么一天。他昨晚紧紧拉着我的手,不让我叫人送他去医院,他说:'惠子呀,我最爱的孩子,我要先走了,我没有遗憾了。答应我,不要惊动你妈妈,尽快火化。我爱你们,如果有来世,我希望我们还是一家人。'"她泪眼花花,竭力忍着泪水不往外涌。

"我爸爸没了,那时我很小,你晓得我怎么办的?"

秦佳惠抬起头来看他。

"我哭。他没了四年,我的泪水怕都成了一条小长江了。"窦小明认真地摸着胸口说,"哭了,这儿就舒服。"

秦佳惠反倒不哭了。房外倒传来邻居的哭声:"我叫一声秦源老大哥,你哪个走了呢,你不该走呀,你应该去日本享福,就是不去日本,在重庆也比走了的好呀!"这邻居的职业是哭丧婆,职业的哭家,也来尽心意了,"我叫一声秦源老大哥,你哪个走了呢,你一生好艰辛呀,听说你很小年纪就去日本洗碗留学呀,有啥子苦,就吃啥子苦,学到大学毕业,一肚子都是墨水,碰到个美丽的日本姑娘千惠子呀——你把美丽的千惠子带回了我们重庆呀。你戴着礼帽,穿着黑风衣,挂着美丽的手杖,一双皮鞋锃锃发亮。你有风度,有笑容,迷得我们这些当年的姑娘神魂颠倒呀。那时我经常看到你们一家三口在江边追来追去,好浪漫,好幸福呀,好让我羡慕——"

这时门吱呀一声被推开,一道黑影站在那儿。窦小明一看,是钢哥。

"惠子,快点出来,又有人送花圈来了。"

秦佳惠找了一个大袋子,装父亲的那箱书。两个人马上出来,一看是医院的同事们送花圈来。窦小明一手提木箱,一手提大纸袋,往外走。杂货酱油铺的胖妈看了窦小明一眼,拉着他,递给他一碗浇了笋和肉的米饭,又让给他一个凳子。他真饿了,便坐下,取了筷子吃起来。一桌子的人都在吃丧饭,有人吃不下,放声哭了起来。

刚吃完,窦小明看到母亲来了,她先绕着棺材走,边走边手摸着棺材,嘴里一直在说着话。胖妈把脑袋支过去,想听,却被她一只手掀开。母亲连走三圈,这才烧香作揖。

窦小明看母亲的脸,没有眼泪。这太不像母亲了,母亲跟人道别总是第一个哭的人,把场面弄得很别扭。这回母亲在世界上最看重的男人死了,秦伯伯甚至比自家男人分量还重,母亲居然没哭。

母亲送了一个大大的花圈,她之前没来,就是自己下到江边砍枝条,自己折纸花,自己请人写"奠"字,而且落款很正式:"妹崔素珍敬献"。

母亲做完这一切,走到窦小明跟前。钢哥的手下廖六递给她一碗饭。她道声谢谢,却没有动筷,拍拍儿子的肩膀,两个人一前一后走了。走了一段路,她又折回,找到秦佳惠,提醒她,明早出殡时,别忘记将她父亲鞋子的鞋带解开,不然以后他的脚会痛,往西天走的路上会跌跤,不顺当。

秦佳惠点点头。

母亲回家后,才发现儿子双手用力地拎着东西,一问,知道是秦伯伯的遗物,她眼睛红了,泪水决堤似的涌出。她边哭边说饿,但是吃不下。

窦小明问母亲父亲死时的情景。

母亲说,他死前叮嘱不办丧事,最多把两边的家人请到家里吃一顿野菇烧红烧肉。那时婆婆从忠县专门来城里与儿子告别，婆婆说，白发人送黑发人，心悲得不行。父亲停在家门前两日，第三日一家人顺从父亲所在的轮船公司的决定将他火化了。单位给了生活困难补助费，三百块钱一条命，算大钱了，说是父亲在货轮上自己滑下船，落水生病得肺炎，才走的，不算工伤。

母亲没办法。父亲就是缺营养，好的东西都是留给老婆和儿子。很巧母亲的娘家与婆家都是忠县的，彼此隔了好几座山，娘家只剩下两兄弟。婆家倒是有两个妹妹，都嫁到外乡了，她劝婆婆留下和他们过。婆婆先是同意，住了一段时间，执意要回忠县。回去没到一年，婆婆因为失去儿子，怄气病死了。

这些事，窦小明知道一点。他对婆婆没什么印象，印象中有一个老婆婆天天坐在门前晒太阳，用一根布带套着他，让他学走路，那人应该是婆婆。

母亲说婆婆在他生下后，只来过一次，就是父亲走时。那时他已经八岁了，应有记忆，怎么连亲婆婆也记不清了。直到母亲翻出婆婆和外婆的照片给他看，两人脑后都梳了个髻，婆婆脸圆圆的，外婆脸尖尖的。他记得的是外婆，给他做饭照料他。那段时间母亲在纱厂上班，经常倒夜班。后来外婆走了，母亲没办法，只能在家糊纸盒子，勉强维持生活。直到半年前，她接了小面馆，两个人的日子才有了起色。

天黑了，两个人早早洗脸洗脚，拉熄了灯，上床睡觉。半夜，他突然醒了，抓起被子到母亲的床上，把她往里面挤。"怪了？"母亲说。

"我怕你突然没了。"他紧紧拉着母亲的手。

"怎么会呢，妈妈会等着你结婚生子。睡吧，离天亮还有一个时辰。"

两个人接着睡去。一个时辰很快过去，母亲拍醒窦小明，他起来穿衣穿鞋，注意到母亲穿了件黑衣，头发也梳得整整齐齐，脖子上有条黑围巾，脚上是那双黄皮凉鞋，里面穿了黑袜子。母亲一反平日狂躁火暴的性格，看上去那么安静，显得脸上的五官好看，他难以相信，悲痛让母亲变了一个人。

三角地的老黄葛树下站着十几个人，身穿黑衣的秦佳惠明显没睡觉，脸上有黑眼圈，人也很憔悴。她的头发上插了一朵白菊。钢哥的小跟班都在，站得整齐。香炉冒着烟，地上有好多纸灰，宾爷牵着白鹅，朝地上摔了一个瓦罐，嘴里说着奇怪的话，秦佳惠抱着父亲的遗像绕着棺材走了一圈。这时，那只鹅挣脱绳子，绕着棺材疾走如飞，大声叫唤。钢哥及手下的几个男子要抬棺材，六个男邻居走过来，要抬棺材，他们看着秦佳惠，她看着他们，泪含在眼里。钢哥朝他们手一摆，轻声说："有请。"

六个男邻居抬起棺木，跟随秦佳惠、钢哥。其他人抬着花圈跟随，窦小明和母亲走在其中。宾爷手一招，鹅停止叫唤，回到跟前，他牵着它跟在后面。

他们一行人抬着棺材在小街里走着，这时附近人家的公鸡叫了，宾爷点点头。母亲问："掐准时辰的？"

宾爷点点头。

紧接着又有公鸡叫，像是通风报信，此起彼伏，不绝于耳。不时有邻居打开房门加入队伍，有杂货酱油铺的胖妈、袁师傅、程家妈，昨天来烧香的人、昨天没有来烧香的人都来了，送丧的队伍已有几百人。

"怎么会有这么多人？"窦小明问母亲。

"他们都穿过老秦补的鞋。"母亲回答。

天麻麻亮，这队人走在上坡下坎的小道上，向通汽车的马路走去。秦佳惠抱着父亲的遗像，回转过头来，目光在队伍中搜寻，看到了窦小明，凝视了几秒，再转过身去。窦小明跟上去，在她身后。黑姑头顶一双红皮鞋，整个身体涂了一层黑灰，笑嘻嘻地跟在队伍后面。钢哥发现了她的存在，皱了皱眉头，边上的王小五朝她吼：

"走开！不准笑。"

"他走，是好。"黑姑说。

"走开！"

她赶紧走到队伍前面，把头顶的红皮鞋扔到棺材上。大家吓了一跳。那双皮鞋被扔在她的身上，掉在地上。她抱着鞋子，坐在石阶上，还是笑着，喃喃自语："是他，是他给的，让他，让他带走。"她埋下头，哼起《红鞋子》的曲子。

队伍沉默地走着，朝霞映红东方，反射过来，给送丧的队伍镀了一层光。突然队伍里有人应和那远处传来的《红鞋子》曲子，轻声唱起来。其他人也唱起来，大概记不住歌词，只有哼曲子。袁师傅脑子快，边哼边跟着曲子编唱："老秦呀老秦呀，我们送你上路。山高路陡道不平，老秦呀老秦呀，你得慢慢走，慢慢走。"邻居们立即跟上他，齐声唱。

第十五章 江水流淌

钢哥所在的水运修理厂和秦佳惠工作的医院都出了一辆车，华三岗街头一个邻居也是开货车的，把车开来。有些年纪大的人只送丧到马路上，一百多个人坐在三辆运货卡车后面，半个小时就到达石桥铺火葬场。火葬场死者并不多，工作人员安排好，没等多久就轮到秦伯伯了。火化之后，秦佳惠和秦家远房侄子在选骨灰盒子。等着工作人员将骨灰装入盒子里，大家在管理处外面的空地上站着，宾爷拿出一本旧旧的本子，翻着，还沾着口水，手指转动，摸了摸鹅头，朝天盯着，又盯着脚下的地，闭上眼约莫一分钟，手掐算入土的黄道吉日。秦佳惠抱着骨灰盒子走出来，走到宾爷的面前。

钢哥抢先说："宾爷，算好了吗？最快的黄道吉日是哪天？"

"三日后，青龙、明堂、金匮、天德、玉堂和司命六个星宿都对头，啥子事都宜。三日后，江之南，莲中山，下土方可。"

"不能葬这附近的坟区？"秦佳惠问。

宾爷摇摇头，甩甩手，白鹅伸长脖子，长吼一声，跟人叫一样。

秦佳惠不由得后退一步，问："莲中山，在哪儿呀？"

她看着钢哥，他对她摆摆手，意思是稍等。然后他请宾爷、胖妈、袁师傅和母亲几个人合计，江之南，就是南岸，南岸有个不错的坟区，在南山山脉，好像其中有一座山叫莲花山。

母亲立刻说："对对，我老公就在南山。"

"妈妈，爸爸的坟就在莲花山。"窦小明告诉母亲。

"看我糊涂了，叫莲花山。"

"那好吧，就是那儿，空气好，我爸爸会喜欢。"

秦佳惠的话音刚落地，钢哥马上跑到火葬场管理处，借电话问南山坟区管理处。电话通了，那边说是得报名排队，日子定不了。

"要多久？"

"先来登记。"

"到底需要多久？"

"至少得半个月。"

钢哥放下电话，皱眉说："这下麻烦了，我们的机票都订了，半个月绝对不可能。"

"不着急，不着急。"宾爷摇着头说，"吉人自有天相。"

"当然着急，宾爷使法！"胖妈说。

宾爷干脆甩开手，走到路边，不管这些人说什么。

一个邻居听见了，说他跟莲花山坟山的管理员认识。他跑进火葬场的办公室打电话，找到那个熟人。一说明情况，那边说没问题，让死者家属今天去选位子。他屁颠颠跑过来说了，大家松了一口气，这事就这样落实了。

秦家远房侄子接过骨灰盒子，秦佳惠一看手表，才九点半。她和钢哥商量，要做东，请大家去一家餐馆吃点东西。

宾爷挥手，说："不吃了。"他牵着鹅，直接走向一辆卡车。

袁师傅对秦佳惠说："我也不吃了。三天后早上八点，我到你家门口等你们。"

"只能亲属参加。"宾爷已坐进卡车前面位子，大声说。

"我们听见了，老头子。"袁师傅回答。

"老爷子，教我辟谷。"胖妈跑过去，对宾爷说。

宾爷不理她。

"选个好日子，我要在小面馆拜师！"胖妈一本正经地说。

秦佳惠走过来，胖妈对她说，不吃饭了，得快回去，有店要照顾。窦小明看看母亲，母亲摇摇头。那个给南山坡区打电话的邻居轻声说："这么多人吃饭，肯定贵死了，我们走吧！"别的邻居一听，是这个道理，也要走。

结果留下来的都是钢哥的兄弟伙。钢哥经过窦小明身旁时，拍了拍他的肩，像是表示友好，又像是警告，眼睛看他时，瞳仁有股杀气，这让他不安，如果钢哥给他一刀，他也不怀疑。

袁七走到钢哥身边，说着什么，袁七还回过头来看窦小明。一会儿程三看着窦小明，开心地笑。这更让窦小明觉得不能留下吃饭，他决定跟母亲走。三辆卡车留下一辆，另两辆把送丧的人送回一号桥。

坐在卡车里，窦小明认为是自己多心了。停车的地方，边上是夹竹桃花，红白两色，发出奇怪的气味，闻着，他头晕。司机踩响引擎，车子驶入大马路，走得不快，车子太多，路不平，坐在卡车后面，摇摇晃晃，他想吐。

混浊的天，马路两边挑担子的行人，跟车上的人一样脸阴沉，每个人的心情都糟透了。窦小明一把握着母亲的手,皱着眉头。车子出了石桥铺,车速快多了,风吹在身上,他感觉身体好受了一点。驾驶室里司机边上位子是宾爷,正垂着头,像是打瞌睡。窦小明盯着宾爷的后脑勺想,老头算命邪门,应问问他,这个钢哥真从一个坏蛋变成一个好人了吗?这样的坏蛋,该不该给他一个机会,让他变好?

好奇怪,这个想法钻出来,宾爷突然转过脑袋看窦小明,嘴角露出一丝狡诈的笑意。那眼角也在笑,笑里藏刀,好可怕的一副表情。

窦小明看了,头皮一阵发麻。这是什么意思?

宾爷掉转脸去。这个怪老头给了答案。没错,钢哥就是钢哥,怎么会变?!除非太阳从西边升起。

母子俩下车后,先回家,喝了点水,母亲决定马上去小面馆,窦小明取了书包,跟在她的身后。

这段路不远,上坡下坎的,没一会儿,就到了。

母亲换了件耐脏的长袖衣服,昨天写了一张"不开门有要事要做"的纸条,贴在面馆门上。她取下来,准备开张。还好,这一带爱来老妈小面馆的客人都知道送丧的事,估计算着时间,一锅水烧开的时候,吃面的人陆续来了,没一会儿,打长条纸牌的人也到齐了。

窦小明坐在里面的桌子旁做作业。今天旷课一天,是母亲允许的,吃过中饭,该去学校。他放下笔,去看墙边挂着的一本日历,看到自己写了字"傍晚HJJ"。时间是周四晚上,就是三天后。佳惠姐姐三天后要先下葬父亲,她不会记不得与他的约定吧?

下午四点半了,母亲还没收工,窦小明放学回来。客人们将秦佳惠去南岸莲花山坟区选墓的事在桌前说开了。

"秦家妹子选了，号码是9排，好像9号，记不得，反正跟'9'有关。"

"为了保险，司机开着车，带他们回来，专门找到宾爷，老头子问了他的白鹅，白鹅连连叫了三声，是吉利，让他们下土时选一棵榕树，种在坟前，以保后人幸福。"

"这鹅从不吃东西，成精了。"

"见怪不怪。不要当着那老东西说，小心你家门打不开，火烧不熟饭。"

窦小明听着，母亲在他上小学一年级报到那天，在学校门口遇到宾爷，就警告窦小明，得把宾爷端着捧着，百年，不，千年遇不上的一个神人，而且他不整好人。

这时有人说："打断，打断，不要背后议论宾爷，老头子晓得了，哎哟，我脖子烫得吓人，对不起，对不起，宾爷。我们明天几点来打牌？"

"八点半。"

"九点。"

"不，早点。"

"晚点吧，今天起得太早，晚饭前补个觉。"

窦小明抬头望天，天空发亮，有飞机飞过，飞得太低，能听到引擎声。他打哈欠，一个接一个，从昨夜到清晨，下午还上了课，恐怕只睡了五个小时，他想马上躺在床上，至少睡半小时。母亲倒没事，一直在干活，下面，打作料，洗碗。碗与碗碰在一起的声音非常熟悉，他的睡意少了点。他感觉自己虽未长大，但完全不是一个十二岁少年拥有的脑袋，他拥有了一个老灵魂！母亲一向说他人小鬼大，就是这意思。

这让他害怕。

在华一坡和壹匹山中间有一道巨大的深沟,为连接两端,1927年开始建一号桥,因为资金和技术问题,一直拖到1952年才完成这个工程。多少次,母亲带着窦小明在临江门顶上公交站大转盘等车时,便对他说,从山顶有护栏的路算起,加上桥身,这工程大得像修半边城,像蛇一样弯来拐去,太难修了。一号桥一带的人几乎都为建这桥做过贡献,不管是做工程师、工人或是厨妇。有桥后,方便了一百倍。母亲为节省公共汽车费,经常从上端走下来,边走边赞叹不已,你看看这风景,不比南岸一碗水看山城差,实话讲,这儿才是真正的重庆,太好看了。的确好看,依山而建有护栏的下坡公路,往外看,右侧沿途是江,左侧是吊脚楼和棚户,镶入不少五六十年代修的砖房,甚至五六层高的楼房,新新旧旧,高高低低,错落有致,由一坡接一坡石阶穿起,起雾时,宛如梦中之城。

窦小明这个下午决定一个人顺着坡往下走。桥上的车子,往上畅通无阻,往下却异常缓慢,一辆接一辆,倒是有耐心,没人按喇叭。

仿佛是为了方便他安静走路,他这么一想,心情开始快乐起来。

他走了十分钟,车子干脆堵着,从解放碑下来的车子一堵,整个黄花园、钢铁设计院一带都堵着,连带大溪沟。有段路积着脏水,溅得公共汽车车身到处都是,车里有一个乘客脸形很熟,像一个人。但车里人太多,他看不了,没一会儿,车子向前驶了。他小跑起来,索性到离中心街最近的那站去,他好奇,车里会不会是佳惠姐姐呢?

他站在公共汽车站牌下。终于,那辆脏脏的公共汽车停在他面前，本来想看清那个车里的人，殊不知秦佳惠提着一大一小的行李箱从公共汽车上下来。她穿了一件白衬衣，外面套了一件豆沙色灯芯绒外套，袖子上戴着黑袖章，下面是一条黑裤子。跟昨天相比，她脸色红润，黑眼圈也没有了。

看到窦小明站在那儿，秦佳惠大吃一惊。他急忙朝她走过去，帮她拿大箱子，箱子有两个轮子，平地可拖，可上坡必须提着。

"我刚才在桥上，觉得车里面有个人像你。"

"所以，你就到这儿来了？"她说，声音显得很高兴。

他也觉得太巧了。她说出国准备的东西不多，母亲的信里叮嘱了，就带日本没有的东西。她就在华华公司买了东西坐车回家，没想到车子一直堵。

天上飘起小雨点。

窦小明朝天上看了一眼，心里堵得慌，他有好多话要对秦佳惠说，可是她近在跟前，自己却不知从哪里说起。

"我可以帮你整理行李。"他自告奋勇地说。

"你现在就在帮我。"

"箱子很重！"

"箱子里有纸盒子。我想把爸爸的一些书带到日本去，还有那个我和爸爸交流二十年的纸条箱子，都要带走。我买了特别辣的干辣椒和花椒，怕在京都买不到，想吃重庆小面，我可以自己做。"

"面呢？"

"日本有很好的面。"

"我昨天晚上梦到秦伯伯跟你一起去了。"

秦佳惠听了，眼一红，连着上石阶好长一段，她说："我爸爸原来的学校可能会给他平反，当年把他开了，这些年一直在解决。"

"哇,要是我妈妈知道了,就会让你写封信烧了,秦伯伯就能知道了。"

"爸爸生前写信,也去学校找他们解决,因为学校的档案室起火,以前的资料都没有了,他们一直拖着。我昨天又去找学校,学校说,让我耐心等候。"

天上的雨点变大了。两个人没躲在屋檐下,只是加快了脚步。走了一会儿,到了秦佳惠的住址。小院子里有三家砖式平房和一幢五层楼,倒是很安静,有只灰猫蹲在树丫上。秦佳惠走到楼房一层右边第一个房门前,掏出钥匙,开了门,招呼窦小明进去喝口水。

这套房子属于水运修理厂宿舍,有一个房间,一个大大的过道,连接单独的小厨房,像一间窄长的房间。厨房干净,锅勺挂在墙上,整整齐齐。靠门的过道有一张吃饭桌子,四个圆凳子。卧室对着小院方向,窗子开着,可以看到里面很乱,行李箱边立着一个装有相框的秦伯伯的照片。衣物到处都有,床上也有,地是水泥地,铺了一张草编的大薄垫子,倒是少有的讲究。对着过道的墙上是秦佳惠和钢哥的结婚照,放大成两本书那样大,两个人竟然不知从哪里借了唐装旗袍,红红的,喜气洋洋,倚靠在一起,看上去比现在年轻,眼睛里充满了明亮的光芒,他们笑着,无比快乐。这张照片让窦小明看到秦佳惠心里对钢哥的感情,难怪她会让他去日本。

过道有一个壁柜,最里面是卫生间。

秦佳惠把箱子放在过道上,使劲将鞋子在一张垫子上摩擦。两个人都淋了雨。秦佳惠赶紧取了干毛巾给窦小明擦头发,他心里一热。她几乎整个身体紧挨着他,他能嗅到她的皮肤和心跳,他马上热血沸腾。她的手揉着他的头,顺便搔了搔他的后颈,他笑了起来:"痒痒的。"

"你笑起来,是个英俊少年呀。"

窦小明不好意思了。幸好她去厨房倒水了，一人一杯。她递给窦小明，自己一口气喝完，放下杯子，说："小家伙，对不起，我今天跑了很多路，很脏，我赶快洗个澡，可以吗？"

窦小明点头。他应当走，但是这儿像有磁力一样，他舍不得离开。

秦佳惠进卧室拿衣服，把两个开水瓶提到卫生间里。

这种工人宿舍，小是小，五脏六腑齐全，在一号桥一带棚户区条件算上等的了。卫生间有马桶，洗澡要自己烧热水。秦佳惠闩上门后，就听到她往一个桶里放水，倒热水瓶的水。那门上半端是花玻璃，慢慢地，上面也有了水汽，门缝里有热气透出。

窦小明本能地想看里面，却在凳子上靠墙坐下来，手紧张地握着玻璃杯，一口一口地喝水，紧张地说："佳惠姐姐，你家有淋浴呀？"

"钢哥专门给我做的，有泵有水管，桶里有热水，就可以像洗澡堂子那样淋浴。"

冲这点，钢哥作为一个丈夫，还真对老婆好，完全颠覆了窦小明已有的观念。佳惠姐姐是对的，钢哥并不是一个十恶不赦的坏蛋。这时窗外雨变大，下得稀里哗啦的。

"小明，厨房有两盆花，你等哈儿走时，带走。"秦佳惠的声音传来。

窦小明放下玻璃杯，走进厨房，窗台上果然有太阳花和一盆小葱。它们原来在秦伯伯家的窗台，一定是她搬过来的。

这时他听到秦佳惠在叫：

"小明，帮我到卧室的门背后取一条毛巾来。"

他答应了一声，走到卧室里。门后有五个铁钩，挂着衣服和毛巾，他凑近一闻，都有那种特殊的花朵香味。他取了一条黄色毛巾，来到过道，敲卫生间的门。

门敞开一些缝隙，伸出一只湿湿而白皙的手来。

他把毛巾放到那手上。里面有热水，很模糊，看不清楚。他马上背着身子，卫生间的门哐当一声关上。

应该离开吧，于是他说："佳惠姐姐，后天，我们在江边见吧，不要忘了。我走了。"

"好的，再见。"

他去厨房，拿那两个花盆，刚返回桌子边，这时响起钥匙开门的声音，他吓了一大跳，赶紧把花盆放在桌上，躲进厨房边的壁柜里，关上柜门。

房门打开，钢哥走进来，还有程三、袁七和王小五。他们的头发湿湿的，衣服也湿湿的，程三用手抹头发上的雨水说："龟儿子，雨太大了。"

钢哥听见卫生间的流水声，对几个手下说："我们声音放轻点。"

这时秦佳惠打开卫生间门走出来，她换了一身干净的衣服，头发裹着那条黄毛巾。看到房里有那么多人，她径直走进卧室，关上门。

柜子有两层，上层有棉被，下层挂着好些衣服。窦小明蹲在里面，比刚才坐在凳子上紧张好几倍，如果被钢哥发现，借题发挥，很难说清楚，会给佳惠姐姐带来麻烦。他一动不动，连一丝缝隙都不敢露，生怕弄出响声，生怕自己会突然冲动打开柜门。

四个男人声音放得很低，像群乌鸦头聚在一起，交谈完后，四个头分开。"我走前，把这事解决了。"钢哥的声音。

"放心吧，钢哥。我上周去看过我弟，他表现得好，又是自首，说还有半年会出来。"程三说。

"没到探视日子,不会允许我见他。我留下这条子,以后你们就听他的。"

"好的,老大。"

"发誓。"

边上三个人齐声说:"听老大的。"

钢哥在窄长的过道上走来走去,问:"泸州的事安排好了?还有袁七,我交代的事怎么样了?盯着那个叶兵。"

袁七的声音:"放心。"

"那今天就这样吧!"

那三个人离开,开门关门的声音。钢哥推开卧室的门,高兴地说:"惠子,来,抱一下。你要休息,不要收拾了,一会儿我来做。"

秦佳惠答应了一声,马上听到床响:"轻点,我刚来例假。"

"可是我想你,我爱死你了,我要进入你。"接着响起脱衣服的声音。

"不行,来了例假。"

"用嘴,来。听话,我的小乖乖。"

窦小明微微启开壁柜门,赶紧轻手轻脚走出来,他发现卧室的门没关,秦佳惠裸体蹲在床边,钢哥裸身坐在床边,她的头在他的两腿之间摇动,他一脸享受。窦小明的呼吸都快停止了。不知为何,他很气,这个臭流氓。他不要看下去,往房门走去,打开门,身子一闪就走出去,背靠房门长长地松了一口气。

"啥子响动?"钢哥的声音。

"别动,当心我咬着你了。"秦佳惠的声音。

这时窦小明才发现自己忘记取那桌上两盆植物。没有办法,他不能回去。楼外小院的天色已发亮,还好,大雨已变小,他抓了楼道里一块塑料布,顶在头上,冲到细雨之中。

第十六章 夕阳沉落

两天时间度日如年,才能和秦佳惠告别。终于到了要和佳惠姐姐告别的日子了。

放学后,两个小伙伴吴元、罗小胖约窦小明去看小人书。小人书店是新开的,在学校大门面对的大街右手街角。店很小,立了好多简易木架,一共十排,放着小人书,很是壮观。摊主是个老头子,戴了顶圆帽子,坐在门口一个小竹凳子上,手里拿着一根长长的竹竿。

三个人跑进店里,站在架前选书,罗小胖和吴元在递眼色,他们不仅要看,还想偷,但是店主老头眼睛雪亮,盯着。第十排前一个小男孩把一本小人书放入衣袋,老头的竹竿子马上在那衣袋上敲敲。那偷书的男孩马上取出书放回架上。别的书摊先看后付钱,在这儿是先付钱再看书,五分钱一本,看两本,收八分,看三本收一角。确实在这书摊没办法下手。

越难男孩们越想偷。

窦小明选了一本《嫦娥》，付了钱，坐下看。后羿之妻美貌非凡，偷食丈夫的不死药，奔上月亮。其实她好可怜，始终是一个人。窦小明站起来，在架上选书，决定选一本《武松打虎》，但口袋里还剩五分钱，没办法，他只能放下书。佳惠姐姐比嫦娥还美丽，也要离开这个世界了。这让他非常难过，一抬头，发现天光在暗淡，他往家里跑。

母亲正在厨房里做饭。窦小明急急地从床板下取出画片，走出来，发现门在外面被扣上了。

母亲走到窗前，一脸怪笑。

"妈妈，给我开门。"

"快点做作业，等着我烧好饭。"

"我只是说一声再见。"他没办法，只好坦白交代。

"再见？我看到日历上写的字，晓得你今天要去哪里。哼，妈还识几个字呀。"母亲手里拿着女子穿泳衣的画片，还有一本电影杂志，举起来挥动着，"你胆大包天，敢看这些资产阶级的东西。"

"你怎么敢拿我的东西？"

母亲熟练地从杂志里抽出秦佳惠的两张照片来，朗声道："现在我晓得了，你为啥子给她放那么多辣椒油。哼！反正人家明天就走了。我一会儿就烧了它们。"

窦小明生气地大叫："你要是我妈，你啥子地方拿的，啥子地方放回去。不然，我不会认你这个妈！崔素珍，听到了吗？！"说完，一屁股坐在地上。

墙上的钟在走着，时间越来越少，他爬起来，用一个铁丝推动反扣着门的钩子。这很难，又着慌，怕时间晚了，佳惠姐姐去了，遇不上他，会离开。不行，要心静，一定要打开，只想打开门一件事，这时只听到哐的一声，门开了。

落日映红上半城下半城，洒了一江，而光灿中一艘艘船和层层叠叠的吊脚楼像是梦境。窦小明快步跑下山坡，不敢相信，这景致出现在他和佳惠姐姐告别的时刻。这绝对是一个吉兆！他走到坡底，便朝那块他俩坐过的岩石走去。

那儿没有秦佳惠，岩石周围空荡荡的，没有人影。

今天上午她会去给父亲的骨灰入土，她不会忘的，前天在她家他还专门说了。

窦小明盯着落日看，当江上最后几抹余晖被夜幕快吞尽时，心里有个感觉，今天佳惠姐姐不会来江边与他告别了。他在江滩上用手写字：佳惠姐姐，你在哪里？他躺在那句话边上，看手里的画片，红色骑士骑着枣红马，带着一个女孩奔驰在月光下，整个江岸，万物都在倾听他们的心跳，风吹云动，头发飘舞起来。

月亮闪现，大大小小的星星闪现，紫蓝而透明的天空，渐渐变深蓝、深黑，两江三岸华灯怒放。这时他听到了脚步声，高兴地叫了起来："佳惠姐姐！"

"你程叔叔驾到。"

窦小明一下子站起来，发现袁七、廖六和王小五也在。四个人吊儿郎当地顺着沙滩走过来，廖六还是戴着烂边的草帽，瞧着窦小明发笑。"大哥走的时候，就说，可能今天晚上江边有人，叫我们来看看，没想到真看到了痴情小哈巴一个。"程三走到窦小明面前说。

"我们小时候，跟女孩子在江边约会吗？"袁七问。

"哪敢，反正我没有。"王小五说，他个子最小，他手里玩弄着一把尖尖的刀。

"敢约大哥的女人,是豹胆,我佩服。"程三说。

"不是你们这种王大哥流氓想的那样。"窦小明脸不红心不跳地辩解。

"敢骂人,你这个小崽儿好可爱,程叔叔寂寞了,来,陪程叔叔玩一下。"程三连推带打,抓着窦小明的胳膊,窦小明挣脱不了,他手里的画片掉下来。袁七捡起来,拿到程三身边,与他一起对着月光看:"画的啥东西?"

窦小明不说。

"月光下红衣人。哼,马应是白的,白马王子。月亮不好,应画一轮太阳。"程三评价道。

"你不懂,不要装懂,这是月光武士。"窦小明轻蔑地说。

"月光武士,哼,我是太阳武士。日你妈哟,小屁孩教训我!"程三说着,松开窦小明,就把画片撕碎,撒向窦小明。

"你是王八蛋,人渣,吃枪子的!"窦小明心疼极了,趴在地上捡。

程三一脚踢过来,把他踢倒在地。

"小东西,今天碰到我们算你倒霉,你求饶叩头,我们就放过你。"袁七按着他的身体,装作好心肠的样子说。王小五像踢足球一样,一脚踢过来,嘴里说:"我只用三分力,不然一脚就踢得没气了,不好玩了。"廖六坐在一块礁石上,看稀奇似的,一言不发。

山坡上走着两个人,一个是十二岁的苏滟,另一个是她的大表哥龙哥,听到江边的动静,他俩停下来。苏滟说:"他们在欺负一个孩子,不对,那是窦小明,大表哥,你得管。"

"那是钢哥的人,我们不要蹚这浑水。"

"如果你不管,我以后都会跟你对着干。他们会打死他的。"

"人各有命。我还要赶回九龙坡去。"

"你不是会打吗?赶快去!"

龙哥不语,拉苏滟走,苏滟挣脱,弯腰扯开喉咙使劲叫:"救命,救命!"

窦小明听到山坡上有人在喊救命,他很着急,不知是什么情况。边上的四个大男人听见了,互相递了一个眼色,就抬起窦小明来,走上岩石。程三说:"如果钢哥在这儿,肯定会说,小崽儿肉嫩,扔进江里喂鱼。"

王小五说:"绝对是个好主意,不过太便宜这小屁眼虫了。"

"他会游泳,死不了。"袁七说。

"小龟儿子受伤了,只能喂鱼了。"程三说,"我数三下,一,二,三!"他和袁七抬着窦小明,仿佛他重得不行,故意用力地把他扔进江里。

"赶快离开。"程三命令道。

苏滟站在山坡上,看着窦小明落水的地方,她着急地叫:"快救他!"

"让他自生自灭。"

她被龙哥强行带走,她边走边叫:"你不是我的哥了。我恨你一辈子!他是我最喜欢的人!"突然她挣脱掉龙哥的手,往山坡下狂奔。龙哥跟着她,很快超过她,跑到江边,对着江边的三个男人不由分说开打,一拳击倒程三,又一拳击倒袁七。王小五被龙哥的气势吓着了,往江里退:"龙哥,这不关你的事。"

"四个大男人欺负一个小崽儿,马上捞起他!"龙哥的声音不容商议,带着威严,"钢哥明天就不在重庆了,以后这地盘,我要接管了。"他的话很清楚,地盘接管了,钢哥的人自然也接管了。四个男人一下子听蒙了。

龙哥说完,拉着苏滟就走了。

王小五只蒙了半分钟,扑通一声,跳入江里,去捞窦小明。

窦小明沉在水里,江水比看见的要流淌得快,他身体疼痛,没有力气,像块石头直线往下沉。这岩石边的江水深不见底,越往下,江水越冷。他看见秦佳惠在水里,她的头发飘扬,在向他摆手。宾爷居然也在,他的鹅摇摇摆摆。打长条纸牌的整桌人都在,江里能打牌,这是怎么回事?忽然他看见自己跑向区医院,手按着受伤的头,全是鲜红的血。江水都变红了。他曾想跳下冰冷的江水之中,感觉原来是这样。我会死的,活的意义有吗?没有。从此这个地方没有佳惠姐姐,再也见不到她,就等于没了空气。那天她的裸体那么美,那个坏蛋却要她做那样的事。这是他接受不了的。这时才发现心里一直憋着这气,他的呼吸开始急促,周围的水挤着他的身体,血压加快,整个人像要爆炸一样。妈妈,对不起,我要到另一个世界去了。他渐渐失去了知觉。这时一只手抓起他来,把他提上水面,扳过他的身体,打他耳光,他一下子醒了,一口吐出水来,咳嗽。待他抬起头来,发现四周没有一个人,远处礁石边走着一个人,像王小五。更远处,还有一高一矮的人影,朝他这边看。他摇摇头,这不可能,今晚他们要他死,怎么可能再捞起他来?

他再看那边,一个人也没有了。

华一岗整条街一只野猫、一只老鼠都没有,更没有一个路人,死寂一般。窦小明走在这条路上,衣服上滴着水。他额头是青的,眼角红肿,身上好多地方都有伤。他不管,他活着,这就够了。

窦小明推开房门，母亲睡着了。很奇怪，当时他用尽办法打开反扣着的房门时，母亲不在房外，也不在邻居家。母亲的做法很神秘，没准是改变主意，放他出去见秦佳惠的。他轻手轻脚走到自己的小房间，脱下湿漉漉的衣服，找内衣裤穿上，躺在单人床上。他侧身去翻床板，母亲归还了所有的画片，秦佳惠的照片在最上面。他把湿衣裤里几片撕烂的月光武士的画片放在上面，这才拿出秦佳惠的医院个人照片，看她和父亲的合影，一不小心，整个人失去平衡，掉下床，弄出声响，他赶快把照片藏在身后。

母亲醒了，掀开门帘进来，借着窗外昏暗的路灯光线，看到儿子掉在地上，还有一堆湿衣服，大声吼道："你去江边见她，弄到现在才回来，你还去江里游夜泳！我这辈子望子成龙，想你有个出息，是在做梦！"她生气地把靠墙的搓衣板推倒在地，"跪下思过！"

窦小明本来一肚子气，这时受到母亲的训斥，猛地站起，比母亲的声音还大，怒气冲冲："我以为坏妈变成好妈了！"

"我以为坏儿子变成乖儿子了！你给老娘吼啥子？"

"我学我的老娘！"

母亲冲过去，啪的一下，一个巴掌丢在窦小明的脸上，跺一下脚。窦小明手摸着火辣辣的脸，生气地原地蹦跳起来，一脚踢开搓衣板，弄翻一个凳子，却倒在母亲的脚上，她大叫一声，撞到墙，倒在地上。他马上过去扶起母亲，查看受伤程度。母亲推开他，生气地看着他，突然发现他脸上青块红肿的地方，心疼地问："啥子人打我的儿子？"

"是我自己不小心。"

"别说了，火炮。"母亲一把把他抱在怀里，说，"都是妈妈没本事，才有人敢欺负你。"

早上醒来，窦小明身上还是痛，母亲昨夜给他脸上搽了红药水，身上也贴了膏药。母亲边叠被子，边说这几天气温一天比一天低，要加一个厚外套才行。她叠好被子，到五屉柜里找到一件灰色薄毛衣，扔给儿子，就去小面馆了。

小面馆吃面的客人多，不少是邻居，他们把这儿当成一个聚集的据点。窦小明背上书包，走进面馆，今天一个打长条纸牌的人也没有。小面馆门前，放了一盆竹子，居然有枝丫在开花。

有客人注意到了，问："哎，竹子哪个开花了？"

另一个客人也看到了，说："这竹子开花，得百年，开过花，就得死。"

母亲听到了，加入谈话："这竹子是一个客人前几天扔下的，当面钱。你此话当真？这棵竹子看上去最多十年吧，开花要死，我倒要看看它死不死."

"对头，看它死不死。"最先那个客人说。

母亲的作料新增加了一个酸笋烧泡辣椒，她用勺子盛上一些酸笋，给儿子。

窦小明端着面，坐在第一个桌子前吃起来。边上有一个穿黑毛衣的女人，夹起一块酸笋放在嘴里，咀嚼着，舒服地出了一口气，说："今天的笋子是我吃到最好吃的，崔孃孃，你的手艺了得。"

屋外桌上吃面的是程家妈，看着那棵竹子，叹了一口气说："唉，但愿竹子不死，它好生生的，能活多好呀！告诉你们一个新闻，秦佳惠昨晚走了，带了两大口箱子，还有好多纸箱子，恐怕这辈子不会回重庆了，希望这回她在日本能活得好好的。"

"她的命原来差，现在时来运转，会好的。"一个客人说道。

袁师傅刚走进面馆，显然听到这些对话，问："程妈妈好，哎，他们不是今天上午的飞机吗？"他看了一下炉子上蒸着冒着热气的白糕，"窦妈妈，给我来十个白糕。"

程家妈回答："钢哥怕早上来不及，误了飞机怎么办，他们昨晚到江北机场一个兄弟伙那儿过夜。"

"你怎么晓得？"袁师傅问。

"我老三说的。这还有假？"程家妈搁了筷子。

"我家老七没说。"

程家妈看了看袁师傅说："老袁呀，我现在也想开了，人各有命，孩子要走哪条路，我们当爸妈的，是管不了的。"

"我不赞成，程妈妈。"母亲说。

窦小明听到，觉得不对劲。当时他躲在秦佳惠家的壁柜里，听到钢哥一伙人在计划什么，他听不懂。一定有事在发生。钢哥计划在江边揍他这个小孩子一顿？不可能。他们的计划跟他没有关系。那是什么呢？他不知道。每次要出一件大事，他都有感觉。街上的宾爷把这种感觉传染给自己，在秦伯伯火化那天，老爷子脸露怪笑，是暗示，要传染给他一个预先感觉的能力。

这时坐在门边桌子旁的一个大叔说："但愿秦家妹子生一大圈孩子，儿孙满堂。"

"说不好，钢哥风流成性，都耗尽身体了，生不出那么多孩子。"穿黑毛衣的女人说，"我特别羡慕他们去了日本，听说那是整个亚洲最富的国家。有一个岛，还有一个叫北海道的地方，一年四季都是雪。"

窦小明专门查了地理书，还去了学校图书馆看地图，这些吃面的人，绝对没有他对日本知道得多。这个岛屿国家，除了北海道、本州、四国、九州四个大岛，还有六千八百多个小岛，紧挨着中国、朝鲜、俄罗斯和菲律宾。他心想，我长大也要去那儿。他脱口而出："日本并不远，跟我们这儿时差才一个小时，乘飞机只需要几个小时。"

母亲给那个要白糕的客人端去白糕,回过头来说:"火炮,你在说啥子?"

窦小明笑了笑,埋头吃面,吃得呼呼响。他吃完面,站起来,往外走,走在街上。日本在中国的东边,他朝东方站着,不必难过,佳惠姐姐飞走了,所有在这儿的痛苦都会随着时间的流逝而烟消云散。

"明哥,你在做啥子?一动不动。"吴元叫住他。

"我在望一个国家。"

"哪个?"

"说了你也不晓得。"

窦小明转过身来。吴元问他脸上的伤是怎么一回事,他不答,拉起吴元的手,往学校走。快到学校大门口,又遇见罗小胖,三个好朋友头凑在一起,罗小胖问:"老大,你说,我们今天上学,或是去一号桥上打望?"

窦小明什么也没说,上课铃声响了。他跑进校门,朝教室走去。身后那两个伙伴互相做了个鬼脸,也跟着跑进校门。

几乎每天放学都是他们三人一起出校门。这天三个人东走西走,发现那个小人书小店关门了。

这时,他们看到体育老师板着脸走出校门,后面跟着一个中年男人,穿着公安制服。

"罗老师!"窦小明跑过去。

罗老师看看他,朝他点点头。

"你要去哪里?"

罗老师看了一眼边上的公安人员,没回答。

"罗老师,等一下,我要还你书。"他说着打开书包,在里面找。

那个公安人员愣了一下。

罗老师说:"窦小明,书你留着。"

窦小明完全没想到罗老师会被公安人员带走,他非常难过,目送罗老师与公安人员消失在街尾。昨天上午,他被叫到班主任办公室,那儿坐着另外一个陌生人,现在想来,就是面前这个公安人员。班主任问,罗老师与他之间有什么接触,借他书没有,有没有手抄本《少女之心》?下课后私下接触过吗?"他是好老师。"除此之外,他什么也没说,因为他不喜欢班主任,他喜欢罗老师。班主任生气地看着窦小明,没办法,只能让他离开。

"肯定是班主任告的。"罗小胖在窦小明边上说。

"告他啥?"窦小明问。

"借黄书给学生,腐蚀学生,跟学生关系暧昧!说他在体操室,摸男学生的腿!"

"我才不信,罗老师不是这样的人。我们走吧。"窦小明难过地说,心里闪过罗老师那次去找班主任放了他们的身影,没准,班主任面子上答应了罗老师,心里却恨上了他。母亲说,这种人是笑面虎,两面三刀。

他们三个人特别郁闷,一路无声地来到一号桥桥墩下,还没决定去哪一家做作业,坐在桥墩下的坡上,没看江的方向,而是打望坡边石阶上的路人。"《少女之心》是啥书?"罗小胖问。

"他们也问你这书?"窦小明问,"我倒真想看是啥书。"

"肯定是看不得的黄书。"吴元说。

宾爷歪歪倒倒地走来,这回没有提酒壶,也没牵鹅。走近了,窦小明发现,宾爷辟谷后,人突然年轻了十岁,头发剪短,胡子也剪了,但不是理发店的手艺,因为剪得不整齐。他发现坡上的三个男孩,就停步注视。

"宾爷,你好。"窦小明大声喊。

宾爷摸着自己下巴并不多的胡须。

窦小明想问罗老师被抓,秦佳惠的离去,在这儿活,在别处活,是不是都一样?他想找老爷子算命,他们的命,结果是什么?但不敢问。

宾爷走过来,站在他面前,把手放在他的额头,一字一顿:"运到东方怕四月,南方山水多凶破。"

窦小明听着,记着了,却不懂,一脸无助地望着老头子。老头子松开手,朝前走,一边走一边说:"江水星辰密布,看不见,是因为你不想看见。"

窦小明不懂,跟着他走,罗小胖和吴元跟着窦小明走。

宾爷突然停下,举起双手,摘下坡上的一丛野草来,手一翻,一只灰鸽出现在他的手上,他手一抬,鸽子展翅沿着桥墩飞上桥。

三个男孩看傻了。宾爷举着双手,对他们说:"懂吗?"

"草变鸽子,魔术。"吴元说。

窦小明想了想说:"空空的双手,还是空空的双手,但不是原来那双手了。"

"真实是不是虚假,虚假代表真实?要弄明白,就能明白,一时不行,再过一时,总有个时辰能行。"罗小胖一字一顿说。

宾爷背负双手,仰天冷笑两声,走得飞快,一眨眼就没影了。

"罗小胖,你厉害呀。"

"一本书上说的。"

"哪本书?借给我看。"窦小明说。

罗小胖点点头,就是这天,窦小明觉得罗小胖是真正的朋友。他说:"我有《悲惨世界》,是秦伯伯给我的,我正在看,我看完,借给你,讲怎么做英雄,怎么惩罚罪恶。"

"我们要做英雄。"罗小胖说。

"明哥,你就是我们心里的英雄。"吴元说。

窦小明摇摇头,说:"我不是,我想做。"

这时他发现自己来到三角地的巷子口,这儿不是秦伯伯的家吗?他一直往里走,走到房子后面,看到厨房的窗台前,玻璃窗关着,搁着两盆土瓦罐种的植物,一盆小葱,一盆太阳花,哪怕太阳花耐旱,也都枯死了。难道自己错了,秦佳惠房里两盆植物不是从这儿搬走的?因为他当时跑得快,忘记拿了?没准她又搬回来了?

"明哥,你在看啥?"吴元问。

"我得搞明白。"

"我们跟着你。"罗小胖看着植物说,"我对神秘兮兮的东西,最有兴趣了。"

窦小明点点头。三个男孩又走到秦佳惠的家。这两个地方相差两条街,中间隔着一个小水沟,不能直接到达,只能绕着水沟走到下街或是上街,再过去。看着近,着实走了二十分钟。小院子里人声喧哗,大人在择蔬菜,孩子在玩陀螺,还有一家两口子在吵架。三个男孩走进去,没人管。窦小明先看轮船公司宿舍楼一层那个窗口,没有两盆花。

他穿过窄道,绕到楼房后面,这边才是厨房,窗玻璃关着,两盆植物放在窗台上,枯死了。

"一模一样的。"罗小胖说。

"两边是一样的东西!这儿是大粉子的家?"吴元问。

罗小胖点头。

"都缺水死了。"窦小明轻轻地说,一下难过地蹲在地上。

第十七章　意外之痛

接连几天窦小明夜里都梦到沙漠,他缺水,渴死了,变成一具尸骨。做梦就做梦,梦醒就结束,可是当他放学后读秦伯伯留下的书时,不止一次想到他厨房里枯死的植物。

他在一个画片背后写上宾爷说的话:运到东方怕四月,南方山水多凶破。必须做点什么才行,他对自己说。

当他背着书包,站在护士小汪的面前时,他发现小汪与秦佳惠是同一间诊室的。面对小汪,他不知如何说,一下子哑口无言。

小汪看看他,说:"一个月不见,我发现,小明你变了好多,人长高了,也有精神了。"

"我比以前多吃一碗饭。"

小汪笑了:"我给你看一个东西。"她说着,把在办公桌玻璃板下压着的一张明信片取出来,递给窦小明。日本京都金阁寺的风景映入眼帘,发黄的枫叶与寺上的金色亮丽极了,他翻过明信片背面，上面只有两句话：

"到达京都，一切在适应中，勿念。问同事们好！佳惠。"

上面有地址，贴着一枚小巧精致的日本邮票。

收信人是小汪的名字汪英。明信片上的日本京都金阁寺是真实存在的地方，佳惠姐姐不是小人书里的嫦娥，去了实实在在的人间。他吞吞吐吐地问："小汪姐姐，我可以抄下这地址吗？"

"地址我有，你想要这明信片，送你好了。"

"真的？"窦小明不敢相信，抬起头来看小汪。

她笑了，居然刮了一下他的鼻子。他高兴地一把抱着她，然后跑开。

"等等。"小汪叫住他，从抽屉里拿出一个信封，说，"佳惠说，若你来，就给你。"

这太让窦小明吃惊了。如果他不去找小汪，那他就收不到这信。他没有怪小汪。这信有点硬，有点鼓，现在就看，想了想，还是打消这个念头，当宝一样和明信片一起收在书包里。

他一路小跑回家，倒在床上大喘气，拿出信来打开：一张纸包着一个硬硬的东西，居然是一把指甲刀。纸空白，一个字也没有。

窦小明认得指甲刀，他在医院时，秦佳惠用它给他剪指甲。他扳开锉刀，刀片很锋利，便马上合上。看看他的手指，指甲又长长了。

他猛地把指甲刀顺手狠狠抛掉，没料到它直接弹到天花板上，垂直落在右脚背上，痛得他"哎哟"一声，一脚将指甲刀踢进床底。不知为什么，他心里很气。在她离开后的这些时间里，他第一次感受到内心对她的深深失望。

她伤了他的心。

他在江边等她，险些丢了性命，他为她辛苦画的月光武士，被程三撕掉。这后一桩事，比失去生命更痛，他谁也没有告诉，只想让这痛藏在心里，烂在呼吸里。而这把指甲刀直接戳到他心里的痛，为什么一个字也不肯写下？

他趴在床上，手握成拳用力地捶打墙，叫道："你失约，你说话不算数，我不要原谅你！"不知过了多久，才坐起来，手红肿得厉害，疼起来。墙边放着秦伯伯的木箱和纸箱，他打开纸箱，里面有《大卫·科波菲尔》《老古玩店》《悲惨世界》《远大前程》《雾都孤儿》《白鲸》《战争与和平》，还有但丁、阿尔奥斯托、塔索、提布卢斯、海涅的诗歌。他取了《悲惨世界》来看。突然发现，箱底有一本日文版《悲惨世界》，这一发现，让他特别高兴。

这个晚上，他决定先读中文版的这本小说，连吃饭也不释手。

第二天清早，他起床第一件事就是把护士小汪给他的那张日本京都金阁寺的明信片贴在床头墙上，又从书包里取了笔撕了本子上的两页纸，坐在小板凳上，写信：

  佳惠姐姐，你在日本一切都好吗？我过得很不好。算了，说别的事吧，我忘记带你给我的一盆太阳花和一盆小葱。对不起。我一个礼拜前路过你家，看到它们缺水死了。我去了秦伯伯的家，他的窗台也有一模一样的花和葱，它们也缺水死了。以前我以为你房里的是从那儿移来的，我错了。是不是秦伯伯给你的？如果不是，就是你给他的？反正结果相同，植物都到另一个世界去了。我很难过。我昨天发现秦伯伯给我的纸箱里的法国小说《悲惨世界》，还有本日文版，我开始把两本书对着看，我想自学日语，秦伯伯以前教过我，幸好他留下的书里有中日词典。这一个月，妈妈一次也没打过我。

  忘记告诉你，期中考试，我得了全班第一名。我的妈妈在面馆里尽对客人讲。

祝好。窦小明

中午放学回家,窦小明发现墙上的金阁寺明信片掉在地上。早上明明贴得牢牢的,肯定是母亲摘下过。他重新找了饭粒抹上,使劲地按在墙上,像按在他的心上。京都,我会把你印在我心上。

他原谅了她,用种种理由为她开脱,她不到江边、一字不留,是为了他好,不然那个恶霸钢哥会找他的碴儿。他把早上写的信,装到信封里,决定去邮局。这是一件大事,之前怎么没想到给佳惠姐姐写信呢?

贴邮票时,他非常小心,生怕邮票会掉。他将信交给柜台,一个人走出了邮局大门。站在大街上,看车来车往,他的眼睛充满希望,仿佛有一只无形的手,把他心中的阴霾清理掉,他感觉身体变轻,跟从前一样,可以在街上、江边胡乱地飞。

他每天盼着收到秦佳惠的回信。

他走在一条开满樱花的小街上,停在一幢二层的老宅前,他拿出金阁寺的明信片,看背后的地址,地点是对的。他按门铃,没人应门。他再按,还是没人应。他走到小街底端,发现能绕到房子的后面,那儿有一条极长的河。河的流水声很响。有人骑车,有人坐在岸边,看书或发呆,有人散步,有人拨动琴弦,唱着歌,河里有鸳鸯游着。好多樱花树和桃花树,他来到那幢老房后面,站在露台上,透过玻璃窗隐约可见屋里古朴而讲究的家具。一个穿着和服的日本女子在河畔上走得飞快,神情慌张,头发乱乱的,回头时看到他,凄楚地一笑。他注视她,向她招手,她皱着眉头转身而去。"佳惠姐姐!"他把自己叫醒,发现他做了一个梦。

这个梦，太美，太不可思议。原谅她，自己会变得快乐。他趴在床头，垫了本书，他开始画月光武士，武士穿着红衣，骑着枣红马，手里举着一把长剑。

有时在路上，遇到邮差，便悄声问："叔叔，我叫窦小明，住在华一岗七路，有我的信吗？"

邮差摇摇头。

没有回信，窦小明也照样写信。有时，两个礼拜一封信，有时一个月一封信，邮费太贵，他帮母亲做家务事挣几分钱，攒够一张寄往日本的邮票钱，就寄出一封信。这天早上，窦小明还在睡梦中，听到门底滑入一封信，他一下子醒了，顾不得天冷，光着脚跑过去捡起来一看，原来是邮局退信。信上一行日语："この人がいない。"也有四个汉字"查无此人"。

他看着，心里升起一阵寒意，蔓延开来，冷得他赶紧躲进被子里。

隔壁邻居家又在打小孩子，哭叫声传来，弄得他心情烦躁。就穿了衣服和鞋子，阳光突然射入屋子里，仿佛给他一个指引，他盯着，平静下来，一下子倒在小床上。

佳惠姐姐，总是收到退信，又过了一年，还是没收到你的信，你都好吗？来小面馆的人再也不说你的名字。我想他们都忘记你了。

我没有。我上初中了。向你报告，我看完纸箱里所有的书，特别喜欢《悲惨世界》，最爱那个冉·阿让，他了不起，他是月光武士，珂赛特最后得到幸福，我想到你，希望你幸福。

这封信写了好几天，写了撕，再重写，走在路上他心里对她诉说。在吃饭时，他在想，甚至在梦里，他对她说。最后，好不容易落在纸上，圈圈点点，他改了好些字，最后抄正，将信小心地放入信封里，写上日本地址，他到邮局去寄。这回的邮票钱，他攒了两个月。

窦小明背上书包，站在家里的平柜前，他看柜上的镜子，整理衣服。

佳惠姐姐，希望你好好的。总是收到你的退信，我又去问小汪姐姐，她说只有这个地址，她与你好久没有通信了。她现在当护士长了。学校组织我们看了日本电影《追捕》，我喜欢高仓健，我连眨眼也不敢，因为我不想漏过里面任何一个镜头，那是日本，你在那儿呀。

又过了一年，我还是没收到你的信，这可能是我最后一封信了。我上高中了，上了二十九中，你知道，这是一所重点学校，就在临江门转盘那儿。现在重庆好多人穿着喇叭裤，戴着蛤蟆镜，提着三洋收录机，里面放着港台歌曲。我最喜欢邓丽君的歌，让我想起你的歌声。妈妈要我考大学，我会努力的。我给你写信的时间会少了，你不要怪我。

他在脑子里给她写信，突然房门一声响，门底又滑入一封信，他急忙走过去，拿起来，又是邮局退信。信封上有两行字，一行日语："この人がいない。"

边上是一行中文："查无此人。"

信从窦小明的手里滑下。他以为会出现不一样的情况，可事实证明，只要有邮差送信，都是一样的。母亲不知道，邮差知道，奇就奇在,送信的时间总在他上学之前,母亲并不在家。这成了他和邮差之间的秘密,虽然邮差从没问他的信要寄给谁,为什么被退了,为什么还是要寄信。他将那退信捡起来,放在床板下面。那儿有好多退信,几年下来,平均两三个月一封,已有一沓了。他重新画的月光武士,一张张画片重叠,放在最下面。

下部

第一章 白驹过隙

没有秦佳惠的一号桥,还是一号桥,市规划局来这一带,在很多长久未修的棚户、吊脚楼门上、墙上打上"拆",说是不能住人,将被拆掉,好多石阶变成可以通车的石子路。这年夏天热到江里全是人,大人小孩,好好的沙滩挤成一锅饺子。日子像光一样掠过。窦小明高中毕业,考上了专科大学,毕业后分到九龙坡区医院当药剂师。窦小明见过龙哥两次,就在医院大门口,他的身影一闪而过;还有一次在解放碑,他一身西服,一个人,走在好吃街,若不是他戴着墨镜的架势特殊,在那沿街食客中格外醒目,那么清高,对酸辣粉、山城小汤圆、卤肉、血旺、肉包子不屑一顾,窦小明还不能认出他来。龙哥也朝他身上看了一眼,对视几秒,两个人什么话都没说。

窦小明的个子长高了,越过母亲一个头,一米七九,认识他的人都说他未定型,还会长。母亲嫌弃的他左脸颊那颗黑痣,反而给他添了几分俊气,二十二岁,正值青春好时光。

这年秋天,华一岗到华五岗几条街也在市里的规划里,要拆。所有的居民统统搬家了,被各自安排在不同的地方,窦小明家被分到九龙坡,母亲不高兴,不想离开一号桥。他问有没有别的选择,分管房子的人说,离中心街并不是太远的地方,倒是有一套电梯房,已建了三年,属于私人产权,一个客厅,两个卧室,有单独的卫生间和厨房,楼层不高,在五层。母亲一听,就来了兴趣。那人说,只是得花钱购,不过你们的旧房如果不要房子,政府会折合成部分钱给你们。他问价格,算下来,多出来的钱,他能够支付。都没有看房,母亲就定了。

一周后,拿到钥匙,母亲和窦小明马上来看房子。客厅有个阳台,正对着一棵古老的黄葛树,客厅虽不能直接看到江,但其中一间卧房可以看到。母亲说:"虽然旧了点,但比我想象的要好几倍,除了家里樟木柜子、吃饭桌子还可以用,我们购新的床和新椅子吧。"

窦小明没有说话。

母亲拿出存折,给他看:"妈妈这些年,省着钱花,折子上有买新床、新椅子的钱,你放心。"

他没有意见。一天工夫,把母亲要的家具运来,新家具也搞定了,被工人运到了家里,安装好。

五屉柜放在母亲的卧室,一家三口的照片,还是老位置,挂在五屉柜上端墙上。母亲在他的床上躺了下来,又到自己的床上躺了下来,望着一家三口的照片说:"要是你爸爸在,睡这样的床,他会有多高兴呀;要是他晓得我们有洗澡上厕所的地方,晓得我们的生活过好了,他会有多高兴呀!"他移动家具,布置房子,累坏了,没一会儿睡着了。母亲那一夜失眠,到天亮前才睡着。

搬家没多久,家里安上了电话,窦小明在一家废品店看到一个50年代的大吊扇,是棕色的四片树叶,机芯好好的。店主说现在的人喜欢新东西,装红岩牌电扇,把这么好的东西十元钱就卖了。他二十元买了,装到客厅,怕热的母亲喜欢老东西,又能散热,很是高兴。两年过去,家里买了一辆重庆本地轿车奥拓,经济又实惠,爬坡容易,有时运货也方便。有车后,母亲觉得墙和窗帘太旧,要换。窦小明索性将家里重新装修,铺了复合地板,又添了沙发、衣柜、冰箱、洗衣机和彩电。用浴缸那天,母亲尽情地泡了半个小时,一脸红红地走到客厅,她穿了碎花上衣和裤子,舒适的拖鞋,头上有好些灰发。她拉着窦小明,来到自己的卧室,看窗外夜景。江北一点点的灯火亮起来,倒映在江水上,像是在梦里。那晚母亲做了回锅肉和白萝卜红烧牛肉、两个素菜。两个人坐在桌子前,喝了五加皮酒。母亲一杯酒下肚,看着他说:"少点东西!"

"少啥?"

母亲笑了,说:"你这么聪明,会猜到的。"

他猜不到,不过,母亲很久没这么调侃他了。

夜里下过一场秋雨,第二天空气清朗,正是到江边跑步的好时间。早上跑步,脑子清静,窦小明一路跑到千厮门、朝天门,沿江码头上停泊的船只吨位变大了,尤其是朝天门码头上在大兴土木,不知要变成什么模样。他喜欢山城重庆质朴的门面,很多古老的石阶围绕,朝天门航运公司堡垒般的调度室,那儿喇叭传出调度员亲切的重庆话,经常带脏话与进港的船只交流,听上去,像邻居们互相调侃骂架一样。要是那个调度室没了,这个依山环水的重庆还是重庆吗?会像切掉身上的一块肉一样疼。

他原路跑回家,冲了个淋浴。

家里电话响个不停，其中一个电话，是单位人事科科长，告诉他停薪留职的时间到了，应去上班。他请科长给他几天时间考虑。这时母亲打来电话，要他下午一点去小面馆一趟，有事找他。

"啥子事？"他问。

"来了就晓得。"母亲神秘地搁了电话。

他去厨房，热了一杯牛奶，烤了两片面包，洗了一个苹果，坐在阳台的小桌子边吃饭。吃完后，穿上球鞋出门。

到中心街，走路要三十五分钟，开车只要几分钟，他决定开车。本来不远，因为修路，绕道走了差不多十五分钟。最后他停在区医院后面的停车场。区医院大玻璃门还是原样，周边增加了好些美容按摩院、婚纱摄影室和服装店，马路上摩托车多了，小轿车也多了。他一个人走过马路，有家店开业，放着震耳的火炮，挂的牌子居然是"李家老妈小面"，店里收放机大声放着港台流行歌曲。

中心街原来的杂货酱油铺还在，胖妈在里面，给人打酱油，她的二女儿坐在柜台里，在读一本金庸的武侠小说。这儿好多店铺和人家都搬走了，改成肉店、录像店、鲜花水果店和修鞋店。以前的理发店，楼上住户走了，扩大了，楼上楼下装饰得亮丽，贴着港台明星的照片，有广州来的理发师，染着一头黄毛，穿着花衬衣，用粤语语调的普通话与做头发的年轻姑娘调着情，给她烫发。

窦小明往石阶下走。

"老妈小面馆"还在原址，换了一个书法讲究的牌子，面积扩大了好几倍，左右店铺都不在了，面馆里桌椅都是木头，店里有系着围裙的女服务员，座无虚席。灶还是摆在最外面，改烧煤气，调料桌上增加了二十多种，有油辣子、干辣椒面、咸菜、榨菜和泡菜，不仅有黄豆末，还有花生末。葱有沙地小香葱、普通小葱两种，臊子是鸡杂小面、肥肠、牛腩，也有白糕、叶儿粑等小吃。

老妈小面馆外摆了好几张桌子，两桌在打麻将，其中一桌坐有母亲，她穿着棉质衬衣，外面套了一个软软的绒布夹衣，头发梳得一丝不乱。

母亲看到窦小明来了，站起身来，抓着他的胳膊，把他硬按在凳子上。他一看桌子边上的人，有一个四十多岁的阿姨，边上坐着一个年轻姑娘，还有街上的媒婆花姨娘，一下子后悔了，母亲明摆着在给他相亲。果然，花姨娘热情地介绍了在座的双方。

那姑娘点头微笑，手搁在自己面前的麻将前，脸生得秀气，穿了件绿条纹连衣裙，戴了个眼镜，看了一眼窦小明，却马上盯着麻将。

"小心点，梅梅，宁挨千刀剐，不和第一把。"那阿姨摸了一块"九万"，看了看自己的牌，然后放在桌上，淡淡地说，"花姨娘呀，你晓得的，我家梅梅是重庆大学毕业——名校呀！"

母亲取了"九万"，插入自己的牌里，放出一个"幺鸡"，打断对方说："我儿子虽然不是名牌大学毕业，可是他在医院是药剂师，懂医，在哪个社会都吃香；而且他有志向，自学了日语，停薪留职，做公司。他小时就是个吃货，心灵手巧，喜欢做吃的，一直帮我，现在他在一号桥、黄花园和七星岗有三家老妈小面馆、两家老妈火锅馆。"

那姑娘的眼睛瞬间睁开了。那阿姨回头看看门上端的招牌，羡慕地说："早有所闻呀，他是这片地方第一个万元户，那开啥子车？"

母亲直视对方的眼睛说："我儿子喜欢奥托，爬山爬得快。"

姑娘的母亲不以为然地说："奥托，是重庆车呀！"

母亲理了理自己的牌，积了几个"万"字牌，见花姨娘打出一个"四万"，马上换上说："重庆车丢人？你是重庆人才丢死人！"

窦小明看着那阿姨，她的脸色难看。母亲直性子，嘴蛮刁。这门亲事，死定了，入不了母亲的法眼，省了他的事。

"别人打麻将是快活，我打麻将是折磨。"花姨娘打圆场说。这时那姑娘和了，大家都没有准备。她站起身对母亲和花姨娘点点头，说有要事，得先走了。那阿姨什么话没说，也要走。大家客气地道再见。

花姨娘送她们到石阶下面。

瞅着这空当，窦小明正想往石阶上走。

母亲却不让，说："天仙配，是缘分，你给老娘等着。这个下午你得交给我安排。"

他没办法，只有留下来。

这回母亲下了决心，要帮他找到一个女朋友。从初中开始，便有女同学喜欢他，他不来电。大学里，好几个女同学主动给他表示，有一个姑娘写的情书，让他惊异对方的文笔可以当小说家了，可他还是不想谈女朋友。刚工作时，母亲想给他介绍女朋友，他拒绝了，说自己还年轻，不着急。之后，母亲凡事都往女朋友问题上绕："我们家生意做得不错，够我们吃穿，你得交个女朋友。"

他不说话。

母亲给他倒了一杯茶水，说："你的两个好朋友吴元跟罗小胖，一个结婚，一个有准女朋友，就你一个人落单，丢脸不？今年妈过生，你的礼物，就是送我一个儿媳妇。"

他盯着母亲，母亲比十一年前显得老多了，鬓角添了白发，她的脾气没变，只是他变多了，不和她对着干。"不是选女朋友吗？"他敷衍她，"必须是我看得上的姑娘。"

"这个没问题，那也得是我看得上的姑娘。"

窦小明冷笑,你看得上的姑娘,上哪里去找?母亲守寡二十多年,要容许别的女人占有这儿子才怪。果不其然,不等他说姑娘不合适,母亲就说姑娘这不对,那不对,一个月过去,母亲鸡蛋里挑骨头,一个都看不中。

花姨娘为此非常泄气,这个下午,带来三拨人,母亲都不满意,窦小明始终客客气气。

时间很快来到1988年,二十四岁的窦小明对未来彷徨未决,几家面馆和火锅店应酬太多,幸好他喝酒再多也难以醉倒。母亲说他跟父亲一样,是特殊体质。不过他不喜欢喝酒,借酒浇愁而已。他很少抬起头来望天空,也不再画画,少年时的爱好,与他隔得远。有一回在小面馆,他见到小汪,带了一个少年来吃饭,差点没认出。区医院就在中心街上端,两个人居然十二年没见着,也是怪事。更怪的是,小汪完全不知道这家有名的老妈小面馆的青年老板就是窦小明。

小汪介绍那少年说是她的儿子。

"多大?"

"十二岁了。"

"哦。小我一轮。你还在区医院?"

她点头。

两个人草草地说着话,因为小汪的儿子嚷着要回家,她要结账。窦小明拦着说:"到我店里,小汪姐姐不要生分。"

小汪谢了他,带着少年离开。窦小明的几个大学同学来了。那晚他们喝了好多啤酒,其中一个女同学喝大了,对他倾诉,埋怨他对自己不生化学反应。她最后问他:"是我不够漂亮?"

"你很漂亮。"

"是我不够优秀，配不上你？"

"恰恰相反。"

"你心有所属？"

他想了一下，摇摇头。

那天晚上弄到很晚，那个女同学抱着他亲，他只有安慰她。最后她倚靠在另一个男同学的怀里竟然睡着了。几个男同学罚他喝酒。可是第二天早上窦小明照醒不误，头有点痛，不舒服。五加皮比啤酒好，喝再多，头也不会感到重。

他穿了运动衣和跑步鞋，一路往江边跑去。风吹着，头不重了，跑到朝天门调度室堡垒前，掉头回跑，可能气温升高，可能速度加快，反正他一身是汗，停下喘气。天空阴黑得厉害，他看看江上，平静如昔，不像是要下暴雨的样子，便朝水运修理厂仓库跑去。没到仓库，暴雨便陡然下起。即使他用短跑比赛的速度冲向仓库，还是淋了雨。

仓库门前杂草丛生。门居然一推就开了，里面堆了烂床垫、烂椅腿、破口的塑料瓶，屋顶也有好几个大洞，木板箱生了霉，长出乳白的蘑菇，有人随地大小便，臭气烘烘，雨水往里灌，到处是水。这时他听到几声响动。目光寻过去，是两个十来岁的男孩在翻拣东西，脑袋顶着塑料布，一个男孩手里拿着好看的鹅卵石，另一个男孩手握一个盛水的小玻璃瓶子，有几只黑黑的蝌蚪游着。

窦小明没惊动他们，他转过脸来看门外的江上，江上一艘船也没有，暴雨倒是变小了，江上起了一层白雾，对岸完全是一片白色不过他眼尖，近处可看得一清二楚。整个江岸异常安静，这时，一个小个子女人进入视线，打了一把花伞，上身红毛衣，下身短裙，赤着脚。女人走近了，是黑姑。她的脸并不脏，涂了鲜艳的口红，还描了眉毛和眼圈，显得整张脸像是要上戏台的似的，无比沉重，与下身的轻巧不成比例。她转过脸来，上前几步，停下，嘴角有微笑，眼睛闪出见到猎物的光芒来。这么多年过去，她的面容没变，还是三十多岁的样子，简直是奇迹。

她在他的脸上打量了半秒，钩子一样的眼神，很女人，很妩媚，跟当年在江边差点让他失身的陌生女人的神情有几分相似。不过这只是第一秒的感觉，第二秒就会觉得她很无辜，仿佛如此做不是本意。果然，见他没有回应，她便转过脸去，朝前走。

他敢保证她并不认识自己。

回到家后，他冲了个澡，水流经过身体每一处，他胸前、腋下、腿上的毛发长得茂盛。不对，那女人不是黑姑，而是那个在礁石边把他压倒的女人，这一带的野鸡，他十二岁差点被她破了童子身。他摇了摇头，阻止自己思考。

抓了条毛巾擦干身体，他穿了件白衬衣，下面套了条黑色休闲裤。一看窗外，雨过天晴，决定走路。慢慢在巷子和小街里穿越，来到中心街最下端的老妈小面馆，坐在母亲身边的位子上。

一杯茶水未喝一半，他看见了一个气质、相貌、身材都不错的姑娘，穿了一件白衬衣和黑裙，从面馆里面走出来，似乎是为了上洗手间。他觉得这姑娘脸熟。陪伴她的不是母亲，也不是媒人，而是一个看上去只有十八岁左右的小青年，长了一张俊气的脸。

四个人相对而坐，小青年自我介绍："崔孃孃好，我叫苏晓华，这是我表姐苏滟，我们以前住在肉店那条街，算是邻居，远邻吧，久仰小明哥，今天陪姐来认识一下。"

窦小明感觉姑娘的名字也熟，可怎么也想不起来。

"晓华，我们当然算邻居呀，住得远，还是邻居。那你和我家儿子上同一个小学？"母亲感兴趣地问苏滟。

"对呀,但我低他一年级。"苏滟的目光从母亲身上移向窦小明,落落大方地说:"窦小明,记性到哪里去了?我是苏滟,你小时为我被打破了头,住了院。后来我们搬了家。"

窦小明这时认出她来:"真是你,苏滟,这么巧?"

"还不笨。听以前老邻居说你妈妈在给你相对象,我让晓华陪着来见你。"她看了一下堂表弟,接着说,"还不晓得你刁钻古怪的窦小明,能不能看得上平平常常的我?我想我会自取其辱!是不是?"

窦小明一下子笑出声,这样的姑娘真是既胆大又嘴刁,他朝她伸出一只手来,两个人像老朋友那样握手。

姐弟俩与窦小明聊了起来。苏滟的父母是大学教师,标准的知识分子,她本人大学毕业后在一个建筑设计院工作,来找他,门不当户不对。"报恩?"他没问她,心里琢磨。

她也没说原因,显然她心里有他,不然不会来。

聊了一刻钟左右,她看看手表,就站起身来告辞,和表弟离开了。

母亲望着他俩的身影消失在中心街的石阶上,问儿子:"中意苏滟吧?她自己找上门的!有主见,家里喝墨水的,修养好。不错,我喜欢!她样儿也是最乖的,眼睛亮,嘴唇儿正,以后孙子模样儿也正,这点很重要。以前大户人家挑媳妇,就看脸和屁股,屁股结实滚圆,就是会生娃,苏滟屁股就生得结实滚圆。"

"哎呀,妈,你越说越难听了!"他制止,自己却笑起来。

"见了这么多女孩,你只理了她,而且你们有说有笑,这可不容易,好多年你都不笑,像是别人借你谷子还你糠。"

窦小明不说话了,苏滟真的太特别了。虽然他几乎忘了她,但她一出现,整个人就像盏灯,点亮了他。这个比喻,使他心里一惊。

"莫非你心里已有人了?"母亲试探性地问,盯着他的眼睛。

什么人能在他心里存下来,除非那个人有那种花香的气味,他摇了摇头。

母亲松了一口气,羡慕地说:"别人的妈养大了儿子,有孙子抱,我呢,只抱西北风。火炮,早点给妈一个惊喜,我们家好久没喜事了。苏滟如何?她和你很合适,青梅竹马呀!你们今天都穿了白衬衣,下面都是黑的,像约好的,就是有缘。"

今天母亲第二次提到她。窦小明不语,他不想这么早结婚。苏滟来找他,也不是马上就要结婚。结婚是大事,母亲做任何事都郑重其事,怎么碰到苏滟就没原则,就如流水一样顺流自在?!十二岁那年,他为苏滟打抱不平,这个女孩对他念念不忘,这不是爱情。他对她没有丝毫感情。爱情是什么?会让他激动,会让他昼夜不安,会让他热血沸腾,会让他忘却一切。外国小说、诗歌都是这样说的,像大海一样汹涌澎湃,像宇宙一样神秘莫测,像花儿一样细腻柔软,会怦怦心跳。不,这绝不是爱情,爱情是梦想,是深渊,他宁愿为她粉身碎骨。他从没遇上爱情,爱情与他隔着。儿时朋友罗小胖有女人缘,几年谈恋爱下来,成了爱情专家,有一次失口说窦小明可能是对同性才有兴趣。

罗小胖说这想法在心里好久,一直想问窦小明,之前怕他生气,才没说。

窦小明摇摇头,他不是"同志",但不是"同志",也没见他好好爱上一个女人。他与罗小胖、吴元结成盟友,一起长大,罗小胖考上四川外语学院,吴元上了中专,学会计。街上的大毛、小毛这类跟在他身后的男孩却是参军的参军,当工人的当工人,做生意的做生意,只有以前的隔壁邻居马叔叔家三个孩子,拿了省游泳、长跑冠军,吃体育饭了。他们也搬家了。大家各忙各的,常在一起聚的人,还是罗小胖与吴元,窦小明情愿与他俩在一起,也不会答应一个姑娘吃顿饭,甚至去轧轧马路,看看电影,这不正常。

说来也怪,自那天下午见过苏滟,窦小明好久没有她的消息,心里有些惦记。走时两个人互相留了电话,不过他可不想去找她。为什么呢?他心里想不清楚。解放碑一家拳击店开了半年,他办了卡,以前每周去,已有半个月没去练拳。这天教练打电话来,他答应去。刚走到门前,遇到苏晓华一身白衣,从店里出来,看到他,高兴地说:

"哎,小明哥,好巧,你也来练拳?"

窦小明点点头,问:"你们都好吧?"

两个人站在马路牙坎上说话。苏晓华的头发被汗水打湿,看上去朝气蓬勃。他说,苏滟这几天正在办辞职,要出来自己成立一个公司。如果那样的话,他会在课余时间,在她那儿打个临时工,等几年他大学毕业后,也想自己做个公司,现在练练手。

窦小明兴趣浓厚,他认识的女孩子都不是这种奋斗型的,他头一次对苏滟另眼相看,嘴里却说:"哇,苏滟吃国家饭,不是更好吗?出来开公司,很辛苦的。"他自己停薪留职做生意,知道这有多辛苦。

"我表姐个性很强,跟父母很早离婚有关,她基本上在我家长大。她说人要变化,才能向前。"

窦小明觉得这句话不像一个小姑娘说出的。

"我表姐认定的事不会变。"苏晓华看着窦小明,说,"她认定你,你小心。"

"她认定我?"窦小明问。

"对呀,难道你不知?"

"我以为她只是来认个朋友！她这么优秀的姑娘，没有人追？"

"有人追，但她看不上。"

苏晓华看看窦小明，说："我敢和你打个赌。"

"赌什么？"

"你晓得我赌什么！"苏晓华自信地笑了，"到时我会赢，你会被罚两杯酒。"

"年少无畏。"窦小明心里说。他不信，婚姻必须有爱情才行，这是他的信条。

苏晓华与他道再见，转身那一瞬，整个人看着前方，充满了力量，他突然想起一个人——龙哥。于是他叫住对方："你是不是有一个哥哥？"

"我有三个哥哥。"苏晓华转过身来，"你认识我的哥哥？"

"因为你的样子，尤其是刚才那个转身，让我想到一个以前认识的人。"

"他叫啥子名字？"

"龙哥，全名——苏晓龙。"窦小明的声音打了个停顿才说出来。

"那是我大哥，没想到你认识他。"苏晓华一脸惊奇，"他可是名声在外，一般人不喜欢他。"

窦小明脑子轰的一下，这么巧。苏晓华、苏晓龙，他笑了起来："完全没想到苏滟有这么一个表哥！她为什么没提？"

"这两个人是死对头呀！"

"为什么？"

"我问过，两个人都不说。"

"原来如此。"

"龙哥还在九龙坡？"这十一年，窦小明都没听到他的消息。

"小明哥，你不是外人，我大哥之前好多年在牢里，本来要关很久的，他在牢里表现好，救了人性命，提前释放。出来后不在重庆混了，就去了海南，好像做建筑工地的包工头。"

龙哥去监牢，窦小明不意外。他之前在街上遇见过龙哥。龙哥去海南，倒是意外，虽然现在人人都想去海南淘金，但龙哥是混黑社会的，去那儿，人生地不熟，能再做黑老大？不过这不关他的事。他完全没想到自己站在路边与这小青年聊了这么久，如此投机！几天前吴元还约他去海南看看有什么发展，说大家都在那儿淘金。窦小明不想扔下母亲，没想到，吴元一个人去了。

不过他心里有点想出门看看，自己从小学到大学都在重庆这个地方，走得最远也是成都，上大学时，参加高校组织的一次智力比赛活动，去了北京，大家在天安门前留影，在长城和颐和园留影，他整个人始终浸在一种灰暗心境中，怎么也提不起兴致，怎么也高兴不起来。母亲承包了老妈小面馆，在周边的店铺挤压下，如果他不出手，这面馆就得倒下。那是他在大学的最后一年，他决定帮母亲经营小面馆，没想到生意很好，他分配到医院工作时，又开了另外两家面馆。母亲照顾不过来，他没有办法才到医院办了停薪留职，先是自己做，后来开火锅店了，只能雇人来管。

这辈子，他只想看看闲书，做做自己感兴趣的事。

眼前这个苏晓华的思想开阔，很有主见，与龙哥不同，他对此人的印象又加一分好感。两个人说好以后一起来练拳，就分手了。

窦小明进了拳击店，练了一个小时，脑子里全是苏晓华和苏滟，想起自己在小学院墙下，对付那四个欺凌她的少年。苏滟那叫声有点尖厉，有点不顾一切，似乎还听到过一次，他心里有个地方，沉睡而坚固，不让触及，慢慢地，有种记忆在苏醒。好像远不止如此,有些怪怪的感觉,是什么,他说不出来。他猛烈地打击吊着的沙袋。

教练喊停,说:"今天到此为止。你今天的状态不太对。这样,下次补一个小时。"

窦小明出了拳击店,脸上流着汗,他快步走着,不知走了多久,来到一条巷子时却停了下来,自己怎么往老家走去?想了想,还是继续往前走。

好多房子都拆了,有的成了废墟,生着野草和青苔。窦小明家房门上贴着"拆"字。这个地方说要拆起码有两年了,本是要来收拾东西,但一直没时间来。

窦小明掏出钥匙链,怪了,上面居然有这钥匙。他打开房门,走进去,屋子里暗暗的,到处是灰。

熟门熟路将窗子的木门打开,扯下隔着两个房间的布帘,又走进里面的小间,打开窗子,光线射入房间,亮堂了一些。一面墙上皆是小时乱涂乱画的痕迹,蒙了灰,大都淡掉了,他手抹了一下,露出一排歪歪斜斜的字来:"妈妈说,不要吃辣椒和酱油,不然伤口长不好,还要留疤痕。不要和妈妈拗着劲对着干,不然伤口长不好。"时间完全看不清楚。

他掀开床上的布,躺下,单人床太小,他的脚吊在床外。顺手伸入床板下面,摸出画片,全是泛黄的《大众电影》杂志上的女明星,他一张一张地看。有一张金阁寺的明信片,这张是在墙上贴着的,怎么会在此?两张小照片掉在胸膛上,他拿起来,一张是一个戴白帽穿白上衣的姑娘清纯的脸,另一张是同一个姑娘和一个戴眼镜上年纪的男人的合影,他把照片翻过来,有铅笔写的字:佳惠姐姐,我要当你的月光武士。其实你是我的月光武士,让我感觉到了温暖。

他一下子坐了起来。摸过去，还有一沓厚厚的退信。床底下还有一个纸箱，拉出来，里面全是书。这是秦伯伯给他的书，他都看了。床底下还有东西，是一个木箱，不用打开，是秦伯伯做鞋修鞋的工具，在他办丧事那天带回来的。所有这些卷裹着尘土的东西，一定是搬家匆忙，忘记了。

怎么可能？这种记忆里的东西，想必是自己的内心竭力抵抗，阻止自己去触碰。

他站起来，掏出一盒香烟，里面只有一根了，他放下香烟盒子，站在窗台上，用打火机点燃，吸了一口。窗外天色转暗，有片水洼，映着天上的乌云，风吹来，水面起了涟漪。一根烟抽完，灭了烟蒂，他转过身来，床底下有一个发亮的东西在闪烁，他弯身捡起来。这是一个带锉刀的指甲刀，一点也没生锈，摊在他的掌心。他的脑海里出现秦佳惠坐在病床边给他剪指甲的样子，她戴着口罩，眼睛透出善良、坚定，是那样美丽，她的脸像一幅画，定格在面前。

窦小明握紧指甲刀，喃喃自语："佳惠姐姐！"这四个字，像一把利刃戳入他的心，整个人一阵晕眩。这些年来，他没有她的任何消息，之前他去过区医院，小汪也没有她的消息。她凭空消失了。钢哥的小妹杨小姗在钢哥走后第三年的夏天跟几个同学在江里游泳死了。吴元叫他一起去杨家参加丧事，因为吴元的妹妹是几个游泳的同学之一。丧事只有一些亲友参加，钢哥的父亲一夜头发全白，母亲从此不见人，他们最爱的女儿惨遭此祸，全家悲痛。也是那次，窦小明见到钢哥的两个哥哥和嫂子，当时有人提到钢哥，他们马上说钢哥早就不是杨家人了。程家妈去老妈小面馆打长条纸牌，闲聊之中说她家程三、程四都不在重庆，去了深圳打工。

与钢哥相关的人都不在了，从钢哥那边也听不到一点关于秦佳惠或钢哥的消息，那曾经的一切像幻影。

窦小明摇了摇头，拿起窗台的香烟盒子，拆开，摊平，折出一个纸飞机，他往窗外使劲一投，纸飞机蹿出，盘旋了好几个圈，往下坠，突然飞过那片积水的水洼，顺着一股风，飞过另一幢瓦房屋顶，朝上飞，渐渐变成一个黑点。

以前的纸飞机，都是坠入水洼里。

一切都是命中注定的，这个纸飞机注定飞出他的视线，飞得更远。

如果之前他以为忘记了佳惠姐姐，那是自欺欺人，而这次，在这老房里，他心里明白，远走高飞的人早就忘记了他！佳惠姐姐的形象模糊了，他的童年和少年时期已一去不返了。

第二章 顺江而下

10月上旬最后一天,虽是大太阳,却突然降温,只有十摄氏度,很反常。母亲翻出柜子里的厚衣来,窦小明也穿了毛衣。罗小胖给他打来电话,说是他的母亲五十岁生日,请窦小明明天一起吃个庆生饭。

窦小明问几点?

罗小胖说六点。一看记事本,没有安排,窦小明便答应了。

生日宴的地点是老四川牛肉馆。因为是周日,餐馆吃饭的人很多。窦小明提着礼物去了,罗小胖的母亲打开礼物,发现除了一套国外进口的护肤品外,还有出自天佛寺的香。罗母近年信佛,喜爱这香。她悄悄对窦小明说,幸亏小胖和他混,现在进了一家涉外公司做进口医疗器材生意,比两个哥哥有出息。罗父也在,与儿子一个脸形,只是年纪大。饭局中途吴元来了,说是飞机晚点,误了时间,原来他从海南回重庆办点私事。生日宴结束后,三个人找了一个小酒馆又喝了起来。吴元劝窦小明跟他去海南，说自己给大公司做财务咨询，比以前来钱容易。他已考上海南大学经济学硕士。罗小胖也说，愿意介绍窦小明到他的公司。

"谢谢两位仁兄，我们都不在体制内，我们都在冒险——来，庆祝一下！"窦小明举杯。

罗小胖和吴元举杯，异口同声："明哥！"他俩等着下面的话。

"我先消化一下。我们三线发展，也许三线最后归一。"

罗小胖与吴元隔了一会儿才明白窦小明的话，三人击掌，干掉杯里的酒。谁知道呢，没准有一天三个人合作，那也不是不可能的。但挣钱是人生目的吗？窦小明放下杯子想。

在这个晚上，三个人回忆起好多以前的事：他们在校门口打群架，他们在罗小胖家做烙饼，第二天被罗家妈大骂，扔掉性感的上海月份牌女人画片，罗小胖与窦小明逃学，一时兴起想乘船去忠县石宝寨。

"那个收票员贼精，把我们拦下了。"罗小胖说。

"你们去不成，是当时没叫上我。三人行，条条道路皆开。"

窦小明心里一直想去忠县给外婆上坟，这事搁在心里，越来越重。当天夜里，窦小明躺在床上，怎么也睡不着。失眠这个毛病从高中开始，在医专读书时，睡不着，就吃安定。后来，失眠加重，安定量轻，换成安眠药。夜深人静，是他最迷茫之时。到厨房去倒杯水，吃了一颗安眠药，经过阳台，看到外面漆黑的市景，还是有些地方亮着灯光，他心里一动，也许该离开重庆一段时间以了少年时那个心愿。

第二天，窦小明收拾简单的行李，背了一个背包就出门了。本以为母亲会反对，没想到她说："你走，我给你守家。"她知道窦小明的几个店的经理都负责,有她盯着,不会有问题。母亲掏出一沓钱来,让儿子交给亲戚:"给外婆外公烧些纸,他们会保佑你找到满意的老婆。"

头等舱、二等舱没票了,只有三等舱,但他不想等,三等舱就三等舱吧,终点到上海的客轮,二十分钟后开船,马上就可走。他付了钱,在千厮门码头上船后,进了舱位,八人一舱,上下铺,他是上铺,谁都不打扰。

船离开岸,他有种轻松感,过白沙沱,就打起瞌睡,睡了不到一个时辰,就醒了。旅行让人心思绽开,他站在船舷上,迎着江风,眼前滚滚白浪,两岸是绿绿的山峦和农舍。穿得太少,冷得他打了个喷嚏,只能回到舱里。觉得困,就闭眼睡觉,一直睡到天黑才醒,广播说马上到忠县。

怪异得很,旅行能睡觉。他下了船,上一坡石阶。顶端就是县城,不大,几条街走下来,左看右看,街角有家餐馆人最多,走进去,叫了一个泡椒肥肠和豆花、一个生泡姜炒嫩鸭、一盘凉拌茄子。

没等多久,饭菜端来,他吃了一口米饭,是甑子饭,香极了,简直是狼吞虎咽,连豆花水都喝完了。只有在小地方才能吃到最好吃的美食。他找了家在长途汽车站边上的旅馆,虽然简陋,但淋浴和卫生间在自己房间里。他洗了个澡后,躺在床上,掏出一本杰克·伦敦的小说《马丁·伊登》来看。随手翻一翻,皆是铅笔画线,仿佛画一条线,就是在脑海里印下这些文字:

一个人只要有意志力,就能超越他的环境。

那是什么?似乎是一座灯塔;可那灯塔在他脑子里——一片闪烁的炽烈的白光。白光的闪动越来越快,一阵滚滚的巨声轰轰响起，他觉得自己好像正在一座巨大的无底的楼梯里往下落，在快到楼梯底时坠入了黑暗。

第一次读这本书可能是在高中毕业时，没准大学时又读了一遍？扉页上有潦草的题字："1981年小明购于沙坪坝新华书店"。

记得那天购了好几本外国小说，不过最喜欢这本，属于作家个人早年的恋爱和奋斗史，书里弥漫着荷尔蒙，满腔的热血与冲动，从中可以看到自己的影子。主人公马丁是一个硬汉，最后走向大海尽头，他死于心碎。马丁像一个隐形朋友，很长时间居住在他心里。一个人无法选择自己的出身和父母，但他可以选择自己成为哪一种人，以哪一种方式对待这个世界。就在这时，他感觉鼻子湿湿的，一摸，居然是血。从小到大，他很少生病，最多会感冒，流几天清鼻涕，咳几天，母亲给他做生姜汤和泡菜面，最多十天就好了。

这么流鼻血是第一回。学医的他，马上将枕头移开，平躺在床上，血止住了。但起身上卫生间，鼻血又流下来，他用卫生纸塞着鼻孔，加了条湿毛巾在额头上。

这是怎么回事？

他决定深呼吸，什么都不想，对自己说，放松，放松，感觉紧张的身体松弛一些了，慢慢躺下来。头很晕，像坐了一艘小船，江水荡来荡去，终于，他睡着了，一觉到天明。

他站起身，发现鼻血止住了，就去旅馆楼下一层喝了点绿豆稀饭。

在长途汽车站，他看到有去石宝寨的车子，另一辆直接去外婆的村子方向。他决定先去石宝寨。坐上长途大巴，经过弯弯绕绕的山路，差不多三个小时后才到达。

朱红色的石宝寨巍峨壮观，说是女娲炼石补天遗留下来的一块五彩石，依这山石而建的木质结构寨楼，山下九层，山上三层，错落有致，重檐高耸，飞檐展翼。好几个旅游的人在爬窄窄的楼梯，边走边惊叹不已。

窦小明的口袋里有卫生纸，就算流鼻血，也要爬上去。这对一个地道的重庆人来说不是难事。他登上顶后凭眺远望，无限长江，尽收眼底，天空飞着一排大雁。他好激动，以前读过的古诗词纷纷闪过脑海，他从背包里取出本子和笔来，写下：

秋月在高楼，临栏看江水。能有多少恨？不如顺云流。

几个大学诗社的人，时常到窦小明的火锅店来念诗吃饭，他们说写诗是放自己的血，可缓解一阵子心中的悲愤。今天他登高赋诗，果真如此，心境陡然大变。

石宝寨与外婆的村子没通车，问了当地人，说得走路四十分钟。没办法，窦小明只得走。中间遇到一辆拖拉机，带了好长一段路，之后接着走。沿途都有孩子跟随，到达村子时，已有十来个孩子围拥。这儿只有母亲的大哥和小弟，两幢平房呈"丁"字形，有好几棵树，屋前有一个水塘，屋后是一片竹林。

舅舅舅妈们早被人通知从田里赶回家，相见后，窦小明拿出扎包来，两大包水果糖和米花糖，这是在石宝寨一家商店购的。大舅妈分了一些水果糖给围观的孩子，让他们散了。窦小明把母亲的钱交给两个舅舅，他们不收。窦小明再三坚持，他们才收下。

"长大了，真没想到，你会来看我们。"大舅说。

在窦小明小时两个舅舅来过重庆，见过他。他说明来意。家里来了亲戚，又是要给老辈子上坟，小舅看了一下日子，说今天就可以上坟,不过要准备一下。他们把深埋在屋里地窖的坛子肉取出,又杀了一只鸭,做了好几个菜,盛在一个个小碗里,带窦小明到屋后自家地上。原来外婆外公的坟在这儿,坟前立了块石碑,长着不少紫色的马兰花,虽早过了季节,却仍在盛开。摆好菜点上香后,他们开始烧纸,往碑上洒酒,三鞠躬。窦小明也替母亲烧了一份纸。外公去世得早,他从未见过。外婆他见过,记得她很能干,脑后挽了个髻,总穿一身青。

舅舅们有六个孩子,有的比他大,有的比他小。当天晚上一大家子吃过饭后,窦小明仍和两个舅舅喝酒聊天,说的是外婆外公和母亲的事。这对他来说很难得。婆婆的坟也在忠县,只是路程远,两个姑姑都迁到了成都的儿女处。舅舅们的酒量大到他佩服的程度,老实的庄稼人,说话一板一眼,喝酒也一样。母亲年轻时生得很清秀,上门提亲的人不少,可她就是看上了窦小明的父亲,独自一人去找他,这才到了重庆城。如果父亲不是走船的,也不会认识她。这都是缘分。他们自然问到窦小明结婚没有。

他摇摇头。

小舅说:"你上过外婆外公的坟,他们肯定会给你相中一门好亲。"

大舅赞同,要和他碰一杯。他索性也放开了喝,一直喝到天上布满星星。他睡了过去,睡得踏踏实实。

第二天上午正好有辆货车去镇上,他们一起搭了车。司机很好,一直开到石宝寨码头。从这儿可以坐船到小三峡,可是售票处已无好舱位的票。有个票贩子手里拿着一张二等舱的票,要高价。乘船方便,比坐长途汽车颠簸几个小时山路舒服多了。

窦小明买了高价票,走上跳板。

轮船离开码头时,窦小明看着码头上朝自己招手再见的亲戚们,心里已开始喜欢他们,他们的恋恋不舍也影响了他,下回一定带母亲回来多住几天。这次时间不容许，他只待了一天，已到此地了，那就顺便去小三峡看看。四川航运船，一等舱二等舱，都像长航客轮的三等舱。

顶层一半是一等舱，一半是二等舱。窦小明找到他的舱室铺位，十个人的上下铺。虽然这趟船终点是武汉，但旅客大都是昨天夜里在重庆上船的，去三峡和小三峡旅游，那儿有漫山遍野的红叶，正是欣赏的好时节。

船过云阳，天空有厚厚的蘑菇云积着，江上冷冷的风吹来，没带外套的人都躲进舱里。窦小明没离开，还是待在船尾栏杆前，背风点燃一根香烟抽起来。客轮开得异常缓慢，跟马车一样，慢慢在江上摇着。

就是这个时候，他听到了吵闹声，还有女人的惊叫声。他的神经一下子绷紧，跟着声音看过去：两个大块头的男人一手拿着口袋，一手拿着长刀和长棍，进入舱门口；另一头舱门，被一个男人顺手带上，站在舱里。有个男人持刀守着楼梯口，不准人上下。

窦小明轻快地移到一道舱门，从门上端的玻璃往里偷看。抢匪脸上戴了纱布大口罩，让人掏出钱包，让人取下手表。有一旅客不交钱包，当即被一棍棒打倒在地，抢匪搜他的裤袋，取了钱包，说："就这个样板，不老实，就放血！"舱室的旅客都不作声了，战战兢兢，只有自认倒霉。订舱位的人，身上现金少则二十元，多则上百元，加上手表、金项链等首饰，抢匪收获不小。

窦小明听说过长途汽车上有抢匪，也听说过火车上有强盗，船上至少还是安全的，但没想到遇上了。正看着，发现里面的一个抢匪转过脸来，他急忙低下头来。

"钱还不少，三百元。大粉子，跟我出来耍一下。"男人兴奋的声音，有点沙哑。

"不。"女人的声音。

"你这脸盘子这么粉,不想挨刀,就乖乖听话。"

"别摸我,你不能动我。"

"为啥?"

"你会后悔的。"

"你担心老子后悔。"男人哈哈大笑起来,"你奶子长得这么大,顺了哥,有你好吃好喝的。"男人一阵淫笑。

"请你们救我,我们十个人,他们才两个人。"女人的声音。

"没用的,他们都怕我手中的刀。"男人笑着说。

这时,一个穿白花点连衣裙的女人被推出舱来,跌在甲板上,引起外面两个抢匪的注意:"二哥,是大粉子呀!""我得先搞她,两分钟后给你们。"一个戴旅游帽大块头的抢匪一步跨出,抓起女人的胳膊,女人打掉男人的手,男人轻轻一推,她跌倒了。他把刀插在裤腿上,顺手拦腰抱起女人,往船尾走来,女人大叫大喊。抢匪看到几步远的窦小明,邪恶地瞪眼,那意思是知趣的话,就让开。

窦小明没有动,站在那儿,瞪着一双生气的眼睛。

男人松开手,那女人跌落在甲板上,男人对她踢了一脚,一句话不说,手中锋利的水果刀就朝窦小明刺过来。窦小明身体一转,靠近那人,但反被那人一拳击中右胸,那人的脚也到了。窦小明往后仰,突然抓着栏杆,就势一脚踢过去,那人飞快地跳开,露出惊异的神色,站稳。两个人看着对方半蹲身体,紧握拳头。对方猛地上前一步,挥拳击来。他挥拳回击,对方太强,感觉自己的左胸肋骨和手臂都要断裂了,他退后两步。那人紧跟一步,眼睛余光瞧到地上的女人站起来,一个扫堂腿,她马上昏倒在地上,那人警告道:"大粉子,乖乖待着,待老子收拾这个哈巴后,再来日你。"

趁着这时刻，窦小明的拳头说到就到，击中对方的脸，一拳又一拳，对方的脸马上流出猩红的鲜血。那人将血吞进嘴里，拳头到了。窦小明弯下身，一把扯掉对方的口罩，露出胡子拉碴的一张脸，三十来岁，嘴唇肿得像个灯泡。窦小明挥拳击去，那人的帽子也掉了，剃了个光头，骂道："我日你妈哟！"

这句话让窦小明的力气大增："骂呀，叫你骂我妈！"朝对方的脸和腹部狠狠挥拳，那人闪躲，眼睛里有些惧怕，鼻孔流出血，最后倒在甲板上，紧紧地抓着栏杆。

"以为有半瓶水，就出来当土匪？"窦小明抓着对方的衣领，用手臂扼着颈子。那人呼吸困难，发出吱吱怪叫。

那边舱里三个人拿着口袋、挥着刀和棍子朝窦小明走过来，气焰嚣张地吼道："找死，跪下，叫爷爷，就留你全尸。"

窦小明也紧张，对控制住的抢匪说："最好老实点！否则我要你的命！"突然楼下有人叫："老大喊撤了！"那三个人相互看了看，马上转身奔下楼梯。

窦小明头一偏，看到客轮边驶来一个小拖轮，戴着口罩的驾驶员扔了一根缆绳，套着客轮，一个男人从客轮一层跳下来，那人高高大大，双手叉着腰，对着客轮喊："时间到了，给老子撤！快点撤，不然老子啥人都得罪了。"紧接着有好几条人影从客轮跳上拖轮。

这声音好熟，虽然说话人戴着口罩，窦小明还是能认出此人就是程三，一号桥的混混。程三不是去了深圳吗？怎么还在做混混？钢哥不在一号桥，这家伙照常，居然当了头头，把"生意"做到长江客轮上来，直接做起抢匪了？不怕坐牢，吃了豹子胆。他再看对方，没错，就是在江边要打死他的程三，那双混浊的眼睛，他并不陌生。三个男人走近程三，拉下口罩转过身，竟然是袁七、廖六和王小五。

程三也盯着客轮顶层船舷上的窦小明,除了个子长高,样子一点儿也没变,目光扫到被他右手臂紧扼着的手下,两眼露出凶光。窦小明明白,这一刻,对方也认出了他。两人这些年虽未打过照面,但程三的母亲不时到面馆来打麻将,程三要知道自己,太容易了。果不其然,程三右手举起来,朝他做了一个"日你的蛋"的动作,一字一顿地说:"小兔崽子,等着,我会宰了你!"

在窦小明脑子思索的一瞬间,被他控制的抢匪突然脚猛地踢在他的双膝上,挣脱开来,直接奔栏杆而去。窦小明捡起甲板边上的刀,扔过去,那抢匪中了刀,掉在江里。程三看见了,没去救,反而命令手下取了那缆绳。拖轮开足马力,朝岸上驶去。

那个掉进江里的抢匪在江里冒了冒头,居然被客轮剪开的浪花卷走了。

这时两个警务人员才从楼梯下面冲上来,扶起地上的女人。她醒来后,拂开一头黑发,很年轻,不仅如此,还非常漂亮,那身雅致的连衣裙衬出她的细腰身和挺拔的胸部。

"你们现在才来?"那年轻女子非常气愤。

"我们不晓得,刚发现边上有船。"船警喘着气说,"楼下也被抢了,他们人太多了。"

"多少人?"舱里的乘客也跑出来问。

"有十来个。"

"我们坐船的有多少人?大家不团结,你们船警胆子小。"舱室里的人大叫,咒骂。"天哪,我怎么办,钱都被抢了。"有一个女人当即哭了起来。

那个年轻女子指责船警道:"你们真不知道还是装作不知道?光天化日活抢人!亏了人家的相救。"她拍拍裙子上的灰尘,目光扫过来,一下子愣着了,叫道:"窦小明,怎么是你?"

窦小明也不能相信自己的眼睛,这个女人竟然是苏滟,怎么这么巧?怎么会是她?母亲给苏滟通风报信,也来不及,也不会碰上,绝不可能。他是一时心血来潮,离开重庆,离开石宝寨,上了这客轮。他抹去嘴角的血,朝她点了点头。

船警为顶层舱位的人挨个做笔录,很是重视。也奇怪,很少有抢匪到客轮上来,因为有水上公安局,一般抢匪很少能成功。这帮抢匪倒不傻,计划周密,先上船,只抢有钱的顶层和三等舱,抢完有自己的船接应。

窦小明发现此时客轮速度正常,而先前缓慢。一问,船警解释说,刚才是经过一段暗礁地段,船每回经过,都开得慢,足以证明抢匪熟悉长江航线,有备而来。

再看那拖轮,已靠岸,离得远了。"查拖轮呀。"有乘客说。

"你脑子喝尿了,那船上的号码肯定是假号。"

这句话也提醒了窦小明,即使他说出是程三等人,可是证据呢?

苏滟的舱室,在靠船尾最后一个,与窦小明的舱室隔着一个舱室,两个人之前各自待在舱室里,所以没有遇上。窦小明陪苏滟做完笔录后,又被叫去医务室检查,身上没大碍,只是瘀青红肿了。

不知不觉,天光偏斜。两个人去闹哄哄的餐厅排队要了两份四季豆炒肉片白米饭。都说船上餐厅人少,乘客自带吃的,怎么这趟船吃饭的人这么多。好不容易找到两个座位,还是跟另两人共用一张桌子。苏滟对他说:"吃完饭,我要把床位与人调换,跟你一个舱室,这样晚上我才能安睡。"

窦小明点点头。

吃完饭,两个人回到顶层来。他走前面,她跟在后面。她是下铺，换一个上铺很容易，她换到窦小明的邻铺。舱室里的人都丢了东西和现金，全在抱怨、生气、谩骂，好在这些人胆小，放马后炮。他们不时去找船警，催他们破案，要他们巡逻，说是夜里睡着了，再有抢匪怎么办？一片吵闹声中，两个人到船头，那儿人少，栏杆边有人举着相机在拍照。

顺江船头波浪不如逆江汹涌，两岸多是荒野或农田。窦小明发现波浪上有人行走，这是怎么一回事？那是一个老女人，背影很像外婆，梳了个髻，走得从从容容。他笑了一下。

"你笑啥？看见你想看见的了？"苏滟问。

窦小明望着江水不出声，江上瞬间风平浪静。

"你看波浪太专注，好好看。"仿佛她知道他在看什么，她说。

"每个人看到的，不一样。"窦小明说。外婆扭过身来，朝他深深地看了一眼，又看了边上的苏滟一眼，嘴角露出笑意。再看过去，外婆的身影淡化掉了。

他的目光转向右边的苏滟，她也转向左边的他，两个人几乎同时问对方："你怎么在这儿？"说完，两人皆笑了。

"窦小明，你到哪儿，我到哪儿。"

"哦——那好荣幸。"

"逗你玩。我到武汉，给人设计一个楼盘，顺便想去小三峡看看。你呢？"

"既然苏滟都去小三峡，我再不去，那不被人笑话吗？哼，长这么大，连小三峡都没去过。"

"口是心非，你见到我，我就倒霉。"苏滟没谢他又救了她一次，而是调侃他。

"是，是，有自知之明。有些事嘛，得流点血才能压得住。"

窦小明一脸苦笑。

苏滟看到窦小明的脸颊还有血印，伸手去抹，窦小明本能地让开，弄得她反而不好意思了："唉，真是以小人之心度君子之腹。你脸上有血，我是心疼你。哎呀，看不上我，不要我做女朋友，我们还是可以做普通朋友的呀。"

"我哪敢，你这么好的姑娘，我高攀不起！"

"这话真能说。你是不是隐形自闭症？"

他心里一惊，这苏滟太厉害了，一针见血，嘴里却说："我可能是，可能不是，反正我喜欢独来独往。"

"好吧，独行侠。不管如何，我还是要说，你前世欠了我。"

"这话怎讲？"

"不然怎么解释我一出问题，你就出现。这是缘！你不承认也没法。"话一下子说到这份上，两个人都不作声了，静静地待在那儿。几只黑鸟从远处黑暗的夜色里飞来，在他们头顶盘旋，尖声叫着，岸上的岩石像一个个雕塑，黑鸟飞过去，停在石头上，扑扇着翅膀。

"我们回舱里吧。"窦小明对苏滟说。

刚上床，舱室就黑灯了，变得很安静，听得见江水和船马达的声音。船警在顶层来回巡视，以防人想不开，或是又有抢匪。有人悄悄打着手电筒看书，窦小明听着苏滟那边传来均匀的呼吸声，她睡着了。但愿我能睡着。殊不知刚闭上眼睛，一个哈欠打来，他太累了，一翻身，原本身上的伤撞到床栏上，痛得他皱了一下眉头。他把腿伸直，整个人放松，也睡着了。

程三站在他的面前，掀开他的被子。"你要做啥？"他惊异地问。

"我只想看看你。"

"你滚开。"他叫。

"你怕我了?好,我滚,但我还会来找你。"程三笑着说,"记着我的帅脸。"

窦小明一下从床上坐起来。早上八点,广播响了,说是还有三个小时就到巫山小三峡,要吃早饭的人到餐厅。他环视周围,没有程三,程三到他的床前,难道是梦?他记得很清楚,醒之前做的梦,似乎有一个人在高楼上站着,充满怒火,在看脚下的大马路。那个人的脸看不清楚,但那轮廓,脸上生有络腮胡,想必是认识的,那人似乎是想从楼上跳下去。好奇怪的感觉,像又陡又窄的石阶,在心里搁着,石阶的开始在哪里,顶端在哪里,都不知道,只知道这石阶重重的,压在他的肩膀上。

广播开始放黄梅戏名曲:"我们俩划着船儿,采红菱呀采红菱,得呀得郎有心,得呀得妹有情,就好像两角菱,也是同日生呀。"

舱里乘客差不多都起床了,苏滟睡着,突然她掀开被子,连衣裙里穿了一件长裤,大概是担心在这种地方睡觉,会被人占便宜。"这歌好听。"她跟着广播唱,"从来不分离呀,我俩一条心,我们俩划着船儿,采红菱呀采红菱——"她抓了一件灯芯绒外套穿上。下铺的窦小明站在地板上,对她说:"唱得不错,苏滟!"

"早上好,小明。"

两个人客气有礼。她看了一眼船窗外,说:"真好,是大晴天,气温回升,比重庆城高。"

第三章　小三峡

　　客轮靠到巫山码头，他们下船，和二十多名要去小三峡的旅客等小船。空间的变化，无形之中，两个人变得有距离了，各自做自己的事。窦小明读小说，苏滟用铅笔在一个小绘画本上涂抹着什么。等了好久，两艘带篷的机动小船来了，他们进去，倒是并排而坐。

　　小船向左转入大宁河，小三峡两岸几乎全是峰峦和奇峰怪石，不时有流泉飞瀑，橘黄或红色的枫叶，成团成群，在漫山的翠绿中争奇斗艳，而且云雾缭绕，宛若世外桃源。船开得慢，一快，几个旅客就凶狠狠地说，看不清楚山上风景，要退船费。开船的只能慢。窦小明和苏滟各自看自己那边的风光，并不交流。有一段激流和丛丛礁石，小船里的乘客都得下船来，沿着大宁河河边走，船夫得用竹篙拼力地撑着礁石，把船撑过险滩。他俩一起走路，好在行李不多，窦小明尽显绅士风度，帮苏滟拿着一个背包。

重新上船后，两岸风景更奇幻了，在巴雾峡岩壁上是一个接一个古栈道遗迹，进入滴翠峡后，更有千年悬棺。苏滟一直在拍照。船到东南角的大昌镇，他们统统下船。南门有棵老黄葛树，长得很不整齐，却是野性十足，连石缝里都能冒出新枝来。整个古镇都是青石板路，牌坊和一些房子雕梁画栋，有翘角，有飞檐，古色古香；人不多，路上有人热情地问要不要住宿，声音不像四川人讲话那么高，尾声很甜。两个人顺着镇子看了几家，最后选了街尾一个安静的民宿。小院子里摆着各式菊花盆景，老葡萄藤架下放着一张竹桌和几把竹椅子，干干净净，很是温馨。隔壁有家小餐馆，飘着鸡汤和烤鱼的香味。

一个五十多岁的大妈穿着一件红花夹袄，头上还搭了块头巾，把他俩引进一个有蚊帐的双人床房间里。两个人直摇头，苏滟问："只有一间房？"

大妈懂了，笑着说："有，有，一人一间。"

这下他俩松了一口气，看到另一个房间，是单人床，靠窗有张旧木头桌子，地上是三合土，刷了层水泥，很干净，也有蚊帐。窦小明把双人床的房间给了苏滟，建议休息一会儿，一起去吃饭。

两个人各自拿着行李到自己的房间。

窦小明躺在床上。这等船坐船，到小三峡折腾人，花了三个多小时，没一会儿，他竟然睡了过去。猛地坐起，他往院子里看，院子里没有苏滟。他整理了一下行李，自己不仅带了杰克·伦敦的《马丁·伊登》，还带了一本三岛由纪夫的小说《金阁寺》。当时准备行李时，从书柜里乱抽的。他拿着《金阁寺》坐在院子里葡萄藤下的竹椅上。下午的太阳照得人懒洋洋的，空气中有鸟儿的鸣叫，也有狗的吠叫，青菊的清香随风扑来，一切都跟大城市不同。他很庆幸，自己离开了重庆，出来走走。他喜欢这本《金阁寺》，少年时,他因为那张明信片爱上这座三层楼阁状建筑。掏出笔来,他读起来,并在喜欢的文字下面画线条:"我被某种感觉所袭击,我仿佛被万物所遗弃,但还不至于涌出泪水来。"这难道不是在说他吗?他与沟口感受的不同,在于他内心爱多于恨。天才三岛由纪夫的文字,一读就会掉魂,只要闭上眼,金阁寺这艘渡过时间大海驶来的美丽航船就出现在面前。

身后有脚步声,是苏滟,她的头发湿湿的,换了一件红裙和蓝衬衣,外套一件黑毛衣,非常精神。

"对不起,我晚了。这儿空气太好了,我打了个盹,然后洗了一个澡。"苏滟抱歉地说。

"不必抱歉,我也打了个盹。热水还好吗?"奇怪,他的脑子里出现她的裸体,光洁的皮肤,细腻的曲线,起伏的乳房,胸部高高的。他咽了咽口水。

"一般,不过,比船上的好。大妈还给我提了一瓶开水。"

他们的肚子咕咕叫,于是走到隔壁的小餐馆,两个爷们在厨房,那儿有两桌客人,一桌坐里面,一桌坐外面。一个年轻姑娘,自称三妹,最多十七岁,系块围裙,手里拿着纸和笔招待他俩,安排他俩坐屋里。窦小明是个美食嘴,之前闻到鸡汤,就点了鸡汤,他要求那姑娘放几块青菜头,看了一下邻桌有熏过的香肠和血豆腐,他也点了。"烤鱼要吗?是我家招牌。"三妹问。

"好呀,有泡菜或是咸菜吗?来一份。"苏滟说,"再要一个鱼香茄子。"

三妹记下了。

窦小明问苏滟:"对不起,我没有首先问你。你看还要什么?要不要啤酒?"

苏滟摇头。她说:"给我来瓶天府可乐。"

"两瓶吧。再来一瓶啤酒。"窦小明说。

两个人等菜时,三妹把可乐和啤酒端上来,倒在杯子里。苏滟问他,要待几天?窦小明说两天吧。苏滟说两天足够看枫叶,她也待两天吧,因为还要去武汉工作。她告诉窦小明,她不喜欢在设计院工作,已经辞职,注册了一家公司,一个人单干。

窦小明喝了一口啤酒说:"单干好是好,风险大。"这时他说起遇到她的表弟苏晓华的事。

苏滟让三妹拿了一个杯子来,倒了啤酒。

"你不是不要?"

"现在我想喝了,不可以吗?"她妩媚地一笑。

"当然求之不得。"

两个人碰杯,喝起来。三妹端来酱油煮花生,说是送给他俩的。他俩尝了,赞不绝口。这时大厨老爷子亲自端来鸡汤煮青菜头,说是他家的青菜头都是过年时埋在地窖里的,跟新鲜的一样。老爷子瘦瘦的,一脸胡子。他俩马上尝,盛了一碗汤,发现这青菜头鲜美极了,比鸡肉还好吃。两人没吃中饭,之前并不饿,现在喝这汤,胃口顿时大开。

这一家子做菜精刀细活,慢慢做。花生米吃光,汤喝到底,烤鱼、鱼香茄子和干煸青辣椒才上桌。苏滟问:"鱼是现去河里抓?"

三妹说,对呀,鱼是刚去河里抓的。

"那鸡汤怎么那么快?"

三妹说,因为鸡汤是一大早杀了几只鸡,大铁锅熬着,才会那么快。

两个人看着一桌子菜,高兴起来,嘴里叫"饿死了",头也不抬地吃起来,哗啦哗啦,桌上的菜扫掉一大半。他俩又叫了两瓶啤酒。

喝酒后,苏滟的脸红红的,眉眼神采飞扬。窦小明之前喝酒大都走形式,自律得很,第一次彻底放开,发现酒是好东西,胃口也出奇地好。山里的天色比城里暗得早,没隔几分钟,自然光线暗淡了,屋外点起煤油灯,外面桌子上的几个游客,怎么有一个像是程三,也在喝啤酒。那人看了一眼他。窦小明拿着酒瓶,站起身,朝屋外走,走近了,才发现对方是个样子长得像程三的人。他没有停下来,跨出门,一直往青石板路的街上走。

他走得脚下生风,古镇在夜幕之中寂静,他走到河边坐下,耳边响着河水流淌的声音。

"这儿真的不错。"一个好听的声音说,脚步靠近,身影在地上拉得长长的。

他没有醉,那是苏滟,本以为她会埋怨他一个招呼不打,就丢下吃饭的她到了河边,结果她高兴地坐了下来,把肩膀靠着他。

他淡淡地说:"我们不合适。"

"说说原因。"苏滟说。

"我身上都是洞,体无完肤。"

"我有信心,补洞。"

"这洞还会变成墙,围着我,我习惯一个人在里面沦陷。"

"如果是两个人,沦陷的速度要慢得多。"

窦小明喝了口酒,把瓶子递给苏滟,她喝了一大口。河水流淌着,夜色紫蓝,空气中弥漫着河里的水分子。她想起十二岁时的那个夜晚,在江边,她跑到窦小明被沉下水的地方。大表哥晓龙居然动手了,他对那帮坏蛋扔下那句话后,就拉起她的手,大步流星地离开。她踢他,没用。她叫,我要知道他们捞了他没有!表哥停顿了一下,他们看到窦小明被捞出江面。他们走上坡,拐入小街里。

她问:"你怎么确定窦小明没被淹死?"

"他命大,不会。"

她应该饶了表哥,可是她不。

"你垂着一张脸,在想啥?"窦小明问她。

她不想说那件事。她也坚信他命大。而且说来也怪,她跟着母亲搬到九龙坡,一别多年。从那以后她也没打听过他的下落。她握着瓶子,又喝了一口酒,两眼发光地说:"这很像是一个梦,好多年,好多年,我都想这样坐在一个河边,而身边那个人是你。你当年救了我,现在又救了我。我俩注定是一对,不是吗?"

"你这不是爱情,明明是感恩。"

"我认为是爱情。感恩有啥不对?由感恩转化成爱情,爱情更牢固。更何况,感恩要报,报的方式也不同,有投桃报李,有投桃报心,报性命。"苏滟握着酒瓶,侧过身来看着他说,"窦小明,恕我有酒壮胆,你不能笑我。以前我不说,现在敢说,也奇了,我想你,原因是你对我好。但最近这两年,我脑子里全是你,为啥呢?白天睁开眼睛,夜晚闭上眼睛,想窦小明在做啥?何时我可以遇上他?没办法,我去罗汉寺许愿,让佛保佑我遇上你。果然,许愿有用,第二天我出门就遇到一个老邻居,说你妈妈在给你张罗女朋友。"

窦小明听了,心里有块地方又痒又疼,取过她的酒瓶,喝了一口说:"你不知道我是怎样一个人。"

她拿过他的手,放在自己的左胸上,那儿怦怦急速地跳动,他自己的心也加速跳动。她说:"你看,我能感觉到你,全部的你,只要是你,是好是坏,我都不拒绝。"

他抽回自己的手说:"偏见,会害了你。"

"我妈也给我介绍对象,我对那男人说,我不能保证现在的我是以后的我，说不定哪天我就会离开你，就算有孩子，也不能把我们绑在一起。"苏滟停了一下，"结果那男人吓坏了，跑了。我说给你听，你怎么看？"

"时间会变，人会随时间变，甚至比时间变得更快。"

"我晓得你会这样想。所以，从这个方面来看，我们是一样的人。有了孩子，大人不爱了，当然应当分开。来，今天不醉不休。"苏滟说。

"酒没有了。"

苏滟笑了，窦小明不明白她笑什么，顺着她的眼睛看过去，原来，他们的身后搁着一箱啤酒。这姑娘是个疯狂的人，他从未遇到过的人，他着实吓了一跳。

"哎，窦小明，你眼睛亮了，是不是我俩可以在这儿试试，看合适不？你敢吗？"

这么直截了当地挑战，吓了他一跳。他问："我说了——"

"不合适，不负责任。"

"你是认为我怕负责任。"

"我没说。不试，怎么晓得呢？"她含笑看着他，一副浓情蜜意。

"你会后悔的。"他说。

"我敢和自己挑战，更敢和我从小到大认定的真命天子挑战。"

夜色真的降临了，在这挑战下，窦小明开始说话，把心里闷了好多年的话全说出来，说到那次受伤进医院，认识了秦佳惠，说到第一次扯绳子绊倒钢哥，说到他逃学，说到秦佳惠要去日本，秦伯伯突然走了，说到秦伯伯留下那一箱书，说到他怎么学日语，上了医专，想去日本留学，但是母亲反对，以死要挟，他留下了。他神情凝重，说着说着，身上那些重减轻了一些，他好像在一个温暖的怀抱里，好像他的皮肤与另一个人的皮肤贴在一起。他亲吻了一个湿润滚烫的嘴唇，这震慑了他的神经。跟在大学里有一个喜欢他的女生亲吻他的感觉不同，他的身体着火似的燃烧起来，他口渴得要命，拼命吸吮，他把自己插入对方湿润的身体，填满进去，疯狂地咬着对方的舌头，把自己紧紧地嵌入，整合成一体，滚动起来，带着毁灭一切的冲动，他喘气，使劲地叫喊。

冰雹一层层从天而降。只有冰雹，没有雨。风打着旋吹起，树林发出巨响，变金色变红的树叶从空中掉下来，河面上飞起成群的黑鸟，成群的鸭子扑腾着钻入水下，涌出水面，野猫在欢快地奔跑，黑鸟尖叫着，重叠在礁石、树丫上和天空中。

他完全记不得两人是如何回到民宿的，扯掉衣服，抵着墙大战一场。第二天他醒来时，发现被子下面，自己一丝不挂，地上全是衣服，他注意到她昨天的红裙上有血迹。如同他一样，她也是第一次。

他紧紧地抱着苏滟，又睡了过去。再次醒来时，床上没有苏滟。他躺在那儿，看着窗外院墙上的一排麻雀，这时苏滟推开门进来，她穿着牛仔裤，换了一件花格子衬衣，头发湿湿的。

"每天都洗头？"他好奇地问。

"汗太多了。"她说，突然有些不好意思，脸微微红了。

"不可思议。"

"谁？"

"像豹一样凶猛的人，还害羞呢？"

"谁凶猛？现在下评语为时过早。"她看了看他，说，"我们去爬山看枫叶？"声音里充满欢快。

"不吃早饭？"他问。

"先垫底。中午再吃。"她拿出两个熟鸡蛋,递给他。

这一天看枫叶,有个导游,还有两个游客,一共五人,一起进山里。中午几个人在山上一个村子里吃了肉丝面条。在别人面前,两个人像是好朋友一样,偶尔过沟时,他才拉她的手。

夕阳西下,他们回到镇上。晚饭两人又到了昨天的小餐馆吃,面对面坐着,又叫了青菜头煮鸡汤,叫了回锅肉和麻婆豆腐。两个人胃口好,喝完汤,吃完饭菜,喝了一瓶啤酒、一瓶天府可乐。这一天过得风平浪静,坐在那儿,没打情骂俏,一句挑逗的话也没有。

从小餐馆回到住所,苏滟问:"你的房间,或是我的?"

"你的。"他回答。

这是一个疯狂之夜。昨夜两个人喝了太多酒,凭着感觉来。这晚上,两个人也喝了酒,完全没有酒精的烘托,压抑了一整天,两个年轻的身体,脱去衣服,关上门后,相互寻找对方,一下子缠绕在一起,怎么也拆不开。不管是她在上面,还是他在上面,不管是在床上,或是在地上,他从来不知道与另一个人的身体可以变幻出这么多形式,竟然是这么快乐,这么不想冲到终点。他俩一个晚上做了停,停了再做,两个人不断地亲吻,不断地冲击,只是为了到达一个不可企及的地方,一次又一次攀上云端。最后终于像两发燃烧的火箭,射向对方,两个人都虚脱了,一动不动,仿佛生命都结束了。

在小三峡的第三天上午,他们在巫山码头分开了,窦小明回重庆,苏滟去武汉。绝的是,两个人没说今后,也没依依不舍,苏滟送给他一本日历记事本。她的船比他的船早四十分钟到,他站在码头上看到她走上船,她没有回头。这是一个冷静又有激情的女人,小心点,窦小明。他对自己说。

窦小明回到家，就去了拳击店练拳。他绕道去小面馆看母亲，她问他三峡之行如何，他汇报了到石宝寨外婆老家见舅舅们的事，给外婆外公上坟，却对遇见苏滟一事只字未提。他开始交往女朋友，她们跟他卿卿我我，甚至上床，他先声明，如果想结婚，我们就不做。真有不怕不结婚的女人。他跟她们上床，怎么也跟大宁河的苏滟不同。母亲还是让花姨娘给他介绍对象，但是他都不点头。火锅店因为有爱文艺的客人，不时来举办诗朗诵，生意十分红火。以前的晚上他大都待在自己的家，现在却不时参加诗歌爱好者的聚会，有时也去一些画家的聚会，母亲也遇到过他的几个女友，但他说只是一般朋友。明明回家过夜了，还是朋友？不过母亲给他面子，没有立即反对。

大半年时间过去，窦小明在这种聚会中如鱼得水，经常凌晨才回，也常常在外面过夜。他出资给诗人油印诗集，悄悄赞助特别有才华的人找出版社出诗集，深受他们的喜爱。他宛如麟之趾、振振公子，一时女友如云。他乐在其中，他得解放他的身体，释放以前的压抑。他注重打扮，穿着讲究的衣服和皮鞋，甚至也穿了花衬衫，每天出门前，吹头发。有一天清晨母亲拉着他坐在家里的饭桌旁问："火炮，有结果了吗？妈想抱孙子。"

"我还年轻。"

"你还要玩？现在倒省了妈妈的心，不必给你介绍女朋友，你厉害，女朋友交了一大筐，胜过罗小胖，他也没你这么多的桃花运。"

"我的事，我做主。"

"如果你当我是你妈，这事，妈做一半的主。我俩事先说好了。"

"生意没落下，妈妈，你就不要管了。"

"你是我的儿子,我当然要管。那些姑娘思想倒是解放,跟你上床。这样下去总不是个事,我觉得你已经变成一个花心萝卜,你马上就会风流成性,接下来沉溺其中,慢慢地,你就会被妖精们掏空身体,我怎么抱孙子?"

"时代变了,我赶上了,妈妈,我们年轻人的事,你不懂。"

母亲一下子从桌子边站起来,恶狠狠地对他说:"现在是春天,限你夏天时,选好一个准新娘,带回家。这是任务,你必须完成!"

母亲这副态度,给窦小明很大的压力。春暖花开,好多写诗的人往北京跑。跟他经常来往的野禽派诗人井田约他北上,他马上答应了。临行前,井田说,想从成都走,先去峨眉山看日出。他说没问题。结果上火车时,发现多出三个人:一个男的是井田的同学;两个女的,大学刚毕业,一个叫鸽子,另一个叫七星雪。井田个子不高,戴了眼镜,很斯文,也很周到,安排大家住了山顶的小旅馆,为省钱,两个男的住一间房,两个女的住一间房,倒是给窦小明单独订了一个房间。当天晚上鸽子拿着一台相机,敲开他的房间,要他拍艺术照片。对方来势凶猛,脱了连衣裙,只穿胸罩和裤衩三点式,脸虽生得一般,但身材丰满。尤其是戴一顶男式草帽,对他低眉含笑。他稳着自己,拍照片。鸽子忽然脱光衣服,要他拍更艺术的照片。结果两个人拍到床上去了。清晨,日出艳丽无比,如同女人的高潮。下峨眉山后,七星雪一直没跟任何人说话。他们买了第二天早上的火车票,趁着有时间,去逛了武侯祠看诸葛亮和好些名人的书法;他们又顺路去了杜甫草堂,领略诗人只有穷得住茅屋,才能成为大诗人的气度。在那儿遇到两个成都的诗人,晚上参加他们的聚会,在一个成渝艺术圈有些名声的画家家里。他专门收集"实现四个现代化"宣传画,他有毛主席、周恩来,也有工农兵,有小学生的画像,甚至有银行的,下面的标语是"积聚资金,支援四个现代化",给他留下深刻印象。这天来了几个当地画画的。大家吃饭、喝酒、跳舞、朗诵诗。七星雪当众读了两首情诗,比喻自己是梅花,随风而落,一生一世,那风来自窦小明。鸽子不高兴了,骂七星雪不要脸,明明知道窦小明是她的男朋友,还要给他写情诗。场面弄得很乱,那两个成都男诗人本想撩重庆妹儿,发现撩不到,趁着酒兴,砸了酒瓶,当场骂窦小明。井田不高兴了,将手里的碗扔过去,双方打起来,结果不欢而散。因为第二天要坐火车去北京,他们回到旅馆。鸽子跑来睡窦小明,他自然来者不拒。因为鸽子半夜例假来了,回她和七星雪的房间拿月经纸,发现七星雪割了手腕。他们把她送到医院。窦小明当即决定,自己不去北京,留下照顾她,并陪她回了重庆。

夏天很快就到了,窦小明没有完成母亲的任务,母亲气得拍了桌子,好几天都不理他。他穿上球鞋去江边跑步,阴霾的天,江边很清静。在朝天门调度室堡垒那儿,他看见黑姑了,穿着一双锃亮的红色高跟皮鞋,挽着一个西装笔挺的男人,走在沙滩上。仿佛感觉他在注视,黑姑朝他掉过脸来,扔出一个秋波。她看上去比以前正常,看来是这个男人的存在,治好了她心里的病。

突然她的脚步加快,窦小明也加快,那男人也加快。窦小明几乎跑起来,到她跟前,递上一朵紫色绢花。

她接过来,插在头发上,说:"谢谢你给我捡到。"

"你是谁?"那男人问窦小明。

"她晓得。"

那女人摇头。

窦小明奇怪了:"你不晓得我?你不是黑姑?当然你不记得也

是对的。"

"我们才从客轮上下来。这个地方，对我来说啥人也不认识。"那男人指着远处的码头，那儿有一艘"东方红号"。女人补了一句："今天路过这儿，仅仅停留一天，我来找我的姐姐。"

"姐姐？"

"她叫刘玉莆，我们在万县。十八年前，她离家出走。都说不认识她，都叫我黑姑，我不是黑姑。我们姐妹长得像，差一岁。再见！"说完，那对男女走远了。

窦小明一下子呆住，原来黑姑是万县人，当初她为什么出走，为了追回一个抛弃自己的男人？生活比小说精彩。

他朝原路跑回。回到家，冲淋浴时，家里电话响了，他披了毛巾，接了电话，是一个女朋友，说这几天给他写了一首长诗，要他明天晚上去她家，她要当面朗读给他听，她的父母也很期待见到他。

他一愣，这个女朋友长得秀气，性格也温柔，在钢厂图书馆工作，诗写得清新动人，很喜欢海明威，说今生的理想是写出几分像《老人与海》那样的小说。说实话，他对她印象不差。原以为她只是玩玩的，没想到她玩真的了，要他见父母。他说他刚跑完步回家，正在淋浴，之后回她电话。

热水冲着他的身体，他想不起来跟这个女朋友的一切，包括何时上床何时交往，似乎认识不久就上床了。之后隔一周或是半月，一起去参加诗歌活动。她跟别的姑娘差不多，单独与他相处时，主动投怀送抱。除此之外，想不起有什么特别的地方，甚至不如鸽子和七星雪那么野性而激情。他的思想处于一个旋涡，记忆故意在旋涡之外，旋涡之内让所有的女朋友沉浮，他就是要玩世不恭，就是不要把情感给一个人。热水淋在他的皮肤上，开大一些，打击在皮肤上，如同女人的手。抹香皂，冲掉身上的污渍。再抹香皂，再冲掉身上的污渍。

他关掉水，用毛巾擦干身体上的水滴，走到卧室，开衣柜门找衣服，选了白衬衣和牛仔裤，又找到袜子穿上。他走到电话机边，想起晚上还有一个事，要打电话，便在小本子上翻找，这时他看到本子最后一页，有幅铅笔画：两个人坐在河边，头上全是飞舞的黑鸟。他的心抖了一下。以前怎么没有发现这图？这本子是去年在小三峡苏滟与他分手时，送给自己的。他一直用这小本子记事和记电话号码。他盯着画，画上的黑鸟飞起来，在他面前，尖声叫着。他摇摇头。当时他以为只是自己出现了幻觉，没想到河面真的飞舞着成群的黑鸟，苏滟也看到了，并画了下来。如果她没看到，她的脑子出现了与他一样的幻觉，并画下来，那就更不可思议了。

他突然很想念她，她就是一只黑鸟。他拿起电话，回拨淋浴时接到的那个电话，他知道他该如何回答那个姑娘了。

第四章 生活

就是在这年夏天,窦小明将同层另一套房买了,打通成四居室。客厅对着厨房原来空白的墙上,多了几幅照片,其中一张全家福里,母亲双手抱着一个女婴,身后站着窦小明和苏滟,两个人没笑,母亲开心极了,嘴角、眼睛都笑弯了。

进入秋天,墙上又多了几张照片,三个月大的女孩,专注地看着你,目光中有两岁左右的成熟样。大都是她跟婆婆的合影,也有跟外婆的合影。

窦小明盯着墙上的照片,认为女儿跟他相同,内心住着一个老灵魂。基因,是没有办法改变的。他走到厨房门口,问正在择韭菜的苏滟:"如果三个月前我不找你,你就真的独自一人把宁宁养大?"

"我不能用怀孕来要挟你跟我在一起。"

"你自私。"他说。记得当时敲开她家的门,苏滟的母亲系着一条围裙，戴着一副眼镜，站在门前打量他。不过仅仅几秒，她就让他进屋了，带他来到小床边看熟睡的孩子。她红红的脸像苹果，头发黑黑的，安详地闭眼睡着。那第一眼，他的心都快停止跳动了。苏滟不在家。她的母亲说，苏滟不要坐月子，休息了十五天就去公司上班。他对此五体投地，不明白面前这个温柔的母亲，怎么会有一个如此刚强的女儿。

苏滟让窦小明把盐腌过的白萝卜丝挤掉水，放在五花肉剁的碎肉豆干丁里。他走入厨房，照办。厨房的案板上有好些擀好的饺子皮，它们粘着面粉。他说："幸亏你有一个好母亲。"

"你以前不认识我妈妈。"

"她以前跟你现在一样？"

"不完全对。我妈妈和我爸爸一直拗着劲儿，比如我得跟她姓，比如把我扔在她哥哥家。反正我妈妈变了一个人，也是宁宁的幸运。

"对了，你刚才说我自私？这话是调侃我，对吧？小明，其实我这个人很简单，我只要你发自内心，百分之百地想跟我在一起。"

窦小明洗手，用毛巾擦干后，边搅拌馅，边问："那宁宁是发自内心的结果吧？"

"那是大宁河的赐予。"她看了他一眼说，"如果我们不在船上相遇，不去小三峡，可能就不会有她。"

这是事实。三个月前母亲知道她已有一个刚生下的孙女，像是中了头彩，拉着窦小明在房间里转圈跳舞。母亲疯了似的，流下喜悦的泪水。难道他不是吗？苏滟这个女人又狠又有智慧，他完全不是她的对手。记得婚礼上，苏晓华与他碰杯祝贺，不等对方说，他便自罚了两杯酒。

"妈佩服你,滟滟,收服了这匹野马。"母亲拿着鸡毛掸子,边说边掸照片上的灰尘。

每隔一个月,老邻居们都有一次聚会,在老妈小面馆,通常是晚上六点,将几张桌子拼成长桌,大家在一起喝喝老鹰茶,吃吃小吃,一人一碗面。现在不兴打长条纸牌,改成打麻将。他们只是来打麻将。有时不只开一桌,打几角钱;有时兴致高了,打一元钱;过节时打过通宵。

有少数邻居还在一号桥,绝大多数邻居老房拆了,分了远郊的房子,搬离了,好在都在重庆。一个月相见,总有些新闻可聊。重庆人聊天,带着生殖器的字眼,像打机关枪一样快而准。他们说到区医院在加盖楼,说到钢哥的母亲心脏病住院,她想念在江里淹死的女儿,常常梦到她从江里走上来,对她说:"妈妈,我冷。"

有时说完新闻,就聊鬼故事,说秦源的住址,三角地那儿的黄葛树下半夜有脚步声,就是白天,孩子们经过那儿,也听到过树发出笑声。

袁师傅的眼睛得了夜盲症,病退在家,每回聚会必来。有时宾爷也来,但他不说话,坐在那儿喝闷酒,一身黑衣,手里一壶五加皮。老爷子的头发全白了,他放弃辟谷了,脸上多了皱纹。那只鹅在脚边,伸着脑袋听众人的聊天。一个动物能活这么久,也奇了,胖妈说宾爷只喂鹅淘米水和红萝卜。

"如果人也吃这两样东西,肯定会长寿。"袁师傅说。

"窦妈妈,你家媳妇不在设计院了?听说她成立了设计公司?很赚钱。娃儿都生了,才结婚,有本事,这婆娘心比男人大。"

"我喜欢苏滟,不然我家火炮谁管得住?"她想说儿子在苏滟进门前,交了那么多女朋友,艳福不浅,但还是闭嘴了。

"是呀,妻管严,吉利自然。"

"龙哥走了狗屎运，在海南也挣钱，挣大钱了。"袁师傅说。

"不记得他长啥样，以前九龙坡的混混操哥头子。"胖妈拍了一下桌子，"哎，你家老七，好像是在他那儿做事？"

袁师傅不作声。

"就是那个跟钢哥对抗的家伙，九龙坡的黑社会头子，听说还跟你崔素珍沾亲带故。"一个邻居说。

大家盯着母亲，母亲冷笑一声说："只闻其名，未见其身。"

有一次遇上黑姑脏兮兮走进来，到宾爷的面前跪了下去，请他算命。她的头发掉得厉害，背也驼了，脚下穿了一双旧红高跟鞋，鞋边沾了好多泥。

"黑姑，你去哪儿了？好一阵子没见着你了。"有人问。

"有个长得像你的女人，来找你，说是你妹子。"有个大妈说。

黑姑当没听见一样。

"你有妹子吗？"

黑姑摇摇头。

"我们可以让船带你回老家万县，要回去吗？"

黑姑还是摇摇头，专注地盯着宾爷。

她和他都是怪人，大家的眼睛都瞪圆了。没一会儿，两个人叽叽咕咕，说起来。大家听不明白，似乎是她要他写什么东西。她从身上掏出一张皱巴巴的纸，拿出一支钢笔来。宾爷在中心街顶摆摊给人算命写信，用墨和毛笔。不过宾爷没穷讲究，打开钢笔在那张纸上给她写了好几行字。她如获至宝，千恩万谢地出了门，傻呵呵笑着走了。

窦小明偶尔参加这聚会，都是碎嘴说闲话，东家长西家短，他们说的事，跟一号桥地区相关。窦小明参加与否，都不会漏掉内容,因为第二天母亲会在早饭时如数托出。有时老邻居聚会也会不欢而散,因为一言不合,彼此揭了老底,就会翻脸,或是结不了亲家。不过这矛盾不会过一个月,第二个月聚会时,有人拉着讲和,或是厚着脸皮,见面后吃吃茶,聊聊天,气就消了。除非家有大事,或是生病,就算是搬家,大家都会出现。

这天窦小明刚回家,母亲就把他拉到厨房里,轻声问:"火炮,你在外面添仇家了吗?最近我老觉得有人盯着我的背脊,怪吓人的。"

苏滟听见了,问:"妈,该早点讲出来。"

"啥时有的?"窦小明心里倒吸一口气,其实他也有这种感觉,有人跟在身后,他觉得有事将发生。什么事都可发生在自己的身上,但不能在母亲的身上。

"办过喜事后,就觉得了。"

"那有好几个月了。"

窦小明心里默算了一下,自己没有仇家,又仔细地想了想所有认识的人,钢哥远在日本,不可能,想到龙哥,也不可能,跟他没直接打交道。他实在想不起来自己得罪了谁,到了跟踪他的程度。

苏滟上下班都开车,见客户也是在办公室附近的大楼餐馆,她说:"我们有孩子,还是小心一些。阿姨不准带孩子出外逛,只能在家。"

窦小明点点头。

这样提心吊胆过了好几个礼拜。没发生什么事,大家松了一口气。这天晚上,窦小明在两路口办事,决定去火锅店看看。虽是六点了,天色还亮着。他抄近路,从两路口下了一坡石阶,往下走,感觉身后有人,便加快步子,后面那个人加快步子。等他停住,对方停住。

就这样走走停停到了大溪沟火锅店，窦小明走进热火朝天的店里，生意太火，门外也有好多桌，刚跟里面一桌认识的客人打招呼，那个跟踪的人也走进来。他的脸涂黑了，秃头，身材高大，不知为什么，窦小明感觉此人他认识。那大汉到柜台，用一把二十厘米长的尖刀，放在管钱姑娘的脖颈上，命令道："把钱放入纸袋。"

那姑娘看了一眼窦小明。

窦小明点点头。姑娘将两千多元的纸币和硬币放入纸袋，那是一天的收入。大汉一把扯过纸袋，挟持姑娘到门口，说："听好，准备好五万元，改日上门取。"他扔了吓得浑身发抖的姑娘，转身离开。

窦小明追出去，那大汉已没影了。

这类事发生，报案，公安局会处理，但很难抓到罪犯。窦小明去拳击店打拳，周身是汗。晚上回到家，苏滟已知晓，认为应加强保安，每个店请两个会拳脚的退伍军人。

母亲不同意，说："太麻烦，请这么多人，跟旧社会似的。到时不用人，请人走还得罪人。这样吧，以黑治黑。"

屋子里的儿子儿媳看着她，不懂她在说什么。她说明天就找程家妈帮忙，让程三查一下，看是哪个贼强盗做的事。

"程三？"窦小明一下子想起在客轮上发生的事，"妈妈，程三真成了这一带的地头蛇？"

母亲点点头。

窦小明突然想：没准这事跟程三有关。这个感觉钻出来，他笑了一下。

"你觉得和程三有联系？"苏滟问。

窦小明反问："你说呢？"

"那更要和程家妈说说了。"母亲看着苏滟,苏滟没有反对。

老妈火锅店被抢的事,一下子传开,来吃火锅的客人少了,影响了别的店的生意,老妈小面馆一号桥店,有老邻居老客人扎起,照样热闹。

这些天窦小明倒没有乱套,每天跑步和练拳击,忙着见人,参加诗歌朗诵会,仿佛无暇顾及那家火锅店。收银员还是那姑娘,不过跑堂的两个人都换了练拳脚的。他相信那个人会出现。母亲给程家妈说了,那边回话说,不认识。如果那家伙去别的店?不可能,那家伙认识自己,专为恶心他,就会来这家店。出事那天是周五晚上,今天正好过了一周,晚上他想去店里看看,从门口挂衣架上取下一件西装外套穿上,走出门。

火锅店里人不多,回头客都没来,是一些生人坐着,只有三桌,显得冷冷清清。

窦小明前脚进店,隔了一分钟,走进一个大汉。他在心里笑了,真是为自己来的,便回过头来问:"兄弟,你我无冤无仇,为何如此?"

那人仍是一脸黑,声音沙哑地说:"五万元准备好了?"

"客人都被你吓走了,哪里还有钱?"

"生意没了,你钱还是有的。"

"我可以给你,但是,怎么保证你以后不来?"

对方大笑,说:"脑瓜儿灵。直话直说,我们有仇。"

"说来听。"

"啰唆个屁,把钱拿出来!"

窦小明越看越认为这人是在轮船上对苏滟非礼的那个抢匪,尤其是他的嗓音,带点沙哑:"我晓得你是谁。你赶快走吧——"

这时,门外进来五个短打扮的人,带头的是袁七,穿了个大喇叭裤、黑背心,外套黑皮衣,手里拿短刀。廖六提着一根铁棍堵在门口。窦小明神情凝重,随时准备还击。奇怪的是这几个人对直朝大汉走去。大汉见了,一笑:"哥们儿,你们来帮我?"

"谁是你哥们儿?尽吃独食的人!"

打斗不到五分钟,统统倒在地上,袁七受伤了,手臂流着血,身体压着一身是血的大汉。程三这时一步跨进门,对着大汉说:"何二,你不该来。这地盘,我罩着。"

"日你妈哟,你不是当老大的屁格,那天见死不救,我就专门对着你搞,搞死你。哈哈。一顶五,值了,可惜漏了你!"

"你龟儿子眼里一直没我,没兄弟们,这次你过线了。"

"你想做啥子?"何二说。

轮不到窦小明出手,程三一挥手,进来一批人,操起一个家伙,将何二的双手砸断,他发出惨叫。他们移走了所有血淋淋的人。一刻钟不到,程三站在门口,一只手掸掸身上的灰,样子怪异。窦小明朝他走去,递上一根香烟,替他点上。他抽了一口,把烟头按灭在窦小明的西服袖子上,袖子当即烧了个黑洞。

"一码对一码,有一天我会收拾你。"程三的声音很轻,说完转身离去。

窦小明沉默了半响,马上加入店员清扫地面血渍的工作。他记得程三眼里的凶光,这程三行事,比他十二岁遇到时厉害多了。

当晚回家说到这件事时,母亲对他说:"是程家妈做主。我送给了她一个红包聊表心意。这件事算结了。"

他没问母亲给了多少钱的红包,关键是母亲与程家妈多年的情义,不会让老妈小面馆和火锅店遭到混混们的捣乱。程三看在自家妈妈的面子上,处理了何二这颗耗子屎,以绝后患。他小时对何二没印象,那人肯定跟在钢哥、程四的后面,不显眼。这么说,何二那天从客轮上跳江时，被窦小明扔出的那把刀伤着了，程三有船，却为了逃命，没有救他。何二命大，活了下来。这次程三教训了何二，断了他双手，却留下一命。何二从此离开重庆，程三反而因这件事在整个重庆建立了声名，大家认为他是好汉，打抱不平，一分钱没要，就平了何二，也因此真正当了老大。

窦小明没再参加一个月一次的老邻居聚会，母亲回回必到，有一次聚会回来，告诉他，看不出来程三有孝心，自己住老房子，几年前就给父母换了有电梯的楼房，还给他妈买了席梦思床垫，要好几千。程四还是在海南混，跟一个做生意的广州女人结婚生娃了。

头顶大片乌云从左向右移动得飞快，孕育着一场大雨。礼拜天，一家子都在家，母亲在收阳台上晾着的衣服。阳台上有盆白丁香，一年开两季花。苏滟过来帮忙，抱着衣服，闻到花香，把衣服塞到沙发上，奔到卫生间吐了。一连好几天不舒服，吃什么吐什么，不用说，又怀上了。

喜事临门，母亲格外小心，没有在面馆里说，担心喜事泄早了会出意外。一周后，苏滟的母亲得知，和苏晓华从九龙坡赶来，将宁宁带回去，让女儿安心养胎。

窦小明与苏滟每天早上醒来，都在给肚子里的孩子取名字：老大小名宁宁，大名窦苏宁，老二如果是男孩就叫窦苏河，小名河河，是女孩，这名字偏男性，也不是不可以，以此铭记"大宁河"这个两人的福地。

母亲在厨房用鸡汤煮抄手，看到边上还有一盘削好皮切好的水果。这时苏滟走进来。

"滟滟，这么早就弄好水果，几点起来的？"

"我刚起来，妈。"

"那我儿子乖，早早做好水果，等大家吃。"母亲望着苏滟的脸说,"这回绝对是个儿子。你看你的脸变得厉害,这回窦家有孙子了。"

苏滟高兴地笑了,说:"一儿一女,完美无缺。"

"可是怎么办,只准生一个的政策?"

"妈,不要担心,我们认罚,交钱。"

"昨天胖妈说她家小女儿在邻水煤矿交二胎的罚款,够买一台彩电,小名就取成彩电。"她盛起抄手,端给儿媳,自己端着水果到客厅餐桌。

窦小明扣上衬衫扣子,坐在餐桌旁。

"重庆二胎罚款更多,妈妈,这钱我们认交。"苏滟望着他说。

"万一是双胞胎呢?"窦小明看着苏滟说。

"越多越好。我不去面馆了,给你们带。这回不让外婆辛苦了。"

"怀上双胞胎,那没办法。若不是,以后不生了,两个孩子够了,我还得忙公司呢。"苏滟说。

母亲不说话了,窦小明也不说话了。这几个月他俩小心地哄着苏滟,她的妊娠反应大,脾气也变了,控制不住,说的话难听。她一会儿想吃酸枣,他想方设法找,可吃一口就吐掉;想吃桂圆,一大筐弄回家,看见就摇头,不想吃了;她想吃桂花酒,他劝她,冲水喝可以,不然酒吃多了,对胎儿不利,她不听;她一会儿想吃糖醋排骨,母亲马上就做,吃不够,每顿都要,家里全是糖醋味。她要上班,窦小明每天开车亲自接送。母亲说,怀他时也这样,只是那时没条件,丈夫不在家,她想吃什么吃不到,心里窝火。现在有条件,不能让孕妇受一点儿委屈,他俩全部迁就她。九月怀胎,分娩是顺产,一共用了两个小时,苏滟生下一个男孩。母亲乐坏了,逢人就说，别人恭维她是前世修了福。

但是他发现生下孩子后，苏滟的脾气并没有改变，她心里对自己有股气，不知做错了什么事，反正她的脸上难看到笑容。"你是不是有产后抑郁症？"

"我？想想你自己。"她回答。

养女儿宁宁时，虽然有保姆和外婆帮忙，但苏滟什么事都要自己做。而儿子河河呢，苏滟全丢给婆婆管，还未满月，她就开始上班。虽然有保姆做清洁，洗衣烫衣，但家里多了一个孩子，就多了一倍的事。窦小明心疼母亲照顾两个孩子辛苦，也就尽可能地留在家里，帮着母亲照顾一对儿女。

罗小胖和吴元一前一后来，领走两个孩子的教父位子。母亲高兴，苏滟只笑，不说话。

一直到第二年春天，家里都笼罩着一种紧张的气氛。他明白，自己跟苏滟的甜蜜期落下帷幕了，两个人几句话不合，就会争吵。春天的流感先从母亲开始，再到他，到两个孩子，最后是苏滟，她捧着一卷纸，擦鼻涕。祸不单行，母亲在浴室摔了一跤，腰上的骨头裂了，得卧床休息。保姆本来只是白天来，现家里有事，晚上也留，拿加班工资。

紧接着猪瘟开始，过了几个月，又说牛肉有问题，然后禽流感开始。老妈小面馆和老妈火锅店的生意受到影响。苏滟要窦小明卖掉它们，跟她一起做建筑设计。他说，夫妻一起做事，难磨合好，夫妻做不成，家会散了。

她说没磨合，怎么就说此倒霉话？可能你就是不想花更多时间跟我在一起。

窦小明不理她。他又读了一个艺术史的硕士学位，苏滟看在眼里，也考了一个经济学博士，她开公司一年挣的钱，相当于他几年挣的钱。她用四万元注册资金，拉了近千万元的投资，设计装修一批别墅，高价售出，挣来第一桶金。她给婆婆办了一张信用卡，说放心大胆地用，告诉婆婆换掉旧保姆，找住家、资历高的保姆，教育宁宁和河河。

新保姆一进家，事就多了起来。她是成都人，重庆师范大学毕业，人长得顺眉顺眼，做事麻利，看不惯婆婆溺爱孙子。窦小明在家时间多，她喜欢与他探讨孩子的教育问题，对他照顾得很好。苏滟回家晚，给她热饭菜，但话不多。没过多久，婆婆说到教育孩子上保姆与自己的分歧，苏滟让婆婆另找一个。婆婆心里明白儿媳要辞掉这保姆，是因为保姆仅仅讨好男主人。

窦小明不高兴，苏滟变了，以前她不是这么心小的人。突然，他笑了，她啥时心大呢？认识她这些年，她好像不在乎别的女人，但并非眼里能容得下另一个女人。

新保姆是一个要长相没长相，要脑子没脑子的人，幼师毕业，三十六岁，一家人管她叫唐姐，沉默寡言，眼睛找不到事，叫她洗碗就洗碗，灶台上锅脏了，是不会洗的。这让母亲和苏滟抓狂。唯一的好处，对孩子不错，格外小心，陪他们玩，眼睛盯得牢，河河不像宁宁小时那么经常摔出血，严重时都得送医院缝针。

注意安全是最起码的，不动脑子，没法交流。时间一长，苏滟非常不满。窦小明告诉她，如果保姆样样好，是不会出来干活的，将就点吧。换一次保姆，家里仿佛大换血，尤其是孩子不适应。

苏滟听了，不说话。他开车送她去公司，一路上，两个人没话说，幸好开着音乐，场面冷到分手时，她只是在他的脸颊上亲了一下。他去了拳击店，打了一个半小时，一身是汗才回家。

母亲站起身来，按着腰走动，三个月了，身体才恢复。年终，母亲去小面馆参加老邻居聚会，左脚崴了一下，一拖半年，一直不利索，下雨天就阴痛。

"我到面馆去看看。"母亲告诉他一声，就拉开门走了。

下午的阳光投射在阳台上，粗大的黄葛树结了好多黄果子，引来好多麻雀。窦小明去厨房冲了一杯雀巢咖啡，用勺搅拌。一喝，还是有点烫嘴，他端着杯子走到客厅。房子里从未有这么安静过，墙上的照片歪了，保姆将其摆正，用抹布擦灰尘。全家福五个人，儿子聪明，两岁就能背唐诗，女儿上幼儿园了，长得像苏滟，个子与当年那个吃糖饼上学的她一样高了，同样梳着双辫。女儿爱听故事，听了故事，记性好，还能给弟弟讲出来。她爱画画，喜欢画鸟和河，几笔勾勒出一只鸟，翅膀的线条生生戳穿纸。

窦小明读过一本书，说到孩子下笔有力，是早熟，心里承受着不应有的负担。他很心疼。拥有这样的孩子，这样的家，他应该觉得幸福满意。可是他没有这感觉。马塞尔·杜尚用铅笔给达·芬奇的"蒙娜丽莎"添上山羊胡子，取了个标题$L·H·O·O·Q$，这五个字母相当于法语"淫荡污浊"的快读谐音，暗喻这形象。他迷上杜尚，跟当初看这幅画有关。杜尚的小便池算艺术吗？为什么你家的便池就不是艺术？他的硕士论文，想写这种反艺术的极致与超现实主义的关系。杜尚喜欢纯粹的东西，也这样对待生活，他说自己最好的作品就是他的生活。我呢，窦小明想，面对生命，无意之中在空间和时间里延伸其中一种丧元素。艺术是谜，那生活也是谜，有艺术的生活呢，更是谜，一种无力，甚至害怕的感觉，聚集在身体里，他感到少年时的满腔豪情和壮志已离自己越来越远。

突然身后传来阵阵吼叫。他手中的咖啡倾倒出来，洒在他的衬衣和裤子上。原来是保姆系着围裙，在吸尘，开了大挡。他愣在那儿，不知该怎么办。

他没有阻止保姆，几口喝完余下的咖啡，转过身来。苏滟学建筑设计出身,这个家是她一手设计的,多了两个孩子和一个居家保姆,也算宽敞。两套房合一个门进出,小两口住新装修的主卧,他的书房也在那边,客厅改成孩子房,把厨房变成衣帽间,保姆跟母亲住原来的那套房,客厅与阳台打通,显得宽大亮堂。添了不少中式老家具,家布置得很温馨,到处是孩子的玩具和书,他珍惜这个家。

放下杯子,他收拾那些玩具和书,眼光扫到门口放的三层鞋柜上母亲的一双黄色皮凉鞋。走过去,看着鞋,鞋带从扣里断掉了,这是秦伯伯做的鞋,皮质尚好,式样也没过时,鞋底磨平了,可能会滑,垫一个底就行了,可以找个鞋匠修一下,不然,母亲万一穿在脚上,滑倒了,又摔了跤怎么办?

突然,他拍了一下自己的脑袋,拿起鞋,推开书房。可是每个可能的角落和壁柜里,都找不到秦伯伯的鞋箱子。它会在哪里呢?他将老屋里一些东西搬回来不久,那儿就变成了一片建筑工地。他记得清楚,鞋箱子进了这个家。箱子不会凭空飞掉,母亲不会扔,那么苏滟呢?这想法一出来,他的心便痛。夫妻关系如果到了随便扔对方的旧物,就亮起了红灯。莫非自己和她已到这种时刻?他站在房间中间,他的眼睛盯着书桌上母亲的皮凉鞋。窗外阳光撤走,天色阴晦昏暗,乌云飘浮不定,幸好开着窗,微风缓缓吹入,他的胸口可透气。他坐在书桌前,脚触到桌下一个硬物,低头一看,那儿一堆书,压着的正是木箱。

他蹲下,将书一本本移开,打开箱子,决定替母亲修补好这鞋。

第五章 嫉妒

过完1996年元旦,母亲从家政公司找了一个中等师范学校毕业的保姆,家在达县农村,毕业只能回老家,她不愿意,想在重庆城里做事,结果被推荐到这儿。新保姆年轻,虽瘦瘦小小的,但眉眼喜庆,人也聪明能干,烧一手好菜,照顾孩子、做游戏时教他们算术,跟男女主人谁都不近,跟谁都好。苏滟没得挑,这回很是满意。

未到春节,重庆天气就暖和起来,不必穿大衣,一件毛衣,加一件外套就可以了。几乎都是晴天,虽不及北方有暖气,但这个冬天还是很好过。窦小明的女儿上小学二年级,儿子上学前班。这天他带着两个孩子在江边堆沙堡、打水漂,玩完上坡,有一只灰猫自个跟着他们,一直跟回了家。

母亲看着灰猫,可能长年在江边流浪,猫身上粘了好多沙子和泥,毛发脏脏的。"是只野猫?"

"应该是吧。"窦小明回答，这只猫有种似曾相识的感觉，跟幼年时遇见的那些猫身上的气味相近，仿佛它穿越久远的时空而来。他在江边跑步，不时会遇到野猫，个个都远离人群，甚至对人持敌视姿态，而这只灰猫却有种亲切感。

苏滟不喜欢家里养动物，但孩子们喜欢，这只灰花猫就留下来了。母亲带着两个孩子给猫洗澡，洗过澡的野猫，不见了灰毛，一身黑毛显出来，点点白花显示出来，可爱地伸直前腿，叫了一声。宁宁给它取名小花。

两个孩子都去了学校，母亲脚好了，走路不如先前，仔细看，有点拐。她去了面馆，苏滟去了公司，保姆去街上买菜。小花猫养了半个月，浑身毛发光滑了，模样也俏了，对窦小明很亲热，他在哪儿，便跟到哪儿。

拿到硕士学位后，窦小明还是想读书，想去国外看看。不过孩子尚小，他很烦躁，看看手表，想起与罗小胖下午在重庆宾馆咖啡馆有个约会，便出门了。

他正点到，刚坐下，看到罗小胖跟一个高大的男人走过来。

"认得我吗？"那男人坐下后，问窦小明。

"天哪，是罗老师。"窦小明高兴地叫起来，"其实这些年来，我一直在打听你的下落，可是没人晓得。"

"当然，因为我不在。"

四十来岁的罗老师比以前更有男子气概，头发剪得很有式样，他抽烟斗，穿一套讲究的西服，打了条漂亮的黄领带，脚上是一双圣詹姆斯工厂的手工皮鞋。苏滟在窦小明生日时送了一双给他，是去英国时，专门到邦德街购的。

"我下飞机，出来第一眼看到接机人，吓了一跳。"罗老师说。

"我也没想到,要接的安东尼·罗先生是我从前的体育老师。"罗小胖笑着回答。

"所以你俩是生意伙伴?"

罗小胖点头,又摇头。他说,罗老师负责宝隆洋行亚洲的业务,也是罗小胖所在公司的供货商。罗小胖递给窦小明一支烟,自己一支,罗老师给他俩点上火。

烟雾缭绕之中,三个人喝着咖啡,聊着过往。罗老师那一年被判刑两年,他不服,当时他们在他办公室抽屉里搜到一本手抄本《少女之心》。这本黄书,他没借给任何一个未成年的学生。他在牢里一直上诉,最后被他翻案,提前释放。但教师是做不了,正巧恢复高考,他考上暨南大学外语系,大学毕业后,被丹麦一所大学录取,去那儿留学读经济学硕士。"啥子苦都吃下来了。心里一直不想回重庆,这次是必须来。没想到,一到重庆,就遇到罗小胖,还见到你!听罗小胖说了你的情况,总之,你还过得如意,很为你高兴。"

窦小明点头,说他一直好奇《少女之心》是啥黄书。

罗小胖在边上说开了:"我后来有机会看到,远远不如《金瓶梅》。没啥黄的,写得简单,在你这样资深的文学爱好者面前,也没文采。只是当时若是我们那个年纪看,会想歪。"

"我当时也是好奇,手抄了一本!的确不算文学作品。"罗老师说。

"那我不必看了。"窦小明笑了,问,"罗老师,你家人在重庆?"

"我是在孤儿院长大的。"罗老师说。

他怔了。自己何其幸运,有母亲一直陪伴。他告诉罗老师,他一直记得罗老师的话——"大海,自由,这两样东西最重要",可大海和自由，两者对他而言，都可望而不可即。

罗老师告诉他俩，文学代表人的梦想，我的成长，你们的成长，都被剥夺掉好多东西，包括记忆。为此，我们需要文学，如同需要自由一样，人若是拥有文学，便可从一个弱者变得强大起来。他陷入回忆，吸了一大口烟，吐着烟圈，感叹道：在孤儿院，在牢里，如果没有亲人，他可以活着；如果没有文学，他活不了。书籍有一天消亡了，历史就会化为乌有。

窦小明点头。对罗老师，他一向尊敬。他们约好，下次罗老师再到重庆，去窦小明的火锅店吃一次饭，来一场普希金诗歌朗诵会。

回家后，窦小明在书柜里找到罗老师当年给他的那本《普希金诗集》。相比那些外国翻译小说，最多书里有几道笔画出的线条，这本诗集尽是线条，封面磨损厉害，仿佛看了一百年的旧样子。当年罗老师在办公室朗诵《致大海》的情景浮现在眼前：他的右手抬起来，眼睛里充满热情，那么青春焕发。窦小明学他的样子朗读起来：

再见吧，自由的大海！最后一次了，在我眼前，你蓝色的波浪翻滚起伏，你骄傲的美光灿夺目。仿佛友人忧郁的低语，仿佛他别离时的呼唤，最后一次了，我听着你的大声哭泣，你的沉郁的吐诉。

时间真快，二十年悄然过去。

他看着窗外，不知不觉中好多树在掉叶，有的树光秃秃的。而书桌上一盆文竹依然苍翠欲滴。这书桌放书放本子，像一个工作台。他把文竹移到窗前，移开书本，将一块布铺在上面。相比当年秦伯伯做鞋的条件,这工作台真是太奢侈了。那天母亲发现自己那双皮凉鞋被他补好,开心极了,说:"想不到,我儿子有这手艺。"

他弯身把鞋箱提到桌子上,取出工具来,决定清理一下,也许可以添些东西。小花猫走过来,跳上窗台,蹲在文竹边看着他,轻轻地叫了一声,见他没动静,又叫了一声。

他走过去,从窗子望出去。另一幢楼房一层大门前,有人在贴对联,还有人在挂喜庆的红气球,连树上也挂上了,春节说到就到了。

这天晚上窦小明做了一桌子菜,苏滟答应会回家吃饭。可是她没回来,也没打电话。两个孩子等不及,就先吃了饭。等了好久,大人们才吃饭。苏滟很晚才回家,说临时有应酬,陪客户去餐馆吃饭。窦小明没说话。她站在卫生间盥洗台那儿,湿湿的头发,灰色的睡衣裤,趿着一双拖鞋,对着镜子刷牙,一边刷,一边问:

"你把秦伯伯的木箱搬出来,做啥子?"

"整理了一下,我想给两个孩子做双鞋。"

"小明,你还会做鞋?"听不出苏滟的声音是高兴还是不高兴。

"以前跟秦伯伯学了几手,不过手生得很。先拿孩子的鞋练手。"

"哟,你还有多少秘密没告诉我?"她对着镜子呵气,用手指画了一个问号。

窦小明看了她一眼,没说话。

他上卫生间解手,看到镜子上那个问号。苏滟上床后,就拉灭床边台灯,没对他说晚安就进了被窝。他回来,以为她装睡,结果她轻轻打起呼噜,真睡着了。他越来越不认识睡在身边的这个女人了，以前她会穿漂亮性感的内衣，给他惊喜，现在套一件松松垮垮的棉布衫，躺在那儿，头发乱糟糟的，眼睛都没看他。两个人已有一些时间没有做爱了。婚姻是什么？就是彼此发现对方的缺点，彼此折磨，让化学作用麻木，又让这种关系一直存在，让彼此痛不欲生。他讨厌婚姻。这想法一钻出，他想：完蛋了，今天不吃药肯定睡不着。

于是他走到厨房，倒了半杯威士忌，拿了一本萨特的哲学书，进到书房，躺在沙发上。酒没喝完，书只看了三页，他就打哈欠了。难道分居就能入睡？怪了。

第二天上午，吃过早饭，窦小明接到老同学吴元的电话，约他中午在解放碑的心心西餐馆见面吃个简单的午饭。

他开车到区文化馆附近，找了好几个地方，都没有停车位，只能将车绕到小什字，找到边上一条小道停车。他信步朝前走，能看到解放碑碑顶的自鸣钟，殊不知迎面与一个人擦肩而过，走过了，两个人都回头张望，是程三。窦小明眉头皱了，冤家路窄。对方看清他，对直走过来。

"小兔崽子，真巧，遇到你。"

"你这回要一码对一码？"

"是的。来，先抽根烟。"程三递上一支香烟，给窦小明点上火后，自己也点了一支。两个人走到解放碑前，站在花台边抽烟。

程三对他说，他刚出狱，这几年一直在南岸省二监牢里，是被公安局"严打"的。他们一批人都进去了，袁七怀疑是窦小明举报，廖六也觉得跟窦小明有关。程三气极，冷静后分析，认为窦小明若要这么做，早在他们抢客轮那次就做了。人虽在牢里，但外面的哥们替他查了，没人举报，即便是何二，也被关了。可能是他们连着好几桩抢客轮的事露了,也可能袁七做白粉生意,两个姐姐都连吃带卖,卖到江北机场,被公安盯着了。程三当年给父母买的楼房是银行贷款,现在没钱了,还欠人钱,被没收。他说是窦小明的母亲给花钱租房、照顾程家父母的生活。

窦小明并不知道,母亲这样做,她没有给他说,可能是怕他担心。母亲回家说的程三的事,都是旧事好事,坏事她却瞒着。"我饶了你,新账旧账一笔勾销。"

"你这条路走不通的,可走别的路。"

"轮不到你这个小屁孩来教训。"程三凶巴巴地说。

窦小明笑了。

两人分手后,窦小明没几分钟就到了心心西餐馆。吴元已经到了,在看菜单。吴元知道这件事后,认为生活教育了程三,他不会再找麻烦。

但愿与他的恩怨彻底了结。窦小明点点头,接着他说起见到罗老师的事。吴元说是他和罗小胖合计,先和他碰个头,看有没有合作的可能,罗老师现在是洋买办,自己也有钱,找他投资,他们三个人可成立一个公司,做国际贸易大项目。

窦小明没说话。

"心境不对?"吴元问他。

他点头。牛排上来,他也没胃口,喝了一口葡萄酒,对吴元抱歉地说:"我也不晓得问题出在啥地方。苏滟以前说我是深度自闭症,我认为,远不止如此。"他感觉内心有一个地方是空的,结着冰,在扩展,越来越大。

吴元安慰他,让他多见见人。两人把一瓶葡萄酒都喝完了。

饭后,两个人走在大马路上,吴元告诉窦小明,他明天晚上回海南,若改变主意,随时打电话给他。窦小明给了他一个紧紧的拥抱。

明天就是年三十，家里阳台挂了好多腊肉和香肠。母亲购了鸡鸭鱼和五花肉，说过节一样不能少，不过今天苏滟想吃酸菜鱼，两条鱼做一条，用五花肉调味。母子俩在厨房里准备晚饭，他剥大蒜瓣，她讲起小面馆麻将桌听来的事。袁七一家瞒着父亲都卖白粉，两个姐姐和一个嫂子前后进了鸡圈。之前，袁师傅走船都不在家，一个家，没有父亲，母亲管不了，乱套了；后来父亲病退在家，孩子大了，也管不了，上瘾的事，只有戒毒所、监牢可管。袁七从牢里出来，人就不见了。

"因为袁师傅痛揍了他一顿，说他把家毁了。"母亲补充道。

窦小明记得最后一次见袁七是火锅店出事。母亲从柜子里取出大盘，把切好的酸菜装上，马上说到黑姑。

黑姑有一天走进面馆，一身红衣，手里提着旧旧的红皮鞋，赤着脚，脚趾还沾着泥，不过人有精神，脸也洗净了，头发剃成寸头，看不出头发稀松。黑姑给面馆里的老邻居一人发一包喜糖，说她找到了从前丢失的男人，原先她失忆，现在她好了。

吃面的客人问："男人是哪里人，做什么？你们现在住哪里？"

黑姑笑而不答。

另一客人拍着自己的腿说："问啥子，这些问题都不重要。黑姑只跟一个男人才重要。"

母亲停住，抬头探看客厅的墙上的钟，说："下回再给你讲，我得出去一趟取东西。"

这时苏滟打电话来，说会早点回家，她买了韭菜，想包饺子。没过多久，苏滟真回家了。她穿了件绿毛衣，配着牛仔裤。一个要在厨房准备馅,一个和面擀皮。窦小明把母亲讲的老邻居的事,讲给她听。

她听着,没言语。

门钥匙响,母亲一手抱着一束蜡梅,一手拿着新装的镜框进门。苏滟赶快跑到过道接过来,照片是两个孩子的照片,说:"妈妈,这照片好,我帮你挂起来。"

母亲放下蜡梅,心事重重地找来锤子和钉子,苏滟钉上了。母亲将镜框挂上去,可是框子落到地上,一声碎响。她皱了一个眉头。用报纸把破了的镜框包起来:"碎碎平安!我明天送去裱店。"

"妈妈,我去。"苏滟说。

"晓得吗?回来的路上遇到程家妈了,说黑姑那事吹掉了,弄得我这儿堵得慌。本以为她得救了。两个人在一起没多久,那男人知道她之前睡了很多男人后,就玩失踪了。"

母亲说完,把蜡梅插入花瓶。

"妈,有蜡梅的家,才像过春节的。"苏滟说。

母亲点点头,坐下来,问窦小明:"程家妈好几个月都没有领退休工资了,好多人要去参加静坐,在小什字轮船公司大楼门前。程家妈要去,你的意见呢?"

"不怕被抓起来?"窦小明没想就说。

"抓起来?!如果那样,我也要去静坐,我会拉上街坊都去支持。"母亲生气地说。

"妈妈,那样的话,我也会去的。"

"这才像小时候的火炮,天不怕地不怕!火炮,我怎么觉得你身上比以前少了一种东西,是啥东西,我也说不清楚。"

窦小明走到厨房,拉开柜拿杯子,想给母亲倒水,母亲的话直戳他的心，他手里的杯子滑落在地上，一声碎响。苏滟走过去，急忙蹲下捡，他也蹲下捡，扔进垃圾桶。苏滟问："等饺子包完了，你，或是我去外婆家接孩子回家？"

"我去吧。"窦小明说。

"其实，你并不高兴去。"

"我很高兴。"

"你一个人时，总是一张脸挂着。"

"你偷窥我？"

"我的心感觉到。"苏滟说。

窦小明穿上西服外套，拿着车钥匙，往门口走，说："每天都是一样的生活。"

"你可以过得不一样，"苏滟跟过来，"反正我的话，你不会听。"

"那你听我的话吗？硬币是双面，单面哪是硬币？"

苏滟气鼓鼓地回到厨房。母亲走进来，一把抓着他的手臂，低声说："家里保姆都回家过年了，明天就是年三十，答应妈妈，让着老婆，宠着她，要珍惜这份感情。"

"我很珍惜。上几分钟，很好，再隔几分钟，就会有事。"

"你听着，火炮，这个年，必须过好，为了两个孩子，否则妈妈会给你好看。"

窦小明开着车，去接孩子，耳边回响着母亲的话，往九龙坡驶去，前面小马路有坡度，他轻踩着刹车，让车子轻轻滑下去。到处张灯结彩，整个山城笼罩在节庆的喜悦之中，不时有人当街放火炮，跟打枪一样，不过射出的礼花衬得天空灿烂奇美。他把车停到路边，从一家店里购了火炮和礼花，装入一只袋子，准备到时陪孩子们一起放。店里门前挂着一只只铜制风铃，像小时父亲给他的。

店主是一个五十多岁的男人，看了他一眼，说："世间风铃多种，唯有这铜制风铃化煞气。"

他购了一只，放入西服口袋，把袋子放回后车厢，刚坐回驾驶座，骤然看到宾爷站在他的车玻璃窗前，白发飘飘，脚上是一双草鞋，注视着前方。他赶紧摇下车窗。

"宾爷，过节好！你在看啥？"

"好多仪仗队，好多鲜花和被子，奇怪老鼠嫁女，连猫都相送。"

"没看到。"

"白猫黑猫，与老鼠能相处就是好猫。"

一辆车驶得飞快，窦小明没听清，请宾爷再说一遍。

"不可为之而为之。好听的曲子，它们奏得真是好，很久没听到这么奇妙的曲子了！"

"混乱中难有平衡，平衡中难识真相。"

"是吗？未必如此，未必如此。对不起，窦家小子，前面好多人在等着我，我得赶路。"宾爷说完，抱起地上的大白鹅，朝前面走去，一歪一倒的。

窦小明看过去，那儿啥人也没有。宾爷跨过路口，往前走，身影变成一个黑点。

整个春节，窦小明的胃不舒服，先是夜里痛，他以为是酸菜鱼放太多辣椒所致，没管。忍着痛，带着母亲和两个孩子去江边放鞭炮礼花。孩子们高兴坏了，在江边跑来跑去，要他答应以后过年都得放火炮。母亲也感慨有鞭炮礼花的年才是年。过完元宵节，他的胃好多了。

又过了一段时间，井田约了几个写诗的朋友来火锅店吃饭。很久不见，窦小明跟他们喝了一晚上的酒，聊文学。井田硕士毕业，分到重庆出版社当编辑。大家祝贺井田。他问起七星雪和鸽子。井田笑了，说七星雪也跑到北京去了，跟鸽子在一起，留在北京了，成了圆明园诗社的人，两人仍对窦小明念念不忘。当天晚上，他胃病犯了，第二天也痛，他不放心，去区医院抽血拍片，发现是胃炎。医生开了药，叫他不吃辣椒。让一个重庆人不吃辣椒，等于判这人半个死刑。在取药时，他掏出两粒干吞下，遇见了小汪，她关心地问："病了？"

"胃不舒服，没大事。"他问她，"都好吧？"

"好。你家的面和菜都太好吃了。"

"去呀，火锅尝过吗？"

她摇摇头，"怕你不要钱，就不敢去了。"

窦小明笑了，递出一张名片："那小汪姐想付钱还不容易，给收钱的看我名片，优惠价可以吧？跟老邻居，老朋友一样。"

小汪高兴地收了名片，点头，问他有几个孩子了？

"两个。"

"祝贺你当爸爸了。"

"谢谢小汪姐姐。"

走出医院大门，窦小明发现原来的花台不见了，他回头一看，玻璃大门变自动了，原先门前只够停一辆车的地方，扩成一个大空地，可停好多辆车。大门两旁修了柱子，加了遮阳遮雨的玻璃斜顶，采光也好。再次遇到小汪，他心里有种冲动，很想和她聊点啥，又不知该从哪里聊起，脑子乱乱的。

这天窦小明回到家，脱了鞋，走进书房，发现苏滟一身蓝裙，站在书桌前，抽屉打开，她手里拿着一封信，一点也不慌张，口气平淡地说:"我拜读了,写得很好。"桌上是一沓旧信,原是用一根麻绳系在一起,现在绳子解开了。她把信放在桌上时,不小心,啪的一下,那些信掉在地上。

"你怎么乱翻我的东西?"他的声音充满惊异,绝对不敢相信看到的一切。

"我在找原因,为啥我俩不如以前好了。你以为我在做啥?窦小明,我告诉你,我不屑于秦佳惠。"

窦小明尽量控制自己的声音,不把内心的怒火喷发出来,他用目光扫了一眼地上那些信说:"那是我十二岁时写的信。"

"十二岁?!还有上初中写的信,可是这些信自己在生长。"

"岂有此理。"

"这理明摆着。"

"她早就不在我们的世界里了!你看都是退信,'查无此人'!"

"为啥还留着?这就证明她还在我们的生活里。"

"我是那样长大的!我没有隐瞒你,在小三峡,我告诉过你,和她、和秦伯伯交往的事。"

"你说过。我信你,但我没想到你对她的感情如此深,幸亏我看了信。"苏滟随口背起他的信来,"学校组织我们看了日本电影《追捕》……我连眨眼也不敢,因为我不想漏过里面任何一个镜头,那是日本,你在那儿呀。"

"不要为你这无耻的行为找借口!我绝不会翻你的东西。"

"那不见得,如果我内心一直供着一尊神的话。"

苏滟看也不看他,走出来,嘴里轻蔑地说:"我瞎了眼,算起来,从十二岁就开始喜欢你!"

"不见得。我以前说过,你是在感恩。"

"不管你认为是啥,反正那天在学校院墙下,当你用身体挡着他们,让我跑,我就喜欢上了你。重新遇见你,我更是爱上了你。"

"如果是这样,那我为什么感受不到你的爱?"

"因为你的心给了她一个人。"

"胡扯!"他叫了起来。

"她不回信,我更不屑于她!"她说。

"她不回信,肯定有她的道理,关你啥事?"

"她回你的信了,你跟她的关系才正常。你根本就是瞎眼狼,你只会沉浸在过去!"

"说话省了劲,不要伤害人。"

"你就是一个瞎眼狼!你看不到一个新时代来临!你说你不想过一成不变的日子!结果你就是宁愿在一成不变的日子里。我才是想变化的人,跟你说过了,和我一起干,过几天我们一起飞深圳,去看看万科的路子。半年前有朋友在做广西北海的土地开发,他弄了一块地,我也弄了一块地。"

窦小明不言语。

"你说话呀,我要听!"

"好吧,我说,夫妻做一个公司,结局不会太好,会影响感情。我以前也说过。"

"很多夫妻在一起共事,我身边有好几对。"

"你我各有个性,生活时,你强势,我让你,可是共事,我会坚持原则。"

"谁让谁?你看看,哪一件事最后不是我让你?"

"你做你的,我做我的,有不错的收入,读读书,陪陪孩子和妈妈,做做鞋子。"

苏滟笑了:"我们有买鞋的钱,有时间做大事行不行?"

窦小明看着她说:"你和我在不同的轨道上!"

"绝对如此。我小时比你家还穷,我妈把我扔在舅舅家。舅妈死得早,舅舅身体有病,晓龙哥与舅舅关系很僵,他骂晓龙哥挣的钱是黑钱,一分不要。我妈教书的工资要管我舅舅家,我小时和晓华共用一双雨靴,一个礼拜雨靴属于我,一个礼拜属于他。我穿妈妈的衣服,松松垮垮的,家里倒油只能倒几滴,晚上开灯都设了闹钟。那种穷是耻辱。我做装修设计,只为争口气,挣钱了,那是小钱,不是我的目标。"

"钱多了,会吃掉你。"

"别给我讲大道理。我不是想要一个人有钱,而是想大家有钱。这一带的人,在船厂、建筑工地和纱厂当工人算幸运的,在轮船上当水手算更幸运的,基本都是在码头当搬运苦力,养家糊口。"苏滟走回书房,打开窗子,看着远远近近的街景,成片的大楼在兴建之中,到处是工地。"我的野心很简单,就是想看到从小长大的江边吊脚楼变成一幢幢高楼大厦!"她走回桌前,拿起桌上的信,"我不是嫉妒,而是要清理这些不该存在的东西!"她边说边弯身捡起地上的信,走进卫生间,按打火机烧了。

苏滟的动作太顺了,轻轻松松,直到闻到纸烧着冒烟的气味,窦小明才反应过来。他冲到卫生间,抢下几封信来,生气地质问:"你有什么权力烧我的信?你太过分了。"

卫生间地砖上的信燃烧着,有的成了灰烬。

窦小明用脚去踩熄火,但信烧得只剩一半了。苏滟抬了一下头,看镜子里自己那张平静的脸,从衣袋里掏出一根香烟来,按手里的打火机,点燃,抽起来。

窦小明回到他的书桌前,把信用绳子绑好,放入抽屉。

"你哪点像我爱上的那个人?"苏湍说。

窦小明不言语。

"你一开始,对我就只有兽性,没有爱情。"

"说话要负责。"

"你从来不对我说爱,我陪吃陪睡白给你生孩子,连个酒宴也不办?"

"你这么卑劣,居然是个泼妇?!是你不办,你说没时间,省事。甚至孩子的两个教父要办,你也说算了。"

"我不喜欢他们。"

"现在才说出来,你真虚伪!他们是我的同学,我们一起长大。"

"你们在一起,肯定说那个大粉子秦佳惠,那是你们的共同记忆。"

"住嘴,我们一次也没说她,她从我们的生命里消失了。再告诉你一遍,你不能想象一件事来伤害我。"

苏湍走到窗台,把那盆文竹一挥,哐当一下,掉在地上,又走进厨房,扔了烟头,把柜台上的杯子和碗砸在地上:"我让你欺负我,我让你看看,你让我受的气有多大。"

窦小明走过来,指着电视和边上的一台钢琴,说:"有本事,就砸值钱的。"

"放心,我认着价钱砸。"她笑了,他莫名地看着她。

两个人坐在沙发上。半晌,没说话。苏湍抬起头来,看屋顶的吊扇,喃喃自语:"七年之痒!"

窦小明听见了,心算一下,1988年秋天去小三峡,九个月后,1989年夏天有了宁宁,之后在一起生活,那是特殊的一年,到今年正好七年。但自己和她,远不是七年之痒这回事,问题到底在哪里?他抬头看屋顶的吊扇,然后说:"本来不是特别喜欢吊扇,现在习惯了,就好看了。"

苏滟冷笑了一声说:"这很像你。不过,要是你真心习惯了,我也就算了。可是你不是。今天得说个清楚。你的存在,就是两次拯救我。现在你的存在,对我来说,等于零,我不需要你的拯救。"

"你必须道歉,不然你我会——"他打断她的话。

"形同路人!"她替他补充,"你该向我道歉。"

"不要强盗逻辑,你是巨蟹座,回回你错,最后都成了我错。"

"就是你的错,你是双人共体,除非你把那个秦佳惠从你的身体中驱除。"她气得把一个靠垫扔过来,窦小明一下子接着。

"苏滟,不要过分,我警告你不要提那三个字,最后一遍。"

"我偏要提秦佳惠,她是个祸害。"她站起来,"你能把我怎么样?你还想对我动手?"

"我从小恨男人对女人动手。我不会对任何女人动手。没想到,你我走到这一天——"他想说离婚,但还是忍住了。

"哼,你可以直接把想法说出来呀——"

这时母亲从她的房间里冲进来。客厅的两个人一下子怔住,苏滟说:"妈,你怎么在家?"窦小明也觉得没面子,低下头。

"我回来好一阵子了。"母亲眼睛红红的,打量了苏滟,又打量儿子,然后厉声说,"三天两头斗嘴劲,如果孩子听到了,你们的脸往菜板上搁?该去接孩子了。"

母亲好聪明,说小两口吵架是斗嘴劲,一下子就把事情化小了,给人下台阶,有面子。苏滟走过来,拉着母亲的一只手臂,用有点撒娇的口吻说:"妈,不要生气。你干脆收拾收拾,我们开车去北温泉散散心，把孩子留给小明管。"

母亲握着她的手，拍了拍，像是安慰她，这才把气发在窦小明身上："火炮，信的确该烧，通通烧掉。"

"怎么处理我的信是我的权利，你俩住嘴！"窦小明回到书房，准备锁上抽屉。突然看到椅上有一张画片，他拿起来，背面写着：运到东方怕四月，南方山水多凶破。宾爷说过的话，若不是白纸黑字写着，他根本记不起来。宾爷的话是啥意思？有凶，什么样的凶？那意思是到了四月，会有什么事发生？他以前不明白，现在仍然不明白。

母亲走过来说："你不必上锁。"

窦小明不理。

"好吧，你爱把那些纸片儿供在屋顶，妈妈不管，因为那都是纸，不可以当饭吃。"母亲一脸严肃地说，"可是，今天我必须告诉你，从你很小开始，我都指望你有大出息，结果你老婆倒让我脸上有光，拿了双硕士，又读了一个博士，公司办得热火，心中有远大目标，哪点不比你强？她挤对你，你活该！"

窦小明把钥匙装入裤袋，叹了一口气说："妈，我去接孩子。"他拿起搭在椅子上的外套，但还是生气地将外套扔在椅子上。

苏滟拿着一个扫帚和纸袋走进来，处理地板上的文竹，发现文竹盆没破，只是土撒了一地。她蹲下，把土捧进盆里。

母亲走进厨房，收拾厨房地上摔碎的碗和杯子。苏滟走入客厅，带着灰烬的脚印，她下意识地回头看了一下，就去取壁柜里的吸尘器，问："妈，保姆怎么不在呢？"

"今天我放她假，她家有事。"母亲在厨房里回答。

苏滟拿着吸尘器，走到卫生间，把地吸干净，走出来时，发现窦小明已不在了。那儿有他两袋胃药。她看了看，走回卧室，把房门轻轻关上，从衣柜里取出一个旅行背包，往里放几件衣服和书。坐在床边，想了想，她拿起纸和笔，坐在桌前，写起来：

亲爱的小明，今天我俩闹成这样，还被老人家撞见，我觉得丢脸得很。我心里非常难过。你我不应该闹成这样，你在我心里，曾是我的一切。我不知有多少次经过你的教室门前，想遇上你，我守在校门口，只为了能看见你一眼。我没有想到和你在小三峡在一起，我认为那是命运第一次向我呈现善意的一面：只要爱一个人，最终就会遇到。可当我们真正在一起，我发现，你还是把我当作陌生人。包括你胃不舒服，你也不肯告诉我。我不愿意承认，这些年，我只能承受。

她停住，抬起眼来看。桌边有个台历，时间是4月2日。衣柜关得严严的，边上有一个落地中式乌木衣架，挂着窦小明的衣服、一条围巾和她的一件外套。那是他俩走进一家店同时一眼相中的东西。她埋下头，继续写：

我举目四望，这个家是我俩共同创造的，我爱它，我们有两个世界上最好的孩子，我爱他们。可是，今天，我不知该怎么办。也许，真的是到了说再见的时候了。对不起，我一天也不想待在这儿了。

她看着信，望着窗外，皱着眉头。

第六章 莲花山上

第二天窦小明起了个早,陪孩子吃饭后,他直接开车送他们去上学。他没有回家,算准时间,苏滟说她是中午的飞机去深圳。她一般会提前去机场,所以,他九点四十分回家,她不会在。若她在,会劝他一起飞深圳。他不去,她就不快,会直接发泄心中的不满。昨天母亲说的那席话,在他的心里留下烙印,他很不好意思。如果让孩子们看到父母撕开脸吵架,真是大过。在气头上,说不定真会闹离婚。

昨天他差点说出,想必她也是。离婚说一回,就会说第二回、第三回,说多了,自然会离婚。母亲绝对不同意,对孩子来说也不好。他没有想好离婚这件事。有一点是不可改的事实,昨天两人的争吵,升了级。

快到家时,他猛然想起,明天就是清明了。

窦小明,你真混账!他在心里骂自己。顺路经过一家花店,选了白色玫瑰、康乃馨、龙丹组成的两束鲜花，开车去南岸。听说有好几座桥要建，车过南坪长江大桥时，他想，桥多了好，不然过江过水花时间。

一路顺利，几乎没有堵车，半个小时后，窦小明的车就驶入莲花山公墓的专用道路，几分钟绕上管理处所在的大坝子。停好车，他从车里下来，关上车门。地上全是水，湿湿的。走出十来步才想起忘记花了。他折回，开了车门，抱着两束鲜花，往山上走。

以往都穿黑衣，今天来不及回去，皮鞋是软底，倒也好走路，牛仔裤配了休闲的灰色西服，上坟也不为过。一路上几乎没什么人，石阶两侧是树，树上开着粉白小花。还有一些当地农民种的青菜和蒜苗，石阶间生有青苔，路边也有好多野豌豆花盛开。

窦小明来到九区九排一个碑石前，把鲜花小心地放在石坎上，注视碑石上的照片，连连作揖三下，拔掉碑石边上的杂草，拂去上面的树叶。然后他往左边的墓区走，再上一坡石阶。

最后停在一块顶呈椭圆的碑石前，放下鲜花。碑石上刻有红墨字"夫君窦航（1934—1972）之墓，妻崔素珍携子窦小明立"。墓前有棵榕树，一年比一年长得茂盛。

碑石边有点灰尘，他抹掉，跪下叩了三个头。

墓区安静，小鸟清脆地叫着，从一棵树跳到另一棵树。远处有说话声。他抬起头，微微转过身，望下去，刚才他放鲜花的墓边站着一个人影，因为树枝遮着，看不到那人是谁。一个墓区工作人员清了清喉咙，轻声说话，像在给那人解释什么事。

他面朝碑石坐下，点了一根烟抽起来。父亲的照片，很显年轻，剑眉，眼睛炯炯有神，母亲用了父亲的一张登记照，交给做墓碑的人。母亲一向是清明当天天麻麻亮时来看父亲。有一次她对他说，如她走了，骨灰和父亲合葬一处，墓碑换一块就是了。母亲说得轻松，他听来沉重。

这么想，更沉重。他看着父亲的照片，爸爸，你在的话，会特别喜欢苏滟，但是我跟她真是过不下去了。他想念父亲，父亲很严厉，不过对他很有耐心，带他在江边捉蝌蚪，告诉他哪种沙里埋有小蟹，抓蟹时千万不要出气，不然就抓不着它；父亲每年做清明粑，叮嘱他得在清明前，摘清明菜尖才嫩，过了节，菜就老。惊蛰那天，父亲带他看树缝里爬出来的小甲虫。好多淡忘掉的细节，这刻浮现在脑海。他觉得莫名委屈，想哭，突然明白自己就是一个失去父爱的孩子。现在，他得长大，不然怎么做人父。他抽完了烟，手插入西服口袋，想抽第二根烟，却触到风铃。他掏出风铃，挂在榕树上，风即刻吹来，发出好听的叮当声响。窦小明激动地听着，觉得这只风铃跟小时父亲给他的那只，声音几乎一模一样！

周围渐渐有了上坟的人，有个大爷在给人讲莲花山公墓：你们看看，这儿的坟年年都有人来上，说明这地风水旺。噢，你们晓得吗？如果墓遭水淹或是凹陷，常年无人挂记，也没人上坟，长了青苔生了蜘蛛网，死者的灵魂会遭罪；如果墓地长山带刺的树或是被荒草罩住，后人会多行不利，说不定会有大灾。噢，你们晓得吗？墓的方位也非常重要，这儿面江背靠好几座山，葬在这地，后人会平安长寿。听的几个人连连点头。

从石阶走上来一家五口，老婆说："确实今天来好，明天人多得不了。"他们手里提着香、蜡烛、冥币、纸房、纸车、纸旗袍和纸西服。

丈夫很同意，说现在生活好了，我们应该给外公外婆多烧点东西去，让他们也过好点，享享福。

上山的人渐渐多起来，窦小明决定离开。他横穿过一排排墓地，看到往下的石阶走着一个女子，灰暗花纹收腰上衣，略带喇叭的豆沙色长裤，显出她姣好的身材，系了一根深紫丝绸小围巾，脚上是一种平跟黑皮鞋，手里挎了一个手提包。他停了脚步，摇了摇头。那个女子下着石阶，一步，两步，三步。他加快步伐，来到石阶，往下走，一步，两步，三步。石阶上响着两人的脚步声，一起一落，异常清楚。

那个女子突然停下步子，站在原地，几秒之后，缓缓地回转头来。

窦小明惊住了，不可能，再看，没错，就是秦佳惠。人到中年，她的身材仍然苗条，皮肤不像以前那么多胶原蛋白，有点儿黑，唇边那颗美人痣淡了点，不过没有特别大的变化，头发梳得整齐，烫过，像波浪一样披下来，整个人显得成熟，相比从前，更有女人味。以前她不用口红，现在她用很艳的口红，涂了眼睫毛，人显得很性感，目光里有一种含糊不清的神秘意味，是拥有爱情深藏不露的那种女人，或者恰恰相反，整个人有种饥饿感，显得更具诱惑力。

两个人对望片刻，条件反射地点头致意。

秦佳惠的声音淡淡的，像是极力控制着："你好，小家伙，今天上坟的人不多。"

"你好，佳惠姐姐！"

窦小明感觉眼睛很湿，喉咙很堵，他低了一下头，走下一步："我每年都挑这天来看父亲。"

秦佳惠朝下走了一步，却马上退回一步，与他并行："我是个不孝女，一走二十年，没来看爸爸。爸爸坟前的树都长大了。"她看着前面远处的江水，停顿一下，才说，"原以为他的坟前无人光顾，结果我看到了鲜花，坟前一根杂草也没有。看坟人说，每年这天我爸爸的坟前都有一束美丽的鲜花。真是不可思议！重庆是个有人情味的地方！"她说话时，眼睛和脖颈有轻微的皱纹。

窦小明转移话题，问："你怎么回来了？"

"我想看爸爸。我爸爸的学校给他平反了，今年年初才落实下来。我收到信，想亲自到坟前给他说。"

"秦伯伯在天之灵，一定会感到欣慰。"

秦佳惠点点头。"都说重庆变化大，我也想看看。"她打量他，吃惊地说，"窦小明，你长得好高，长大了。如果走在大街上，我都认不出来了。"

窦小明看着她说："你还是原来的样子。"

秦佳惠摇摇头，她指指脸，又指指心。

"你今天有啥子安排？我想请你和钢哥吃顿饭。"

秦佳惠看手腕一块拇指大小的金手表，皱着眉头："我，这次是一个人回来的。今天都安排了，明天吧，明天晚饭？"

窦小明点点头，拿笔和纸，脑子里想在哪家吃饭好呢，一个朋友开的餐馆，才改了菜品，就在江边，那儿或许可以。不管如何，他写上地址、时间和自己的电话号码，他有大哥大，平常较少用，不过也写下了号码，递给秦佳惠。

秦佳惠接过纸条，撕下一条来，写上她的酒店地址和电话，递给他。

这时，一个戴了一顶黑帽子的男子，飞快地从石阶上跑下来，跑得飞快，神情有些慌张，头发乱乱的，经过他俩身边，脚步稍稍慢了一下。窦小明注视他的背影，皱了一下眉头。那个人走路的姿势，似乎见过。那天，窦小明没有送秦佳惠。两人分手后，他开车回一号桥，一路上，脑子轰鸣不止。他把车里的音乐开着，是肖斯塔科维奇的曲子。他没听，只是需要有另一个声音存在。

下车时，特地把车里的大哥大带回家，他发现自己的手在颤抖。进门后直接来到书房，放下大哥大和写有地址的纸条。脱下外套，放在椅背上，从一个书柜取出一本时尚杂志，打开里面稍小的旧杂志，里面夹有秦佳惠当护士的照片、秦家父女合影照片、他收藏的电影杂志女明星封面、一张金阁寺的明信片。岁月逝去，照片和明信片都泛黄了。

照片上护士模样的秦佳惠，眼睛单纯清亮，看上去像个少女，与今天的秦佳惠不太像。可能是眼睛里内容多了。看人，难比较，看照片，感觉她老了。他的心顿时被拧了一下。窗口上那盆文竹生长得好好的，边上蹲着小花猫，伸了伸前腿，舒展了一个懒腰，阳光洒满房间。他合上杂志，把它们通通锁进抽屉。二十年，竟然过来了。他感觉到有股气在冰冻的身体里流动，那些冰在破裂，在融解，他的双手握成拳，很有力量。这是我吗？像十二岁的自信，像十二岁的无畏，像十二岁的冲动，那种遗失在黑暗里很久的迷茫几乎荡然无存，感觉从前那个窦小明又回来了。

如果窦小明当时跟着那个下山时遇到的男人走，就会发现这人是他认识的袁七。袁七也没有想到，会遇见老熟人，尤其是二十年不见的秦佳惠，老大的女人。他上山是怕清明人多，决定提前一日，帮母亲尽孝，替外婆外公烧纸。父母身体不太好，就没打算清明去上坟。

袁七本想离开，骑着摩托驶下小道好一段，突然拐入一幢房子后面小道停下，看到窦小明和秦佳惠在墓地石阶上分开，男的走下空坝子上了车，女的打了一辆出租，他骑着摩托，跟着出租，跟到她的酒店。

他到路边一个公共电话亭打电话给程三。程三不相信："老七，你在酒店大堂等着我。"

秦佳惠给司机付费，走进酒店。她问前台，机场将她的行李箱送到没有？前台说，还没有，不过有人留言。她取过留言条，机场服务人员说要将行李送来，不过要她亲自打电话，报她的护照及航班号码。她打电话过去，电话线让她听音乐，她耐心地听着，终于有人接她的电话，办完所有送行李需要的手续，时间已过去半个小时。

秦佳惠松了一口气，拖着手提箱，往客房电梯方向走。程三一脸笑容站在那儿，像是在等电梯。

他与她打招呼："嫂子回重庆来了，能不能赏脸，晚上请你吃个火锅？"

秦佳惠吃惊地看着眼前的男人，虽然一身运动衫还算整齐，他的身体横着长，脸和腰都胖了不少，但那眼神没变，色眯眯的，丝毫没变。

"反正钢哥不在。"这句话从程三的嘴里说出来，是另一种意味，他明显也在试探钢哥回重庆没有。

"程三，谢谢你，我今天已有安排了。"

"明天晚上？"

"对不起，也不行。"

"是不是后天、大后天也不行？"程三上前一步，大着胆子把手放在她的肩膀上，"嫂子一直是我心中的女神！而且嫂子还是美丽如初，还是我们重庆城里的大粉子！赏个脸，让小弟尽尽地主之谊。"

秦佳惠一笑，看着他说："程三，你跟你弟弟真是不一样。需要我告诉钢哥你以前在医院也是这样热情？"

程三打断她的话："嫂子，久别重逢，本是好意，表示一下喜悦嘛，有什么不可？嫂子，你变厉害了。"他把手移开。

"谁都不是从前那个人了。程三，好自为之。"秦佳惠说完，正好那个电梯打开，里面出来客人，她走进去。

第七章　紧张关系

当天中午,老妈小面馆生意兴隆,开春之后,天气也好了,不仅老客来,新客也多。之前火锅店遭遇何二打劫,客人躲着,终抵不过美味的诱惑,还是回来了。门前有三桌在打麻将,坐的都是老邻居。程家妈是常客,她盯了一眼面馆门前的竹子,突然说:"竹子不是开过花了吗,啷个没死?"

母亲打着麻将,回答:"我也觉得怪,不仅不死,还发了好多芽。我让人移新芽到小盆里。"可不,面馆门边搁着一盆盆竹子,添了不少雅趣。

胖妈打出一个条子说:"晓得吗?我今天在大马路上,看到秦佳惠了,穿得好讲究,烫了波浪头发,比《望乡》里面那些日本女人好看!"

"秦家妹子!有没有搞错?"袁叔变老了,眼睛不好使,每张牌摸起,放在眼前看,再打出,别人打的牌,他要凑近看,才看得清楚。

"是她，样儿没变。"胖妈说。她解释自己一早把杂货酱油铺交给大闺女打整，去菜市场买鸡，在路上碰到秦佳惠："我和她打招呼了，她还认得我。"

"钢哥没回来？那闺女没生娃？"

"那身子骨，不像生过娃的。"胖妈说。

"肯定离婚了！"程家妈说。

母亲想了想说："这钢哥没准在日本混大了，前几年，五一路上那些日本旧衣服，听说是他和廖六一起做的，卖了不少钱。程家妈，钢哥跟你家老四好，没找他合作？"

"我家四娃子那阵子在海南，悄悄说，他现在回重庆了！他在海南，边工作边读书，有了一大学文凭，是什么经济学的。"

"程四有出息。我说呀，火炮两口子，听说老吵架。"胖妈看母亲，"哼，早晚也得走离婚这一步？"

"我的老妹子，一个礼拜罚你吃不到我家的面，"母亲摸了一张牌，把牌推倒，"我和了。"

南岸和市中区之间的索道缆车，附近修了许多高楼大厦。缆车沿索道在长江上空行驶，窦小明和穿校服背书包的宁宁、河河站在入口处。周围都是乘客。河河说："讨厌过江过水，我要坐车！我要坐车！"

"不准闹！"宁宁制止道，"妈妈说，我们上了重庆最好的私立学校，我俩从小得学会吃苦。"

河河吐出舌头，对姐姐做怪相。

窦小明皱眉头，他蹲下身子来对儿子说："坐车会绕道，多一个小时，河河呀，有点辛苦，可你们受的是好教育！不像爸爸小时候，在什么学校上学，没什么差别。"

宁宁拉着窦小明的手，轻声说："爸爸，你跟妈妈说的是一样的。"

"我们是同一个学校。"

"对呀，你们青梅竹马，好好过，不要吵架。"

窦小明一下子站起来，女儿哪懂青梅竹马，一定是听大人说的。他一把搂着女儿的头，天空变幻莫测，厚厚的云层积聚，压下来。

这时他的大哥大响了，掏出接了，是苏滟冷淡的声音："窦小明，对不起，我得从深圳去北京一趟，要去建委申请'小康住宅示范区项目'。对不起，得麻烦你送他们上学，我保证一周回。"

"我是他们的爸爸，不必如此客气。不过他们需要妈妈的陪伴，我们得找个时间聊聊。"

"聊啥？"苏滟不耐烦地说，"你我在不同的轨道上！你陪他们就是了。"说完就搁了电话。

窦小明摇摇头。

河河问："爸爸，你们要离婚吗？"

宁宁打了弟弟一下："乱说啥？"

"注意，缆车马上到了。"窦小明对孩子说。

缆车驶进站，停住，乘客从里面出来，他们一家三口进入。

他们打了一个出租回家。保姆已准备好了饭菜。窦小明让两个孩子先洗澡、做作业。母亲回来，一家人坐下吃饭。母亲说今天打麻将手气不错，回回赢，她没有提秦佳惠回重庆的消息。窦小明看了母亲一眼，说："妈，你今天好安静，一定有事。"

"没事，能有啥事？"母亲说。

当天晚上，窦小明给苏滟打电话，那边说稍等，电话搁了。他去厨房倒了一杯水回来，把秦佳惠写的纸条拿到卧室，在大哥大里记上酒店的名字和电话。拿起床边柜上的阿加莎·克里斯蒂的一本侦探小说，读起来。约莫过了半小时，他的电话响了。

"对不起，刚才在车子里，现在我回到酒店了。"苏滟说。

"不要总说对不起，而是告诉我，你在做啥？"

"你未必想知道。"

"当然想知道。你明天飞北京？"

"不，我先去广西，把手里那块地转手了，签了合同，心里才踏实，我担心当地的政策随时会变。"她话头一转，"我给你说这些做啥，你心不在此，直说了吧，你心在别处。"

窦小明一惊，身体一动，书差点掉下床："准备远距离吵架？"

"不，我不想。原因在于，我一直能读到你的思想，即使不面对面。"

"瞎说。"

"宁宁刚出生，你拿着小本子来找我，说我画的黑鸟，问我怎么可以和你一样看到河上的景象，我当时没说话。"

窦小明急切地握紧电话筒，隔了几秒，苏滟说："我可能真看到了，可能我聪明，我猜到了，可能我从你梦里听见你说。你怎么想都可以，我不给你准确的答案，今天，我只想告诉你，我能读到你的记忆、你的思想。你想知道原因吗？"

"请告诉我。"

"因为那时我爱你，胜过爱我自己。我现在也爱你，但不再喜欢你了，你让我很失望！"说完她切断电话。

窦小明愣在那儿好一会儿。他翻出电话本，打了好几个电话，处理事情。

这个晚上窦小明坐在床头,如果不吃安眠药,肯定无法入睡。于是到抽屉里取了两片,和着水吞下。

睡意袭来,他听到过道有声音,爬起来,看到一个身影往厨房走去,是保姆,她口渴,去厨房找水喝。

墙上钟是夜里十一点半。记得有一次,也是同样的时间,他睡不着,去书房读书,看到一个身影进入厨房。他跟过去,发现苏滟把冰箱里的水果拿出来,用水洗净,把樱桃蒂摘掉,剥橙子皮,削苹果皮,切成块,通通放入大盆里,再用一个盖子盖好,放在厨房台面上。做完这一切,她走回客厅,经过他身边,回到床上拉过被子睡觉。苏滟有梦游症!与她在一起,两个孩子都有了,他才发现这秘密。母亲以为是他准备的早餐水果,他以为是母亲准备的,而苏滟以为是他俩准备的,好多年,谁都不知道,包括她自己。他发誓要对她好,他一直在努力。为什么在这个夜晚想起来,难道自己不爱她?

不,他爱她,可能不是爱情。什么是爱情,生活的本质是什么?是安宁健康或折腾冒险,是与人为善或邪恶多端,是富有安逸享乐或放弃自我放弃人生目标?爱情这题目说大也大,说小也小,有爱之人幸运,无爱之人悲恸,爱情呀爱情,如光穿行,如鱼入水,如气绕心,是一种崇高的精神,他一直在探求,并为之痛苦。他想问她,天下之大,黑鸟振翅狂飞,整个河面都是,它们叫着,从树林、从峭崖和石滩朝他聚集。如果你能读到我的思想、我的记忆、我的前生后世,那么此时,你读到了我的问题了吗?是否可以回答我的问题?

秦佳惠从日本回来,告诉我,我将如何面对?漆黑的夜空中月亮从乌云里露出来,一声不响地瞪着他。

第八章 老妈火锅店

在七星岗妇产科医院附近最热闹的一条街上，有不少餐馆和火锅馆，灯火辉煌，里面高声放着港台流行歌曲。就老妈火锅店与众不同，门内覆盖青苔的石山流淌咚咚水声，木桌木凳；火锅烧瓦罐炭火，烧完直接端另一罐炭火来；地面是水泥土，墙上涂鸦火锅历史，清一色从前的搪瓷喷绿漆白炽灯，放了好多盆高大的仙人掌；柜子里有好多书，包括小人书，很有小资调调。小汪领着秦佳惠走入一家装饰典雅的火锅店，问恭候在边上的女服务员："请问有包间吗？"

服务员抱歉地摇摇头，不等小汪开口，她说："堂座的位子，现在只剩一个角落的，我带你看一下，可以吗？"

小汪点点头，跟着服务员往里走。两个人都身着舒服的黑衣裙，小汪的长，秦佳惠的短一点。"重庆机场服务还行，希望下午准时送来我的行李箱，不然就惨了。"

"没事,到时我给你找些衣服,你和我同码,虽然你比我高。只是我的衣服土气,没你的衣服漂亮。"

"你的嘴巴还是辣。"

服务员将她们领到屋里边一张餐桌:"这个位子如何?"

"没问题。"

两人点了辣锅、菜品、茶水和啤酒。秦佳惠用黑绳将头发绕在脑后扎好。火锅没几分钟便沸腾,菜都上齐了,小汪筷子夹着腰片烫着,秦佳惠筷子夹着毛肚烫了半分钟,然后放在油碟里浸了一下芝麻油,吃了一口毛肚,闭上眼睛,突然眼泪往下淌:"在日本,我想死了火锅和小面。"

小汪给她递上纸巾,举起啤酒杯来碰杯:"久别重逢!"两个人相视对方,都泪花闪闪:"好,我们先吃十分钟。"

"好主意。"

接下来,两个像比赛似的吃火锅,服务员给她俩端来米饭和泡萝卜。小汪抬起头来,两碗米饭都吃光了:"怎么样,好吃吧?"

"真的好吃,我从来没有吃到过这么好吃的火锅!"

"这家店在大溪沟和江北也有,老板应该是窦小明。我有他的名片,若是没位子,我才用。"她抬起脸来看秦佳惠,"记得吗?他小时很勇敢,为你打抱不平。"

秦佳惠没吱声。

"你走后,他来医院打听你好几次。"

秦佳惠听着,端起茶水喝了一口,看着小汪说:"今天上午我给爸爸上坟,遇到他了。"

"这么巧!"

秦佳惠点点头:"我下午又专门去南山看樱花。爸爸告诉我,妈妈在时,每年樱花开时,我们一家都去树下野餐。今年樱花不多，漫山遍野都是杜鹃。"

"太好了，我好多年都没上南山看花了。"小汪把话题拉回来，"你和窦小明说话了？他是不是变化很大？"

"如果在大街上遇到，我认不出他，他成一个大男人了，一表人才。"

"小时那么瘦，现在这么相貌堂堂。这些年，我其实也只遇到过他几次。"

"你们在同一个地方呀。"

"怪，你不在了，我和他也生分了。我们见面，没有话说。"

"不可能呀。"

"二十年了，这重庆城变了，我们都变了。"小汪回答。

"你呢？给我说说。"

"惠子，我离婚了，一个人带着儿子，好在，他大学快毕业了。"

秦佳惠睁大眼睛，惊异地说："你该在信里告诉我。"

"别忘了，你我断音讯差不多有二十年。"小汪喝了一口茶水，"我太忙，国际信要去邮局排队，我医院家里事一大堆，没有时间，你可能更忙。"

"对不起，我确实忙，我这个人，你骂我吧！"

"你晓得我不会怪你。我谁也没说，现在算是跨过这坎了。"小汪看着佳惠，"除了上班，我也做藏区医疗站义工，你这回要有时间，我带你去看看。钢哥回来了吗？"

秦佳惠喝老鹰茶水，不吭声。

"你不会是偷偷从日本跑回来的吧？"见秦佳惠埋下头，小汪坐了过去，拥抱对方。秦佳惠痛得轻声叫了一声，小汪连忙将她的袖子拉起来，旧伤疤上有道道新伤痕。

"这个狗杂碎！该千刀万剐！一点没变。你怎么写信，写什么内容？！"小汪骂道。

秦佳惠猛地从火锅店跑出，一路疾走，上坡下坡，走到三角地，才停下。两排砖房全拆了，已是一片废墟。粗大的黄葛树还在，隔壁的房子也拆了，院墙剩了半截。她走在废墟上，来到父亲的老房前，有些墙面还粘有发黄的报纸。她扶着半截木头门柱，失声哭了起来。

小汪气喘吁吁跟上来，一把握着她的手："惠子，不要哭，说出来，就好受一些。"

"我在这儿长大，在日本做梦都是回这儿。爸爸没有了，我们的房子也没有了，我还有啥？"

小汪带着她，走到废墟的高处，手抚摸着她的头发。

"恐怕只有回莲花山爸爸的坟前。"秦佳惠说。

"惠子，打起精神来，你还有你自己。"

这时秦佳惠从身上的包里掏出一支女式香烟来，问小汪："抽吗？"

小汪摇摇头，但马上接了："我陪你吧。"

秦佳惠拿出打火机，点上火后，两个人吸了起来。空气里都是香烟的味道。

"我发现抽烟的好，可以暂缓压抑的情绪。小汪，我和钢哥没法再过下去了，他跟踪我，不让我交朋友。"她看到有块残墙粘着旧报纸，用手抚摸，"每年春节，我和爸爸都用报纸糊墙，我好想爸爸，我怎么办？"

"你和爸爸不说钢哥？"

秦佳惠摇摇头。

"你爸爸不会不知他那样对你？"

"我也怀疑。可是爸爸就是没说过。"

"你爸爸顾全你的感受——你也是为了他，才啥都不说——"

秦佳惠叹了一口气："小汪，是不是我不对？我现在成为这样一个人，原因在我自己？"

"恕我坦言，有你的原因。不过，你的对手不是钢哥，而是习惯，你习惯跟这个人一起生活，这点最难打破。你恐惧改变。"

秦佳惠看着小汪，小汪的目光犀利。这时一条黑狗，跟着一个男人，经过她们身边，慢慢走过去。

在日本，秦佳惠去看心理医生，每次医生都建议她与丈夫沟通。钢哥当时在上语言学校，一天六个小时。她白天上护士学校，为了拿护士证。两个人在一起的时间不多。她觉得医生的建议不错，试着和钢哥沟通。她想要一个孩子，想当母亲。钢哥听了，说她有抑郁症，不适合当母亲。她说，有了孩子，我会快乐，你也一样。

钢哥说孩子是人生最大的麻烦，你看我的家，我父母从来不把我们孩子当回事，从来是父母说了算。孩子是什么？孩子是累赘，我不要孩子，听清没有？

她点点头。可是连着两个月，她的例假没有来，她去医院，医生说她怀孕了。她好激动，回家对钢哥说，我们有孩子了。本以为他会高兴，会改变主意，没料到，他一脚踢过来，直接把她踢到墙边。榻榻米不像床有高度，她不会摔坏，但是他把被子取掉，用来惩罚她。她要去取被子，又被他扇了一耳光，骂她，你气我，有意对着我干。

没有办法，她开始求他，说自己错了，不要孩子。钢哥原谅她，给她盖上被子。她不敢流泪。还没等到上医院做流产手术，有一天早上上完马桶，正要冲水，她看见有一块血样的东西。她吓坏了，那是胚胎呀，孩子也不敢来他们的家。她戴上手套，捞起那血块，埋在花园的樱花树下。他回家，她说，孩子没了。他看了她一眼，没问怎么没了。

这事后，有好几天，他没发脾气，在她生日那天，送了一束粉色的玫瑰。他要交合，她摇头。他的手抬起来，但放下了。

她没有告诉母亲。可是母亲心细，没多久就明察秋毫，母亲不原谅他。有一天晚上，母亲请她去餐馆吃饭，母亲给她讲月光武士这个故事。

她说记得。

你那么小，怎么可能？母亲的汉语一点也没丢。

她说，爸爸把这个故事写在纸片上。

母亲听着，问，你们是靠笔和纸交流？

她点点头。

母亲难过地低下头，说都是因为我，苦了你们。接着母亲告诉她，自己怎么和她的父亲认识的。

京都鸭川河边小道上，千惠子骑自行车回家。她在学校图书馆用功，没发现天色晚了。在京都大学勤工俭学的秦源，从餐馆下班回家，一轮月光下，河水泛着光泽。这时一辆自行车经过他身旁，突然一拐，快速地朝河面冲去。秦源本是文弱书生，却不顾一切狂奔过去，抓着自行车，救下千惠子，并把她送回家。两人因此而结识。不久秦源毕业，留校教书。挨了美国两颗原子弹的日本，作为二战战败国，满目疮痍，经济一片萧条，但没过几年，迅速走出战争的阴影。千惠子的家族在江户时代就是著名茶商，父亲将她许配给一个财阀的儿子。那是1949年秋天，秦源想投身新中国的建设，想和千惠子说，但担心她不愿去中国。殊不知这天清晨，千惠子提着行李从家里偷偷跑出来，要秦源带自己离开日本。他们回到了秦源的家乡重庆，两人非常幸福，三年后佳惠出生。

所以，爸爸是你的月光武士！秦佳惠说。母亲停止回忆，对女儿说，现在我是你的月光武士，答应我，你自己要强起来！

她点头。母亲没问钢哥是怎么欺负她的，她想给女儿留面子，要女儿自己强大起来。就是在那天，母亲取下手腕上一只拇指大小的金手表，给她戴上，说，它代替妈妈陪伴你，记住，我亲爱的孩子，时间不等人。

钢哥没有朋友，在京都的中国人不如东京多，都忙于生计。相比他们，两人有房，秦佳惠有工作，生活条件好多了，可是他很寂寞，想重庆，想混混们前呼后拥的生活，想芳芳。想办芳芳来日本，需要千惠子的担保。他去见千惠子，在家中花园里聊了十分钟，丈母娘说你跟这个女人关系不正常，如果你和我女儿离婚，我给你担保，并给你一笔生活费。其实这是他一厢情愿，他写信给芳芳，以为芳芳会随着时间的过去，重新和他往来，但是她没有回复他。有一天钢哥喝多了，讲给秦佳惠听。

"如果芳芳去日本，可能你会得救？"小汪说。

"她厉害，他会服她。"秦佳惠回答。

"那你应早点回重庆呀。"小汪说。

"一直想，一直怕。"秦佳惠告诉小汪，她这次从家里跑出来，是因为钢哥带了一个女人回家，要她和那个女人一起服侍他。她不同意，他把她绑在边上，让她观看。她闭眼，他劈面就是一记耳光，一脚踢来。他的暴力比起在重庆升级了，让她跟那些红灯区的妓女一样，套上皮带在地上爬。他用烟头烫她的乳头，在她的尖叫声里，他开始进入她的身体。趁他睡着后，她收拾几件衣服，就往机场走。

"惠子，你躲他没用，得面对他。"

"我晓得，说来容易，做起来难。以前我妈妈在，妈妈有严重的哮喘病，定期在医院吸一种消炎的气雾剂，我怕他给她找麻烦。"

"妈妈还好吧？"

秦佳惠摇头："小汪，我妈妈走了，三年了。她是过马路，被一辆车撞了，在送去医院的路上没气了，我跟妈妈连最后告别的话也没说上。"当时，她完全傻了，一点准备都没有。那天傍晚，街上刚亮起灯光，天空下着细雨。母亲刚从医院治疗完，走在回家的路上。因为雨水朦胧，司机没看到正在过斑马线的母亲，踩刹车，却迟了，撞倒了母亲。她手里的雨伞也被车子压扁。每年母亲去世的日子，秦佳惠会在家里给母亲烧香，也会在傍晚，去母亲出事的地点。也怪，每年这天会下雨，她一个人举着雨伞，站在马路边，缅怀母亲。回到京都的母亲不断地给父女俩写信，却未收到回信。中日建交后，她继续写，还是收不到回信。她去邮局查，有一天竟然查到一封父亲的信。在出事前，她给女儿看一张发黄的白山丸船票，时间是1958年7月13日。那天她离开中国，一船四百二十三人，全是战俘和与中国人离婚的女人，只有她一人例外，丈夫不与她离婚。她知道自己爱他，一生一世不变。他呢？她相信，他心里只装着她一人。

"可怜的惠子，谢谢你告诉我这些。你与日本其他亲戚没啥感情，既然妈妈不在了，你干脆回重庆来生活，起码我在这儿，你有一个人可说话。"小汪说。

秦佳惠沉默着，没说话。之前经过她们身旁的一个男人和一条狗走回来，看了看她们。

"时间不早了，我送你回酒店。"小汪挽着她的手说。

她点点头。

就是在这个晚上,一号桥江边半山坡上巷子里,一个戴帽人边走边看,最后他在一幢平房前停下来,举手敲门。

门隔了好一阵子也没开,那人重重地敲门。

门打开,程三凶巴巴地吼道:"急啥子?"他穿着一件汗衫,脚上趿着拖鞋,看见门外的人,一脸吃惊地说:"老天,啷个是你?!"

"带我去找你弟。"

程三点头,赶紧回到房里,穿上球鞋,披上外套,锁上门,跟来人往山坡上走。一条巷子拐入另一条巷子,到处都贴着"拆"字,到处是建筑工地。来人一路上问程三,觉得这些地方完全不认识了,是怎么一回事。

"这个鬼地方,天天都在变,日他妈的,变得连我都不认识了。"

这人要程三多讲程四的事。

程三说,程四一直在海南,回重庆才半年,少有人知道。程四很低调,跟他见面也不多,因为总是在谈项目,很忙。

"程四一向内心有水。"那人说。

"你找程四有啥事?能先告诉我吗?"

那人低声说:"程四,可以让我见一个人。"

"谁?"

"你们现在的老大,听说程四现在跟他一起混。我有事找他。"

"你确定?"

那人点点头,抬头看到一个小馆子,里面坐满人,门上直接写着菜名:肥肠笼笼、羊肉笼笼,粉蒸肉,棒骨炖芋儿,清炒豌豆苗,还有咸菜扣肉。他问程三:"要不,我们吃了笼笼,再去找程四?"

程三在路边一张桌子边坐下来,要了两瓶山城牌啤酒,每样笼笼都来一个。他看着黑下来的夜晚,说,这家店只有晚上才开张,别的时候都吃不到。也怪,怎么就走到这条街来了呢?看来是肚子作怪,隔一阵子没吃,自己找回来了。

第九章 不平静的夜晚

吃了安眠药，窦小明后半夜睡得踏实。早上送完孩子上学，他回到家，想着晚上要和秦佳惠见面，开始不安起来。天色变得灰蒙蒙的，有层雾气，他没有跑步。

苏滟的母亲打电话来，说今天清明，让苏晓华下午接两个孩子去九龙坡，周五直接从那边去学校，周末晚上送回。

他说没问题，搁了电话。想去告诉母亲，到走廊另一边母亲的房间，没人。对了，母亲一早去南岸莲花山给父亲上坟，会从那儿直接去小面馆，和人打麻将。

窦小明坐在书房给孩子们做皮凉鞋。保姆在自己的房里熨衣服，轻声哼小曲："天涯呀海角，觅呀觅知音，小妹妹唱歌郎奏琴，小妹妹唱歌，郎奏琴——"

阳光射入半拉开的窗帘，房间很亮。他依图裁剪，可是没经验，裁小了，浪费了半张牛皮。伸了个懒腰，坐在那儿打了几个电话,这才取掉围裙,一看是中午了,吃了鸡蛋小葱炒米饭。想重新剪一张牛皮,发现皮没了。他将就裁小的牛皮,做一双两三岁孩子穿的鞋,算是练手吧。做得手有些发酸,他换了球鞋,来到楼下。天气阴沉沉的。他决定走楼梯,上下楼梯,也是锻炼,来回走了二十分钟,流一身汗。这时一个邻居出来倒垃圾,发现楼道上走着的他,像看怪胎似的看了一眼,迅速离开。

他又走了半个小时,回到五层,进了家。洗澡后,穿上浴袍,在床上打了个盹。幸亏设置了闹钟,四点醒来。

换了一件新的白衬衣,深蓝靛青的西服和皮鞋,打了一条淡绿丝绸领带,到镜前,觉得里面那个人的穿着太正式了,便取掉领带,放回柜子时,想了想,挑了一条灰色领带,配西服,不醒目。一看手表,离傍晚六点还有四十分钟。

心从来没有过的心慌。他的心脏怦怦跳得急促。他不敢照镜子,怕一看,会马上改变主意,换衣服。

打了车,窦小明往沧白路临江的96概念餐馆赶去。十分钟就到了,他也是第一次去,在江边跑步时经过,望上去,餐馆以落地玻璃和钢架为主,很现代,设计感十足。窦小明是在一次诗人聚会上认识了这家餐馆的老板季先生。季先生以前在重庆是文艺青年,爱情路上颇为坎坷,生意也是几起几落,最后泪洒山城跑去美国,去年回到重庆,盘了这地,装修好,取了一个顺畅的数字店名,今年改为西餐。

窦小明从台阶上走下来。这儿的布置讲究,门前有两棵开着花的月季树。他没有进餐馆,而是站在餐馆门前,看江景,左边是一号桥、黄花园方向,右边是千厮门码头、朝天门码头、两江汇合处,今天江上大船少,都是过江轮船、货轮在行驶。江面的雾气散去,两江三岸点点灯火如一团团星星显现。

就在这时，雨点淅沥地飘飞在脸上、身上，紧接着有急促的脚步声在石阶上响起。窦小明慢慢回头，是秦佳惠，她穿了一件竹叶暗花的深蓝旗袍和黑色高跟皮鞋，手握小包，整个人焕然一新。她的腰板挺直，乳房高耸，腰细而柔软，长发飘飘，有一绺头发挂在脸颊，细如丝的雨点，飘向她，她的脸上有他从未见过的快乐笑容。

窦小明的裤裆一下子顶起来，面红耳赤，微微侧了一下身。她看着他，点点头。

服务员带他俩到餐馆临江的落地玻璃窗桌前，两个人面对面坐下来。桌上铺着桌布，点着蜡烛，瓶里插着修剪整齐的绣球花。"重庆居然有这种花？"秦佳惠问。

窦小明只是笑笑。她扫视四周，餐馆不大，二十来张桌子却是空的，台子上有十二把大提琴的乐队，正在演奏门德尔松的《D大调无词歌》Op.109。

"没别人？"

窦小明点点头，他包了整个餐馆。

侍者拿着一瓶红葡萄酒，先给窦小明看酒瓶，开瓶盖后，倒给他尝。他尝了一口，点点头。侍者才往两个酒杯里倒酒。两个人举杯，碰了碰，窦小明轻声说："为我们再见。"

秦佳惠一饮而下。

他也一饮而下，然后给两个杯子倒上酒。

边上有十二个大提琴手坐在那儿演奏日本民谣《红鞋子》。乐曲一响，秦佳惠眉头跳了一下，难以置信地看着。窦小明也惊奇万分，大提琴独奏的这首久违的曲子，别样地动人，像在紧紧地抓着他的心，诉说着这些年一个人对另一个人的思念，他看见少年的他，从仓库墙隙里，偷看里面的秦佳惠深情地唱这首歌，他的脸贴在脏脏的墙上,一脸是灰。

秦佳惠眼睛湿湿的,说:"没想到,能在这儿听到。"

"是音乐学院的学生乐队,我请了他们,为欢迎你回来。"

"我突然有个感觉,是不是你?"

"啥?"

"每年清明前都在我爸爸的坟前放一束鲜花?"

窦小明手握酒杯,不说话。她看他的眼睛,肯定地说:"一定是你!"

"不足挂齿。你爸爸宠辱不惊,为人正直,很有同情心,他影响了我一生!人容易忘记人,但我不会忘记他。"

"你不是在说我?"

"绝对不是。"他意味深长地看了她一眼。

"我昨夜还梦到了爸爸和妈妈,我们在南山看樱花。妈妈和我伸出双手来,贴在一起,对我说,我们永远在一起,永远不分离!"

"梦让残缺得到修补。"

"可我很少梦到我们三个人在重庆。"

窦小明好奇地问:"你妈妈好吗?"

秦佳惠摇摇头:"我爸爸有先见之明。当年我妈妈返回日本后,被父母安排嫁了人,有了孩子,妈妈郁郁寡欢,后来离了婚。我到京都,和妈妈住同一个地区,三年前她不幸走了。"

"没想到,真是对不起!一号桥这儿的人都记得她。"他看看她,又问起钢哥。

她淡淡地说:"钢哥不太适应日本,可能有语言障碍,他的脾气犟,上课时,老师纠正他,他不高兴,我有点勉强他上学。"

"那他对你好吗?"

"好呀，他和我老夫老妻了，过日子。"

"啥意思，过日子？"

秦佳惠认真地说："窦小明，爱情属于你这样的年纪。真正的爱情，在人的内心。好多人的一生，爱情都可遇不可求。"

"好多人的一生，糊里糊涂便过完了。"窦小明看着她，"我不想和别人一样，你也不想，对不对？"

秦佳惠没吭声，眼睛盯着窗外的江景，雨水下大了，她喃喃自语："很像那天。"窦小明知道她说的是多年前，他在雨中帮她提着行李箱回她的家。

侍者上了鹅肝沙拉，窦小明让侍者将菜上齐，他不想被打扰。侍者果然照办，没一会儿，上了牛肝菌牛排、青豆奶酪汤、海鲈鱼和地中海沙拉。两人边吃边聊，她告诉他，她到日本后，就开始恶补日语，考取了护士资格，两年后便在一家医院做护士。

"你适合戴口罩，眼睛好看又神秘！"他说。

"你小时要我揭口罩，很淘。"

"对，就是那天，我叫你秦佳惠大粉子。"

秦佳惠笑了，掉转话题："小家伙，你这些年过得如何？结婚了吧？"

窦小明点点头，然后说："我考了医科，毕业后在医院工作。"

"因为我，你学医？"她的目光扫到他的手指，指甲有点长了，但是干净。

窦小明举起来看了看："报告佳惠姐姐，干净的。"

秦佳惠再次笑了。

"后来，我辞了铁饭碗，帮妈妈做老妈小面馆，做了几家餐馆，没啥出息。"

秦佳惠很惊奇，喝了一口水，说："这是你高兴做的事，对吧？这个最重要了。你知道你在我心里是谁吗？如果一群人都做同一件事，你必是做得最好的那个人！你从那个小小少年走到今天，天知道你花了多少努力呀！我真的为你感到骄傲！昨晚我见了小汪，我们说到你。想到今天我们要见面，我昨晚都睡不着。"

"今天你才像佳惠姐姐。"

秦佳惠突然沉默，桌上的花朵掉下一瓣来，她取来闻："有点香气，如果你嗅的话。"她递给他闻。

窦小明闻了："真有香气呀。"两个人相对而笑，一起说："你有一颗善良美丽的心！"两人想起以前在石阶上说花的情景，突然眼睛潮潮的。

他从裤袋里掏出一个薄薄的小夹子，在桌子上推给秦佳惠。

她翻开一看，是一页页小小的画片："这些画，我有印象——"

"佳惠姐姐，我十二岁时画的。是送给你的。"画片在江边被程三他们撕碎了，这是之后他重新画的。想了想，他决定不提江边等待她那天发生的事。

"比我最先看到的好，没想到你画完了这个故事。"她一幅幅仔细地看，"我很喜欢，这颜色，这蓝月亮，这蓝花朵。谢谢你送给我。你想过继续画画吗？"

"每个人小时都能画很好的画，随着长大，这种才能会消失，我可能也不例外。"

"没准你现在画，可能没有以前的那种生猛，但也可能会画出另一种风格来。谁晓得呢？"她将画片合起来，仰起头来，"我喜欢，夜晚的蓝色，喜欢你用铅笔勾出的线条，有种成人没有的想象力。这让我想起好多当时你说的话。"

"佳惠姐姐,我那时的誓言没有变,我要保护你,你应该得到幸福!真的,你应该得到——"

"对不起,"秦佳惠打断他的话,"那天晚上,你一定去江边了。"

窦小明没说话。

秦佳惠想说什么,却咬着嘴唇,看了看远处,不过仅仅停顿了一会儿,目光就又回到他的身上:"我本来想明天就走,没想到碰到你。"她握着酒杯,与他碰杯,喝了一口。

乐队转换音乐,是一首怀旧歌曲,披头士的《昨日》,一个女歌手在台上唱:

Yesterday, all my troubles seemed so far away(昨日,所有麻烦行将远去)。Now it looks as though they're here to stay(今日我又忧心忡忡)。Oh, I believe in yesterday(我情愿回到昨日). Suddenly, there's a shadow hanging over me(突然间我迷失了自己)……

窦小明站起来,伸手邀秦佳惠跳舞。她把手放在他的手里,两手相握,仿佛乐点击中另一个乐点,心瞬间为之颤抖,发生共振。他的另一手轻扶她的腰,他的脸烫得厉害。两人紧张地相拥,跟着音乐移动脚步,身体渐渐靠近,她把头靠在他的肩膀上。他紧紧地拥抱着她,移动着舞步。她抬起头来,发现他也看着她。他们相互看着,踩着音乐的节奏,她露齿一笑:"小精灵,告诉我,你在想啥子?"

"我想现在拥有的一切,以后想来会是多么奢侈。"他补了一句,"时间不等人,会转瞬即逝。"

秦佳惠听着,没说话。音乐变成快三步的曲子,两个人旋转起来。一曲终了,他拉着她的手,把她送回座位。他也回到座位。她问:"告诉我,你最大的梦想是什么?"

"有足够的钱,到贫困地区开诊所,救好心眼的人。"

"你知道你有一个免费的护士!"

"当真?"他问。

她郑重地点点头:"我卫校毕业时,想去甘孜州藏区,那儿很缺医疗人员,当时就想报名,但舍不得爸爸一个人在家,就打消了念头。你记得小汪,她经常去那儿当义工。"

"真巧,我心里也想着那个地区。小汪姐姐,我前段时间还碰到她,她怎么样?"

"她离了婚,一个人带着孩子,她比我强。"

甜点上了后,秦佳惠看着他说:"对不起,小明,我有些累了。"

"那我送你回酒店。"

他结账后,两个人从96概念餐馆出来,叫了出租车。下过雨的街道,湿漉漉的,空气清新,仍有好多建筑亮着灯,这座不夜城,从来没因夜多深而变得无聊贫乏。车子绕着山坡爬行,犹如穿行于童话世界,到达上半城,又行驶了一段路,在卡菲娅大酒店门前停了。窦小明从车子出来后,站在边上,很绅士地扶秦佳惠走出来。

两个人一起走进酒店。在电梯这封闭的空间里,空气里有她皮肤的香气,跟二十年前他第一次闻到她的身体散发出的味道一样。

两个人也没说话,走出电梯,顺着走廊走,停在最后一个门前。秦佳惠打开门,扔掉手包,也没请窦小明进,也没有说再见,只是转过身来看他。

窦小明站在走廊上说:"我护驾到此!"

"我爸爸走的那天,一滴酒也不让我沾。我……"秦佳惠轻声说。

"你觉得酒里有问题?"

"我一直怀疑,爸爸自己想走了,他不想去日本给我和妈妈添麻烦,若是他留在重庆也不好,我会在日本牵挂他。"

秦佳惠在这时说这个,窦小明没想到,一下子怔住了,没想到秦伯伯会那样做。

"我只是怀疑,到日本后,这想法更强烈。我当时完全不知。"她的眼睛红了,"我跟我母亲也没说,怕说了她伤心。"

"我倒是觉得,你去日本,他的人生目标完成了。他一生忍辱负重,他要还给自己一个做人的尊严。"

"你说得有道理。我心里好受一些了,真奇怪,对你说话就这么容易。"

"我也有这种感觉,对你说话容易。"他说。

"我不相信你就在面前,我经常想到你。"

秦佳惠的手放在门框上,叹了一口气说:"想你时,你总是那么小,没想到有一天你比我高!"她自然地撸起袖子,但想起什么,马上放下袖子。可是窦小明已看见她的手臂上有肿块和瘀青。

"绝对是他!"窦小明气得一拳击在墙上。

秦佳惠坚决地摇摇头,轻描淡写地补了一句:"是我自己,那天上机场不小心撞伤的!你相信我吧!"她上前一步,要查看他的手伤,"让我看看,你一定弄伤了自己。"

窦小明把手放在身后,不让看。她一把握着,果然他的手背红肿,她放在嘴边,轻轻吹着。

"你知道,如果有人欺负你,你该怎么做。"

她不说话。

他冲口而出:"佳惠姐姐,你离开重庆后,我给你写了很多信。"

"有这事?"她惊异地说,"我没有收到。"

"你没有想过,给我写一封信报平安?"

"我想过,我经常想——可是我不能——不能——虽然我一直在想着与你有一天能够再见。"

她的头低下,还是紧紧地握着他的手,一把将他拥入怀里。两个人心跳加快,两个人的头抬起来,寻找对方的眼睛。

这时,房间里的电话刺耳地响起来,秦佳惠当没有听见,反而紧紧地抱着他。窦小明松开她,头往房间里一抬,让她接。她一步步走过去,拿起电话,马上紧张地背过身:"没关系,我已忘记。好的,好的,对不起,钢哥,对不起。哦,爸爸原单位的信。你发传真时写上我的名字就可以了。"她对着电话,点头,"好的,我会去爸爸的单位。尽快回。"

放下电话,秦佳惠心想,他在日本,怎么知道我住在这儿?她朝窦小明转过身来,走到门口。"是钢哥的电话,他收到我父亲单位的一封信,说是会象征性补一些工资。"她故意轻松地一笑,"小明,这个晚上,对我来说非常特殊,晚安!"

窦小明耸耸肩,说:"谢谢你这么说!晚安,佳惠姐姐!"

他抬脚离开,身后没有关门声,她一定还注视着自己。他站在电梯前,奇怪,脑海里出现了钢哥,身着和服,与之前在重庆相比,长得更健壮了,脸上有络腮胡,头发留得较长,像一个艺术家,嘴叼一根雪茄,一副大丈夫气派。秦佳惠笑着,穿着家居的碎竹叶樱花和服,小鸟依人般站在钢哥的身后,两个人看上去很般配、很恩爱。

这个画面长久在他的想象中,这时居然冒了出来。他摇摇头。

一朝被蛇咬,十年怕井绳,看见她身上有伤,就认为是钢哥所致。

电梯门开了,有几个客人等在门前。他走入。这几个人说着日语,对重庆的火锅赞不绝口。

因为她从日本来,这座山城,也多了日本来的人。不可思议!他出了电梯,往大堂走,咖啡厅还有客人,他很想喝一杯再走,犹豫了一下,还是朝大门走去。迎面一股冷风吹来,身上的酒劲仿佛给吹没了,他走入夜色之中。

天上星辰拥挤,月亮比以往明朗清澈,街上行人寥寥无几,楼房里有大人骂孩子的声音,江上汽笛的鸣叫一声声传来,格外清晰。窦小明听到身后有急促的脚步声,回头却见不到人。昏暗路灯下巷子绕来绕去向前延伸,窦小明熟门熟路地走着,一点不需要辨认。

他突然停下,发现自己抄了近路,往老家方向走。这条小街上下石阶,连接两个山丘,有一座小桥就好了,没有桥,只能顺着坡走。当年钢哥若回家,必经过这儿。他就在此拦绳对付钢哥。今晚有些诡异凶戾,什么路不走,偏偏走这坡石阶。晚风袭来,他心情黯淡。佳惠姐姐去日本是对的,其他不说,就两人婚姻关系缓和这点,钢哥在电话里对她那种细致关怀,跟从前不同,是值得的。他为她高兴。既然高兴,为何情绪仍旧低落?他弄不明白,继续下石阶,突然左脚被一个东西绊了一下,整个身体失去平衡,一下子从石阶上跌倒,翻了个筋斗,滚到石阶下端。他趴在那儿,这时响起一阵口哨声。

他撑起身体,循着声音看过去。

从石阶上慢慢走下来一个穿皮衣外套、牛仔裤和白球鞋的男人,这个人手里夹着一根香烟,口哨声停了,香烟放在嘴里,吸了一长口。停顿片刻,他把烟蒂洒脱地往路边一扔,继续吹着口哨,昂首挺胸地走下来。

这口哨声有节奏，像小时露天电影看的《地雷战》中日本鬼子进村的乐曲，有种久违感，那时想不起这口哨音乐来自何处，这时一下子想起了。他看见走近了的男人，居然是钢哥，而且一身酒气。他喉咙干涩地说："嘿，杨钢邦，你不是在日本吗？"

钢哥转了个身，对着路灯，灯光打在他身上，皮衣旧得变色，白球鞋也脏得不成样，脸上留有络腮胡，头发留得较长，已有白发，一双眼睛凶凶的，跟窦小明想象中的样子有点不一样。对了，脸上有了皱纹，背有点驼了，整个人长缩了一样，显得一派沧桑。算起来，钢哥也该有四十多岁了，不过看上去比这显老。

"好眼力！臭崽儿！认出钢哥我来！"钢哥弯下身，抓起窦小明的衣领，"没想到我在重庆吧？哼，那个贱货跟你吃饭，把你小鸡巴蛋高兴坏了吧？"

"你跟着我？"

"今天晚上嘛，我手下人在每条路上等着你。"钢哥得意地说。

"哦，那需要很多人。"

"你忘记我是谁了？明讲了吧，我一直在这条路上抽烟。你看我俩心有感应，你果然走这条路。"

"的确缘分不浅。"

"小哈儿，我烧了你信，退了你信。"

窦小明气得脸发白。

"今晚以其人之道，还治其人之身。"他挥手劈面朝窦小明打过去。

窦小明的脸转开，脚往上一踢，踢中钢哥的手，钢哥痛得叫一声，窦小明笑了起来。

"你笑啥?!"

"以前我暗整你,我是个小孩,现在你多大了?"他从地上弹跳而起,稳稳地站着,"有种,就明枪明刀干。"

"哟,我忘了,你长大了,变得人模狗样,有钱了,就高人一等?要跟我明枪明刀干?"钢哥从鼻孔里哼了一声,想踢窦小明,窦小明闪开。

"臭崽儿,你的拳脚练得不错呀。"

"就是跟佳惠姐姐吃一顿饭,你就小肚鸡肠,气成这样?"窦小明竖起小拇指。

"你看不起我!不屑跟我打!"钢哥的两手握成拳头,"你们都看不起我,是不是?"

"没错,我看不起你。打架得有理由,你和我今天打架理由不充分。"窦小明一本正经地说。

"不充分?从一开始,我就看不惯你这小杂碎小屁孩!告诉你,我没吃软饭!我不会日语,可我背死人,在中餐馆挣几个糊口钱,我收集二手衣服,运回重庆卖。"

"有骨气。"

"我承认从来都配不上她。她呢,开始还好,从到日本后,就变了一个人,从不主动和我上床,哼,贱呀,是喜欢我强暴。"

"你是畜生。你招妓?"窦小明脱口而出。

"她讲的?"

"我心里猜得到。你这德行,能管着你裤裆里的锤子?!"

"哼,妻不如妾,妾不如妓,妓让我快活。她不是贱人,谁是?!我那日本丈母娘侮辱人,立了狗日的遗嘱,一旦她的女儿不在,就把房子捐给寺院,门缝里看人哪!谁让你妈嫁了中国人,谁让日本鬼子侵略中国又投降了?你一家子受这罪,苦果该我吃吗?

我教训她这贱人,有什么错?"他掏出一根烟,自己点火,狠狠抽了一口烟,连着嘴里的酒气,喷在窦小明脸上,"你答应退出我的视线,今天我留你一小命,否则……"

窦小明打断他的话:"我要像一棵树一样站在你面前。"

钢哥又吸了一口烟,吐出几个大大小小的烟圈来,感慨道:"是块写诗的料子。可惜了!小的们,给老子打!"

可是他的命令发出后,什么也没发生,周围也没人,他左右看,还是没人。

"伟大的钢哥,是不是一回重庆,你以前呼风唤雨的感觉就出来了?"窦小明问。

钢哥一拳打过来,紧跟着,脚也踢过来,窦小明着着实实挨了几下后,一脚倒踢回来,第二脚、第三脚踢着,边踢边喊:"我让你打她,欺负她!"

这两个人二十年前,一个凶暴如虎狼,一个善良如小绵羊,现在虎狼还是虎狼,绵羊长大,正值青春好年华,长年练拳脚,仿佛就是为了这一天击败这虎狼。窦小明拳到脚到,一招一式,猛烈出击,钢哥重重地倒在地上,抱着膝盖痛得叫了起来。

窦小明一下子骑在钢哥身上,挥着拳头痛击。钢哥想挣脱,但窦小明的身体压着,像铁夹子固定,他先还能忍,随着窦小明用劲,一拳击中他的脸,一拳击中他的肋骨,一拳击中他的腰,再一拳击中他的腿,他装不下去,举手表示投降,大叫:"休战!你龟儿住手。"他喘着气,"我会对我的老婆好。"

窦小明收住手说:"你晓得我只用了七分力。你发誓。"

"我发毒誓,老子说话不算,天地不容,不得好死!"

窦小明站起来,拍拍衣服上的灰,说:"钢哥,你当年离开重庆,程三他们来想害死我。你有种,回答我,是不是你指使的?"

"我是大人,你是小屁孩子,要你的命,你开啥玩笑?我让程三他们教训你。"

"你看着我的眼睛说。"

钢哥站起来,打了个踉跄:"我没要你的命!小杂碎,你信了吗?"

窦小明摇摇头。

"信不信,随便。"

"你好端端一个男人,为啥尽做些不是男子汉大丈夫的事?"

"我钢哥钢,不是浪得虚名。到今夜为止,旧账一笔勾销!"他笑着,双手叉在腰上,"你可保证,今天的事,就你我晓得。"

"没问题。"

"一言为定!"钢哥说。

两个人望对方,眨眨眼睛。钢哥往石阶下走,走得步履艰难。窦小明回到石阶上端,从那儿走,有一条小道,可以拐上中心街。他走得从容不迫,夜色渐渐遮挡了他的身影。

第十章 长江水从不倒流

一觉醒来，居然是下午两点。钢哥身上的伤好多了，走路隐隐作痛，的确窦小明并没下手太重。他感觉头重得厉害，昨天喝了太多酒，回到小旅馆里，又喝了，早上天都亮了才睡着。洗澡后，换了衣服，他决定出去走走，透透风。

重庆的粉子多，没到过这儿的人不知。整个下午在解放碑经过他身边的全是粉子，个个争奇斗艳，但都不入他的眼，他想念一个人。但是他不敢打电话。慢慢走上五一路，看到路边有一个公共电话亭，想了想，走了进去，掏出一纸条，拨号码。那边接了电话，他说："我找芳芳。"

"谁呀？"

那边一听到他报名字，就说："你打错了。"

他听出对方的声音，坚持："芳芳，我们见一面，可以吗？求你了！"

"今天是1996年4月5日,记住我说过的话,长江水从来不会倒流。"她搁了电话。

钢哥站在电话亭里,不知所措。这个城市,芳芳是他最想见的女人。她并非绝色美人,到底施了什么计策,让他难以忘怀,他不知道,也许是她的个性跟秦佳惠不一样,她妖艳,她残酷,她聪明,她甚至无心无肝,她的笑像男人一样豪爽,令他着迷不已。一定是他没有真正征服她,内心才对她充满欲望。

另一个要打电话的胖胖的男人,敲玻璃。

他只得出来,点了一根烟抽起来。

那个胖子在打电话,像是跟人谈生意,找对方借钱,说了好多叙旧的话,对方还是不肯借。钢哥抽完一根烟,不耐烦了,就打开电话亭的门,把胖子拉出来。站进去,往机器里投钱币,电话通了:"给我接712房,秦佳惠。"

电话通了,可是那边没有人接,机器让他留言。他只能搁了电话,站在那儿,吼叫:"死婆娘们,怎么绕来绕去,就这两个,老子搞不定。"

胖子打开门,将他拉出去,他挥起拳头,进电话亭,把门关上,接着拨电话。对了,自己对秦佳惠是膜拜,并不是征服,那么就更惨,在她面前,他一丝儿自信都没有。他的拳头对着电话亭的玻璃门打去。

"神经病!"

那胖子骂了一句,握紧电话。钢哥站在那儿,茫然地看着车来人往的马路。

两江三岸的灯光一点点灿烂起来,这座城市似乎才真正醒来,钢哥走进人民公园,在退休的人这儿打太极拳和跳集体交际舞,还有一些人拿着鸟笼,在交换鸟。

一只鹦鹉说:"毛主席万岁!"另一只鹦鹉骂:"臭婆娘,滚你妈的蛋!"

边上的鹦鹉听到,回答:"我爱死你了。"引得路人一片笑声。

从这儿的石阶穿下去,应该有家小面馆,是云南米线,按重庆人的口味做的,麻辣得厉害。那儿也售五加皮酒。他决定吃点东西,肚子填点底。可是到了那儿,是一个小人书摊,门面易主了。没办法,他爬上人民公园,直接去丘二馆喝了碗鸡汤,要了份棒棒鸡和豆腐干。一看时间,已过七点了,便走路到较场口,进入转盘边上最高的一幢楼。

从电梯内的镜子,钢哥看到自己的头发乱乱的,络腮胡遮挡了下巴上的青块。他出了电梯,就去洗手间整理了一下,看上去人整齐精神一些了。

歌厅门面很光亮,烫金大字,印了一句唐诗"春风知别苦,不遣柳条青",难怪这歌厅叫劳劳亭。这首李白的诗,前一句"天下伤心处,劳劳送客亭"就此得诗题。年轻时他喜欢这首诗,熟稔于心。

没人接待,可能接待小姐这时上卫生间了。

钢哥继续往前走,边走边看包间名,最后停在一个包间前,敲门。没人应门,便推门进去,里面响着音乐,灯光昏暗,烟雾腾腾中有十几个男女,在吃卤肉喝酒。钢哥眼睛一亮,他看见电视屏幕前站着芳芳,一头短发,化着浓妆,一袭裹身紫裙,看上去最多三十岁,握着话筒,媚眼闪动,正在唱歌:

九九那个艳阳天来哟,十八岁的哥哥坐在河边,东风呀吹得那个风车转哪,蚕豆花儿香呀,麦苗儿鲜……

龙哥拿着话筒,走到芳芳边上,跟她对唱:"风车呀风车那个咿呀呀地唱啊,小哥哥为什么呀不开言。九九那个艳阳天来哟,十八岁的哥哥想把那军来参——"他经老,没有白发,甚至灰发也看不到,衣服很休闲,不过戴着名贵手表,系着名贵皮带,脚上是一双舒服的意大利皮鞋。他搂着芳芳深情对唱:"风车呀跟着那个东风转哪,哥哥惦记着呀小英莲。"

这日他妈的唱旧歌!江边那场斗殴群架,他听到过,龙哥过去唱得好,现在唱得更是韵味十足。钢哥望着芳芳,望着龙哥,心里突然一阵难受,他低下头,坐在椅子上。这时,程三吹了一个"飞机头",穿着一套西服,虽有点痞气,但整个人像模像样,走过来向他点头,递上一瓶重庆啤酒,替他启盖,马上又端了一盘卤肉过来。

钢哥沉着脸喝酒,对程三说:"你没有告诉我,芳芳也在?"

"我也没想到。不过你来得吉利。"程三坐在他的边上,低声说,"龙哥今天竞标江北嘴,居然打败了他自家表妹,拿到那块地皮,他叫来芳芳庆祝,很给你面子。"

"哼,一个房地产商,得意啥?"钢哥转头看到程四,人瘦瘦的,以前的国字脸扁了,显得个子更高,他戴了一副细框近视眼镜,穿了件改良的唐装,完全像一个儒生了。袁七站在他身后,正和人说话。那晚自己与程四没见成,只是通了电话,电话里给了芳芳的电话。"你弟和袁七在那边,不过来打招呼?"

"他们忙着,你稍等一会儿。"他起身要去叫。

钢哥拉住他,说:"我有自知之明,有钱就是主!"他看了一眼台上,"你们都哈巴狗一样跟在龙哥后面。芳芳跟他啥子关系?"

另一个光头在他俩身后说:"龙嫂。"

钢哥腾的一下站起来。对方把他按在位子上:"钢哥,激动啥,多年没见,你在日本绝对混得比我们好,是万元户,或百万元户了吧?"这个人上下打量钢哥,"也不像呀,一身便宜货!"鼻孔朝天,哼了一声,一脸瞧不起。

钢哥抢起酒瓶要砸过去,被程三拦着。这会儿,台上人唱完歌,大家一阵鼓掌。芳芳下台,看到钢哥,没打招呼,朝角落那边几个女人走去。

钢哥心里失落,想骂人,但马上发现程四陪着龙哥走过来,就站起身来。程四给龙哥介绍:"钢哥才从日本归来,前来拜龙哥的码头!"钢哥朝龙哥点头。

龙哥对钢哥很客气,一把握着他的手说:"是钢哥呀,别客气,我们是老朋友。"

钢哥很诧异龙哥的热情,脸上勉强挤出笑容。

龙哥松开手说:"钢哥呀,我仰望你二十年,现在你荣归故里,来,我唱一曲《昨夜星辰》欢迎!"他走上台阶。有人立即递上话筒,那边马上有人选好歌,音乐响起。角落的芳芳也往台上看。

钢哥想也没想,走上台阶,一把抢过话筒,正好过门完,看着台下的芳芳开唱:"昨夜的,昨夜的星辰已坠落,消失在遥远的银河,想记起偏又已忘记,那份爱换来的是寂寞,爱是不变的星辰——"

他把自己唱得热血澎湃,以前没觉得这歌多好,现在觉得完全是在唱他的生活。

歌再好,也会终结。钢哥这天在热烈的掌声中记得很清楚,当他唱完走下台子时，芳芳安静地坐在角落，可是龙哥不在。程四等在边上，说他的歌唱得好，请他跟自己走。

两个人在包间外的走廊上绕了好一阵子，他好奇地问："这'劳劳亭'谁开的？名字这么有品有调。"

"你猜得到的。"程四说。

钢哥想了一下，只可能是龙哥。

门前有几个警卫守着，有一个当头的，很像那个曾看中秦佳惠的家伙，钢哥突然记起那人叫叶兵，昔日他的手下败将。叶兵忽视钢哥的存在，恭敬地向程四点头，挥手让警卫让开。他们进到里面一个房间，程四敲门。

里面有人答："请进。"

程四推开门，待钢哥走进后，他把门关上。

没想到这里面很大，可以看到重庆的夜景，看得最清楚的是南岸，江北也能看到一部分。明显这儿是会客厅，有好多沙发，柜子里放着洋酒和一些奖杯，都是地产方面的奖。这时他看到龙哥，坐在一张皮沙发椅上抽雪茄。

他朝钢哥点了一下头，起身到酒柜前，取了一瓶红葡萄酒说："钢哥临门，我们开一瓶1976年的法国拉菲吧。"

"龙哥不必客气，1976年的酒太珍贵。"

"钢哥，你懂诗，懂酒，懂歌，那歌你唱得比我好，我是外行。我一直有个看法，爱唱歌的人，天性不会坏到哪里去。"

钢哥吃惊地看着龙哥。

"今天你我难得一聚，我们喝这个年份的酒才适合。1976年，我们都是天棒，天不怕，地不怕。"龙哥取了开酒器，开了瓶盖，将酒倒入一个玻璃瓶醒酒器里，取了两个水晶杯子，倒上酒，"来，为今天，喝！"

两人碰杯后，喝酒。酒真是好，含在嘴里，慢慢让它浸入喉咙。如果有猪头肉，就好了。

这时龙哥变魔术似的，从边上冰柜里端出一盘卤猪耳朵，上面撒了辣椒花椒粉和两副筷子放在茶几上。"我好这口。"龙哥说。

钢哥吃了一块猪耳，真是人间美味，他的胃觉满足，跟肏一个新女人一样巴适。他没说，可他的神情如此。

"巴适，跟一口气横渡嘉陵江一样巴适！这两样东西绝配！"龙哥赞叹道，在他边上的沙发上坐下。两人之间有一个落地台灯，光线照着他俩并不年轻的脸，钢哥这时清楚地看到龙哥脸上有几个小小的痘坑，鬓角生有灰发。

"我娶了芳芳。"龙哥喝了一口酒说。

"没想到，你这么恨我。"

"钢哥喜欢的，我就喜欢，多少年都改不了这习性。想我年少时，多么膜拜你，凡事步你后尘，却不及你一二。你是我们重庆我认识的人中最牛的。你做什么，我做什么。"

这句话，让钢哥摸不清龙哥的用意。龙哥说："世事如烟，三十年江山，谁输谁赢，谁能定夺？我混成这个样子，还不如年轻时敢跟你打群架，有朝气敢拼命。现在，我什么都怕。没办法，人在江湖。"

三十年江山？过去了二十年，还有十年可待？啥意思？钢哥坐不住了，站起来要走。

龙哥手一摆，指着椅子说："不是你要见我吗？走啥子？"

钢哥只好坐下。

"我一直等你回来，等了这么久，我有话要对你说。"他握着葡萄酒杯，目光从窗外的夜景移过来，看着钢哥问，"二十年前你为啥要那样做事？"

"二十年前？！"钢哥的脸僵硬，不解地问。

"我晓得是你。"龙哥冷笑。

钢哥镇定地坐在那儿，脸上没表情。

二十年前，离开重庆前一天，他带着秦佳惠到江北一个朋友家住了一晚。那朋友是一个暗警，他将投机倒泸州煤炭的事全盘供出，供出龙哥及手下，包括他们卖毒品及所有违法的事，条件是不追究他，并让他出国。住江北，是怕节外生枝，果然，一切顺利，第二天上午钢哥带老婆飞出国门。当天夜里，龙哥、煤矿管事及手下全被抓了。

这事他连任何一个手下都没告诉，只让他们之前去对方的仓库抢了一些货出来，为了报当年龙哥将他送入看守所之仇，为了教训一个小混混敢对抗他。他不想回重庆来，不管在国外是怎样的境遇，他决定一笑泯恩仇，家人或是黑道，从此忘记。龙哥当年因为他坐牢，地盘早被新黑帮头子接手，手下人都散了。但是他怎么也没想到，龙哥会翻身，会做大，他与龙哥今日会相见。

"你有啥话要说？"

"我等你说。"

"为啥要见我？"龙哥说。

"是我牵线让你跟泸州那头做煤炭生意。"

"你不是截过我的货？"

"一次而已。之前之后的呢？"

"我没吞掉你的介绍费。"

"低价买，高价转出，这中间有多少黑心钱。你食言了。你最不该把我弄进鸡圈里。"

"我黑了你一人，你呢，黑了多少人？！"龙哥喝了一口酒，看着钢哥说，"是你举报我的吧？把所有的脏事推到我身上。"

钢哥不说话。

"我记得判决书上的内容，被告人苏晓龙犯组织、领导黑社会性质团伙，贩卖违禁物品以及投机倒把等十一桩罪，数罪并罚，判处有期徒刑十五年，并没收个人全部财产。想知道我的兄弟们的下场吗？叶兵他们分别被判处有期徒刑五年到十年不等。这都是因为你。如果我没有一个好律师，搜到的白粉没超过一斤，我早被毙了。"他笑了，"当然，那些年的钱都被没收了。"

"钱不会全在抽屉睡觉，你脑瓜儿灵，早转移走了。这就是你在海南捞第一桶金的底气。"

"想象力丰富，适合做诗人。证据呢？"

"没证据，但我知道你会这样做。"钢哥看着龙哥说。两个人不知不觉身体都朝对方倾斜，离得非常近。

"你不相信人可以白手起家，人可以变。"龙哥的眼睛犀利地看了他一眼，"这就是你和我的区别。"

"我也在变。"

"是呀，你居然敢回到重庆，敢来见我！"龙哥感慨道。

"小龙崽，你再有钱，以前我不怕你，现在我也不怕你。"钢哥环视四周，"叫你的保镖来吧。当年为报复你所为，是我黑了你，老子敢作敢当！"

"有胆！敢承认。这就是变化，否则你就是一根腐草，连鬼都不收你。"龙哥的身体往沙发上靠，"不过你错了。我之所以见你，不是要宰你，而是要亲自谢你。如果没你当年背后一刀，我就不会在海南做人下人，彻底改头换面，每日再累，也会秉烛夜读书百卷。钢哥呀，是你成就了我。"

"你用我的兄弟，睡我的女人。"钢哥感觉血压在上升，狠狠地盯着面前的人。

"我承认先有报复你这个因素,但你的兄弟程四是个人才,他在海南,女人害他,朋友害他,走投无路时,是我收下了他,送他读经济管理和强化英语口语,培养他。他不负众望,成了我的左膀右臂。后来,是你的兄弟,我都收,给他们一碗饭吃,让这个城市少几个祸害。我发现钢哥对女人的品鉴极有水平,一用你的女人,弃之难也。芳芳是极品,当藏于家中,可她天生是个交际专家,是我的公关女神。"

钢哥无话可说,他给龙哥和自己倒酒:"这么好的酒,不喝,是罪过。"他与龙哥碰杯,没一会儿,酒见底。

龙哥又开了一瓶拉菲,倒入醒酒器里:"我们的国家在变,会变得我们的眼睛看不过来,早晚有一天,它会立于世界之巅。"

"会的,但会付出惨痛的代价。任何时代都脱离不了钱和权。这座城市会变得更腐烂,需要地下力量来修正,讨回一些公平。"

"公平?从日本溜达了一圈回来,以为你眼界变了,可是你没有。"龙哥的手指敲着酒杯,一字一顿说,"动手解决不了问题。知道吗,原来的混混、黑帮在这个时代行不通了?"

"可能你是对的。但人的索求越大,付出的代价就越大。"钢哥喃喃地说,"不信,时间会印证我的话。"他碰龙哥的杯子,喝多了,脸上肌肉也放松了。想想,程四站在门外,这个手下,以前是自己最中意的跟班,现在成了龙哥最中意的跟班,即使程四曾差点要他的命,他也既往不咎。当年他的手下,包括他的女人,都成了龙哥的人。历史真会开玩笑,他本是要害对方,反而成全了对方。自己在日本二十年,一事无成,若是能跟老婆过太平日子也就罢了,但两个人就是无法太平,她跑了,自己还得追她回重庆。

"这么多年不回重庆,真不想重庆?"龙哥问。

钢哥摇摇头,但马上点头:"我想重庆的火锅和小面。"他指着茶几上的卤猪头肉，眼睛马上红了。

"锤子，只有说到重庆的吃，你才有感情！"龙哥说。

钢哥看着龙哥坦白道："锤子，我也怕见你，怕你宰了我。我说我不怕你是假话。"

"我龙哥以前会，现在不会。"

"你肯定找人调查过我。"

"你在日本如何，我想过，也调查过。"

钢哥的脸红了，说："我没吃软饭。"

龙哥笑着说："是我的话，我不会回日本去。那儿有啥属于你？面子值几个钱？你想留在重庆，你不用求别人，我给你一份工作，在劳劳亭坐镇，给唱歌的当保护神？不满意，那到建筑工地，给我管一个工程队？你以前管理一个车间，不会太难，先试试？"

"我？龙小崽儿，不，龙哥，真这么想？"

龙哥倾过身来，拍着钢哥的肩膀，一点也没醉，掏心掏肺地说："我好歹膜拜你那么多年，还是要给你面子，给你一点尊严，我们老大不小了，一起向前看。"

那天晚上星辰收光，月亮躲藏其中，如龙哥所言，不醉不休。龙哥喝醉了，在沙发上睡着，打起呼噜。钢哥喝得烂醉，一个人踉踉跄跄走在昏暗的小街上，当街狂吐。程四不放心，提了一瓶啤酒追出来，也喝大了，摇摇晃晃跟在他后面。

"钢哥，你回去！陪龙哥再喝一杯！"

"你从哪里来，我送你过去。"

钢哥笑着，指着程四："你跟我回去吧，我住天上，叫'卡菲娅'。"

"我送你回天上。"程四说。

"你我久别重逢，之前只是在电话里聊了一下，今天，你怎么也要给我一个拥抱。"钢哥给程四一个熊抱,说,"这才是好兄弟!晓得龙哥怎么说吗?"

"我在门外都听到了。"程四清清喉咙,学龙哥的口气,"日本不要回去。没啥属于你,你留重庆,就是这个重庆!不,不要求别人,我给你一份工作,在劳劳亭坐镇。劳劳亭呀,给我们唱歌的客人当保护神!"

"说对了,程四,我的好兄弟,听着。"钢哥也模仿龙哥的口气,"如果不满意,那到建筑工地,给我管一个工程队?试试吧,试个锤子,日他祖先人,他是真心地想给我一份工作。"

"绝对如此,龙哥天生是老大,是天才,我服他。"

钢哥推了一把程四,用力太猛,两个人倒在石阶上。钢哥说:"你才是天才,给他这哈麻屁当小兄弟!你要做大。你要光鲜呀!程四,当年老大我看重你!你记得吧?"

"我记得,一百个记得。"程四推推眼镜。

"龙哥假心假意对我好,比直接侮辱我更让我受不了!芳芳,成了他的老婆,她不敢和我打招呼,臭婆娘,荡婊了,她在床上真骚,日他妈哟,像一条鱼一样蹦呀。钢哥我,就是跟别的女人干,想的也是她!我晓得,我的直觉告诉我,龙小子是要一辈子给我小鞋子穿。如果他和我勾销恩怨,这棋怎么下?"

程四站起来:"龙哥是真想帮你。一看你,就是周身上下穷得叮当响!"

"你,程四,不,程三,你摸摸我裤袋,都是钱,你拿去盖个房。"

"好,我来摸。"程四掏钢哥的裤袋,摸出一把美元来,"我看走眼你,对不起,这真是……是真的美元呀……"他坐在石阶上,"钢哥,我的亲钢哥,我是个街娃,到处拿菜刀打架,早晚要被敲沙罐，仇家来了，是你把事平了。你托人，给我和哥弄到水运修理厂，让我学开船。你个老子，救了我一命。不止一次，好像还有一回，可是我想不起来了。我好想我们以前在一起的时光。那时，你有一碗面，就给我半碗。你一直把我们两兄弟当亲兄弟。"

钢哥也一屁股坐在他边上，突然抱着他，哭了起来："程四呀，你是程三吧，我以为去日本，就是天堂呀，我的命会变好，结果语言不通，尽受气，日本人一张脸像冰。我只有喝酒。程三，上次我们见面，我装面子，今天不装了，给你程三说。程四在哪里？我要和他说，他一生都是我的兄弟，为我杀龙哥，进了鸡圈，这份情我铭记在心。我要他原谅，老大我在日本没混出个人样，本来想把你们都弄到那儿去，结果我没做到。我想回到重庆来，可是我有面子，我得绷着。龙哥说什么？面子值几斤？一个钱也不是。可是人如果没有面子，那他还有什么？程三呀，告诉程四，我没用，我日他妈的，过得太窝心了。"

"我就是程四。"

"程四，你钢哥心里苦呀。"

"人混好混不好，有努力，有机遇，还有天意。喝醉，啥也不记得。不需要天意。"程四找啤酒，发现瓶子滚到石牙缝里了，掏出来，用牙齿咬开盖子，尊敬地递给钢哥。

钢哥接着，仰起头来，咕咚喝着，然后抹了嘴上的气泡，递给程四，说："对，在臭日本，我记得你，我们，难兄难弟，程四，是你，你帮我找那婆娘，告诉她，她嫁给龙哥，比嫁我高明。不见就不见，长江水不倒流，她这句话，成了我心中的座右铭。是你找了龙哥。"

"我告诉他，你回来了。其实呢，我觉得是龙哥想见你。"

"这就对上了。程四，听着，我钢哥再有发达的一天，我有啥，都分你一半！"

程四推开他，摸自己的裤袋，拿出一个大哥大来："你住天上'卡菲娅'，我打个车，送你。"

钢哥一把夺过来，拨号码，是空号，他照样对着嘟嘟响的手机说："惠子，我再对你动手，我就是龟孙子，就是一根腐草，阎王都不收我。我发誓！龙哥今天这样说我。我就到了这种地步。你是我一生最爱我的人，我也是你一生最爱你的人。我们明天回日本吧。"他说完，整个人倒在地上。

程四捡起大哥大，站起来，拉他："跟我回去吧。"

他扶起钢哥，走了两步，阵阵微风吹来，酒意少了几分。这时钢哥突然停下，望着他："程四，我的好兄弟，你怎么这么瘦？多吃一斤肉吧。"说完，就睡着了。

第十一章　母亲的心

昨夜邂逅钢哥后，窦小明沿着小路往家走。苏滟打来电话，刚飞到北京，说是失去了重庆一个重大项目，被她的表哥得到。她很失望。

这一次她走得太久，是有意为之。苏滟的眼睛像猫？是她看他一针见血。她的表哥是龙哥，窦小明每回都是从她或苏晓华那儿知道龙哥的生意越做越大，不仅是在南方，在重庆也是。奇怪苏滟没用表哥的资源，倒是跟重庆另一个记者出身的女强人走得极近，这次去深圳就是她介绍的关系。

抬眼已能看到家所在那幢楼房，两只野猫窜出，一步爬上墙，发出饥饿的叫声。苏滟的眼睛亮亮的，跟猫的眼睛接近。窦小明忽然这么想，真是奇怪。

野猫们跟到窦小明在大楼前停步。

他居然松了一口气。乘电梯，进家门，墙上钟正十二点。小花猫亲切地叫唤，扑过来迎他。孩子们的鞋子胡乱搁在走廊上，他们在家，不是待到周末？提前被外婆送回家。过去一看，睡得熟熟的。过道里听到母亲的呼噜声。

拧开水龙头，小花猫蹲在浴缸边，他泡了一个澡。穿了浴衣，想睡一会，但怎么也睡不着，心里闷着气，脑子里出现了一团团人影，他们在说话，吵得他不得安宁，他烦躁，他想喊叫，身体膨胀，如果不做点什么，他整个人就要爆炸。赶快起来坐在书桌前，打开麦金塔苹果电脑，他望着屏幕，双手打字：

　　山城一号桥在70年代末没有那么多高耸的水泥大厦，吊脚楼临嘉陵江顺山势延续。十二岁的少年生得瘦瘦纤纤，性格孤僻，经常站在石坡下，听上面幼儿园传来日本民谣《红鞋子》的曲子："小女孩，穿红鞋，洋人带走她，横滨码头，坐大轮船，洋人带走她，如今女孩变成蓝眼睛，在洋人国，见到红鞋子，我想到她，碰到洋人，我想到她。"

　　那首歌，这一带的人都会唱。他会唱，但更喜欢听。那歌被人改成中文，据说是媛的母亲，当时在幼儿园当老师。她是日本人，50年代末期被驱逐出中国；媛的父亲原是日语翻译，有日本老婆，掉了工作，当时气疯了，跳江后被人救起来，找不到工作，便在街头给人擦皮鞋补皮鞋。

　　媛长得很美，是个护士。少年在医院看病认识。这天媛的脸阴沉，步子拖了铅一样重。他跟在身后，很紧张，她突然站在石阶上，对他哗啦哗啦说起来，原来是她的丈夫另有女人，她不知该怎么办才好。她边说双手边无助地在空中乱舞，想抓着什么似的，少年把自己的手伸了过去。

　　媛握住他的手，哭了，没一会儿，才放开，掏出手绢擦干泪水。

中日建交后，日本妈妈来重庆接丈夫和女儿。那一天整个一号桥地区人声鼎沸，都来观看。可是他们一家走前，媛的父亲自杀了。媛非常难过。丈夫和她和好，也跟着去了日本。

少年放学时，会到一号桥打望。天上有时会有一只红气球飘浮，他盯着它，心里打定主意。长到十六岁时，少年离家出走，他在吴淞港口混入一艘开往横滨的货船。对着大海，他发誓要找到媛，并抬一个花轿娶她。少年只身到了东京，漫天开着樱花，经历一番磨难后的他仰起头来，顿感身轻如燕。

他没有她在日本的地址，这个陌生的繁华都市庞大如海洋，上哪里能找到媛呢？他一筹莫展。

他不想回山城，为生存他只得给人干黑工洗盘子，苦学日语。轮到有假日，他就去找那些可能有媛的地方。仿佛有意磨掉他留在日本的决心，这个媛生活的东京，把她掩藏得不露一丝儿痕迹。

写到这儿，窦小明口干舌燥，去厨房冲了一杯咖啡。他站在窗前喝着。外面楼房林立，黑暗之中，这座城市的丑陋被遮挡了一些，那些若隐若现的灯光，全是一个个夜不收的灵魂，他的脑子里出现了新的场景：

一年后，樱花重新灿烂。是的，还是在东京。少年有天晚上坐地铁，无意中拾起乘客扔下的一张报纸看起来：一个女人的照片，占了社会版大半，她有很美的一双眼睛。

这是媛的眼睛。报上说这女人在医院当护士，杀死丈夫及丈夫的情人，最后用同一把菜刀自杀。那杀人者就是媛。他不得不承认这事实。经过一番周折,他找到媛的家,一个有温泉的大宅子,媛的母亲的遗产。凶宅爬满绿叶,可是看门老头不开门。他在门口的石阶上坐下来,拿出一瓶汽水喝,这是媛生前天天走的地方,他能感觉到她的气息。自己从十二岁以来成长的压抑与苦闷都如樱花,仅仅几天都凋谢了。如果媛没死,他会对她说所有藏在心中的话。她为什么得死?就是说她未死——这个感觉非常强烈。他隔着门对里面的老头说,他是媛的中国表弟,来找媛。老头递出一张纸,是一个精神病院的地址。少年找去,谢天谢地,果然媛没死,在这儿!只是不认识他。

少年照常打工,每周末去看媛。这天少年觉得媛认出了自己。她对着窗外的树林注视了好久,对他说,我的头发太乱,你帮我梳梳吧。他接过梳子,站在她身后。这头发轻轻一梳,就梳下来一绺头发,还有好多白发,一根根扎眼地晃。他放下梳子,把那些白发拔下,一共三十六根,统统合拢在一起,小心地放在自己的裤袋里。

媛是回光返照,就一会儿,她就不认识少年了。少年问她,愿跟我回山城吧?她看着他半晌,不说话。护士来催少年,探望时间结束了,要他离开。

我要娶你,用轿子来抬你。这是少年十六岁时发的誓言。当时他幻想在盛开的花海之中,自己做一顶轿子,扶媛进去坐好。

护士不耐烦了,走进病房,对少年态度很坏。

媛姐姐,我走了,我还会来的,我要带你离开。

媛在专心数着手指,没有反应。他握了握她冰冷的手,跟着护士朝房外走,突然趴在过道窗台上,哭起来。自己一直爱着的那个女子，她竟然完全不知他的感觉，更不知这些年他都在为重新见到她活着，现在好不容易找到她，她却是这副样子。他伤心透了，觉得生不如死。他看见对面的小山坡上，樱花飘落一地，几只鸟正鲜活活地站在树枝上扑腾着翅膀。一只旧旧的红气球飞来，停在空中，一动不动。

他回到电脑前，飞快地写下来。最后的结局是什么，如果少年帮助她逃脱，哪怕死也是逃脱，现实不可能，但是小说可以，不然，我们读小说做什么？

窦小明除写信、写诗外，这是生平第一次写小说。日本他选择写东京，而不是京都，是因为十二岁时，他想从那儿到达日本。多少次这么想，像少年那样去，没去成，是舍不得母亲一个人，如果失去他，母亲会疯掉。现在他在这小说里去了。少年在那儿的生活也是他的生活，不过他比少年强，他把日语学会了，自己没白读秦伯伯给的那些书。

写小说让他感到刺激，弥补了现实的遗憾，写小说的快感消减了内心的痛苦，他迷失于荒原的灵魂，嗅到了一个灯塔的亮光，也许可以做一个作家？之前从未冒出这个念头。对呀，作家多有抑郁症，对付它，将封闭在内心的东西写下来，给更多的人看，将一个人的抑郁分散开，它便构不成致命的危险。他可以整理一下自己的生活，请人管理他的餐馆，一年至少去国外一次，到巴黎和英国去，到少年时读的那些名著里的地方看看。可以去日本，在金阁寺想想自己的生活方向，它无与伦比的美，三岛由纪夫由此说："金阁处处皆是，而且现实里看不见。"他想试试他能否看见。行走于陌生的国度，情况可能更清晰。自己才过而立之年，一切都还来得及。不必把身体躲藏在黑暗之中。秦佳惠没在疯人院里，她从天而降到故乡,与他重新相见,真的,他们比小说里幸运。她在酒店房间外说的那席话,期待有一天能够与他重新相见,如铁钎在撞击,心里那些冰封的地方,咔嚓一下,又裂开了好多。她心里有个地方装着他,这点,深深地慰藉了他。没错,他不仅可以写作,也可以画画。

必须睡觉了,他回到卧室,躺在床上,已是清晨五点。他闭上眼睛,睡着了。早上九点半,大哥大响了。窦小明接了,话筒那边是秦佳惠的声音:"早上好!"

窦小明睡眼蒙眬:"早上好!"

"对不起,弄醒你了?"

"没事,我也该起来了。你怎么样?"窦小明下床,拉开窗帘,阳光洒进来,屋子里一下子亮堂起来。

"我还好。谢谢你的晚饭,谢谢你的《红鞋子》,特别谢谢你给我画的月光武士。再看,更喜欢。这对我很珍贵。我,我有一个想法……"

"你说。"

"想当面告诉你。"

什么事呢?他不安起来。秦佳惠在话筒那边说:"后天也是我生日,我们晚上一起吃个饭?可以吗?"

"你一个人?"窦小明问,他想到突然回到重庆的钢哥。

"对呀,就我一个人。"

他高兴地说:"真是太好了,你说在哪里?"

她说,就在她的酒店中餐厅渝凤凰,用她的名字订了一个小包间。

窦小明的儿子进来,跳到他的床上:"婆婆要我们来跟你玩,她想多睡一会儿,她有点感冒。"窦小明按着电话听音孔,手放在嘴边，暗示儿子安静。儿子果然安静了。他对秦佳惠说："好的，7日，傍晚六点，我会到。"

放下大哥大，窦小明马上翻身下床，抱着儿子，到母亲的房间。小花猫依偎在她的床上，见了河河，亲热地叫唤。河河到了走廊，它也跟到那里。

"火炮，多亏宁宁给我板蓝根，我有点头痛。"母亲很疲倦地躺在床上，"睡一觉就好了。"

宁宁拿着大哥大，拨通电话说："妈妈，我想你。你什么时候回来？"她听着苏滟的声音，连连"哦"了几声，然后说："你竞标没成，今天还要飞武汉？妈妈，别难过，加油！明早我等你电话。"她失望地搁了电话。

"宁宁、河河去准备东西，一会儿阿姨带你们去画画。"母亲说。

保姆带孩子离开房间。母亲叫住窦小明，让他坐在床边，对他说："火炮，妈警告你，这两天你心神不定，你不要给我出纰漏。这个家不能散，否则妈还是让你跪搓衣板。"

窦小明不语。

"我听人说秦佳惠回来了，见了吧？"

窦小明点头。

母亲对他吼叫："火炮，听着，我喜欢秦佳惠，但她不是我孙子的妈。"

窦小明压低声音说："你是我的亲妈吗？"他抓过她的手，放在自己的左胸上，"你从小到大都不管我这儿的感受。"他的眼里有泪水，"我这儿有一棵树已经长大，在等着开花结果，快撑破我了！"

母亲生气极了，随手一记耳光打过去。

窦小明本能地捂着脸，一愣。

"老娘好久不动手，你给我醒一醒。我哪是感冒，我是给你气病的。"

好多年，她没对他动手了。母亲的权威至高无上，他成人了，也没用。他看了母亲一眼，她转过脸，但眼泪掉下来，说起春节前在孙子的学校门口遇到苏晓华。苏晓华来接宁宁和河河去外婆家，可能是感觉到窦小明与苏滟的关系紧张，他说起当年在江边苏滟要龙哥救人的事。他要她答应不要告诉窦小明，不然龙哥会怪自己："龙哥讲的，要不是苏滟，你早没命了。"

窦小明听了，内心排山倒海般震动，原来那晚隐约听到的尖叫声，来自苏滟！与他在一起这么久，她从没说过，苏滟对他用情如此深，他这辈子欠她。这个想法冒出后，脑子嗡嗡作响，慢慢回到自己的书房。

桌上昨夜打印出来的几页纸被人动过了，最后一页，歪歪扭扭写着一行字：这信不要寄出！妈妈。

母亲太过分了，凭啥像个家庭警察一样监管他？这超过了他的底线，站在桌前，窦小明身体里的火往外冒，他想冲到母亲面前，向她表示自己的愤怒。两个孩子带着画夹，跟着保姆来说再见。他压着火，对他们点头说再见。爱情是个屁，在生活面前。他一把将那几页纸拂到地上，坐在书桌前。

铺了一张布，书桌变成工作台。打开鞋箱，从书架里找到苏滟收集的一本外国鞋帽杂志，取了尺子和剪子，打开一张软软的羊皮，这皮子还是母亲几天前带回来的，说是一个朋友送的。"静下心来，只想着鞋子本身。"十二岁时，秦伯伯对他授以秘术，怎样才能做好鞋，当时他如是说。

他站起身来，到房外找宁宁的鞋子尺寸，记在纸上，又量了儿子的，还有母亲和苏滟的。他回到桌前，弯下身子用笔画尺寸，先做一双给女儿。杂志上居然有一款跟母亲的皮凉鞋一样，依样裁剪样，中分两边，70年代的式样。窦小明取了剪子，沿着线，剪羊皮。

母亲走进来，端给他一杯茶，当什么事没发生一样，自言自语："板蓝根好，我头不痛了。"她走开了，没过一分钟，走进来，把一双旧旧的黄皮凉鞋，放在他的工作台上："照着老秦的做吧。"

窦小明点点头。

"火炮，你的动作好像老秦！"

他没抬头，听着母亲离开的脚步，拿起面前的皮凉鞋看，他早修好扣子，垫了底。母亲自己擦了皮油，爱惜得很。他心里窝着的气，一下子没了。

母亲没什么出门做客的衣服。他要买，她不要。买了新的，她压箱底，还给他讲，梦到老屋，箱子里全是新衣，拿起来，新衣全成了碎片。母亲的牙齿有点歪，头发掉了不少，也花白了，有时她戴个黑边呢帽，倒是有模有样。打麻将的老邻居们说，崔素珍变富态了，周身有钱气。这让她不快，这不是在骂她显富吗？她让人找到一个假发套，有点黑色偏棕，是短发，有点卷曲，戴上后，人显得利索，很适合她。

窦小明看着墙上的钟，十点，决定去解放碑拳击店练一个小时。

他要出门，母亲催着他快走。她高兴地送他到门口，母亲不想他在家里。他感觉，她心里有事。

母亲走到窦小明的书房，发现地上是纸片。她捡了起来，发现抽屉锁着的，便塞进缝里，她可不想苏溅回来看到了。工作台堆得满满的，她不敢动，走到窦小明的卧室，整理床，放平枕头。床头柜有一张折成方块的纸。打开一看，是重庆卡菲娅大酒店的地址和电话。她听说它是一家香港人办的，比老牌的重庆饭店和人民大礼堂宾馆、重庆宾馆都要气派，号称是重庆最好的酒店，一晚上，房价要上千元。

谁会住这么贵的酒店？

她站在那儿想了想，把纸条按原痕折好，放回床头柜的抽屉里。

走进厨房，从窗子里看江上的轮船好一阵子，心里乱乱的。她换泡菜坛子沿边的水，取了泡辣椒，在菜板上切，放入碗中，加了两勺油辣子，拌均匀。摇摇头，很伤心，把拌好的泡辣椒装入一个干净的玻璃瓶子。她到自己的房间，换了一件干净的衣服，系了一根丝巾，看到床边柜一家五口的照片，宁宁和河河笑得开心。她取下照片，放入钱包里。

做完这一切，她穿了鞋，背着布袋，拉上门。

窦小明练完拳出来，信步往五一路走去，要不要回家取昨夜写的小说，给秦佳惠送去？在路上，他看到一个人影，像母亲，走路脚有点拐，穿得很整齐，还系了一根丝巾。不对，母亲到解放碑来做什么？不可能是母亲。他跟上去，发现那个人不见了。之前气母亲多管闲事，现在想来，母亲是对了，这篇小说，对他个人有用，而且故事还没有写完。

不必给秦佳惠看。母亲会告诉苏溅，她讨厌的那个女人从日本回来了。马上摇头，母亲不会如此多事。若苏溅知道秦佳惠在重庆，按她的性格，会马上飞回。那是爱他时，如今她根本不在乎他，才不会打飞的。

好久没去火锅店了，窦小明往七星岗走去。

回想上午电话里秦佳惠要跟他说的事，会是什么？如此正式，要后天晚上见面亲自说。她会向他表白感情？这不像她的做事风格。若不是，那会是什么？他好奇，心中充满期待。马路人行道上，父亲抱着一个小男孩。路边一个老婆婆在兜售五颜六色的气球。父亲付了钱，小男孩伸手抓过一只红气球，高兴地滑下父亲的怀抱，下地自己走路。走着走着，小男孩手一松，红气球飞走。小男孩哭喊起来。父亲跳起来，要抓它，可是抓不到。红气球飘浮在他们的头顶之上。人们抬起头仰望，风来了，红气球飞得更快了，飞过一幢高楼，瞬间不见了。窦小明看着，左眼跳了两下。迷信说，左眼跳灾，右眼跳财！什么灾？

胡说，他才不相信。

第十二章 钢哥

飞机从重庆往北方飞,下面山峦起伏,飞机上端一片白光,机舱窗口外,飞着穿连衣裙露出乳沟来的芳芳,突然她停在面前,弯下身来翻看他的眼睛。

钢哥一下子醒来,电话铃响着,他伸手接,程四打来的,说是程三会来接他吃点东西。他发现自己在一家气派、舒适的酒店里,拿起电话机一看,是卡菲娅大酒店。程四曾问他哪里住,酒醉的他肯定说卡菲娅。

想到这点,他笑了,因为他留在对面马路小旅馆的行李在行李箱架上,一个信封里装着厚厚一沓一百美元一张的钞票。那是他的钱,酒醉送给程四,他居然一分未取。不用说,是程四在他醉后,翻找他的衣袋找到小旅馆的钥匙,替他取过来了。果然有一行字,在信封后面:安心住这酒店,不必担心房费。

没有落款,不过钢哥认识程四的字。想不到,这个从前的跟班对自己一如既往的好。

钢哥洗了一个澡，还用剪子修了一下胡子，把挂在额前的头发剪短，换了干净衬衣裤子。看着镜子，他对自己说，我可以在我出生的城市重新开始。他戴了墨镜和帽子，到楼下咖啡厅，叫了一杯咖啡。他看到一个认识的人，那个泼辣翻了天的女人——窦小明的母亲走进大堂。

她东张西望，朝前台走去。仅隔一两分钟，秦佳惠穿了一件暗花点的蓝色连衣裙，戴墨镜走入，脚下是一双平底皮鞋，朝电梯方向走去。窦母转身看见她，移步，却止步了。

窦母从一个布袋里取出辣椒瓶来，对前台服务员说着什么，前台服务员朝她说着什么，窦母点头。前台服务员递给她一个信封，母亲从自己的皮夹子里取出一张照片，放进去。她在信封上用力地写字，写完后，将东西交给前台服务员。

窦母神思有些恍惚，走出酒店。

钢哥几口喝完咖啡，喝过橙汁，有点反胃。程三戴了一顶黑帽子，走进酒店。钢哥起身走向他，两个人出了大门，钢哥看看天空说："今天不会下雨吧？"

程三也看了看天空："不会，中午会有大太阳。程四的车今天没空，我们打车。"他说着，招了一辆出租，让钢哥先进，关上门后，自己进了司机边上的位子坐下。一日为大，终身为大，他不可以和钢哥并排而坐。

程三这几天都陪钢哥。程四说以前钢哥一直罩着他们兄弟俩，现在特殊时期，得照应一下，"你看，连龙哥昨晚对钢哥都礼数到家，便是会做人。"程三懂弟弟的话。程四跟这家酒店的经理有合作，留了自己的信用卡，经理主动打了一个六五折。程三中午陪钢哥吃了老四川，叫了一桌子跟牛肉有关的菜。另一桌上坐了两个头发花白的大人和一个十五岁左右的少年,桌上是一碗牛肉汤、一份红油牛肉丝、一份苦瓜和一碟咸菜。钢哥觉得那男的很像以前厂里一个人,只是他瘦成一竹竿,戴着一个黑框眼镜,一脸疲惫。

"你看那人,是不是一个熟人,宣传队——?"钢哥低声说。

程三看了看,说:"很像吴队长。"

那少年嫌肚子没吃饱,想再要一个红烧牛肉。女的看了男的一眼,男的不同意,说我们没这多余的钱。少年气得离桌,往外走。女的追了过去。

男的招服务员结账,他站起来,佝偻着背,看了钢哥一眼,也跑出去了。

"绝对是吴队长。以前觉得他是个人物,没想到,被生活弄成这副模样了。"程三说。

钢哥没说话,他老抓腿,说身上发红点,痒得很,他担心是那玩意儿。

程三马上明白他说的是梅毒。打了一个电话,开后门,找了个认识的医生给钢哥看病。

等待医生的时候,两个人坐在椅上说起来。程三说:"那玩意儿,惹上了害人。难道在日本,女人不戴套?"

"都戴的,不然,人家不会跟你干。"

医生叫钢哥进去,一检查,不是梅毒,而是水土不服。给他开了一盒治痒的药,他笑着出来。程三听了,也笑起来。

两个人坐上车,来到枣子岚垭。出租在一个拐角处停着了,前面不通车。程三付了钱,对钢哥说:"我在这儿等你。"

钢哥反倒说:"你走吧。"他走下几步,回头问:"王小五在哪里?那天晚上龙哥那儿怎么没他?还有廖六呢?"

"廖六去年跑到哈尔滨开重庆小面馆去了。小五,改天再说。"

钢哥听了,皱了眉头,说:"程三,你不必等我。"

"我弟弟让我这几日都陪着你。"

钢哥点了头,继续往坡下走。

坡下是四幢排成半圆形的平房,多了几张新近立上的木板,板上写着城建队的名字,还有"拆"字。钢哥绕着板走,又下了几步石阶,进到房子另一侧。这儿一共六户人家,都是船运公司家属。三幢平房中心是一个石头做的古井,井早枯竭了,井口架了几块石头,常用来晒黄豆和辣椒,小时候他就在上面睡觉,常常被母亲打醒,拎回房间。钢哥站在井边,转过身来,斜对着井的房子里有个中年女人看到他,冲出来,指着他骂:

"你这败家子回来做啥子?"

"姐!"他叫了一声,走过去,直接进门里。屋里乱七八糟,一个头发花白的男人蹲在地上修藤椅椅腿,他叫声"哥"。边上有个六岁的男孩子扶着椅子,胆怯地看着他。一个胖胖的五十岁左右的女人从里间走出来。

"嫂子,你好!"钢哥叫她。她绕过他,坐到桌前。边上是连接厨房的门,里面煮着酸菜汤,一个秃头男人在门前探了一下头。他看清了,那人是他的姐夫。

屋里的人都不理他。门外的姐也走进来,对他说:"你走!"

钢哥像没听见,目光在屋子里搜索,看到五屉柜上搁着两张遗像镜框,是他的父母,分开放着,他愣了一下,马上奔过去,狂叫:"妈!爸!妈!"他抱着遗像哭成泪人。

突然他放开照片,转过身,对他的姐斥责道:"他们走了,你们也不通知我?"

"我们上哪儿去通知你?"姐说。

"我留给妈我日本的地址。"

"活该!不肖子!一封信都没有写来。"嫂子说。

"我打了国际长途电话,到杂货酱油铺的胖妈,妈不是接到过吗?"

"你打过几次?好意思,一共五次吧?二十年!混成个人样了吧?"

"没音讯,就是人活着,我活着,爸妈活着。你们太过分了。"他的眼睛盯着嫂子。

"你没资格说这话。"嫂子冲过来,骂他,"我们这儿马上拆了,否则你这辈子也休想见到我们。对我们来说,你早死了。"

钢哥提高声音,看修藤椅的男人,问:"哥,妈妈爸爸他们葬哪里?"

"轮不到你清明去烧香。"姐说。

"他们葬哪里?"钢哥吼起来。

哥不说话,脸上冰冷。那个男孩子吓坏了,紧紧抓着他爷爷的手。

钢哥自言自语:"爸爸妈妈不让说,死都不原谅我?!我没脸见你们,可我想你们,想重庆,想这个家,我就是想你们——"他咬咬牙,转过身来,墙上一幅年轻姑娘的黑框照片抓着他的心,"小妹,她——天哪,怎么死的?"

"下河洗澡。"哥蹦出四个字。

他最爱的小妹在江里淹死了。他眼前一黑,差点跌倒,连忙扶着墙,稍停顿一下,然后慢慢地往门口走。他走出门,身后的门哐当一声关上。

钢哥仰面大笑。"老天呀,老天,你个厉害,我从此诅咒你!"他高声骂道,突然取下腕上的上海牌手表来,狠狠地摔在地上,使劲地踩。他的牙齿咬着自己的嘴唇,咬出血来。

程三奔下坡来。钢哥把已踩烂的手表扔进枯井石头缝里,发出一声回响。他拍拍手上的灰。

"要不要晚上约兄弟们一起吃火锅,散散心?"程三问。

"改天吧,我做东,你来约。去桥洞火锅店,我们以前的老地方。"

"那火锅店早没了。"

"我懂了,凡是我喜欢的,都没了。"钢哥说。

"我叫个车给你吧?"

"不了,我走走这些老地方,试一试恨它们,只要我恨它们,它们就会存在。"钢哥说完,沉着脸离开。

老妈小面馆邻居聚会的时间是晚上,晚上客人不多,七八个邻居,两个桌子拼成大桌,窗子大开。桌上放着花生米、大碗红烧肉和泡椒炒鸡杂,几个素菜和几瓶啤酒,一铁壶老茶。李妈退休后,三个儿子都在外地,没事做,拜区川剧院一个戏子学戏,学了好久了,并拉了他来一段《秋江》。戏子扮艄公,李妈扮尼姑陈妙常。

"你好比江上芙蓉独自开,冷清清潘郎何在,离情别绪系心怀——"

窗口涌着好多人头,面馆内也都是人,没有奏乐,他们击掌,敲锅碗盘子。好在李妈只学了这一折子戏,唱完,围观的人才散了。邻居们高兴坏了,直给李妈鼓掌。

胖妈脚边卧着一只鹅,她的腿不自觉地抖动,可是那鹅能做到一动不动。

"宾爷的鹅?"有人问。

"不,不,是宾爷的鹅的鹅。要是他老爷子在的话,会多爱听这折戏！"

"就是，他爱听。他把鹅当人养，鹅才神。"程家妈碰了碰胖妈的胳膊问，"你给鹅吃点什么？"

"除了水，它啥都不吃。我喂馒头、青菜叶、我家儿子钓鱼的虫子，也不吃。鹅的脖颈卡了个夹子。"胖妈说。

大家扔下面碗和筷子，蹲下看。果然如此，那夹子就是女人夹头发的，黑漆掉了，生了一层绿锈。

"不懂宾爷对它作了啥法。"胖妈说，想起什么来，"哎呀，我今天在街上见到一个人，你们猜一下是谁？"

"谁呀？不要卖关子。"

"杨家那儿子，钢哥，他从日本回来了。"

"发财了吗？"

"不像。他一脸怒气。"

"我也看到他了，他去老杨家，可惜，父母都走了。"

"前生造的孽，一个人可以把父母的心伤成这样。听说他姐姐当年差点提干，结果是钢哥拖累了她。这些事，能怪钢哥吗？"

"话不能这样说，他的父母脑子不转弯。如果是我家孩子，犯再大的错，过一段时间，我就原谅了，我会认的，不会永远不让他进门。"

"钢哥没跟秦佳惠一起？"

"没在一起。可能离婚了吧。"

"这两个人能断掉？要离的话，早离了，没离，证明他们谁都离不开谁。"

这时钢哥沉着一张脸从外面走进来。服务员迎接他，他点了一瓶啤酒和一碗三两的牛肉面，找了门口一个位子坐下来。

坐在里面的老邻居们都没注意到钢哥的存在，面馆进进出出的客人，多一个、少一个，没人在意，反正有服务员管。程家妈说：

"我看到秦佳惠了,她比以前脸瘦了一圈,大粉子就是大粉子,相比以前呀,现在她有女人味。"她用手指了指自己的胸,"这儿变大了,比以前穿得好多了,衣服是很贵的布料。"

"你啥子时候看到她的?"袁师傅问。

"我那天有人请客,就在七星岗老妈火锅店呀。她跟一个女的吃火锅,我想吃完了,过去打招呼,结果,没过一会儿,发现她们已经走了。"

"我家老七遇到钢哥了,说他很可怜。我看哪,钢哥是啥都不顺,还死要面子,硬撑着。"袁师傅说。

"当然一朝皇帝一朝臣。你家袁七不是在程四手下混得很好吗,听说他买了车。"

"不顺,很不顺。"袁师傅接着讲起袁七和王小五的事,"这两人是穿连裆裤的,钢哥走日本后,程四还在坐牢,他们都听程三的。可是没钱养家,王小五跟着袁七悄悄捣弄白粉,害得我家好几口都染上了毒瘾。王小五跟袁七都进了鸡圈,在里面倒是戒了毒。出来后,他俩商量盘朝天门鞋子城的生意做,租了门面,批发鞋子,让自己的老婆守门面。"

"听说生意不错,应该过上好日子了呀?"有女人插话。胖妈打了一下那人的手,让她闭嘴。

袁师傅清了清喉咙,接着讲:"鞋子城清早开门,下午四点关门,两个婆娘没事干,就跟人上舞厅跳交际舞。这下好了,跳舞就跳舞,王小五的老婆跟人跳出感情来,跑了。王小五索性卖了所有的鞋子,退了门面,想去海南发展。结果有同学说炒股票,一天可以本钱翻三倍。同学骗了他所有卖鞋子的钱,他想不通,从一号桥跳下去了。"

"结果呢?"胖妈问。

"命大,被救起来了。不过人神志不清,被送到歌乐山疯人院了。袁七上个礼拜天还去看了他。"

"真是的,王小五的妈,难怪从来不出来聚。"

"小五那婆娘,不跟那个男人跑,也会跟别的男人跑。我从来看她,她就邪里邪气的。"

"我家老七每次看小五,都骂老婆,说是她带坏了小五媳妇,我看这两个迟早得离。"

他们正议论着,这时,坐在门边的钢哥站起来,走到老邻居这大桌来,把啤酒瓶放在桌上。所有人都呆住了,不知该怎么办。

"你们都好吧?"钢哥开口说。

"好啊,杨钢邦,你从大日本回来了。"胖妈回答。其他几个老邻居都朝他点点头。

"我很难过,小五进了歌乐山。"钢哥说,他看着程家妈点头。程家妈指着边上一把凳子,让他坐下来。他坐下来:"恕我不孝,我在此敬各位大妈大伯,表示一下心意。"他举起酒瓶到额前,自己喝了一大口。

邻居们有酒的喝酒,有茶水的喝茶水。

"我妈我爸怎么走的?拜托诸位老邻居!"钢哥问。

他的样子很和善,大家放下心来。"从你妹走了后,你妈就病了,她是在医院走的,我们都去送了她的。"一个女邻居说。

钢哥向那人点头,抹了抹眼角,大家都看到他的手上是水。

窦小明的母亲作为老板,一直没说话,这时心一下子软了,说:"你爸爸是突然走的,前一分钟站在江边看船,后一分钟就倒地而亡,一年前的事。你要是早点回来就好了。"

"就是,就是。"另一个男邻居附和。

"那你们知道他们葬在哪里吗?"钢哥充满期待地问。

"这个,我们答应了你家……不说。"胖妈说。

本以为钢哥会暴怒,结果没有,他点点头:"我明白,他们给你们打了招呼的。"

"其实,我们也不知道究竟葬在哪里,好像是你家一个农村亲戚那儿,我听说不是在重庆。"胖妈说。

钢哥听了,皱着眉头。服务员把他的牛肉面端来,他拿着筷子,看着面,却吃不下去,放下筷子,双眼盯着墙。

就在这时,黑姑走进来。她穿着红高跟皮鞋,身上是那件旧得不能再旧的红毛衣,线头被挂得像渔网一样,下身是一件齐膝盖的裙子,头发短如男人。她的脸上抹了厚厚的底粉,眼睫毛涂得黑黑的,口红却是朱红色,像一个准备上舞台的戏子。她的眼睛近视,一个个邻居看过来,看到胖妈脚边的鹅,马上恭敬地对着鹅鞠躬。"宾爷的鹅!"她开心地笑。她站直身体,看到钢哥,眼睛放光,来拉他。他丢开她的手。

她呆呆地问:"你回来了?"

他镇定地看她,眼神犀利。

"不要这么凶,你是第一次,跟我走吧?第二次就好了。"她说着,又来拉他。

他生气地打掉她的手:"认错人了,小心。"

黑姑吓坏了。钢哥拿起桌上的啤酒瓶,走出面馆。看看石阶。他喝了一口,走上石阶,将手里的酒瓶往地上狠狠一砸,跟放鞭炮一样响。

门口有一桌子挑灯夜战打麻将的人,转过脸看他,仅一秒,继续集中注意力到桌上。

"走吧,黑姑。"有邻居让黑姑走。

她笑呵呵地走开了,走到门口,她把红皮鞋脱下来,往石阶上狠狠一摔，一声响也没有。她坐在那儿哭，边哭边抱着皮鞋说："我为什么要走？我已经走了这么久，我走累了，我不要走！"

"不走就是了，随你便好了。"那邻居说。

"我喜欢随便。"黑姑笑了，穿起皮鞋说，"我今天看到她了，秦家妹妹，大粉子。"

窦小明的母亲听到了，出来问："哪个大粉子？"

"秦——佳——惠子，对，惠子，嘻嘻，头发乱得像鸡公，坐在那儿——嘻嘻，看风景！"

"在哪里？"

黑姑指着下面岔路中间的石坡。

窦小明的母亲跑到坡下，看不到秦佳惠，经过幼儿园院墙下，墙里传来孩子们充满稚气的歌声《多年以前》：

请给我讲那亲切的故事，多年以前，多年以前。请给我唱我爱听的歌曲，多年以前多年前。你已归来我忧愁全消散，让我忘记你漂泊已多年。让我深信你爱我仍如前，多年以前多年前。

这怎么可能？当她之后给窦小明讲述这天发生的事后，窦小明认为听到那首爱尔兰民歌的中国唱法不太可能。母亲执意认为她听到了。她说，当时心里不好受，回到聚会的桌上，程家妈问："看到了吧？"

她摇摇头，心里后悔，自己傻呀，昨天要去酒店送吃的和照片。秦佳惠看了那些东西，不知有多难过。如果秦佳惠来这老街一带，大半会在那幼儿园墙下听歌，会坐在石阶上，那张照片，会是一把刀，让秦佳惠重新成为一个失去父亲孤零零的孩子，脸上都是泪。秦佳惠在哭！她在心里诅咒自己：对不起，老秦，我今天欺负你的闺女了，我该死！

第十三章 今年与以往不同

钢哥从清明那个深夜打来电话后,没了音讯。秦佳惠夜里失眠,总感觉门外有人在来回走着,然后停在她的门前。她不敢透过监视孔往外瞧,怕瞧到不该瞧的东西。

迷信,有时得信。日本人跟中国人一样尊敬鬼神。父亲知道自己回来,会回访她,但不会吓她。她去山上看过他,他只会安息。

那脚步,犹犹豫豫的,很是清晰,仿佛整个卡菲娅大酒店就她一个人住着。她在枕头上听着那脚步声,渐渐远去。空气里摒弃了城市的喧嚣,剩下一片寂静。真的安静了。她不由得松了一口气。这两天秦佳惠在办理父亲的事,还有父亲的房子,那儿拆迁,作为私房,是要房或是要补贴金,她选择了后者。

与父亲以前教书的大学约好,礼拜五秦佳惠去那儿,填了好多表格,领学校象征性补发的父亲的工资五万元。但是会计说,现金没有这么多,让她第二天去。

第二天，她乘公共汽车到沙坪坝，那个会计听到走廊有脚步声，开了门，让她进去。领了钱后，她在操场遇到一个头发有些灰白的男子，他戴着深度近视眼镜，自称是父亲以前的学生，留校当教师，他拉着她说她父亲的事。当时从国外回来的教师极少，她父亲的日本文学课上得生动有趣，不仅知识渊博，还记忆力惊人，随口背诵川端康成《伊豆的舞女》。同学们都喜欢他，他也毫无架子，对学生很耐心。他被解除教职那天，好多人站在操场上，那儿正对着他的办公室，默默送他。"秦老师的为人为师，影响了我一生。"他说。

秦佳惠很感谢对方说的这些事，让她更多地了解父亲。留下联系方式后，她坐公共汽车回到市中区。

可是坐错了车，车到临江门转盘停了。不想打车，决定走路。走走看看，花了半个多钟头，一直走到幼儿园墙下。这儿传来孩子们的歌声，夹着远处建筑工地的声响。好多地方拆了，得绕道。她与钢哥曾住过的水运修理厂宿舍小院，平房与楼房都拆了，沿街的吊脚楼所剩无几。有一个农村妇女背着一竹篓栀子花在街角叫卖："一角钱一束。"

秦佳惠走过去，递两角钱。那女人说没得找。秦佳惠说，那就两把。

她拿着系了草绳剪得短短的栀子花，往江边走。香气随风散开，整个石阶都闻得到。船在行驶，沙滩不如从前宽阔。从千厮门码头开始，停了好多货船，对面江北盖了不少楼房。江水清澈，到了夏天，长江会因涨水而变黄，有时黄得吓人，在与嘉陵江汇合处，一黄一清，两个色。这是重庆，她从小生长的地方，大轮船鸣笛嘶叫，使空中云层发出战栗，其中一朵黑云，她到什么地方，就跟在什么地方。一个穿红毛衣的女子，赤着脚，在沙滩上玩水，还拿出一个避孕套吹成气球。

秦佳惠坐在石阶上。那女子对着江水，放开气球。气球一下子蔫了，她嘻嘻笑起来。看到远处的她，便把衣服脱了，光着身子在沙里打滚。不对，不是一个人，是两个人，还有一个男人。男人把女人压倒，女人开始叫唤。她一下子站起身来，脸发红。天上出现一架飞机，飞得好低，飞得好慢，留下一行白线。她望着。

这幅情景，并不陌生，在那个病房里，二十年前，也见到过。那时还有一个小小的脑袋，跟她一起仰望。盘桓在心中的想法更坚定了，不禁悲从中来。

当晚她回到酒店，发现桌上放着一个信封，还有一瓶泡辣椒酱。信封上除了她的名字外，还有一个送信人的名字是崔素珍，落款时间是5日。

那就是昨天。可能昨天酒店忘记送，今天上午才送。只是她出门办事太早，现在才看到。她打开一看，是一张五人合影，窦家母子她认得，女孩大男孩小，七八岁的样子，聪明可爱，长得很像父亲。照片中间那年轻女子，一定是孩子的母亲，笑得好，不如说嫁得好。嫁给窦小明这样的人，她好嫉妒。生平头一回，尝到嫉妒的滋味，芳芳和钢哥她不嫉妒，是觉得不公平，是他的背叛。窦小明的妻子呢，五官生得标致，比她好看，有股泼辣劲，眼睛亮闪闪的，像一朵充满野性的玫瑰。

她在房间里走着。打开辣椒酱瓶，用小勺尝了一口，非常辣，却是爽口。好久没吃这样辣的泡菜了，辣得她喉咙冒烟，马上在冰箱里找到一瓶天府可乐喝。停顿了一下，她打开那瓶辣椒酱吃起来。最后吃得一粒不剩。

最后躺在床上，直喘气。看着天花板，看着窗外的夜色，她整个身体蜷成一团,如同在母亲的肚子里一样。

不知时间过了多久,秦佳惠到写字桌前坐下,取了信纸和笔,伏案写起来。

第二天是礼拜天,小汪约她去爬鹅岭,从那儿看全城,觉得不过瘾,又去重庆印制二厂。这儿曾经是国民政府中央银行制币厂,全是老房子。在这儿看全城风景,长江、嘉陵江似两根飘带绕着山城,在朝天门前汇合,流向下游。"记得那个黑姑吗?"秦佳惠对小汪说。

"记得。有一回她难产,被人抬到医院来,还是你和我跟杨大夫做的手术。"

"我看到她了,在江边把避孕套当气球吹。"

"她还疯癫?我以为被她的妹妹接回老家了?哎呀,是我给她的避孕套。"

"她不会用。"

"用的,反正她没怀孩子了。"小汪说,"钢哥,有电话吗?"

"没来电话。我觉得奇怪,这不像他。"秦佳惠想了想,"我想回去和他离婚。"

"你真的下决心了?"

秦佳惠点点头。两个人一路聊着到好吃街吃了午饭。她回到酒店,打开门,发现写字桌上有一大束美丽的鲜花,有粉色的玫瑰、紫罗兰、康乃馨和绣球花,漂亮的包装纸上贴了一个卡:

祝佳惠姐姐生日快乐!永远年轻!
今年与以往不一样!小明

她放下卡片，看了看窗外，眼睛很模糊，那是泪。鲜花边上搁着昨天收到的那张窦家的全家福照片。

茶几的盘子里搁着纸团，是昨天她写的信。原是扔在地上的，一定是服务员清理房间放在那儿的。写了好多遍，都不满意，她必须告诉自己一个事实。面对这个事实，她必须决定。

她走进浴缸，泡了一个热水澡。这个酒店不错，还有浴盐，倒在胸上，用手搓盐，盐带着海水的味道。世上最珍贵的，不是黄金，而是盐。这样可以睡一会儿，她对自己说，可以什么都不想，睡去，像在妈妈的怀抱。跟昨晚一样，这样让她感到有安全感。

居然真睡着了。因为水冷了，她打了个激灵醒来。看浴缸边上的手表，快六点了。她包裹浴巾出来，拿起桌子上的画片，月光武士的红衣，像窗外的晚霞，光焰灿烂，斜斜地映入房间。"买炒米糖开水哟，两分钱一杯的炒米糖开水，一分钱一分货哟。"有小贩吆喝道，声音从七层楼下传来，显得微弱，但她听得见。这是不是一个预兆？她心里鼓鸣如乐。不，这只是一个提示。小时她躺在床上发烧生病，父亲听见门外的吆喝声，拿着一个瓷缸奔出去，给她端回来，喂她吃。炒米糖开水好甜，她喝了，烧就退了。她从床上坐起来。那天父亲给她的头发扎了个丸子，她穿了一身白衣。

今天就这样穿扮吧，为了那天，那天是她的六岁生日。

卡菲娅大酒店的中餐厅渝凤凰在四层。窦小明从电梯出来，迎面就是装饰典雅的餐馆门口。服务员向窦小明有礼貌地点头，他告诉了对方包间名字，就被另一位服务员领着往里走。走廊里镶嵌了好多镜子，他看到自己的身影，乳白色长裤配白衬衣，深蓝色休闲西服外套，没打领带，人显得精神。

他们来到一扇门前。门没关严，露了一条缝，他看到秦佳惠已到了，一身白衣背窗站着。

服务员敲了门。"请进。"她说着，转过身来，白连衣裙有点和服式的，头发上插了一朵银钗，整个人美如画，微微一笑。

窦小明走进去，不由得赞叹道："佳惠姐姐，你好美！"

秦佳惠摇了摇头，皱着眉头。距上次见面，仅过去三天，感觉三年过去了，甚至更久一些。不过，两个人比上次见面从容多了。"你需要水吗？"她问。

"嗯，有点渴，我走路来的。"

秦佳惠递给他一杯水，他喝了起来。

"我昨夜做了一个不太好的梦。你在日本——还有钢哥——你身上全是血——"秦佳惠停住，看着窦小明的眼睛，恳切地说，"答应我，不管在哪里，你都要离钢哥远远的。"她低下头去拿椅子上放着的一个手包，想了想，又松开手。

"这就是你要当面告诉我的事？"窦小明疑惑地看着秦佳惠，很迷惑的样子。

秦佳惠没有说话，手一摆，请他坐，说："人无完人，没有百分之百的好与坏。"

"可人要活得有尊严。"他坐下，"佳惠姐姐，你知道的，你要我做任何事，我都会无条件地答应你。老辈子人说，梦都是反的。"

"我希望如此。给我说说，你这几天过得怎么样？"

"我写了一个故事，算是短篇小说吧。"

"真的？"她眼睛一下子亮了，"给我看看。"

"没写好。我会写得更细一些，故事才丰满。"

"如果你成为一个作家，我不会吃惊。你行的，我从你这么小，就知道你和别的孩子不一样。"秦佳惠用手比了一个少年窦小明的身高。

这句话让窦小明很受鼓舞。他开心地笑了。桌上玻璃瓶插着好几种粉色鲜花，跟她房间里的一样，花朵中间有一张小纸卡，她拿起看，然后放下说："你怎么又破费？"

"是你的生日呀。"窦小明说。

秦佳惠在他对面的椅子上坐下："你怎么知道我喜欢什么花？"

窦小明神秘地一笑。看到有茶壶，就给她和自己倒上茶水，变魔术似的从裤袋里掏出绿纸绿绸带的小盒子，双手放在她面前的餐桌上："佳惠姐姐，小礼物，一会儿唱生日歌时打开。"

秦佳惠点点头，看着他，他也看着她，两个人轻轻一笑。想到她有话要当面告诉，会是什么呢？他突然有些紧张，便问："我可以到阳台去抽一根烟吗？"

秦佳惠点点头。

窦小明走到阳台，点燃一根香烟。阳台很有欧式风格，虽是在四层，在酒店高挑的大堂之上，却相当于七八层高。下面是一条支马路，有一些小贩在摆摊。他吸了一口烟。电线杆边是一个麻辣烫小摊，一个高个子男人在吃串串。他戴着一顶黑帽子，抬起头来看他这个方向。他认出那人是程三。程三举起手来，算是打招呼。他在这儿做什么？窦小明心里咕哝。这时好多"棒棒"经过，抬着一架旧钢琴。他们边走边吼："让开，让开，砸死人不赔，砸死魂，魂也变得笨！"

路人闪开。可是迎面走来一个白胡子老头，戴着一顶裤腿做的黑帽子，老得嘴里流着口水，可怜巴巴，赶着一个白鹅。那些人见着老头子，倒是给他让开道，居然停下了。

"宾爷!"窦小明叫他。宾爷没听到,朝前走了五六步,突然停下,抬起头来,看窦小明,指指天空。窦小明看天空,淡灰色一片。可是,有三个黑点在移动,近了,是三只黑鸟,它们飞来,停在他面前阳台的栏杆上,扑扇着翅膀。他的手抖了一下,一看烟头几乎烫着手指了。

两个服务员放好菜,点上蜡烛,轻声说:"女士请用餐,有事请招呼!"她们走出去,带上门,房间里很安静。突然吱嘎一声,门打开,一身新西服、胡子剪得整齐的钢哥趾高气扬地走进来。

钢哥的脸有些肿,头发明显梳理了,上了发胶。他的背有些驼,眼睛红红的,明显没睡好觉,手里提着一盒生日蛋糕,身上有股浓烈的酒气。

"老婆,是不是大惊喜?"钢哥看着秦佳惠问,把蛋糕放在桌上。

"你,你——"秦佳惠站在那儿,整个人愣住了,连声音也卡着了。

"生日快乐!我专程从日本赶来为你庆祝,我就是你的生日礼物。"他看到桌上的鲜花、餐桌的布置和刺身龙虾、豆腐干青椒、夫妻肺片、棒棒鸡、红油折耳根泡菜。"哟,渝凤凰的菜看起来很不错。心有灵犀,知道我会来!都是我爱吃的菜。来,拥抱一下。"

钢哥走到秦佳惠的面前,拥抱她。她整个人像木头一样僵硬。他松开她,看到桌上的小盒子,拿过来,就要拆开。

"不是你的东西,放下。"秦佳惠紧张地看着他。

"怎么啦?你表情这么难看。"他盯着秦佳惠看,倒着走了几步,在两副餐具中间的一把椅子上坐下来,"难道这饭不是给我准备的？！你的衣服，我从未见过，是新买的吧？哟，打扮得比你做新娘时还漂亮！啥人修了八辈子的狗屎福分，和你这大粉子共享生日晚餐？"

秦佳惠的脸绷着，她的双手紧握。

钢哥笑了笑，说："惠子，不要紧张，我刚才只是和你开开玩笑。我给你保证过，我会对你很好的，你放心。"

秦佳惠松了一口气，双手松开："钢哥，我请窦小明吃饭。"

钢哥四处张望，问："哦，请他，他人呢？"

窦小明这时从阳台上走进来。钢哥伸出右手来，像久别重逢一样和他握手，说："你好，小崽儿，老熟人。"凑近他低语，"你没告诉她，我们见过？"

窦小明不言语，两人松开手，面对面坐下。钢哥额头上还是有青块，看到窦小明打量，他干笑了一下。秦佳惠从柜子抽屉里取出一副餐具，摆在钢哥面前，给空杯倒上红葡萄酒。

窗外夜色降临，屋里灯火鲜花迷人，秦佳惠坐在中间位置，盯着烛光，眼睛眨了眨。钢哥扫视了一眼，举起红葡萄酒杯，说："碰杯！"

三个人碰杯喝酒。"这酒不错。等等，看我的记性！抱歉！"钢哥起身打开盒子，露出一个有玫瑰花瓣的蛋糕，他放上一根蜡烛，用打火机点上。

"唱歌！"他说着唱起来，"祝你生日快乐——"

窦小明也唱起来，秦佳惠跟随。两个男人的眼睛都看着她，她看着蛋糕。歌声结束，她倾身吹熄蜡烛。钢哥站起来分蛋糕，先给自己一份，再分给坐着的两人。

钢哥坐下后，三个人一起吃蛋糕。

"打开吧！"钢哥霸道地说，眼睛盯着桌上的小盒子。

秦佳惠看了一眼窦小明，他点点头。她拆开丝带，打开绿纸，露出一个首饰盒，翻开盒盖，是一条白金项链，还有一把指甲刀。她很吃惊，手一抖，指甲刀掉在地上。

窦小明捡起来，放在桌上。

钢哥将项链拿在手上，举得高高的，边欣赏边夸张地说："稀罕货呀，怕是很值钱，抵几条街吧？我拼了老命，卖血也买不起。"他身体坐直，"窦小明，给你的佳惠姐姐戴上。"

窦小明走过去，将项链给秦佳惠戴在脖子上。

钢哥注视着两人，秦佳惠的手紧抓椅子的扶手，窦小明的脸上表情凝重，坐下来。钢哥的身体往后仰，眯着一只眼睛看她，点头称赞："项链——衣服——还有人——很配！有品位，该表扬。"他盯着她的眼睛，用轻描淡写的口吻说，"还不谢谢窦小明？"

秦佳惠转脸对窦小明机械地说："小明，你破费了，这礼物，我很喜欢。"

窦小明朝她点点头。

钢哥给每个杯子倒上葡萄酒，说："我借酒表达一下爱老婆的心意，今天迟到了，自罚一杯。"他举杯一饮而尽，脸红红的，伸手取过指甲刀，端详片刻，"这个指甲刀，定有来头，讲讲吧？"

窦小明问他："你真想听？"

钢哥充满期待地点点头。秦佳惠盯着酒杯，双手紧紧地握着。

窦小明看了她一眼，说："在一号桥，有一个没有父亲的少年，与母亲相依为命，有一天，打抱不平，被打破了头，进医院缝针。护士姐姐给他勇气，安慰他，给他洗手、剪指甲，给他拿书包，讲故事，教他算术，待他如亲人，给他人间的温暖。护士姐姐离开重庆，把指甲刀留给了他——"

"好故事呀好故事，对不起。"钢哥打断窦小明，扳动指甲刀的刀口。那刀尖很尖利,似乎随时会朝窦小明戳过去。秦佳惠的右腿搁在左脚上,这时一紧张,右脚高跟鞋哐当一声掉在地上。

钢哥扔开指甲刀,蹲在秦佳惠的面前,握着她的右脚,陶醉地说:"惠子,我最爱的是你的脚!"他的目光看着秦佳惠高挺丰满的胸,往上移,突然用嘴亲着脚。

窦小明气得脸发红,牙齿咬得响。钢哥仰起头来,故意不看他,而是瞧着秦佳惠发白的脸,一字一顿地说:"她好歹还是我法定的老婆,对不对?镇定,小崽儿。"然后他换了一种冰冷的语气,"二位,让我来接着讲吧,指甲刀被珍藏至今!不,中间会有曲折,不见了很长一段时间,又意外失而复得。这该拍个电影呀,一定感人!"他的目光变得热切,扫了秦佳惠和窦小明一眼,紧握秦佳惠的脚,轻声问,"你们三天前上床了吗?"

秦佳惠浑身一震,赶紧摇头,惊慌中,一扬手把红葡萄酒杯碰倒了。

钢哥松开手,把高跟皮鞋给她穿上,站起来,用餐巾擦手后,坐了下来,端起酒杯,喝了一大口酒,说:"没睡,慌啥?心里想睡,比真睡更可恨!"

窦小明默默地扶起酒杯,握着拳头。可是秦佳惠一只手放在他的手上,轻轻握了握。他没办法,只能继续忍着。她把杯子放好,倒上酒,问:"你怎么知道三天前的事?"

"这是我的重庆,市中区,哪个兄弟不是听我号令!"

"你一直在重庆,对吧?"秦佳惠问钢哥。

"你不笨,你前脚走,我后脚就到。"他转过身来看窦小明,"我说得没错吧?"

"杨钢邦,你晓得话多必有失!我给你提个醒,不要忘记你的保证。"窦小明生气地说。

"窦——小——明，不管你现在有多牛，在我钢哥眼里，你还是一号桥那个臭崽儿，你当年喜欢和我斗，现在，你陪我耍，那今天我钢哥也不会让你失望。"

"我劝你，从哪里来，就退回哪里。"窦小明说。

"你想得美！小崽儿，敢给我硬！好吧，我给你出个题，你给答案，说出哪一个是真的。答对了，我就走人。"

"此话当真？"窦小明问。

"当然当真！"钢哥指着桌上的生日蛋糕，"听好！一、我在里面放了点东西，你们这对美丽的鸳鸯隔哈儿就有不小的反应；二、我成人之美，退出。"

窦小明端起酒杯，狠狠喝了一大口，慢慢说："当然第二条是真的。杨钢邦，你可以走了。"

"答案不正确。"钢哥说。

"你疯了！"秦佳惠一下子站起身来，"你放毒？！"

钢哥把她按在椅子里，嬉皮笑脸地问："你们俩，敢不敢陪我再吃一块我的蛋糕，反正都这样了？"

秦佳惠和窦小明彼此看了一眼，窦小明说："有啥不敢，反正都这样了。不过，由我来给蛋糕，你敢吗？"

钢哥手一抬，点点头。

窦小明没说话，他盛了三份。钢哥哈哈大笑起来，窦小明几口就把盘子里的蛋糕吃了。钢哥边吃边说："你真敢吃，你不怕死？"

"我不怕。你曾经是威震一方的混混头子，你不会这么下作，你会毒死我，不会毒死自己的老婆。"

"人是会变的。对付你和这个贱人，我必须下作。"钢哥一脸绝望地说。

房间里异常安静,几乎都听得见心跳声,仿佛在等待死神来临。听得到服务员在门外走动的声音,不时隐隐传来别的包间里的喧哗声,有人在高声唱歌。

钢哥的身体倾向窦小明,一把抓住他的手厉声道:"刚才你的回答,是承认你想上我的老婆,一直想,对吧?"

窦小明看着钢哥说:"我十二岁时不是,老天做证,我只是把佳惠姐姐当作姐姐。现在,我整个人被她点燃,心里闪耀着焰火,我告诉你,我想离婚,我想娶她,我要给她所有她该得到的一切。"他扔开钢哥的手,转向秦佳惠,"佳惠姐姐,我爱你,一生不变。"

秦佳惠看着他,闭了下眼睛,再定定地看着他。

钢哥击掌叫好,大声说:"这么真挚的爱情,我绝对相信。我第一眼见惠子时,我整个人就燃烧。那时她的眼睛一刻也不离开我,现在她的眼睛一刻也没离开你,小崽儿,你了不得,有本事,将她的心偷走了。"

敲门声响起,随即有服务员的声音:"上热菜!"

"滚开!"钢哥扔了一个杯子过去,在门上砸得粉碎,"还是言归正传,你们临死前想说啥?"

"杨钢邦,你发过誓。"窦小明提醒他。

钢哥冷笑,猛地站起来,双眼瞪着他说:"你不配那誓言。"手里抓起果盘里的一只苹果,从左手玩到右手。

窦小明看着一脸无知的秦佳惠,简单说了他那晚离开酒店遭到钢哥袭击的事。她无奈地摇摇头,抱歉地说:"小明,知道当年离开重庆,我为什么没去江边和你道别?"

"知道。"

"知道有屁用?太晚了,不好耍了!"钢哥的话音落地,左手击出那只苹果,砸向秦佳惠的脸,她疼得叫了一声,捂着那儿。钢哥同时右手将一把椅子击向窦小明,他侧开身,跌倒在地。几乎眨眼间,钢哥抓着秦佳惠的头发,一耳光打去:"没意思极了,对不对?!"

钢哥对秦佳惠来第二下时,她伸出手,握着他的手臂说:"你最好不要动手,不然我就叫人。"

两个人对视,钢哥松开她的头发,整个人一下蔫了,愤愤不平地说:"好,不动手。龙哥说过了,动手解决不了问题。"此时,窦小明爬起来,朝钢哥走过去,气得握紧拳头,说:"限你一分钟,滚!"

"滚!"钢哥盯着窦小明,"我承认我打不过你,可是这儿有我老婆垫背,一个人不要命,你总得顾忌吧?你,"他的目光移向秦佳惠,"还有你,你们看不起我!蔑视我,惠子,你会后悔的。告诉你,我他妈的不想回日本,我一定得在重庆混出个人样来,给我的姐姐哥嫂他们看,出口恶气!他们恨我。我妈妈爸爸,包括我的小妹都走了,他们居然不告诉我。"

"走了?"秦佳惠吃惊地问。

"我姐姐,我哥哥,都是亲的,他们居然黑心,不告诉我爸爸他们埋在哪里。他们恨我当初娶了你,我为你,失去我的家。秦佳惠,秦佳惠,你这个婊子,你有良心吗?!"

"他们走了,我很难过。但这不是我的过错,你不能怪罪我。我已经不爱你了。"她说。

钢哥抓起桌上的酒瓶,直接对着瓶口喝起来,叹了一口气说:"好吧,你俩在一起,我可以睁只眼闭只眼,我也可以完全从你们身边消失,对,消失掉——不过有一个条件,就是,臭崽儿,你得拿出一点儿money,这个数。"他的手伸出一个指头,马上变成五个指头,"五百万元,好吧,少个零,五十万元。"

"不就是死吗,我不怕。"秦佳惠愤怒了,抓起桌上的蛋糕往嘴里送。

"解药在我房间,你们答应我,我就去取,我就住在这酒店。"

"你以为我会相信你?"窦小明冷笑。

"我现在穷途末路,怎么不敢?"钢哥把酒瓶里的酒都倒入嘴里,"我喝了一天的酒,我有什么事不敢做的?"他对着墙砸烂酒瓶,一把抓着窦小明,把瓶子的破口处对着他的脖颈,问,"你要命还是要钱,说?!"

"杨钢邦,你给我松手。你有本事,对着我来。"秦佳惠对钢哥喊道,"你家暴我二十多年,我忍,是看在你最先对我的好。"

"你担心你爸爸会晓得,是担心我害这个臭崽儿,你到了日本,你担心你的妈妈。你他妈就是一个苦命。"

"你借此拿捏我。你控制我的人身自由,长年拆我的信,退我的信,慢慢地,我都麻木了,以为是我自己的错,我的生日,你放毒,你把我当东西卖。你消耗尽你在我心中残留的一切,告诉你,杨钢邦,你我之间完蛋了!我就是死,也不要死在你面前!"她往门口冲过去。

钢哥没想到,一下子愣着了,松开窦小明,酒瓶掉在地上,碎了一地。他要去门口追秦佳惠,窦小明张开双臂挡在门口,全身每根汗毛都竖起来。钢哥没办法,紧紧抓着自己的头发,咆哮起来:"贱人,你敢走,你给我回来!惠子,你回来——我只有你了——"

窦小明趁机紧追出去,可是走廊上没有秦佳惠的身影,他感到从未有过的焦躁不安,此刻血脉偾张,全身是汗。

第十四章 春来江水绿如蓝

秦佳惠冲出酒店,横穿马路。朝她涌来的夜晚漆黑无边,虽然酒店面前的马路华灯初上,人声鼎沸。支马路上有好多小贩晚上出来摆摊,各种推车亮着灯,照着各式美味。夜晚冷得要命,阵阵风中,仿佛聚集了好多魑魅魍魉,这感觉一下子控制了她的神经。

嘈杂的人声之中,似乎有一个声音在绝望地叫:"惠子!惠子!"

支马路上端酒店餐馆阳台上的钢哥,一只腿迈出栏杆,栏杆上居然停栖了三只黑鸟,扑扇着翅膀,瞧着他。

已到马路中央的秦佳惠,听着声音,看过来。好多车子经过她身边,她一动不动。那些小摊边吃东西的人都仰起头来张望。有人大叫:"哥们儿,跳呀,我给你收尸!"

"生命诚可贵,自由价更高,为了真正的爱情,啥都可以抛。"

"快点，叫警察。"

"叫救护车！"

钢哥的另一条腿迈出，双手紧握栏杆，似乎在等什么。秦佳惠瞅着车子之间的空隙，跑回来，上了人行道。"惠子，惠子，我爱你！"

她跑到支马路上。

啪嗒一声响，一个重物直接落在秦佳惠的脚边，是钢哥，他四肢展开，脸异常安静地看着她，说："蛋糕里没有毒。"他头一歪，闭上了眼睛。她呆呆地看着他。所有的声音都消失了，人们惊呆了。一只黑鸟从天空垂直掉在钢哥的边上，摔得血肉模糊。她吓得后退一步。

马路几乎堵死，救护车在叫。窦小明奔出酒店大门，正要穿过马路，却发现酒店这边的支马路人头攒动，路人纷纷朝那边拥。他跑过去，看不到秦佳惠的身影，着急起来，往那边拼命挤："请让一下，让一下。"

"那个人跳了吗？"有人在问。他抬头望，那边是餐馆的阳台，几个阳台上都有看热闹的人，一个阳台却是空的，栏杆上两只黑鸟腾飞起来，盘旋着尖叫，比警笛刺耳。他往那边挤。一只有力的手挡着，低头一看，一个四十来岁的片警对他说："小同志，别过去，那边出事了，已经警戒。"他拿开那人的手，用力地挤，终于到达出事位置：地上有一只摔得血肉模糊的黑鸟。几乎同时，好多黑鸟从不同方向飞来，黑压压一片，像乌云，遮挡所有的灯光。这条街顷刻黑得伸手不见五指，鸟群叫着，盘旋在已死的鸟四周。有人按亮打火机，火焰之中，几只大鸟扑过来，翅膀扇动着，那人激灵一转身，其中一只冲到地面上，叼起惨死的鸟飞离。

几乎一瞬间,光亮乍现,周围惊恐的人们面面相觑。这儿对着的阳台,就是他之前抽烟的地方。十有八九,是钢哥跳楼了!救护车尖叫着驶入支马路,冲下来穿白衣的医务人员,可是没有受伤的人,或是尸体。窦小明感觉鼻子湿湿的,一摸,是血。他赶紧把脖子往后仰,掏出纸巾来,可是纸马上湿透,这时他尿急,只能返回酒店。

他对着马桶解决问题。洗手时,用冷水拍拍脖子,对自己说,放松,放松。

鼻血停止了。外套上有血,他脱了下来,拿在手上,出了酒店。马路两边,包括支马路上,没有人群,车辆行驶正常。那支马路路边还是有一些小食摊,还是有一些食客,其中一个摊前坐了好几个人,边吃边划拳。

钢哥的双臂打了石膏,从脖子那儿吊了一个绷带。他和程四从观音岩医院大门走出来,天色清亮,一抬头,是一轮下弦月露在头顶。程四对他说:"好险,幸亏我让程三跟着你。"

这时程三从后面跑过来,问:"弟,我们去哪儿?"

程四停下,看着钢哥,钢哥自顾自往前走,脚步走得歪歪倒倒。他居然没死,从那么高的地方跳下来,甚至连新西服都没摔破,除了沾了地上的污渍而已。程三比救护车来得更快,和司机一起把钢哥弄进车里,他们到达观音岩医院急诊部,大夫给他检查了,发现他全身只有手轻微骨折,其他地方毫发未伤。但他动弹不了。大夫拍他的脸,叫他睁开眼睛,他费力地睁开,大夫看着他的眼睛说:"你动一下腿。相信我。"

他右腿动了一下,真能动,他动了一下左腿,也能动。他坐起来,看自己,他以为他在做梦。当时躺在那儿,瞬间脑子里一片黑，他以为自己死了。

程四来了，认为这是一个奇迹。

"我连死都死不成，我真是个废人。连老天都不收我？"钢哥说。

"老天每天发善心，轮到你了。"程四半认真半打趣说。

钢哥不这样认为。他就是个龟孙子，他就是一根腐草，阎王都不收。这是报应。他走出好远一段，不过步子越来越慢。程家兄弟跟上，走到他面前，他看着自己打了石膏的双手，恨恨地对着路边停着的一辆摩托车，像踢足球一样踢着。"我恨我自己，我该死！我不要回酒店，也不要去别的地方，我不要，不要，我要死！"他像疯子一样叫起来，一屁股坐在摩托车旁边，号啕大哭。两兄弟站在边上，也不劝他，只是叉着腰，不让那些经过的路人打搅他。

几分钟后，钢哥停止哭，坐在那儿半晌没有声音。又隔了好一阵子，他发现右脚鞋带松掉，双臂退出绷带，小心地伸出手来，将鞋带系好，又重新将手臂放回绷带里，站起来。

"想好去哪里了？"程四问。

"我的脑子一片糨糊。"钢哥迷茫地，甚至是无助地看远处的石阶，眉头紧锁。他感觉自己一下子老了十岁。

"需要我出出主意？"

钢哥马上合上双手，对准两兄弟作揖，诚恳地说："三人行，必有我师。"

"让我带你去见龙哥，如何？"程四试探地问，钢哥要面子，他得给钢哥下这个决心。

果然钢哥吃惊地看着程四，过了好一会儿，才喃喃自语："我知道我的时代已过了，龙哥顺时而生，我是个失败者，我只能当他的一条狗！"

"能活,第一重要,如何活,第二重要。你知道这话是谁说的?"程三接着说,"我刚认识你时,我就是一个典型的二流子,成天在街上鬼混打架。有一次爱上一个粉子,被她抛弃了,我站在马路中间,不想活了,我要死。你来了,你对我说了这句话。"

"我说过这么牛的话?"钢哥完全想不起来,他望着程四。

程四走上前去,不说话,那意思是他说过。

"如果换了是你,你啷个办?"钢哥问。

"我会去庙里烧几炷香,给父母,给妹妹,更是给自己。我会求龙哥。我程四当年杀过他,他给我一条生路,他也会给你。这比回日本好。龙哥给的两个工作,换作我,我会做包工头,从最基本的做起。"程四拍拍他的肩膀,"钢哥,跟我走,好吗?"

钢哥深深地出了一口长气,最后点了点头。的确,在重庆当一条狗,比在日本当一个人好。

程三知趣地对程四说:"我已经告诉司机过来,这是单行道。我们在前面的路口等他。"

道路向上倾斜,有摩托驶过,他们踩着自己的影子走在路灯下,路边的楼房里,好多窗子和阳台悬挂着洗过的衣服、背篓、拖把,投下黑黑怪怪的影子,笼罩在他们的身上。

看到他们近了,站在路口的司机急忙打开车门。他们上了车,没多久,车子右拐,折进七星岗洞口,穿入一条小马路。人行道上,三个少年唱着歌:"打倒土豪,打倒土豪,分田地,分田地。我们要做主人,齐反抗!"他们拉着弹弓瞄准,手一松,头顶的路灯熄掉,他们高兴地大笑。继续瞄准第二盏路灯,几秒后它破碎了。一条路路灯在几分钟里都灭了,只剩下楼房映出的光线,少年笑得更开心了,他们穿行在黑暗之中,人影幢幢。

"齐反抗!齐反抗!"程四摇下车窗看,一声冷笑,自言自语,"三十年江山,谁主沉浮,走着瞧,谁是老大?"

有路人吹着口哨,从石阶上面走下来,是电影《地雷战》里日本鬼子进村的曲子。钢哥闻声,却没有倾听,他一直垂着头。

窦小明在这个晚上疾走如飞,风声如蝉鸣,频频响在耳旁。他穿过一个十字路口,有几个小儿在唱"打倒土豪分田地——分田地。我们要做主人——"有人赶着一群猪过街,他在其中,却没停下,一直往前走。走了很久,走到像蛇一样迂回的一号桥上,黑暗的远处有一角若瑟堂的尖顶,便继续朝桥下走去。高处的风很大,吹在身上,冷飕飕的,他打了个寒战。

从这儿下去,全是一坡又一坡石阶。他没有停下,一直来到一座小石桥上,从这儿可以看到江边一块倾斜的礁石,他曾在那儿等待她。轮船静静地驶过,有脚步声靠近,随风涌来一股好闻的花香,他没有回头。

"你没事吧?"秦佳惠的声音。

"对不起,你的生日过成这样。钢哥怎么样?"

"他活着,我跟去了医院,只是双手轻微骨折。"

窦小明"哦"了一声。那混乱的马路,那么多车和惊慌的人群,那些腾飞的鸟,多年前,出现在他的梦里,那个跳楼的人,脸并不清晰。他只记得那人留着络腮胡。钢哥就是络腮胡,真是太匪夷所思了!

"程三这个晚上一直在酒店外面,我猜他们是一起来的。"

窦小明没想到秦佳惠也注意到了程三的存在。这时秦佳惠说:"钢哥何德何能,能有这种混混鞍前马后。"她从心里不喜欢程三。

"人有时是魔鬼,有时是天使。"

秦佳惠走到窦小明的身边："从这儿，看江边倒是清晰。"

江心有一座新航标在闪烁，光倒映在水面上，叠合着岸上楼房的倒影，一片朦朦胧胧。月亮乍现，江边亮了好多，他发现那块礁石边上的沙丘没有了，也许是他俩曾经坐过的，也许不是。沙滩上那些芦苇也全都消失了。窦小明转过身来，坡上正在建高楼，竖着高高的脚手架。他把指甲刀放在秦佳惠的手里："佳惠姐姐，你看四周都变了，只有这把指甲刀没变，请你留下。"

秦佳惠接过来，叹了口气。宾爷牵着一只大白鹅，健步走过小石桥，朝沙滩走去。他没有看他们，只是向前缓慢走着。

"好奇怪的感觉！"秦佳惠说。

宾爷回过头来，灰色的胡子剪短了，嘴里说着一串他们完全听不懂的话，然后摸摸胡子，嘴角动了动。

"我感觉他想告诉我什么，像从前，又不像。佳惠姐姐，十二岁那年，我在那边的礁石等你。当时，我以为我死了。"

秦佳惠握着他的手，没有问他那天发生的事。他也没说。两个人默默地靠在一起。她说："答应我，任何时候都要坚强。在这个世界上，你一定要活得好好的。"

"你在意我？"

"当然，小傻瓜！除了我父母，你是我这一生最最重要的人！"她的手臂紧紧地搂着他，他抱着她。两个人听见对方的呼吸变得急促，他的嘴在找她的嘴，找到了，像闪电一样灼热，她一下子闪开，说："我不行，我做不到。"

"为什么？"窦小明痛苦地问。

秦佳惠用手轻轻捂着他的嘴，掉转过头，看着江水，轻轻说："该是我离开的时候了！"

他扳开她的手说："佳惠姐姐，答应我，留下来，和我在一起！我要给你我所有的爱！"

秦佳惠看他，帮他抚顺乱乱的头发："我们不合适。我不止一次想过你的感情。"

"没试，怎么知道不合适？"窦小明没想到，问，"我爱你，我是爱着你长大了，我们在一起会幸福的！"

"小家伙，我相信你的话。"秦佳惠松开他的手，问他，"带烟了吗？"

窦小明掏出两支香烟，点上烟，两个人抽起来。秦佳惠看着高高的石阶说："来，我们往上边走。"夜更黑了，两个红红的烟头闪烁着，往坡上移动，黑暗越来越深。他伸出手来，握着秦佳惠的手。

窦小明睁开眼睛，发现黑暗消失，自己躺在家里的床上，觉得不解。楼上邻居放着唱片，开着音乐厅才有的音量，是瓦格纳的《飞行的荷兰人》。

他起身，发现母亲和两个孩子都不在，厨房里保姆在洗碗。她告诉窦小明，孩子被母亲叫了出租车送去学校了。"宁宁和河河穿了你给他们做的鞋子，我不让他们穿，他们非要。"保姆说。

他点点头。冲了一杯咖啡，他到客厅，坐在阳台上。太阳照射进来，自己何时给孩子们做的鞋子？他重新量尺寸，重新裁样，专心做了半天。第二双呢，可能没花多长时间，在一个清晨，或是下午？那么昨夜，是他送秦佳惠回酒店，还是她送他回家？还是两人都回到酒店？脑子里那块记忆模糊了，想不起来。当时宾爷回过头来看他俩，嘴里念念有词，他看上去不老，比他在阳台上看到的年轻二十岁。同一天同一个人年龄如此悬殊，这是怎么回事？

他握着咖啡杯，小花猫迈着自信的步子向他走来，蜷伏在他的脚边。空气中有股香味，他回过身看，墙边搁着一盆白丁香，花开得正艳。母亲说这白丁香是个珍品，一年开两季。他扔下咖啡杯，走回浴室，飞快地冲澡，心里突然好空。他穿戴好，下楼来，招手叫了一辆出租车，他拿出大哥大来，打电话。

窦小明走进酒店，直接来到前台问：“麻烦你，请问712房怎么没人接电话？”

前台女服务员回答他：“对不起，客人已退房。”

"什么时候？"

"两个小时前。"

窦小明掏出钱包要结账。

"先生，账已结。哦，你贵姓？"

"免贵姓窦。"

服务员转过身去，目光搜寻几下，弯身在抽屉里翻找。一分钟不到，她抬起头来，递给他一封信。

窦小明接过写有他名字的信，边走边打开信封。他看了一眼酒店外面，天空正飘着毛毛雨，街上好多路人打着雨伞。

小家伙，请原谅我不辞而别。其实昨天生日约你吃饭，就是要和你告别。因为只要闭上眼睛，我就能看到以前的生活，看到以后的生活，我不能和你在一起，尽管再见到你，我想过，甚至现在还想，和你有哪怕一夜的欢乐。说实话，除了钢哥，我没第二个男人。但我做不到，因为你是全身心爱我。因为我的存在，让你受到伤害，也使你的婚姻不幸福，如果没有我了呢，你试试吧！你有两个最好的孩子和母亲，他们需要一个完整的家。就像我，多少年，我都幻想有一天，我能和我的妈妈爸爸坐在一起吃早饭。

　　谢谢你画的月光武士。这个故事，对我比任何东西都更宝贵，我能从中看到你的心，在十二岁时，你多次挺身而出，保护我，让我一次次看到人性善和美好的一面，事实上，虽然你我分开这么多年，但是你一直在那儿，一直在守护着我的心。

　　但日月更新，命运多变，你不可能永远保护我。我这些天，有意踏入这块曾经生长的每一个重要的地方。那天我在鹅岭、在二厂看整个山城，看长江、嘉陵江，我发现，这么多年，我一直为别人活着，成为男人的一部分，男人总在我的生活中安排我的命运，从未问过我内心的想法。

　　我不想再这样度过我的下半生，现在我要为自己而活，想要成就自己，首先我就得成为自己的月光武士，这一生才没有白活。我母亲走后，给我留下一笔钱，让我衣食无忧，但我感觉到人生应有新的一个点，去实现未完成的心愿。再见了，我的小家伙。请多保重，也许以后你我还会相遇，谁知道呢？十二岁时你给我写了很多信，可惜我都没有读到，这封算是给你的回信。请记住，我爱你，以我的方式，在我心中，你永远是那个无畏的、了不起的月光武士。

　　没准有一天我会读到你的小说，这不是不可能的，相信你自己，勇敢朝目标走下去！答应我，快乐一些！

你的佳惠姐姐

　　窦小明读着，感觉自己的心碎成一片一片的。他不知该怎么办。他看着那些碎片在飘散，他伸手想去抓。电话响了，他接了，是母亲：“你来千厮门码头吧，我在这儿。”

　　他像一个木偶一样，往外走。雷电轰鸣，响声惊天动地。

他坐在车里，外面下着倾盆大雨，好像也有一年，是这么大的雨。车子停下，他走出来，奇怪，他手里怎么多了一把雨伞？一坡宽阔的台阶，一个女人站在那儿，打着一把雨伞，望着远处从轮渡走下的人。一艘大客轮停泊在那儿。石阶这边站着接客的一些人，也有不少拿着扁担和绳子的"棒棒"，期待能揽到活儿。

窦小明走下石阶，那女人是母亲，他说："妈妈，你怎么在这儿，你在等谁？"

"等苏滟！她今天从武汉坐船回来！成天飞来飞去，多辛苦呀！所以，我叫你来。"

"你疼爱她超过我。"

"她也爱我。妈妈给你透个消息，苏滟昨天在电话里说，她给你写了信，恐怕还是想和你分开。"

他没有说话。

"不过，我觉得你俩的缘分没尽呀。"

他很想告诉母亲发生的一切。母亲没问，他没法开口。一艘拖轮冒着烟从上游方向驶下来，拉响汽笛。而另一艘船往江北靠，为了让开道。

"秦家妹子还好吧？"母亲说。

"她走了。"

母亲"哦"了一声，转过脸对他说："你晓得我对她、对她的父亲有感情，每年清明，我都会给老秦烧几炷香，和他说说话。他的坟前年年都有鲜花，我晓得是你。你对他有感情。感情这种事，外人不可能理解，但妈妈应当理解你。你看，我早晚会离开你，妈妈希望你幸福。火炮，我想通了，假如你跟秦佳惠一起离开，妈妈也不会怪你。"

"她真的走了，妈妈。"

"谁晓得以后你们会不会相遇呢？"

窦小明就是再了解母亲，也没想到在这个傍晚，会听到她的这席话，他完全没法控制自己的情绪，一把抱着母亲。他忍着泪水不流出，不然她会调侃："男儿有泪怎么弹在妈妈的肩上？太没骨气了。"他一直是迷茫的，属于一生只爱一个人的那种人，虽然就算现在找到写作，他空荡荡的内心填了一丝儿东西，但这远远不够，也许更迷失了。谁都知道，作家是所有人中问题最多的人，比如杰克·伦敦，比如三岛由纪夫。

他的脑中浮现出与秦佳惠站在小石桥边，宾爷牵着鹅经过的情景，他问："妈妈，宾爷最近到小面馆来了吗？"

"怎么可能？你怎么想到这个问题？"

"我昨晚在江边还遇到他，就在我家那边。"他松开母亲。

母亲笑了。

"你笑啥？"

"宾爷早走了。"怕他听不懂，母亲补了一句，"在老秦没走多久，一个礼拜吧，他就走了。"

"怎么可能？我不时见到他呢。"

"见鬼了！"母亲说。

他不相信，摇了摇头。

母亲说，因为当时有人要算命，就去找宾爷，发现他在家里的木板床上坐着，死得硬邦邦的，手里握着一张黄边纸，上面写着毛笔字："放我在江上，切记切记。"所以，几个邻居合计了一下，找了个清晨太阳没出来的日子，用他的木板床，把他抬到江边，推到江上。奇怪的是，木板床顺流到两江汇合的乌龟石那儿，打了个漩涡就不见了。神了。

"那我在吗？"

"你在呀,你那几天着了魔似的读一本书,叫《悲惨世界》。你去了江边,还对宾爷说'塞有娜拉'。我问你说的是啥,你说是日本话,给人道再见。"

窦小明完全记不得母亲说的事,如此说来,记忆里有些东西被身体删除掉,或者被驱赶进灵魂的某一个暗角,被贴符封印了。宾爷早走了,那每回他看见的宾爷,是宾爷的魂,或是什么?莫非另一个世界与他这个世界并行?他打了一个激灵。也许宾爷要告诉或提醒他什么,昨天晚上两次见到,也许是两个从不同空间穿越而来的宾爷?秦伯伯火化那天,宾老爷子坐在货车前面司机座边位子,他嘴角露出狡诈的笑意,连眼角都在笑,还有宾爷亮亮的眼睛,眼睛里似乎有另一双眼睛,那模样在他心上长久不消散。

不知不觉中,雨水停了。层层云堆积,刺眼的亮光竭力挤出来,如同舞台打出的一束束光。苏滟背着一个背包,戴了顶黑边草帽,从跳板上跟随着旅客走下来。她看到母亲,笑着挥手打招呼,可是看到边上的窦小明,脸上的笑容凝结。

"怎么见到我不高兴?"窦小明问。

"不,恰恰相反。你怎么在这儿?你从来没接过我呀。"苏滟说。

他取过她的背包,自己背上,顺便把雨伞折好,放在背包边上的小袋里,说:"反正没啥行李,要不我们从江边走路回家?"

苏滟马上说:"好呀,正合我意,下过雨后,空气清新。"

"我想我已给你一个惊喜,对不起,我要坐车,你们慢慢走吧。"母亲对他们说,随即离开。

"听宁宁和河河说,他们特别喜欢你做的鞋子。你真了不起,真还做出了鞋子。孩子不说假话的。"苏滟说。

一阵风吹来,她头上的草帽飞掉,滚在沙滩上,露出一头短发来。

窦小明追过去捡起帽子，走过来给苏滟戴上，看着她身上的白色暗花连衣裙、白球鞋，说："短发真适合你，白球鞋也是，我好像见过你这件衣服，是去三峡的船上吧，又年轻又青春，你好像换了一个人。"

"你才换了一个人，五天不见！"苏滟侧脸看他。

"为什么？"

"因为之前你从来不关心我穿什么、头发如何，我在你面前像是一个隐形人。"

他不知该怎么回答。他爱佳惠姐姐，年少时，为了她，他可以去拼命；现在，为了她，他不惜一切。可是她推开了他。人只有忘掉旧痛，才可重新开始，但旧痛仍在，噬人骨髓，他将如何重新开始？不知不觉，两个人走过废弃的缆车，走过一号桥。更高的山坡上，站着程四和几个工程设计人员，他们戴着安全帽，手里展开工程图纸，看着下面的江岸，指指点点。水运修理厂那个旧仓库正在拆除。有货船停在江边，一块块铁板和一根根木柱被运到船上，声响极大，一下，又一下，在他的身体里寻找回音，那是他曾经的黑洞。一个红衣武士骑着枣红马踏着水花而来，几乎与他擦肩而过。

他不由得停下脚步。

苏滟站在他身边，注视着，没有说话。天空现出一道彩虹，从山顶若瑟堂教堂倾洒下来，辉映江水，江水中有星辰，还有一轮残月。

怎么可能，这是白天？他再看，江水之中，星辰在那儿一闪一烁，甚至经过的轮船都镀了层皎洁的银辉。宾爷说，江水星辰密布，看不见，是因为你不想看见。

那年他十二岁，和他的两个小伙伴坐在一号桥的桥墩下面，那是二十年前。就是那天，宾爷走到他面前，把手放在他的额头，说："运到东方怕四月，南方山水多凶破。"

当时他不懂这句话，现在呢，四月已经露面，这座城市有山有水，且位于南方，宾爷的话显露端倪，一切都是少年时埋下的根。深远的天空，浩渺宇宙肉眼能凝视的距离，不再漆黑，会是一种怎样的信念在心中？有很多话想说给宾爷听，想了想，他决定默然无语。他的小说结尾，少年看见一只旧旧的红气球飞来，停在空中。现实世界里，就是这刻，他也看见了，红气球飞来，变成了无色，静静地悬浮在空中，哪怕风来了，它也一动不动。他向前走，步子缓慢而犹疑，却神秘地回了一下头。

2020年11月
2021年1月18日改

后　记

几瓣元素，一个核心

报纸

我永远忘不了那一天，放学后没回家，背着书包，在弹子石街上闲逛。理发店里坐着一个中年女人，戴着眼镜，双手握着一张报纸，理发师正在给她剪发。我看到一张大照片，那是总理呀，是讣告，8日，他走了。

我眼泪掉下来。那女人回头看到我。她的眼睛是红的，把手伸给我，紧紧握着。这个女人不是别人，是我的老师。她一向看不起我，态度非常凶，可是这一天因为失去我们心里崇敬的人，她对我出乎意外地好，以后也对我很是关心。

那是1976年1月9日，我十四岁，在山城重庆。

我父亲因为眼疾，母亲外出做苦力。父亲病休后，回家当家庭主夫，订了《重庆日报》。每天他坐在六号院子堂屋抽一支叶子烟，读《重庆日报》。在完全眼盲前，父亲是我们那几条街最关心国家大事的人。过年时，看过的旧报纸，都被他弄来糊房间。邻居们也来要报纸，一年的报纸够糊好多房间。那些年久未修的老房，因为有了报纸，变得像样子，也有了年味。院子里的孩子，因为有这些报纸，识字都早。从六号院子走出的泼妇，骂街时也会骂出文化。

表姨与小舅

为了缓解我是非婚生孩子总被邻里欺负的问题，六岁时母亲将我送到她的忠县乡下，跟好多亲戚住在一起，他们对我很好。

在丰都的表姨有天来接我。她生得白净，不像风吹日晒的农妇，头发在脑后绾得整整齐齐，穿得也干净，年龄在三十五岁左右。她与母亲不沾亲，但带故，早年听说母亲逃童养媳婚约到重庆城里，她是追随者。她到重庆后，找到我的母亲，两人成为好朋友，后来认识了在船上工作的丈夫。两口子住在一号桥一带，没有孩子，在孤儿院领养了一男孩。男孩聪慧，生得周正，他们爱极，生怕扔掉孩子的人后悔，便在孩子上初中时全家回到乡下老家。表姨、表姨夫待我如亲生，儿子有的，我也有，她自己饿肚子，却从未让我饿过肚子，受过凉，生过一次病。

在乡下待了一年，母亲终于想起我，让小姨来表姨家，带我回重庆上小学。走时我与表姨都哭了。

表姨在一号桥一带住的时候，我还没有出生。母亲总说她，人样儿生得俏，又能干，针线活做饭样样顶尖，遇到一个男人，爱她。经过一号桥时，母亲说想她，说一号桥的事，很多时候都是在说表姨，说她的儿子对她有孝心，不过成年后，有点怪表姨带他离开了重庆，不然他成绩好，肯定读大学，做学问，而不是一个在田里辛劳的农民。我六岁在乡下，却发现表姨的另一个秘密：她有一个亲生儿子，却不敢相认，当时生产队在批斗的一个人。那儿子是她逃离重庆前生的，而且孩子的父亲是地主少爷，是被他强暴或是爱上，不得知。也许她要回到乡下，是思念这个孩子，也有这层原因。表姨去世得很早，我二姐告诉我。但对我来说，她没有走，她永远是三十多岁的样子，干干净净，美丽的一张脸。因为她，写到一号桥，她就在我眼前，她站在自家石头房前，对爬在树上的我说，话包子，下来吧，下来我给你做地瓜饼。

在重庆不说一句话的我，在她面前成了话包子，这就是她改变我产生的奇迹。这么多年过去，除了《前世今生：孔雀的叫喊》，我写到她，这本《月光武士》我题献给她，一个在我生命历程中护送我一段，最重要的人之一。

母亲的亲弟弟，住在一号桥往黄花园方向之间的临江半山坡，母亲经常去看他。为节省公共汽车票，我们会从临江门公交车站转盘走下去。小舅是倒插门，舅妈是独女，在印章厂做雕刻工，父母都是老实本分的工人。他们在山坡的吊脚楼，要下好多歪歪扭扭窄窄的石阶。

小舅家墙上有好多照片，有母亲年轻时美丽的倩影。小小的我到他家，会看墙上的照片，弄不懂母亲这么美丽的人为什么在家里，常常对我冷暴力，甚至出言伤我。

小舅的家下面有座小石桥，从那儿可以到江边。这一带居民的工作，大都跟江和船相关，也跟我小时长大的南岸贫民窟差不离，每家都有几本书的故事。小舅当年知道姐姐在重庆，就一个人沿江走几天几夜的路来重庆，我在《饥饿的女儿》一书中写了他。

中日混血姐姐

母亲在白沙陀的造船厂的搬运队工作，同事都是有问题的人。有一天春节母亲加班，我陪她，坐在造船厂的沙滩上，看母亲像一个男人一样，和另一个阿姨一起抬氧气瓶。下午五点半收工。我们没搭上顺路船。回南岸野猫溪家的路上，有一位中日混血的蒋姑娘，她对母亲很好，对我也很好。我们走山路回家。我太小，她背我回家。蒋姑娘一共三姐妹，其中一位后来嫁给我的大姐夫，后来又与大姐夫离婚。他后来与我大姐（也是初恋）结婚。听说她家三姐妹去了日本。

母亲经常讲起这家的悲情故事：石阶上走着日本母亲，下面追着的人是三个女孩和父亲。这种画面，打我几岁时邻居家人都在说，现在蒋姑娘就在眼前，对一个孩子来说，神秘莫测，仿佛都是故事书里的人。母亲说，蒋姑娘的爸爸是个翻译官，手握手杖，身着西服，走在街上，真是一表人才，引来好多女人爱慕的眼光。母亲在1952年搬到南岸来就认识他,也认识他的夫人,蒋姑娘的母亲。母亲的话点点滴滴融入我的心,朝夕起伏,随风荡漾开来,她是这一带最美的女人。我小时候走在街上,就在看谁是最美的女人。

也是那一次走山路回家,蒋姑娘说,六六,你妈妈是我认识的人中最美的人,最美的人在用她的肩膀和力气养活你们一家。她当时眼睛就红了。小时我不懂,现在我写到这儿,你读到了,你会懂的。

解放碑

解放碑,属于重庆长江南岸之北,在半岛之上,是重庆商业中心地带,中心的中心,有一座中国唯一纪念中华民族抗日战争胜利的纪念碑,1950年国庆,时任西南军政委员会主席的刘伯承题写碑名"人民解放纪念碑",八角形八层,设有旋梯达于碑顶,碑顶向街口的四面装有自鸣钟,朝着每个方向,一到整点便报时,碑台周围为花圃。

我们那群写诗的人,约会常在碑下,听着顶上的时钟响,灵感迸发,长诗哗哗涌出,忘记指责晚到者,而是兴奋地当街朗读。

解放碑周围有重庆吴抄手、国泰影院、群林市场、交电大楼和美术公司,边上就是好吃街。80年代,五一路上曾经长长地摆有国外旧货服装,重庆姑娘和小伙子穿得很摩登,后来被管制,所有旧货被放在长江珊瑚坝上烧毁。

解放碑周围还有两个公共汽车中转站，一个是较场口，一个是临江门，从这两个地方可以去西区动物园或是江北红旗河沟、机场、戴笠公馆、红岩村、沙坪坝、渣滓洞、白公馆、北碚。

对我们重庆人来说，对住在南岸贫民窟的人来说，到一次解放碑，就等于乡下人进一次城。过年也要去解放碑走一次，在人山人海里，人挤人，互相打望，才算过年。

解放碑在我心目中，最有名的西餐馆是西西咖啡馆，这个餐馆最早从母亲的嘴里说出。她告诉我餐馆里面的陈设如何华丽，侍者如何有礼貌，菜品如何好，孔二小姐如何在那儿教训重庆警局头子。等到有一天我可以进去时，发现这儿全然不是母亲说的那样，里面陈设普通，侍者也不鞠躬，菜品也不惊艳。回头想想，母亲说的是新中国成立前，陪都时，重庆在历史上最辉煌的一瞬，我去的时候已是80年代，怎么比？不过母亲喜欢这儿不为怪，一是母亲是个美食胃，二是母亲见过世面。大姐说，母亲与她的生父——袍哥头子，是那儿的常客。经常他不带银子，结账时，手一招，便有人走上埋单。

朝天门码头

朝天门码头隔江正对着我从小长大的六号院子。但院子里不是每个房间可以看到这码头，比如我家，必须爬上阁楼的天窗上，站在瓦片上才能看到。跑到院子下面的八号院子前的空地，两江三岸一清二楚。最喜欢看大轮船驶入。最喜欢国庆、春节放焰火，天空耀眼得像是在梦境里。

这儿是大码头，经常会有"**棒棒**"拿着扁担和绳子找活，也有各种小贩在此，重庆有了出租车，也像甲壳虫一样铺满这儿的沙滩。这儿沙滩有岩石，也是洗衣妇喜欢的地方，主要是当长江水变黄时，嘉陵江的水还清绿着，好洗衣服。这儿大小好多趸船，一船走长江下游武汉、宜昌、上海的轮船都停在此。嘉陵江边上货轮停得也多。

最喜欢听轮船调度室的调度员与轮船上的驾驶员吵架，全是重庆脏话，生动诙谐，太重庆了，不只我，好多江边人都喜欢当相声听。

这个码头是人生悲喜剧的舞台，联系着重庆人好几代的命运。常在江边看到裸露着脊背的纤夫，喊着整齐的号子。同是重庆人的音乐家郭文景，他说坚韧强悍的纤夫、凄凉高亢的山歌、强烈刺激的川剧锣鼓、长江流域气息对他的音乐创作有着巨大的营养。

每回回重庆，我走在这码头，淡忘的情景会陡现在眼前，母亲抱着小小的我，与生父生离死别，一个人踩着沙滩，走向渡轮。生父走上朝天门的石阶，他不停地回头。1980年我离开家，在这儿停下，离家多年。在1989年，我返回南岸六号院子，得知生父离世。清晨离开，我乘渡轮过江，一心要去北京，下轮渡，走完长长的跳板，一步一个脚印走在沙滩上，站在码头的石阶上，回望南岸，一幕又一幕，挥也挥不掉，脸上全是眼泪。

叫醒我们的力量

1976年以一个女孩被几个少年欺凌开始,《月光武士》里那个女孩可以说是我。上小学时,我在学校外墙下被他们打,按在地上,要我学动物叫。其实这样的事经常发生,不仅是我,别的女孩也遭遇同样的欺凌。那些年,个人的事,国家的事,统统沉淀在心里。

1980年我发现身世之谜,见到了亲生父亲,之后每年都在惊天动地地变化,我的生活在出走,在路上,在卡车、火车、飞机,越洋,在地球的另一半, 1976年看不清了,便转身,背对。

1999年,我的父亲走了。2006年,我的母亲走了。周围的邻居,认识的人,也渐渐走到另一个世界。2020年,我只能停在伦敦,每个人的生活都发生巨变,隔离的生活,时空交替,每天窗外的救护车尖叫,与死亡频频擦肩而过,不时在网上参加葬礼。

生命很卑微,我的生命连"卑微"两字都不能触及,是卑贱。我站在长江边,看到轮船翻了,江水里沉浮的生命,无能为力,那一艘艘往江下游驶去的大轮船,是那样强大,充满诱惑,我希望有一天自己能在里面,远远离开这儿。

时间的流逝,丰富我,掠夺我,构造我。重庆这座山城,当你心静气定,环视四周,你会看到山外有山,群山连绵。

是的,重庆一直在那儿,当我朝它转过身来,它就在对我说话。这几十年,我一直用别的城市代替重庆,我有意转移注视点,我书写武汉、北京、香港、布拉格、罗马、伦敦、纽约和瓦拉那西。写别的城市，我是在写，可重庆，我发现，我害怕，我心疼。

我的二姐在去年用手机做了家里的相册。我看到很多旧重庆，很多从前的人，那些消失的身影，跟1976年相连，那些淡掉的形象渐渐呈现，渐渐清晰。瞧瞧，这是表姨的儿子，表姨不在我的世界了，可我想念她。再瞧瞧，我在一张集体照片里，看到张妈领养的儿子，可是张妈也走了，我也想念她。大厨房最后一个灶前的张妈，一样的瓜子脸，她不像院子里的其他邻居敌视我，而对我温柔关照。她被男人家暴，没有一个人出来阻止，小小的我看着，那是权力，那是不可置疑的威严，有时并非是强者，而是弱者，弱者对弱者的暴力。如果一个人的记忆从婴儿时就有了这种担忧，重叠着这种碎片，一次次组合，五六岁植入，就难拔掉身上这根刺了。男性对女性的暴力，就在那儿，不停地在叫醒我沉睡的记忆。

回忆是一座座山，翻越它们，需要勇气，也需要契机，命运的安排，记忆才能在这样的巧遇中通过文字的记录存在下来。

重庆的呼吸，重庆的心跳，重庆的沉沦和新生，我不必写，这座城是长在我心里，是我生命的一部分，我出生就看见了它，它一点点进入我的眼睛：这是江水，这是船，这是沙滩，这是礁石，这是山，这是石阶，这是担担面，这是辣椒，重庆人的命，阴暗灰扑扑的天，打雷如炮弹在轰炸，满天飞舞的鸽群。我跟着母亲过江，上朝天门码头，乘车到解放碑，到临江门走下长长的马路，走到一号桥，母亲在那儿说表姨，她说着表姨："白素瑶在重庆时，跟我最要好了，她长得好好看，她在乡下也最喜欢你了，是不是呀？"我点点头。我们朝小舅的家走去，这好几站的路，那时对一个小女孩来说，差不多要走一个小时吧，母亲怎么走得那么有耐心，可惜我现在才感觉到？

写这本书曾得到好多朋友的支持和帮助，ZT、小玉、KD、Stella、张倩和郑姣等，在此一一感谢。谢谢二姐、四姐、小鹂等的支持，谢谢宋瑜、素芳、德宁、青松兄、美清。谢谢燕玲，谢谢责编许泽红和安然。你们都在我的记忆里，从不同方向朝我创造的这位武士投来一束耀眼的月光。